顾明道 著

珍·藏·版

民国武侠系列丛书

荒江女侠

山西出版传媒集团
北岳文艺出版社·太原

第八十八回

细语良宵山中来异兽
欣闻逸事阁上睹妖星

荒江女侠方玉琴自复父仇后,和伊的师兄岳剑秋奔走江湖,席不暇暖,专以锄恶诛暴、拯善扶良为天职,想要代这五浊尘世聊除不平。绿林枭雄、水国大盗,被他们诛戮的也不知有多少,而和他们最成敌对、形同水火的就是峨嵋派,所以最后来昆仑、峨嵋两派竟约在少华山比赛剑术。幸有清心道人和龙真人不远千里而来,代他们两派排难解纷,免去一场空前绝后的流血惨剧。而琴剑姻缘也于此时宣告圆满,侠女奇男卒成有情眷属,也使读者皆大欢喜。

而女侠听从一明禅师的训言,便和剑秋在昆仑山上住下,借此稍避尘嚣,一清心灵,把数年来的雄心侠气,暂且收敛。但一明禅师因为碧云寺中只有客室,不便为他们添设新房,为双栖双宿之所。恰好在寺后碧云崖下,乐山、乐水二沙弥新近借悬崖凹处开辟出一个碧云洞来,里面有一间石室,十分幽深,冬暖而夏凉,他们常常在此洞中看书弈棋,视为奇境。因这洞并不黑暗,石室之外,有穴通天,阳光从那里射入,映得一室光明。且种着花卉,凿着方池。池中养五色小鱼,使人有濠上之思。所以禅师便叫琴剑二人住在其中,代他们设下床榻以及一切日用器物,虽不华丽,而皆洁净。洞上有流泉经过,水声淙淙,如鸣琴瑟,使人聆之,悦耳清心。故自琴剑住了进去以后,乐山、乐水戏称之曰琴瑟洞。山洞深处,变为销魂蚀骨之所,又岂当时所能料及的呢?琴剑二人的婚后风光,便在这昆仑山上欢度,与庸俗的夫妇却又不同了。况且他们二人历经艰难,坚贞勿渝,彼此的爱情可说坚如金石,生死勿渝了。每日妆毕即往寺中侍奉一明禅师、虬云长老,静参禅理,研讨剑术。暇时又和乐山、乐水舞剑为乐,徜徉于青山之巅、白云深处,胸襟更是清高而光明。

那时候孝子陈景欧在山上多年,亦已学习武术,禅师因他天赋特厚,未始不是可造之才,所以亲自教导。而陈景欧的武术也已有显著的进步,他因以前佩服女侠和剑秋的,故常要向二人请教。二人对他也刮目相看,有时一起谈谈,不胜唏嘘。玉琴尤惦念黄鹤和尚不置,琴剑二人乘着闲暇时候,便把这碧云洞徐徐修葺,在洞外又筑了两间新房、一座茅亭,可以憩息坐谈之所。玉琴就题这亭子的名为碧云亭,旁有小廊,便是他们的龙驹和花驴食宿之处了。他们因在山上丝毫用不着此物,因此鞍凳也不加,任那一驴一马自由出入。但可怜龙驹花驴在这昆仑上,真是英雄无用武之地,何处驰骋?也只有鸣风嘶月。山中的岁月,优哉游哉,有快乐而无忧虑。琴剑二人时时登高以望远,坐茂树而终日。禅师因为他们并非成佛之辈,而是风尘奇侠,所以也不勉强他们诵经拜佛,很给他们以自由。

光阴迅速,转瞬间已是三年。这一天正是七夕晚上,琴剑二人从禅师处告退出来,走向碧云洞。凉风拂袂,玉臂生寒,剑秋握着玉琴的柔荑缓缓而行,指着洞口的碧云亭说道:"琴妹,如此良宵,我们且在洞外赏玩些夜景何如?"玉琴答应一声,二人遂至碧云亭上,各就石凳坐下。亭旁苍松甚多,天风浪浪,吹着松树,如有波涛澎湃之声。

玉琴坐在剑秋的对面,一手支颐,仰观天空,繁星棋布,宛如一片广大的蔚蓝色幕上镶着许许多多的小镜子,闪闪烁烁的甚是光明。而银河一道,横亘天空。玉琴指着星河边的两颗星星问道:"那就是牛郎织女星吗?传闻双星一年一度会于银河,互诉别离之情,一年一度的聚首,似乎相隔甚久。在人世视之,必以为离多会少,乐不胜哀。可是双星终古如此,永久勿变,细算起来他们的相会,比较人世的夫妇,岂不仍是多了些吗?"

剑秋点点头道:"琴妹之言不错,别离的滋味虽然难受,然而别后重逢,自有一种喜悦,这也是非言语所可形容的。记得当初我们在曾家庄时候,曾有一度分散,别后的思念是如饥如渴,无物可慰。可是后来忽然在红叶村中一度重逢,又蒙琴妹和云师救我出了石窟,这一喜真是非同小可的。至今思之,犹津津然有回味呢。"

玉琴向剑秋瞧了一眼道:"本来你在那时太鲁莽了,岂是爱我者所忍出此?现在你该知道我的心了?"

剑秋连忙赔着笑脸说道:"请琴妹原谅,若不是我爱琴妹,我哪里会如此?但事后追思,我确乎太鲁莽灭裂。好在琴妹是爱我的,也绝能相谅。琴妹是圣洁高尚的侠女,这样越显出你的至上人格来,宛如一时的浮云,总是掩蔽不了皓月的光彩。"

玉琴微笑道:"你这样恭维我,使我愧对不敢当了。你说别后重逢的快乐不是言语所可形容的,那么我们在山上同居三载,每天厮守在一起,你也觉得腻烦而想别离吗?"

剑秋道:"不是这样讲,我当然情愿和琴妹守在一块儿,但是我也并不反对别离,因为别离后能重逢,自有至乐呢。不要说夫妇,就是友朋之间,睽违了多时,倘然一朝握手重晤,其乐何如?"

玉琴道:"听了你这样说,使我又要想起曾家庄诸人了。我的寄父寄母年纪老了,不知他们身体可健康。还有彩凤所生的小麟,今年已有四岁,谅必一定很好玩的了。"

剑秋笑道:"毓麟这个怯书生,得偶彩凤,这是他的幸运,他倒有了儿子。琴妹,我们结婚了三年,怎么尚没有喜信?"

玉琴向他白了一眼道:"你又不年纪老,急些什么?这件事只好任其自然,须知生了儿女,也许多麻烦呢。"

剑秋笑道:"我不过和琴妹说着玩的,请琴妹不要生嗔。我们在这昆仑山上听禅师讲经,虽不出家,而对于人世间的俗事却已看得十分淡薄。我但愿一辈子能和琴妹在一起,青山绿水,秋月春花,流连盘桓,老我天年,也已够了。岂若螺蛳谷里袁彪、陆翔、李天豪等众弟兄,兀自雄心勃勃,志图革命,琴妹的意思如何?"

玉琴带笑道:"我的怀抱和剑秋兄的意思相同,这是我的一腔侠情,尚未全消。在这山上当然是无所事事,宝剑久悬。但若一涉尘世,恐怕又要激起我胸中的块垒,为他人铲除不平了。"

剑秋道:"久蛰者思启,久静者思动。恐琴妹在山已久,又想到山下去走一遭了?"

玉琴仰着头说道:"我早已说过,别人倒还淡然,而曾家庄上诸人却有些系念,倘然师父允许我下山去的话,那我就要跑到天津去欢聚一下呢。"

剑秋道:"前在津门,听人传说北平有个奇男子王子平,江湖上都称他为大刀王五的,本领非常高强,为人很有义气。开设镖局,河北群盗无不畏服。安晓峰御史远戍塞外,王五独仗义相送,一切车驮之资都是王五拿出来的。这个人不愧义侠,我若到北京时,必要和他一会。"

玉琴点点头道:"王五是程远少时的老师,程远曾告诉慕兰,而慕兰转告我的,武艺着实不错,可称江湖前辈。即如我们在螺蛳谷外瞧见的一盏灯宗亮、八臂哪吒宗寰,也都是不可多得的老前辈呢。"

二人说到这里,游兴又动。忽听亭子那边廊中龙驹一声怪叫,二人听着十分稀奇,忙立起身来回头看时,只见剑秋的龙驹和玉琴的花驴一齐向亭子边狂奔过来。在那龙驹背后有一只怪兽，紧追不释。星光下只见那怪兽很是庞大，状类猛虎，全身毛色金黄而长，灿烂夺目。背后拖着一条其长无比的尾巴，竖起来宛似一支铁鞭，不识它是属于哪一种的兽类。龙驹的后股已被那怪兽的利爪所伤，这时正在危急的当儿。剑秋玉琴虽欲救援他们的坐骑，而苦身边未携宝剑，缺少利器。玉琴张着空拳刚想跳出亭去，剑秋情急智生，便向身边提起一张石凳，唰的一声，疾向怪兽头上飞去。怪兽不防有此一招，连忙把头一低，身子向地下一滚，那石凳早已飞向后边去。怪兽让过这一下，跳起身子，狂吼一声，山谷震动，弃了花驴和龙驹，望碧云亭上直扑而来。琴剑二人早向左右分别跳开，怪兽扑了个空，长尾一拂，豁喇喇一声，早将碧云亭的柱子扫断了一根，坍倒了半边。这时剑秋玉琴已下了碧云亭，幸喜都没有损伤。怪兽睁圆两只火红的眼睛，向二人瞧了一下，见剑秋站在东边，它又吼一声，自上而下扑到剑秋身上来。剑秋见它来势凶猛，知不可御，赶紧望身侧大石边一躲，怪兽扑在石上，大石也有些震撼欲动。

在这当儿，碧云亭前又起了一声霹雳般的怒吼，早有一头巨狮如奔雷掣电般飞驰而至。那怪兽见了狮子，又吼叫了一声，展开前爪，张着血盆大口，直向狮子进攻。剑秋一看来的就是镇山神狮，心中一想，那镇山神狮乃是昆仑山上百兽之王，平生没有遇到劲敌，任何野兽都不敢走近这里，一向是南面而王，高枕无忧。不料蓦地忽来怪兽惊扰，侵犯神狮的境界，神狮自然如何能够容忍呢？它正在寺前休息，因为听得后面突然起了怪兽的吼声，所以立即起来，也吼了一声，不料那怪兽并不屈服，反向它进扑。它这一怒，更是非同小可，施展它的神威，加以迎头痛击。于是两头巨兽便在碧云亭的山地上狠命猛扑。龙驹和花驴早都吓得避向碧云洞后去了。

玉琴乘此间隙，奔入洞内，取了真刚、惊鲵二剑，返身出来。见神狮和怪兽翻翻滚滚地斗得十分紧酣，真是一个半斤，一个八两，各具神勇，无分轩轾。伊把惊鲵剑递至剑秋手中，和剑秋并肩而立,看它们酣斗。正要上前相助,忽然寺内飞出两道白光,如匹练一般奔向怪兽。二人凝神细瞧,乃是乐山、乐水二沙弥来了。那怪兽见了白光,吼叫一声,掉转身子,飞也似的向西山崖遁去。神狮在后追去时,乐山、乐水早喝一声住,神狮便止住不追了。琴剑二人便走过去和乐山、乐水相见,对二人说道:"我们方才在碧云亭上赏月,那怪兽突如其来地要噬害我们的龙驹和花驴,幸亏那两头坐骑并不拴住的,一向任它们自由,所以逃奔出来。我等虽要上前救援,无奈起初身边未携宝剑,手无寸铁,幸亏镇山神狮来了。二位师兄如何得知?"

乐山答道:"刚才你们两位去后,我们还没有睡,听得神狮吼声,料有岔儿发生,故到后边来一看,果然有怪兽骚扰,且喜现已逐去了。"

乐水却指着坍倒一角的碧云亭说道:"可惜这亭子被那孽畜毁损了。"

剑秋道:"真是可恶,我们在亭子里,那孽畜已撞到亭子上来了,所以我们一定不能饶过它的。"

乐山道:"明天禀知师父后,只得派匠修葺了。那孽畜好不厉害。"

剑秋道:"还有我的龙驹呢,不知受的伤怎么样了。"

玉琴道:"恰才我看见龙驹、花驴都躲到洞后去了,大致无妨的。"于是四人走向碧云洞的后面去,见龙驹、花驴都躲避在崖下松林里。剑秋呼了一声,方始跑出林子,剑秋借着星光,细看龙驹的后面股上只抓碎了一片皮,没有大碍。

玉琴道:"今晚它们吓够了,倘再放在廊内,我倒有些不放心呢。"

乐水道:"我领它们到寺里去吧,那边比较安宁一些。"

玉琴道:"这样多谢师兄了。"乐山、乐水遂和琴剑二人道了一声晚安,驱得花驴龙驹回碧云寺里去。那镇山神狮也慢慢地走回前山去。

玉琴、剑秋步入碧云洞，良宵细语，受了一番惊扰，玉琴点上明灯，气愤愤地对剑秋道："昆仑山碧云崖上一向是平平安安的，况有神狮镇压着，谁敢来伤一草一木呢？不料那孽畜竟会突然袭警，猖狂极了。神狮一时也不能克胜，被它侥幸逃去。我却有些不甘，好久没有施展我的身手了，想我当年石崖杀虎，生平不知畏惧为何物，若不是在这山上不敢轻举妄动时，我早已追赶那怪兽去了。"

剑秋微笑道："你且稍忍，明日听了禅师之命再作道理。谅禅师也不肯轻恕的，他自有主张，不怕这怪兽逃到哪里去。"

玉琴道："我明晨见了师父，一定要讨下命令，让我去驱除那孽障。"

剑秋拍着伊的肩说道："好琴妹，若去战它时，我必相助一臂之力。"

当夜二人略为坐谈一刻，也就解衣安寝。次日清晨起身，盥洗梳妆毕，琴剑二人佩着宝剑，一齐走到碧云寺中来谒见禅师，先去餐间里用过早餐，然后步入云房。恰好乐山、乐水也已走来，一起进去拜见禅师。一明禅师对琴剑二人说道："昨宵你们受惊了，乐山、乐水已将那怪兽情形讲给我听。此兽果然非常奇怪，来得突兀，大概其名为梼杌，是上古时的恶兽，难得出现的。汉朝东方朔《神异经》上有此兽之名，自然凶猛异常，虽有镇山神狮，也不能使它慑服了。山上有了此兽，非但百兽难安，而附近四处的居民恐也要受到它的荼毒，使人难以坐视，只好想法驱除了。"

玉琴连忙说道："弟子久不用武力，此次愿乞师父差我去歼灭那怪兽。"

一明禅师闻言，对玉琴点点头笑道："我也知道你要借此舒展舒展你的筋骨了，但这是畜类，何必大材小用，烦你去对付？我本待令乐山带领镇山神狮和我的巨獒去制伏它，你既然高兴前往，我就着你带同一狮一犬，到那边去斩除那梼杌怪兽，剑秋也可伴你同往。"二人闻言，连忙拜谢。

禅师撮动嘴唇，唤了一声，那头巨獒已跳入云房来向禅师摇尾摆耳，似乎等候禅师的法旨。一明禅师伸手抚着獒首道："今天你可跟随我们去歼灭梼杌怪兽，好好儿服从命令。"说着话，将手向玉琴一指，那巨獒好似有灵性的，能够听得懂禅师之言，立即一跳，跳到玉琴身前，把鼻子在玉琴的纤手上嗅了一下。

玉琴缩起手来，向巨獒头上轻轻抚摸着说道："你是勇猛无敌的，快随我们去吧。"

一明禅师对玉琴说道："梼杌倘然投首时，身上的皮可以把它制成一个背心，穿在人身便可抵御一切兵器，能使刀枪不入，所以你们若要制胜它时，必注意伤它咽喉和心口，除掉此二处，别的皮肤，任何刀枪都不能损伤毫末的。又有梼杌的胆，趁它未死透时摘了下来，制成药末，可以医治一切刀伤火灼以及疾病垂危之人，有起死回生之功，不要忽略了这个宝贝。你们带同一狮一犬前去动手吧。"

于是琴剑二人又向禅师告别，奉了禅师之命，偕同巨獒，走出寺门。那镇山神狮正雄赳赳地踞在一棵大树之下，玉琴向它一招手道："神狮神狮，快随我们去歼灭那怪兽。"神狮好似懂伊的说话一般，立刻跳起身子，跑至玉琴面前。

玉琴随对剑秋道："这个昆仑山十分广大，不知梼杌藏于何处？我们走向哪里去找它呢？"

剑秋答道："昨夜那怪兽不是向西山头逃去的吗？那边正通雪山，雪山素多凶恶野兽，人迹稀少，一定是从那边来的。我们可先到雪山附近去寻找，况且我们还有一个很好的向导者呢。"

剑秋说着话，把手向巨獒一指，玉琴点头会意，二人遂又引着狮獒，走至寺后碧云亭侧。剑秋呼着巨獒，把昨宵给梼杌践踏之处，指巨獒嗅个不已。神狮也在四处嗅，时时昂首振鬣，好似表示它雄壮的样子。玉琴将手一挥，一狮一獒立刻向前面跑去。玉琴剑秋也不敢怠慢，拔步跟着便走。幸亏二人都有轻身飞行功夫,爬山越岭,紧紧追随着后面。然而神狮、巨獒跑了一段路,常常要立定了等候,玉琴跑了许多路,额上香汗淫淫,对剑秋笑道:"我们今天却和兽类赛跑,自然我们吃亏了。"

剑秋带笑说道:"琴妹要休息一下再走吗?"

玉琴一向好胜心重,早摇摇头道:"我还能走上二三十里,稍停再歇。"

这时日已近午,二人也不知跑去了许多路程,前面有几个高大的山峰,已近雪山,正当分路之处,因为左右有两条路都可通行。玉琴道:"我们走哪条路呢?"见那巨獒在地上狂嗅了一会儿,即望左边一条路上跑去,神狮回头望了一望,也向左边走。琴剑二人瞧瞧左边的山路,怪石嶙峋,崎岖不平,草木塞道,更是难走。但想那巨獒必然嗅得出梼杌的藏身之地,自己为了要发现奇迹之故,只得备尝险阻艰难,跟着它们走了。

又走了四五里路,已走上一个山峰,山上却有一片平地,又有一个大池,古木蔽天,十分荫翳,真是一个幽静美妙的好地方。玉琴顾谓剑秋道:"想不到这里却有这种佳境,结庐于此,也未为不可。"

剑秋道:"不经险远,不涉奇地。我们起初何尝知道有这样好的地方呢?我们走得力乏了,不妨在此小憩一歇。"

玉琴道:"我有些口渴,这大池中的水十分清澈,可以喝一些。"剑秋道:"只是没有取水之物,如何是好?"玉琴道:"待我用手掬着饮吧。"

玉琴一边说,一边刚才走至池畔。只听神狮吼了一声,巨獒向东边林子里作势跳跃。琴剑二人以为那怪兽来了,立刻抽出宝剑来戒备着。玉琴眼快,向林子边瞧去时,只见林子里有一个雪白的人影闪了两闪。伊说一声"咦",动了好奇之心,跳过去看时,那人影也走出林来,原来是一个十七八岁的少女,全身缟素,穿着重孝,所以望过去雪白了。神狮、巨獒也一齐赶过来。那少女对她们也是十分骇异,欲语不语。玉琴忍不住向那少女问道:"请问你这位小姑娘从何而来?"

那少女答道:"我是一向住在这个峰上的,我要问二位从哪里到此?这一狮一獒可是你们带来的吗?要不要伤人?"

玉琴道:"原来姑娘是住在这里的。我们自从碧云崖碧云寺赶来,这狮和獒都是我家之物,不会胡乱伤人,请姑娘不要顾虑。我听姑娘声音是京津一带人物,为何住在此荒山峻岭之中?身上穿的孝又是何人?可能告知?"

少女听玉琴问到伊所穿的孝,不由眼眶中盈盈欲泪,带着酸楚的声音回答道:"我姓翟,名绮云,今年刚才十八岁。父亲翟宏道,本是北京人氏,母亲早故,并无兄弟姐妹。我父亲是个北方有名的拳术家,只因在五六年前和北京的大刀王五比赛武艺,我父亲稍一不慎,失败在王五的手里,便觉无颜再入居故乡,所以担簦裹粮,携着我云游天下。他一路自陕甘游至此间昆仑山西北的天柱峰,因见这里风景幽静,罕与世接,所以特地到邻近僧寺里去召雇工匠前来,盖造起三间小屋,聊蔽风雨。又购置了些应用物件,不辞艰辛,在这峰顶新做起一家人家,从此父女二人独居在此,晨夕看山。我父亲自誓终身隐遁于此,不再回乡,不再与世人相见。他因我喜欢学习武艺,便把平生武术授予我。也因在此等地方,野兽出没无常,不可不习些武艺,资以自卫。我父亲闲来种些花木,或入山中采药。数年以来,宁静无事,山中虽有虎豹,而天柱峰上却未来骚扰。邻近的山中人也和我们相安无事,称我的父亲为老隐士,因为他的年纪也近六旬了。谁知在半月之前,山中来了一头怪兽,大家都不知道名称,咬死了几个樵夫。我父亲知道后,一心想除去此害。遂带着利刃,和几个山上的猎户于夜间去捕捉那头怪兽。我父亲与那怪兽格斗在山坡边,不料那怪兽非但力大异常,而且全身毛长皮坚,刀枪不入。我父亲的兵刃伤它不得,反被那怪兽噬伤要害而去。众猎户舁至家中时,可怜我父亲已不能说话了,只把一手向我挥挥,大概是教我逃避的意思,就这样含恨而殁。我那时又是何等的悲痛啊!"

翟绮云说到这里，声音越觉凄酸，顿了一顿，玉琴剑秋也不胜太息。剑秋问道："那么今天你姑娘带了刀和弓箭，可是想代你亡父报仇去吗？"

翟绮云点点头道："正是，杀父之仇，不共戴天，我虽弱女子，宁忍偷生怕死，不代我父亲去报仇呢？自我父亲惨死以后，茕茕弱女，独居茅庐，午夜梦回，血泪未干。誓竭我力去杀死那怪兽，复我大仇，庶几可慰亡父阴灵于九泉。只是怪兽刀枪不入，凶猛异常，我父亲尚且死在他爪牙之下，我的技艺自知未臻上乘，怎样能够诛掉那怪兽呢？辗转寻思，唯有用一种毒药箭去伤害怪兽的生命。幸我以前曾随父亲练习一种短弩，虽无穿杨贯虱之技，却也功夫纯熟，也许可以赖此取胜。而我父亲在世时，曾往山中采药。记得有一次他采取一种药草回来，告诉我说这草含有极深的毒性，倘然捣烂了制成一种毒汁，把兵器浸上三日三夜，毒汁渗透兵刃中，他日用以刺人，见血即死。所以我就取出这样药草来，也不知是何名，把来如法炮制后，又将二十支弩箭浸在毒汁中，经过三日三夜，取出在阳光下晒干，便可应用。那毒汁剩下的很多，我就密藏在一个瓶内以备异日之用。成功后先试过天上的飞鸟、山中的野猪，果然十分灵验，无不立毙。我想那怪兽虽然刀枪不入，像我这种毒弩，也许可以把它射死的。今天就是我到外边去找那怪兽报仇的。二位从碧云崖来，身带宝剑，狮獒俱能听命，谅为异人。我前闻父亲说起碧云崖碧云寺中有一个一明禅师，是昆仑派中的剑仙，门徒甚多。二位大概是从一明禅师那边来的了，不知有何事情？"

玉琴笑道："翟小姐，你好聪明，我们确是从碧云寺禅师那边来的，一明禅师正是我的师父。我姓方，名玉琴，别号荒江女侠。这位姓岳，名剑秋，是我的师兄，也是我的丈夫。"说着话把手向剑秋一指，又是微微一笑。

翟绮云听了，便向二人下拜道："原来二位就是昆仑岭门下的大侠，以前我曾听亡父说过，女侠是当代巾帼英雄，韩家庄歼灭韩天雄父子，江湖上有谁不知？小女子久已闻名，不想今日相逢，真是幸事。"

玉琴伸手把翟绮云扶起，且叹道："天涯浪迹，徒有虚名。韩家庄一役和绿林中人结下不少仇隙，何足齿及？现在我们在山上韬光匿影，已有三年了。今天是奉禅师之命，出来歼除那怪兽的。翟小姐孝思可嘉，我们情愿相助一臂之力，同去结果那怪兽的性命。"

翟绮云闻言大喜道："原来二位大侠本是到这里来收拾那怪兽的。那么小女子愿意在两位之后，倚仗大力，同诛此兽。只不知二位如何得知此消息？"

玉琴便将怪兽昨夜骚扰的事，告诉伊听。剑秋对翟绮云说道："那怪兽唤作梼杌，上古时曾有此兽，难得出现的，当然凶悍异常，而尊大人遇害了。一明禅师说过此兽肌肤坚韧，不畏刀枪，所以只有伤它的咽喉和心口，只有这两处可以致它的死命。翟小姐倘遇着它时，须注意及此。合我们三人之力，又有一兽一犬，岂惧不能胜一梼杌呢？"

翟绮云道："今日使我遇见二位大侠，真是上天之赐，也是先父阴灵所佑。但二位到此，谅有些疲乏了，敝庐就在前面，可否请二位过去稍坐些时？"

玉琴点点头道："我本来有些渴了，到翟家小姐那边去稍坐片刻也好。"绮云大喜，遂回身引导剑琴二人走向树林边去。

剑秋见着玉琴要到翟家去，他也只得跟着同行。神狮、巨獒跟着一起去。穿过这一带树木，只见前面悬崖下，有三间小屋构筑在那里。门前正有一道瀑布，如珠帘一般，水声琤，既可观而又可听。绮云的父亲选着这块好地方，也不是容易的，谁知丧命在梼杌凶吻之下，可惜可惜。剑秋正在暗想，玉琴和绮云已走至门前，推门而入，剑秋也跟着走进。见庭院轩敞，种着不少草卉。房屋里也收拾洁净，东边一间是书室，西边一间是卧房。绮云把二人让至书室里坐，书籍很少，安放着不少制药之物。

绮云去烹上香茗送来，玉琴道："你不要多忙，我们是来憩坐的，何用客气？"

绮云道："难得二位大侠到临，光生蓬荜，草庐中一无所有，幸恕简慢。"

剑秋道："翟小姐请坐吧，少停我们还要去擒怪兽哩。"

绮云遂坐在一旁，又把伊父亲在山上隐居的事讲一些给琴剑二人听。正在谈话时，忽听神狮在外面怒吼一声，玉琴首先跃起道："敢是那孽畜来了？我们快去。"伊第一个提着宝剑，奔出门去。剑秋、绮云也各携武器跟着同出。但他们走至外边时，只见神狮和巨獒早攫着一头野猪，在那边树林前分而食之。

玉琴说一声："吓，我道是梼杌来了，却是这野猪。神狮也何必大惊小怪，它倒得着一顿午餐呢。"

剑秋道："神狮的吼声远近都闻，倘然梼杌近在这里，说不定会闻声而来的。"

翟绮云道："梼杌出没的地方便在前面一个山头，听人说梼杌性子也很懒，白昼时常酣睡，至夜即出。所以我此次前去是想拣选一个隐蔽之地可以藏身的，等候它出来，好用毒弩射它。"

玉琴道："好，那么我们就到那边去埋伏吧，也许它日间有时要出来的。"伊说了这话，把手向狮犬一挥，神狮、巨獒好似懂得伊的意旨的，立刻便向前跑。翟绮云便将门带上了，即和玉琴、剑秋跟着神狮、巨獒前行。

又翻过一重山头，巨獒只是向地下嗅，又向前面山崖罅处狂吠。剑秋对玉琴、绮云说道："你们瞧这巨獒样子，似乎梼杌的窟穴便在这山崖下了。"

玉琴点头道："细瞧那崖壁十分峻险，本领浅薄的人不能飞越。那边草际又有巨兽的足印，并有一头虎的残骸，是兽吻下所剩余的，更可证实此地已近兽穴。"

忽听崖下一声怪啸，使人毛发俱悚，顿时又有一声怒吼，是从这里神狮所发出的。神狮吼声方止，瞥见崖壁下有一鹿大的金黄色物，披开丛草，如奔雷掣电般飞上崖来。剑秋连忙一拉玉琴的衣襟，说道："快快伏下。"二人立即去伏在一株大树背后。翟绮云十分矫捷，跟着向树上一溜，伏在枝叶繁密的所在，使对方目力不及，借此隐蔽。玉琴一瞧翟绮云上树的样子，宛如一头狸奴，非常轻快，便可觇知翟绮云的飞行功夫，也着实不错，心里很觉伊人可爱。

这时候那鹿大的金黄色怪物早已跳至崖上，正是怪兽梼杌。神狮早已瞧见，举起雄厚的前爪向梼杌扑了过去，梼杌也恶狠狠地张牙舞爪，和神狮决斗，同时巨獒也已狂叫一声，直蹿向梼杌头上猛啮。梼杌要向巨獒反扑时，巨獒已跳至它背后，又向梼杌后股猛啮，异常灵活，使梼杌无机反抗。可是梼杌的皮肉既然刀枪不入，所以任凭巨獒狂啮，也不能损伤它毫末，这个巨獒也奈何它不得了。一狮一獒猛斗梼杌，吼声连连，可说是山野中绝无仅有的兽斗。忽东忽西，忽上忽下，此扑彼跃，你攻我拒，看得树后的玉琴、剑秋，树上的翟绮云津津有味，忘记了自己也是参战的一分子了。它们狠斗多时，梼杌果然厉害，仗着它的坚实的皮肉、绝大的气力，神狮巨獒不能立时制伏它。玉琴一拉剑秋胳膊道："我们来此做什么的？别作壁上观了，快些出去收拾那孽畜吧，不要伤了神狮、巨獒，无面目归见师父。"

剑秋被她一句话提醒，忙和玉琴各从腰间拔出宝剑，从树后跳将出来，各自大喝一声。梼杌见了琴剑二人，连忙舍弃狮犬，向琴剑二人扑来。玉琴、剑秋怎敢怠慢？大家舞剑对梼杌左右夹攻，剑光霍霍。换了别的野兽时，早已丧亡于剑光之下了，可是那梼杌竟是金刚不坏之身，虽有真刚惊鲵这般利器，它毫无惧怕。二人听了禅师之言，早已注意到梼杌的咽喉和心口两点，几次三番想刺它的要害，都被梼杌的利爪扑去，而且梼杌的腾挪功夫又是十分灵活。有一次玉琴在它的后面刚要把剑刺入它股眼，却被梼杌的长尾扫过来，犹如铁鞭一样。玉琴险些儿吃它打倒，幸亏跳避得快。神狮和巨獒也在旁边跳跃不休，作势欲搏。

剑秋瞧得分明，将剑使个蝴蝶斜飞势，一剑向梼杌咽喉中刺去。梼杌怎肯被他刺着？将头一偏，惊鲵剑正刺中它的左肩，铮的一声响，好似刺在钢铁上一般，反弹出来。梼杌吼了一声，举起前爪又望剑秋头顶扑来。玉琴在旁矮着身子钻过去，照着梼杌心口一剑疾刺，那梼杌正扑剑秋，身子腾空，露出它的心口来，没有掩护，不防到玉琴从旁边袭击。剑秋再向地下一伏，而玉琴的真刚剑已乘势刺入梼杌的心口，同时对面树上一支弩箭，如寒光一点，从剑秋头上疾飞而过，向梼杌咽喉射来。那梼杌因心口中剑，方负痛昂起头来，弩箭已入咽三寸，射个正着。梼杌身上的两处要害都已中创。但是还要做最后之挣扎，将尾一摆，掉转头来想噬玉琴，而玉琴已把宝剑拖出，梼杌的心口的血跟着直流出来。玉琴跳到一边去，剑秋已瞧见一剑一弩都已成功，心中不由狂喜，跳起身一剑又向梼杌尾巴上扫去，铛的一声响，那尾巴掉转来，将剑挡住。梼杌知道背后有人刺它，又回身去扑剑秋，玉琴又杀上去牵制它。那梼杌一连往返跳了数次，都扑不着，狂怒不已，而心口的血越流越多，地上已流了一大堆血水，喉间中着的毒弩毒性已发，立刻全身血液凝结，力气委顿，惨叫了一声，倒向草际，乱翻乱滚。玉琴、剑秋知梼杌毒性发作，已无能为，便握着宝剑，站在旁边观看，神狮和巨獒见了梼杌这般模样，一齐跳上前，向梼杌身上狂咬。

此时翟绮云已自树上一跃而下，捷如飞燕，来至琴剑二人身前，对玉琴说道："那怪兽已中毒弩，药性发作，恐怕全身走遍，你们的神狮和巨獒快不要去噬咬，否则传染了毒，不是玩的。"

玉琴闻言，立即撮唇作声，喝住了狮犬，再瞧那梼杌已直僵僵地躺在草中，出气多，进气少，奄奄待毙了。

玉琴便对绮云说道："翟小姐的弩箭果不虚发，那孽畜若

非中了你的毒弩时,恐怕还没有死得这样快呢。"剑秋也称赞翟绮云神弩可爱。

翟绮云脸上方才有了笑容,又说道:"我隐伏在树上,偷瞧这怪兽果然狰狞可怖,一狮一犬尚且不能制伏它,别的野兽更是敌不过它了。后来二位大侠出斗时,剑术之妙,世无其伦,叵耐怪兽身上刀枪不入,仍不能伤害它。我屡次想要用毒弩射它,只因两位和怪兽酣斗在一处,诚恐拙技低劣,误射了两位,非同小可,故持满不发,专待机会。以后那怪兽向岳先生猛扑时,岳先生向地下蹲伏,我乘这个良机,立发一弩,侥幸射中它的咽喉,而女侠的宝剑也已刺入它的心口。也是那怪兽的末日到了,小女子借重大力,得报亡父之仇,这是非常快慰的。"

剑秋道:"恭喜翟小姐父仇已报,此是天助孝女,并非我等之力。况翟小姐的弩箭,神妙无伦,一发而中。如此妙龄,已有绝技,将来更是未可限量呢。"

翟绮云又道:"小女子些些薄技,言之可愧。非两位大侠相助,怪兽岂易歼灭?所以铭感五衷,永永勿忘。现在怪兽已诛,可请两位再往茅庐小坐?"

玉琴一看太阳的影子,便对翟绮云说道:"本当从命,但因时候已是不早,我们要紧回去禅师面前复命,所以不能趋前了。我要问你,父仇已报,你一人独住在此岂不更加孤单?以后做何主张?"

翟绮云道:"我也无意再隐居在这天柱峰上了,天津城外李家集那边是我的姑母表兄表妹,他们很是爱我的。当我父亲远适西域时,姑母很不赞成,坚欲留我住在她家。但因一则我父亲必欲携我同行,二则我也舍不得离开父亲,所以跟了父亲到此。今日父亲已是故世,大仇已报,我若隐居于此,徒增悲痛,故思遄返天津,到我姑母家中去寄食了。"

剑秋道:"还是这样的好。你姑母既是怪爱你的,你若还去,自然必能照顾,比较独居在此荒山中好得多了。只不知你姑母所适的人家姓谁？"

翟绮云答道："我姑父姓卫，名慕青，别号花豹子。生前很爱武艺，也喜结交朋友，但早已逝世。我表兄卫长春，别号小豹子，也习武术。只是他们原籍本是山东峄县，因我姑父前在天津镖局做事，故移家津门，卜居于李家集的。我姑母以前曾说过，如在天津住得乏味时，当举家徙迁故乡。别离三年，不知我姑母是否住在那里，这是须待我到了那边方才能明晓了。"

玉琴点点头道："很好，你若到了那边，万一你姑母业已他迁，不妨请至曾家庄，去见我的寄兄弟曾毓麟。他的夫人宋彩凤也是一位侠女，彩凤的母亲双钩窦氏是江湖上的老前辈，你去和她们相见，她们一定非常欢迎的。只要你提起我的姓名，她们便格外看重了。"

翟绮云诺诺答应道："女侠的朋友当然也是大侠。此番我到得津门，不论找到我的姑母与否，我也必上曾家庄跑一趟。"

玉琴道："翟小姐若见宋彩凤母女时，可说我们在昆仑山上业已结婚了三年，说不定隔几时还要下山走一遭，也许可以和她们有重逢的一日。"

翟绮云答道："必代女侠转达此意。"

玉琴却对剑秋笑了一笑，剑秋道："那么我们要告别了，愿翟小姐途中平安，珍重玉体，父仇已报，一切都可释怀。"

玉琴也叮咛了数语，翟绮云含泪致谢。伊虽和琴剑二人初次相逢，却是非常契合，且深佩二人的剑术，景慕二人的佳誉，恨不得追随骥尾，时聆教益。二人心里也觉得伊是一个可敬可爱的女子，所以玉琴要介绍伊到曾家庄去见毓麟彩凤。

剑秋见翟绮云含泪伫立，玉琴的脸上也有些依依不舍，遂一拉玉琴的手腕道："我们就把这梼杌怪兽带回寺中去吧，幸亏我带有一根绳子在此，可以用一个省力的办法，免得累累赘赘地自己动手。"说着话，从他的腰里解下一根盘绕着的绳子，先把一头牢牢地紧缚在梼杌的颈上，然后将手向神狮一招，神狮立刻跑至他身边，剑秋便把这绳子的又一头紧缚在神狮的后腿，用手在神狮的股上轻轻一拍道："你把它拖回碧云寺去吧。"神狮一听这话，立刻发动四足，拖着那梼杌便跑，巨獒也跳跳跃跃着同奔。剑秋、玉琴、绮云三人随至后面，走向原路去。

现在他们好似奏凯而归的样子，心里各有说不出的快乐。行行重行行，已至天柱峰下。绮云虽仍想邀琴剑二人到草庐中去小坐，可是事实上已是不能够了，伊就停了脚步，向二人告别。

玉琴道："你回去一准快快预备动身，这地方不宜再住了。"

绮云道："是的，我明天便拟下山赴天津去，二位相助之德，终身不忘，窃愿他日有缘再见。"

玉琴点点头道："很好，前途珍重。"

绮云别了玉琴、剑秋，自回天柱峰上去，琴剑二人仍跟着神狮、巨獒紧走了。又跑了好一段路，玉琴忽然停住脚步，向剑秋说道："翟绮云纯孝勇武，不可多得，我真不舍得和伊分离，心中正在思念伊。"

剑秋笑道："刚才分别，怎么就要思念伊呢？想翟绮云虽是孝勇，我们究竟和伊是初相识，你为什么大有恋恋之意呢？"

玉琴道："我这个人自知太富于情感了，往往人家的事情看作自己的事一般，未能忘情。宋彩凤、年小鸾、萧慕兰、宇文蟾姑等，哪一个会使我轻易忘掉呢？何况翟绮云的身世大有类于昔日之我。圣人云：'孝悌也者，其为仁之本欤！'一个人能够有孝心，将来一定不错的。我恐师父怪我多事，否则早要把伊带往寺中去哩。"

剑秋道："你带孝女去见禅师，禅师也绝不至于怪你多事的。譬如陈景欧，不也是你带上昆仑山上来的吗？"

玉琴道："啊呀，被你这样一说，我悔不带翟绮云往寺中去一遭了。"

伊说话时，停住脚步，似乎要走回去的样子。剑秋把手向前面一指道:"你瞧神狮拖着梼杌跑得很远了,我们追上去吧,不必多此一举了。"

玉琴给剑秋一说,遂又拔步便走。狮猱在前,琴剑在后,紧跟紧走,将近天晚时回至碧云寺前。剑秋从神狮腿上解下那根绳子抚着狮猱道:"大功已成,你且去休息休息吧,禅师那边我可以代你去报功的。"神狮听了,欢跃而去。

剑秋又从梼杌咽喉里拔下那支弩箭,箭末镌着一个"翟"字。遂和玉琴双双走入,巨猱跟着,蹿向殿后去了。

乐山、乐水从殿上走出来,见了琴剑二人,又见剑秋拖着梼杌,遂说道:"恭喜师弟师妹,已诛得怪兽回来了。"

剑秋答道:"幸不辱命,总是侥幸。禅师在云房中吗?我们去参见后,再将歼除梼杌的情形告诉你吧。"

乐山道:"禅师正在雷音精舍中和虬云长老谈禅,师弟师妹且请稍坐一会儿,休要去打搅。"

剑秋道:"也好。"

于是他将梼杌抛在庭中大树之下。寺中人听得琴剑诛掉怪兽回来,大家都跑出来观看,对着梼杌无不咋舌称奇。玉琴剑秋遂将他们如何歼却梼杌的经过情形,约略告诉他们听。正报告得有劲儿的时候,一明禅师已从殿上徐徐走出。大家一见禅师到来,立刻肃静无哗,琴剑二人连忙上前拜见禅师,将歼除梼杌的事一一奉告。禅师听到翟绮云为父复仇之事,也不胜太息。又走至梼杌身边看了一会儿,顾谓玉琴剑秋道:"你们办得很好,这梼杌的皮,你们可以把来做两件背心穿穿,以防不测。还有它的胆也可制药,你们好好去收拾吧。这恶兽在此噬人造祸,也是自招祸殃,昆仑山上断乎容它不得的。又有你们的碧云亭,我已吩咐寺中工匠明天前去修葺了。"二人便向一明禅师拜谢。

这时巨猱已跳跃而至,见了禅师,静伏在他面前。禅师把手摸着巨猱的耳朵道:"你也辛苦了,今晚可以大嚼一顿呢。"遂吩咐香积寺特地为巨猱备些荤腥食物,犒赏它的功劳。禅师说罢,自回云房,众人也都散去。玉琴、剑秋和乐山、乐水仍坐在一块儿谈谈山中的野兽。一会儿天已昏黑,玉琴、剑秋在寺中吃过晚餐,也欲早些回去休息,梼杌却仍留置寺内。

这晚二人因为多赶山路,都觉疲倦,回至碧云洞,解衣便睡。

次日起身,又往寺中拜见禅师。退出后便去收拾那梼杌。先破了肚,挖出梼杌的胆,真如绿宝石一般。玉琴便放在阳光下去晒干,预备制药。又将梼杌的皮剥下,去洗净了,割截下精美之处,把来揉搓后,以制背心。

玉琴费了数天工夫,方将两件背心做好,穿在身上,十分妥帖,但夏日气候炎热,却不能穿的,此刻在山上也无用处,所以藏在箧中备而不用。剑秋也将梼杌的胆如法炮制,磨成了一种粉末,储藏在小瓶里,以备急需。而碧云亭早经工匠修葺一新,二人仍可在亭上小坐。龙驹的伤处也早平复,一场风波安然过去。但玉琴却时时要惦念翟绮云这个孝女,大概伊已下山回津沽去了。伊若住在天柱峰上时,自己可以多一伴侣,常去那边游玩赏风景了。

七夕既过去多日,中秋又忽焉莅临。这天正是中秋节的早晨,剑秋醒来时,见玉琴尚犹酣睡,姝首正贴在自己的胸前,而他的左臂正压在玉琴的肩下,便用右手指在玉琴颊上轻轻弹了一下,说道:"琴妹醒来,琴妹醒来。"

连唤了两声,玉琴方才惊醒。星眸微饧,脸上露出娇嗔之色,对剑秋说道:"唤我作甚?好梦被惊醒了。"

剑秋一边笑,一边指着外边在洞上面漏下来的晨曦,说道:"这时候还不该起来吗?你做的什么好梦?能不能告诉我听?"

玉琴将头别转去道:"我不说。"

剑秋道:"你不说吗?别怪我要向你胳肢下来呵痒了。"

玉琴最怕呵痒,忙回转头来说道:"别闹,我说便了。"

剑秋哈哈笑道:"不怕你不说。"

玉琴道:"刚才我正梦见自己和那个孝女翟绮云在一个山

顶上和两个麻面大盗酣斗。忽然山下杀来了袁彪和年小鸾二人,有一麻面大盗向后山遁去,我在后紧追,正追至悬崖下,那厮前无去路、没有逃身,我刚要舞剑进刺,忽然被你惊醒了,不是便宜那厮吗?"

剑秋笑道:"便宜了谁?"

玉琴道:"那个麻面大盗。"

剑秋道:"既然是梦,有什么便宜不便宜?琴妹说得令人发噱,原来是这样一个好梦。琴妹的身手投置闲散了三年,而琴妹做的梦依然还是三年前浪迹江湖诛恶除奸的情景。大概我们的尘缘未满,还须下山去走一遭呢。好了,你不要怪我惊破你的好梦,今日是中秋佳节,朝晨天气这般晴好,晚上月色一定清辉。我们虽在山上,不要辜负了这个佳节,我与你晚上去山巅步月,细玩夜景,夜间更当有好梦呢,请你不要恼我才是。"

玉琴这才笑了一笑,和剑秋一同披衣起身,梳洗毕,二人又到碧云寺中去谒见禅师。下午禅师在内打坐,玉琴、剑秋、乐山、乐水一同在外面庭中看陈景欧舞剑。别瞧他是个文弱书生,近来的剑术已大有进步了。正在这时,外面忽然走进两个人来,哈哈大笑道:"玉琴、剑秋,你们还守在山上吗?"

二人回头一看,原来是飞云神龙余观海和闻天声,一先一后地走了进来。风尘满面,衣衫垢敝。这二人正是志同道合的剑仙。剑秋连忙迎上前去道:"师叔和闻先生从蜀中回来吗?怎么去了这许多时候?令人时常思念。"

余观海笑说道:"剑秋,你说长久吗?依我们两人看来,却并不觉得甚久,还觉得未曾畅游呢。"

说话时,玉琴、乐山、乐水都上前相见。玉琴道:"二位此去,谅必游了许多名山大川,不胜健羡,可有什么奇闻逸事讲给我们听听吗?"

闻天声接口说道:"女侠,我们此去闻见很奇,当然有些事情要奉告与故人知道的。只是我也要向你讨红蛋吃呢。"

女侠玉靥微晕说道:"我不知道,你要喝酒吗?寺中有的好酒尽你们喝就是了。"

闻天声道："我们没有一天不喝酒，酒是我们的生命，醉乡的日子过得真快，却不知你们温柔乡里的日子又是怎样的滋味？谅必也和醇醴一样的甘美了。"

剑秋听闻天声故意和他们打趣，遂说道："你要喝酒，停会儿请你喝个畅快便了，不要胡闹。你们要见禅师吗？"

余观海道："禅师可在云房中吗？当然要去参见的。"乐山道："禅师正在云房中坐禅哩。"余观海道："我可要去搅扰他了。"

于是他就和闻天声一同入内去拜见禅师，见过禅师后，又去见虬云长老。玉琴、剑秋等却在外面坐待。隔了好一息，二人出来，闻天声笑嘻嘻地对剑秋道："今夜的酒已有主人了，一明禅师请我们在慈云阁上夜宴，算是代我们洗尘的，你们都是陪客哩，少停大家要多喝些酒的。"

乐山笑道："寺中藏的好酒甚多，不怕酒量深的。"

琴剑二人闻言也很高兴，大家走出寺门前去散步一回。巨獒也跟着他们同玩。剑秋遂将歼除怪兽梼杌以及邂逅孝女翟绮云的事告诉闻余二人知道，二人也啧啧称美孝女的孝和勇。

天色垂暮时，一明禅师已设宴于慈云阁上，为闻余二人远来洗尘。虬云长老也请到同席，玉琴、剑秋、乐山、乐水、陈景欧等一齐相陪。那慈云阁是寺中最高的所在，筑在岩石之上，四面明窗洞辟，可以远瞩山半。这晚况又是中秋之夜，名山月色，更有可观。玉琴、剑秋等先到慈云阁上凭栏闲眺，一会儿闻余二人已到，跟着一明禅师、虬云长老带着乐山、乐水、陈景欧等走来，于是大家挨次入席。禅师长老和闻余二人坐在上首，琴剑等都坐在下首。肴馔虽是素的居多，而烹煮得都很精美，酒是寺中藏着的陈酒，禅师特地烫着以饷二位酒人的。

闻天声和余观海举杯狂饮，毫不客气。闻天声且咂着舌头说道："这酒味道真好，记得数年前在山东临城贾家庄上拜贾三春老英雄的寿,那时候喝的酒也是别有佳味,和今天相较,可称伯仲。其他在太白楼上也不过胡闹而已,怎有这样好的酒以润馋吻呢?"

剑秋带笑说道:"闻先生,今晚良宵佳节,更可以多喝数杯了。"闻天声瞧着一明禅师说道:"这里慈云阁非太白楼可比,怎敢在禅师和长者面前极饮狂醉,以致失礼呢?"

禅师微笑道:"今夕特备美酒飨客,你们尽管尽欢狂醉,倒也不妨的。"

于是闻天声放开酒胆,一杯一杯地狂喝了。玉琴是不会喝酒的,今夜因是中秋佳节,况又是闻天声、余观海二人到来,兴致更好,所以跟着大家喝了两杯,又吃了一些菜。禅师和余观海、虬云长老等谈着往事,一会儿忆起云三娘,一会儿谈到龙真人,玉琴在旁边不好插口,微觉胸中不适,在此像要呕吐的样子。伊就立起身来走到东边窗子前去,将身子伏在槛上,想要把胸中的酒呕出来,但也呕不出。

剑秋也走过来问伊觉得怎么样,玉琴道:"我只是多喝了两杯酒,别的没有什么,你快去陪他们举觞吧。"剑秋却不肯去,和玉琴一同立在那里,凭槛外望。这时候月光如水,照彻远近山峰,大大小小高高低低的宛如有许多白帽白胄的战士,屹立在四周。

玉琴忽然把手向东边天空里一指,对剑秋说道:"你瞧这颗星的形状很奇怪,我平生没有见过的,到底是什么星?你可知道吗?"

剑秋跟着玉琴的手一看,果见东首天上有一颗很大的星,拖着一条尾巴,形如扫帚一般,很长很长的,十分光芒。虽在明月之下,仍不掩却它的星光。若在月黑夜看去时,一定更是好看了。

剑秋便道:"咦,这星大概就是世俗所说的扫帚星吧。"

此时众人听着他们的说话,一齐走过来看。陈景欧道:"这是扫帚星,哎哟,为什么在此时出现呢?扫帚星三个字以形状而言的，此星本名彗星。古时书上记载分明，凡是有此星出现之时，天下一定扰攘不安，主动刀兵之象，看来天下又要大乱了。"

一明禅师叹口气说道："天下一治一乱，几成惯例。自太平天国以后，至今海内粗安了些时，然而朝纲弛解，杀机隐伏，民不聊生，祸乱将起。所以天心示戒，此星出现了。"

虬云长老道："最可悲的是生灵涂炭，地方糜烂。我等在这山上，虽然理乱不知，灾殃无及，但不能拯救万民之厄，这也是不胜遗憾的。"说罢，叹了一口气。

余观海却说道："我听得人家说彗星也是天上行星之一，天空里像这种的星不知有许多，这是不足为奇的。世人少见多怪，且因此星形状特异，所以对它特别注意。其实世上刀兵的事情是常常有的，与彗星何干？这是世人牵引上去的。"

闻天声道："余兄的话也不错，但我前数年在京津以及关东一带地方差不多到处走遍，眼见着那些满洲人泄泄沓沓，颠顸无能。政治方面弄得七颠八倒，民生憔悴，可说达于极点。而外人的势力一步一步地进来，所以隐着的祸机一触即发，此星的出现也非偶然了。况且此次我同余兄到四川去走了一遭，已觉得外面伏着的乱机真多呢。"

玉琴听了这话，连忙说道："不错闻先生，你允许讲川中的奇闻逸事给我听，现在我请你讲给我们听吧。"

闻天声点点头道："不嫌哓舌，正要报告。"

于是大家又回到座上，静听闻余二人讲述川中的逸事。那天上的妖星仍照耀着它的光芒，如和月姐争辉呢。

第八十九回

红花村侠客警顽手
白莲教孽徒藏祸心

大家都注意地听着，闻天声眼望着玉琴、剑秋，把手指了一指余观海道："我自那年喝了你们的喜酒，就和你余师叔一路入蜀。沿途除了观玩山水以外，就是饮酒管闲事，倒也干了几桩，只是好酒却是难得，像今晚这样的美酒甘醴，更是几年没有沾唇了。"说着话，举起大杯又咕嘟嘟地连连喝酒。

余观海在旁催道："你既允讲在川中所见的逸闻，就爽快些讲吧，又何必尽说那些闲文？你看玉琴他们都瞪着眼睛望着你的嘴呢。酒不妨慢慢再喝，好在今天席上只有你我两个酒鬼，我总给你留着就是，快讲正文吧，别让他们着急了。"

天声放下酒杯，嘻嘻地笑道："讲故事总得从头讲起的啊，只要繁简有个分寸就得了。我们入蜀是打南郑经过栈道，过剑门再到成都。南郑是古来军事上的要地，扼褒斜金牛两栈道中之权，西控陇蜀，东下荆襄，汉高祖因之以成帝业，我们因此在那里逗留稍久。栈道南连剑门，一路连峰插天，下临深壑，凿石架梁，以续路绝。行者时虞倾跌。剑门高踞在剑山上，峭壁中断，两崖相嵌如剑，真不愧剑门之称。古人说蜀道之难难于上青天，真非虚言。"

陈景欧问道："有轻身功夫的总不觉难行吧？"

乐山道："那个自然，你别打岔，听闻先生往下讲吧。"

闻天声又继续讲道："到了成都，却是一片平原。水渠交错，物产丰饶，为川中第一繁富之区。居民稠密，生活舒适，可是淫逸威压等罪恶亦以此等处为多。余先生曾手刃了一个逼奸贫女的大富翁呢，这是一件很痛快的事，今天想起，还当为之浮三大白。"说着，就提起壶来，向自己的酒杯里倾注。众人的目光，却不约而同地转向余观海。

这时月光已潜入阁内，把满桌的杯盘映成银色。余观海微笑着点点头道："也是有一个月明的晚上，闻先生喝得醉醺醺地睡了。我出外解小溲，隐约听得有女子的哭声，循着声音找去，是在客店后面的高楼里发出来的。我跳进围墙，又一纵上屋，轻轻揭去几片屋瓦，从小洞里朝下看去。见是一个腹大如瓠、胖得像猪一般的男子，年纪约莫有四五十岁，一部络腮胡，像刺猬一样地戟指着。手里提着一根皮鞭，指着一个十五六岁的小姑娘厉声喝骂。那小姑娘虽然乱头粗服，却掩不住天生丽质，姿容确很可爱。听那胖猪的语气，自命是个老封翁，儿子在京师做着什么官，向那小姑娘夸耀着有多少田地房产、金银珠宝；又在他的责骂声里，得知那小姑娘的父亲原是胖猪家的佃户，因为欠了三斗米租，硬要把他女儿做抵押。虽然父亲投河，母亲自缢，总没有保全得自己的女儿，被胖猪威逼着做他的小妾，那小姑娘却哭骂着誓死不从。胖猪火起，就动手用强，眼看着小姑娘渐渐不能撑拒，贞操行将被攫……"

玉琴着急道："师叔怎么还不快快动手？那小姑娘岂不可怜？要是我早就把那胖猪杀死了。"

禅师看玉琴说时愤激难遏的神情，心想这孩子在山住了三年，并没有被清风明月、高山流泉的悠闲生活改变了她任侠好义的天性，在山将住不久了。便向她微笑道："你不要性急，你师叔自会惩处他的。你且给师叔和闻先生添上酒，让他们润润喉,慢慢地把那些奇闻逸事讲给你们听,且耐性等着吧。"

禅师说了,剑秋便提壶代玉琴给余闻二位斟上了酒。余观海喝了一杯酒,笑道:"在那危险的时候,一片三角形的瓦片,剖开了那五石瓢的大腹,污血四溅,肝肠满地。那小姑娘也就吓昏在一边。我便进去把那小姑娘扶起,告诉她是我用瓦片从窗外抛进那胖猪的腹中,特为救她而来的。伊的父母已死,我问她可还有什么亲人,伊说有一个母舅在城外车盘村,离此大约三十余里。我搜了一些金银,交与那女子,又用血在墙上写了几个字,只说夜游神巡查至此,察得此人作恶多端,故加罪刑,女子已被神带往仙山。唯有神佛之说,最能使这种为富不仁的人信服。当时我就送伊到舅家,回来时闻先生还是好梦正酣,一些儿也没有知道哩。"

玉琴听他讲完,不觉拍手称快。剑秋道:"那女子得遇师叔,正是她的大幸。"

闻天声倒有好半晌酒杯儿没离唇,这时连连喊着痛快痛快。余观海对他说道:"快讲你的吧,酒杯儿可暂停一下了。"

天声且不答话,趑趄着脚步,走到窗前,向外一望说道:"净空如洗,一碧万里,银光四射,明镜当空,今夜正好月色也。记得那晚在峨嵋红花河畔,莫氏兄弟家中,却是没有星月的黑夜,险些儿给铁棍把我矮冬瓜打成了烂冬瓜呢。"说着回到座上,对众人说道:"我方才所说的祸乱未已,就是指莫氏兄弟等说的。我们自离成都便直向峨嵋。峨嵋在峨嵋山县南,系出邛崃山脉,盘亘数百里,层崖巉岩,有数千仞高。山巅终年积雪,气候寒冷,在山下衣夹,到山中便要衣棉。上最高层则重裘犹单,尚须恃炉火取暖了。山中多梵宇,亦多松柏,翠盖黄墙,错落其间,自饶奇趣。山中犹多药材,入山即觉异芳扑鼻,迥别凡卉,亦是此山的特色。只可惜山中巨刹香火太盛,顶礼参拜的络绎不绝,祈福于神佛的自多愚人和俗人。寺中有佛事时,铙钹齐鸣,钟鼓并震,闹得人耳根不静。我们在山游览了数天,兴犹未尽,只因适有某处贵妇人在山中寺里起什么水陆道场，絮聒得叫人头昏，我们就下山来，想暂在山下游览几时，待道场完满时，再上山畅游。峨嵋县的风景，除峨嵋山最著外，还有很多胜境。那一天来到山下的红花河畔的红花村里，清溪小桥，土垣板扉，一派乡村朴实的景象。我们来到村口，看见绿树荫中酒旗高拂，未免馋涎欲滴，酒虫又跃跃欲出了。我们二人便走向酒家门前，见挂着莫家店的市招。小屋三间，设了炉灶钱柜外，只疏疏落落地排了不多几副座儿，座上客除了我们二人外，正所谓绝无仅有。跑堂的端上酒菜，我们一尝那酒，味淡如水，算作是喝水也就罢了，一吃那菜，味腥如膻，简直难以下咽，连才喝下去的水酒，也呕了出来，实在不敢再领教了。便叫跑堂的开上账来，却比在成都吃的上席还要贵几倍哩。我就说了一声，这样恶劣的酒菜，却要这样贵的价格？山村野店，倒很会欺人。我一边虽这样说，一边却掏出银钱想交给跑堂的，谁知他听见我这样自语着，顿时竖眉瞪眼地对我喝道：'你喝不起酒便别喝，谁教你不预先打听打听莫家店的酒价，冒冒失失地来充阔？又嫌好道坏的，又说价贵，看你两个一副乞儿相，也不是喝得起莫家店里的酒的人。再要多言多语，可别怪我这拳头要不和你客气了。'说时还把袖子一撸，手臂一举，那神情倒很可以吓唬吓唬孩子。"

天声说到这里，余观海接着说道："起初我是守着沉默，这时见那跑堂一副耀武扬威的样子，倒惹起我的气来了。我就把闻先生的右手一拦，叫他别付钱，'反正菜我们没吃他的，酒也呕了没下肚，不必会账，我们走吧。'拉了他站起身来往外便走。那跑堂的抢着走到我们面前，伸出左臂一拦，举起右手，就恶狠狠地向我脸上打来。我就伸手把他的右手一架，左手一捏，于是他的二手一上一下这样举着，不用想放下。我们撇下他就走，才走了四五步，只听后面连连喊道：'二位好汉请停步，我们店主来赔礼了。'我们回头一看一个四十多岁的汉子，连连招手喊着，就是刚才坐柜上打瞌睡的人，大概给我们争吵闹醒去报信的。他的后面出来一胖一瘦两个汉子，一般的紫色面皮，五短身材，阔眉大眼，还透着一团邪气。跟着还有七八个汉子，都是健壮的村汉。那个跑堂的也愁眉苦脸地举着一上一下的两只手，跟着那两个矮汉走来。我们停了步，只见那一胖一瘦两个汉子一齐向我们拱手说道：'小店伙计有眼不识泰山，冒渎二位壮士，理应加以惩罚。不过不知者不罪，请念村夫无知，高抬贵手，饶恕这遭，我们兄弟自当深感。并请重临小店，一尽地主之谊，还要畅领教益呢。'一边推着跑堂的上前，命他向我们赔礼求饶。看他那副垂目低眉、畏缩求怜的样子，完全和刚才怒目扬眉、咄咄逼人的态度两样了。这种小人，真是可恶可恨。遇到柔弱的小民，岂不就吃他的大亏吗？这次给了他一个大大的教训，下次也许不敢任意欺凌人了。我把他的两手轻轻一点，就很自在地可以上下，和先前一样。我还劝他下次少要动手打人，世间的能人多得很哩，像你这样的本领，是跟不上能人对手的。他满脸通红地退入店中去了。我发放了跑堂的，便打算还清酒账，不再回店。因我觉得那店主不像个好人，不愿和他多所兜搭。谁知我交银钱给店主时，他死劲地推辞，不肯收下。我要推辞店主的邀请，闻先生却反帮着他们说，既然人家再三邀请，未可固辞，辜负了人家的盛情。我知道他又要想管闲事了，只得又跟着这一起人回店去。"

余观海说到这里，蓦然一声大吼，屋宇也为震动。大家正出神地听着余观海讲述，冷不防听到此声，不觉一惊。一明禅师微笑道："敢是那镇山神狮在追逐着什么了？"

乐山、乐水二沙弥就走出阁外去察看，过了一会儿回来说道："外面月明如昼，鹰鸢疑是白天，出巢飞鸣。碰落了山头小石，打在神狮头上。神狮疑是有敌袭击，故而振鬣怒吼。"

玉琴笑道："神狮受了一场虚惊，却打断了余师叔的话头，害得我们只听了一半，岂不扫兴？"

余观海道："我讲了半天，嘴也干了，我要稍歇一下，让闻先生讲给你们听吧。"

一明禅师道："是啊，你们怎么只是先闹着要听，也不知道给客人斟斟酒？"于是剑秋、玉琴、乐山、乐水、陈景欧一个个依次给客人敬了一杯酒。

闻先生继续讲下去道："我因为莫家店的货劣价高，店伙又是那么的凶横，定是店主平时唆使的。那所谓店主者，又是一脸邪气，这店说不定也是卖人肉的黑店呢？我们重复回店，他们领我俩到第二进屋里，估量着是他们的住宅，也是一排三间，两旁室门紧闭，也许是内室。中间是堂屋，为饮食起坐之所。堂屋前后有窗，后窗望出去，是一个大院子，围着一带短墙，墙外绿叶葱茏，却是一排茂林。墙的西边尽头处，有一庭高冢，一半在墙内，一半在墙外，看去墙外的一半要较墙里的半个要高些。在高冢的南面，就是这三间屋的右侧，也是三间小屋，却比这前后屋子都新，并且这靠右边的一间，似乎比较坚实，又没有窗子似的。"

陈景欧贫嘴道："哦，这里面一定是藏人肉的了。"

剑秋对他努努嘴，示意他不要打断话头。长老和禅师却只是望着他们微笑。玉琴把两只玉手撑着下颌，出神地注视着天声的嘴，只见他并不理会闲话，滔滔地讲道："引我们进里屋的，就是一胖一瘦两个汉子。坐定以后，他们说出了履历，原来胖的是哥哥，叫莫龙；瘦的是他的兄弟，叫莫虎，本是陕西凤翔的樵夫，父亲是兴平山玄坛庙的庙祝。自从倪全安主持玄坛庙后，他们就入了教，学习法术，后来被派到翼德真人门下的云真人那里，跟随到山东、河南一带布教的。云真人死后就辗转入川，去年冬天住在这里林家客店的。第三天晚上，忽然屋后古冢僵尸出现，缢死了店小二，把店里的客人都给吓跑了。只有他兄弟不怕，还是不走，店主也巴不得他们住下，可以帮他壮壮胆。哪知到明天半夜，僵尸又出现了，待他兄弟发觉，要去制伏它时，它已缢死了店主的全家，回进坟墓去了。他们就只得用一道符镇住了墓门，从此僵尸永不出现。唯有店主的女儿，没有被毙，感激他们镇住僵尸，保全了伊的性命，愿意嫁给莫龙为妻，财产店业也由莫龙承继，就改为莫家酒店，不留客宿歇了。莫氏兄弟又道：'村中人因为我们会符咒，精拳棒，都纷纷要求传授。我们就趁此收集门徒，一旦天下有事，亦可图个出身。二位壮士若肯加入，将来共图大举，我们愿以大师兄相尊。并且学会了符咒，佩在身边，则邪魔不侵，虎豹不惊，吞入腹中，则刀枪不入，雷电不震，真有无穷的妙用呢。'我道：'这个慢慢再商议吧，如有好酒，且拿些来喝。刚才喝了些水也似的酒，没有杀得酒渴，反把酒虫都引上了。'莫龙连说有有有，就叫他的浑家出来料理酒食。那妇人年龄不过二十，姿首颇觉秀丽，只是双蛾紧蹙，面色沉郁，好像怀有重忧的样子。当我们饮酒中间，有一个少女的面形在下首房门里一闪，见了余先生，还似乎一怔的样子。"

余观海接嘴道："那个就是我在成都所救的女郎了。"

大家奇异道："怎么她也到了这里？"

天声道："据她告诉余先生说，她的母舅胆小，恐怕连累，星夜着人送她到姨母家来的。谁知姨母全家在去冬被僵尸所害，只剩下她的表姐了，她也只比我们先一日到店呢。当夜我们就住在莫家右侧的小屋里，莫氏兄弟并且告诉我们，他们每逢三六九日，举行大操，吞符念咒，练武击拳，所有习武的门徒，都要来此集合，就在后面的大院子里。他又叫我们住在最左的一间屋里，我们始终怀疑那右边的屋子。睡到夜半，我们二人怀了火种，蹑足走去，取出火来一照，不但没窗，而且没门。后来细细寻视，在墙脚下砖缝中，嵌着三根铁丝，作工字形，把剑尖一点上下两根铁丝，白色的墙中间渐渐裂开，露开一扇小门，再把中间的铁丝一点，小门就呀的一声开了。里面是空空的，四面无窗户，墙壁都是黑色，就是暗牢。墙脚边还堆着几茎白骨，鬼气森森，这屋里想已屈死了不少冤魂呢。这样二莫的行径，可以窥见一斑。出来时，把门框上悬着的铅丝一拉，门就开起来了，墙缝里横出一柄石笋，往里一拨，墙就合拢了。再往院子里各处巡视一下，找不到什么神秘所在，也就安心睡觉。

"第二天早上，我们从房里出去，看见井边汲水的女子，就是昨夜在房门里一闪的人。伊认出余先生是她的恩人，轻轻地向余先生诉说，她表姐说的二莫不是好人，屋里还有黑牢，谁要逆了他就被送入黑牢，活活饿死，并且僵尸也是……伊才说到这里，看见莫氏兄弟从那边屋里走来，她就赶快提着水走开了。莫龙见了我们，遂说演拳的人都已来齐，请一同到后院观看，还要请二位一显身手以扩眼界。我们到了后院，只见满院子黑压压的人，肥瘦各异，长短迥别，却一例是壮健的汉子，而且乡愚居多。估量着都是惑于邪说，妄冀非分，才耗时废业地来加入这个教团。他们见了二莫，就立刻分成左右两列，很透着信服崇敬的样子，对于我们这两个生客，也一例地用着好奇而且钦敬的目光。因为昨天店主邀请我们回店的一回事，已满村皆知，只是右边一行为首的和第七、第八两个，显着不信的神情。这三个的面貌凶恶，举止粗犷，尤是为首的一个，鹰鼻鼠目，昂首举趾，骄矜自恃，这凶悍狡佞的样子，平时定不是安分的。莫龙叫大家念了一遍什么可以壮胆长威的口语，佶屈聱牙，不知胡诌些什么。然后耍了一回铁棍，拖泥带水，解数并不高。那些没有见过局面的乡愚，却是惊为天人，也举起粗细不一的竹竿木棍，和小孩子学步般地跟着舞弄，几如潢池弄兵。不是他碰了竹竿，便是你卸了棍子，闹得乌烟瘴气，哪里成什么解数？不过那三个凶形恶相的和另外四五个人，倒也使着铁棍，右边第三个最为出色，居然起落分明，擒纵如意，可以据此为精进之基了。接着莫虎耍了一套拳，腾纵蹿跃，左击右突，狡如猴，疾如兔，却是不错。可惜那班门徒，只会举臂伸腿，挺胸凹肚，不成解数，却还夸耀着可以避箭石，御刀枪，真只可以惑乡愚哄婴儿罢了。

"当莫龙告诉我们，演拳的人隔宿必焚香斋戒，吞服灵符，就能成为铜筋铁骨，刀枪不入。那右列第一人听了，格外地扬眉瞋目，颠头簸脑，似乎他就有着这种能耐。我就指着他对莫龙说道:'这位老兄看去武艺精娴,法术定亦高强。我来和他试演一下,如果真的不惧刀枪,我亦愿入教学法。'二莫听了我的言语,脸色陡变,想要拦阻时,那人却露着骄笑,点头同意。我就在地上随手拈起一块核桃大的石子,向他袒露着的胸膛飞去。只听啊呀一声,向后便倒,鲜血在心口的小洞内汩汩地流出。习武的村汉都相顾失色,惊嗟的、疑讶的、愤怒的目光一齐向二莫及我们身上射来。二莫更是面红过耳,喽嚅着说不出话。莫龙老羞成怒,欲待发作,莫虎却轻轻地扯了他一下,搭讪着说这不是灵符不灵,是他们斋戒不诚,故遭天谴。同时把面色一正,告诫众门徒,下次吞符必须虔诚,就叫众人把那尸身抬回去,于是一场盛会不欢而散。我们因为早上井边女子的话很有可疑,莫氏兄弟挽留我们,就姑且虚与委蛇,随便舞了一回武器,二莫大震,格外笼络,亦就不复再提前事。

"那天晚上,莫氏设了盛宴款待我们。还请了几个村上的富户和他的门徒作陪。早上和那死者同列一行的两个面目凶恶的亦在内,目光闪烁,显然地不怀好意。我懒得听那些无谓的恭维话,还有莫龙絮絮地述着他教中的灵迹,只顾倾壶举杯,就饮了个烂醉如泥,送我们进房睡的就是那一对凶神。睡下不多一会儿,房门微微地一声咯叽,闪进了两个大汉,分别蹿到我们二人的床前站住,举起铁棍,用力向床上击下。我哼了一声,铁棍又是接连两下,同时听得那边床上,却是木板折裂的声音。原来你余师叔被褥卷过,睡到中间屋里去了。只听那人蹿到我床前轻轻地说道:'那人明明睡在这床上的,怎么一会儿连被褥都没有,只剩下空床板了呢?'这个人道:'我倒得手了,第一棍下去,还哼了一声,又接连二下,便哼声亦没有了。也是李大哥阴魂有灵,这个仇总算为他报了。那个瘦长子就饶过了他,我们走吧。'我道:'且慢,要报仇还得再来几棍,刚才三下都让枕头给代挨了,我在床这头呢。今天酒喝多了,浑身酸软,正用得着你的棍子给我捶捶哩。'那二人都咬牙切齿地发狠道:'看你这一下往哪儿躲!'两根棍子都向着我睡的一边击下。可是在他们举起铁棍时，我又移到床那头去了，他们在黑暗中瞧不见我，我可瞧得很清楚，偏又抱怨着道：'我在这头呢，你们为什么往那边瞎捶？'二人气极了，再不开口，举起铁棍，满床乱捣，我却已安坐在床顶上去了，俏皮地说道：'歇歇吧，我的骨头没给捶舒服，你们的两臂倒捶得发酸了，要不我来给你们捶捶？'我的话没说完，忽然门口有一人阴恻恻地接嘴道：'来而不往非礼也。人家卖力和你捶了这么久，本来你也应该回敬几下，让他们早些回去歇息，免得再闹下去，连我睡在隔壁都给你们扰得不得安。'这说话的就是余先生。那二人起先听我在床顶上说话，只气得暴跳如雷，后来半空中又来了个程咬金，他们知道不能得手，便抱头鼠窜的想夺门而出。那一晚恰是满天阴霾，星月不辉，没有练过夜眼的人，真伸手不见五指。二人冲出门去，却没瞧见余先生伸着一腿横在面前，只听当啷两响，二人的铁棍跟着人一起跌倒在地。待要爬起时，早被余先生和我把他们装进被套里去，包扎成像一个大馄饨。二人还在挣扎，我轻轻拍着他们道：'别焦躁，我们给你师父去送半夜点心。'提着就往前边正屋走去。"

天声讲到这里，席上几个青年无不大笑。大家正笑得起劲，忽然当啷一声，大家定睛看时，原来玉琴笑得把身子一歪，刚好磕在剑秋举着将要送入口中的酒杯的手臂上，剑秋不防手一松，酒杯掉下地，小半杯酒却全泼在玉琴颈里了。剑秋忙拿帕替她揩拭，众人又给剑秋换上一个杯子，把碎杯子拾掇过了。

玉琴红着脸抱怨闻天声道："都是闻先生讲这引人发笑的故事。"

天声笑道："不是这样一笑，今晚席上怎会增添这一项新异菜肴呢？"

众人都诧异道："哪里又多添了新异的菜？"

天声道："广东人好吃虫类，有什么风干龙虫，我们今天添的可叫作酒浸蜻蛴。"众人一听，暂止的笑声又像春雷般地轰发起来。连那窗外的月光，亦格外的皎洁幽柔，抚着每个人的笑脸，尤其是玉琴，杏靥蕴赤，映着清辉，更显娇媚。

剑秋恐怕玉琴过羞，忙站起给众人斟酒道："都是我不好，打断了好听的故事，我敬各位一杯，再静听讲述。"就举起杯来。众人也跟着饮了一杯，听天声接下去讲道："我们到那边屋子里，莫氏兄弟也已起来，因为听见铁棍掷地的响声，怕是有什么刺客，原来他们近几日正听得县里将有不利于他们呢。每晚派着两名门徒，在村口巡哨。他们见我们二人扛了一个大包，显着十分骇异。我们就把铁棍声的由来讲给他二人听。我'幸亏我们二人还算机警，余先生看见二人进门，连忙抱着被褥，从床后转到隔屋去了。我也拖了两个枕头，横在床中，自己躲在床里，铁棍和我相离不满三分，我们若不占着能在黑暗中见物的便宜，两人的命岂不送在铁棍之下？你们既然邀我们入教，共图大举，怎么又暗算我们？这个玩笑，未免闹得太大了。'莫氏弟兄听了变色道：'谁敢有此大胆？绝不是我弟兄的主意，我们钦慕二位的神技，还要仰仗大力，扶助我们，怎敢生心暗算？请二位千万不要误会，我们必将此二人按教规重治。'说着就将二人从包内放出。那二人名叫张七、赵四，二莫询问因何要加害我们，张七、赵四说是为李大报仇。二莫大怒，说李大自己斋戒不诚，故遭神谴，怎可怀恨他人？就要处以死刑。这两个怕死的东西，方才横眉竖目，要结果我们的性命，现在又低首屈膝向我们求饶了。

"我们才要开口，忽见两个门徒打门走进，面红耳赤，喘得话都讲不上来。经莫氏兄弟厉声催问了数遍，二人才急急巴巴地说是县里派兵来捉，约莫有一二百人，离我们村口不过五七里路了，是前村王六儿来报信的。二莫听报，莫龙焦躁，颇现惊慌之状，莫虎较为镇静，就发放二人，叫他们一个去吹起号角，集合门人，一个仍去村口探望，再来报知。张七赵四还直挺挺地跪着，候我们发落。我想这两个并无多大能耐，就放了他去点缀了县兵的功绩吧，就向莫氏兄弟说：'现在正是你们用人之际，我们又没受伤，饶恕了他们，让他们戴罪立功吧。'二莫正是求之不得，忙叫张赵二人给我们叩头谢恩，和众人一起列队听令。二莫请我们帮同拒捕，我们说：'县兵不过虚张声势，并无多大实力，村上的壮汉尽足抵敌。况且二位神勇，区区百余小卒，更不足置心。如遇必要时，我们当然效劳。你们该赶快到村口迎截，别让官兵进村，我们也随去观阵。'二莫听了大喜，扎束停当，各带随身武器，领了百十个村汉，半是倒有一大把木棒竹竿、锄头铁耙作为武器的，只有走在前面的一半，算是备着鞭棍刀枪等武器。一路哼哼嘈嘈，半奔带跑，到得村口。喘息未定，官兵已如潮涌至。

"为首一个将官，执剑挥旗，往来奔驰，指挥士卒。村上的乌合之众，怎敌得训练有素的官兵？战了不满半个时辰，那些村汉三停去了二停，凶悍的死在官兵的枪刀之下，庸懦的却是私下溜回去了。莫龙莫虎较为骁勇，两个合战那个将官。那将官一面迎战，一面指挥，旗挥龙蛇，剑耀日月，好不威武。不过以一敌二，未免有些顾此失彼。我恐怕他有失，心想不如擒他过来，慢慢再和他同破莫氏，歼除余孽。于是我就叫二莫退后道：'让我来活捉这厮。'将官听了，挥剑向我直刺，我扬剑一架，他的剑就不在手中了，就把旗舞着抵敌，着剑亦折。自知不敌，回身就想走。余先生从斜里蹿过，伸出长腿，轻轻地一钩，那将官再也站立不稳，就被我赶上缚了。官兵见将官被捉，发一声喊，一齐围上来。被莫虎左右突击，着实打死了几个，我们就对那些官兵说道：'你们的官长如此骁勇，尚且被捉，何况你们这些小卒？若不速退，我便先杀了你们官长，再杀你们。'我们掣出剑来扬了一扬，为首的几个官兵，眼花缭乱地跌倒了。他们似乎也商议了一阵，就一阵骚动，向后退去了。我们就一起回到莫家，那些溜开了的村汉听得官兵败退，又一个个地踅回来。检点一过，生回的只有四五十个，会使枪棒的全都做了刀头之鬼，其余断手折臂的倒也有几十个。

于是就叫这些村汉去把死伤者埋的埋，抬的抬，留几个在村口巡哨，防官兵再来。这里就剩下县里派来被擒了的将官该怎么处置的问题了。依莫龙的意思，要把他杀了，我们说：'县里必定还要派兵将来哩，不如暂留下他，等将来捉到的一起杀吧。倒是把他关在什么地方妥当呢？'莫龙就说在我们睡的一排上，那边尽头的一间是黑牢，就把他关在里边。这时夜已过半，大家也不再睡，以防官兵再来。我们二人就讨了监视这俘虏的职务，觑空我们进黑牢去和被俘的将官闲谈，知道他姓马名家骥，职任游击，县官胡谦德，为官清正廉明，新自河南调来。听得这里莫家酒店主人传布邪教，妖言惑众，并且横行不法，鱼肉乡民，大有顺之则昌逆之则亡之概。恐怕图谋不轨，贻害无穷，故而派兵来捉。我们也就把来历告诉他，等县中再有兵来时，我们里应外合，捉拿妖人。我出来打算找些饮食给马游击，刚走出里门，忽然一个黑影迎面就是一拳，我急忙向下一蹲，他一击不中，知道无机可乘，就向外窜走。看那矫捷的身手，我知是莫虎。原来他在门外偷听我们说话。我想他既已探悉我们的行藏，我们也爽性痛痛快快地杀他一场，不必再藏头露尾了。"

　　天声讲到这里，端起酒杯喝了一口，刚好这时蒸热的点心送上席来。天声连连点头道："嗯，我倒确乎讲得口渴腹饥，正用得着呢。"他拈了一个便往嘴里送，并不住赞美这点心的可口。一明禅师便叫剑秋让众人，又叫添上热汤。这时月悬中天，时已午夜，山风侵袖，夜凉如水。众人正都用得着，吃了顿时增了不少暖气。

　　玉琴见天声只顾吃点心，似乎忘了刚才说的什么了，便催他道："闻先生，你一边吃着一边讲好了。"

　　天声手里正拈了一块枣糕，要送进嘴里，听她说了，就把糕向余观海一指道："以后的事请他讲吧，我可先要顾吃哩。"大家的目光便都瞧着天声的手，一齐转向观海，表示愿听他讲下去。

余观海喝了几口热汤，就讲道："闻先生当时就回进来告诉我们，把那马家骥也放了出来，各带兵器，便向莫氏的住屋走去。谁知这两个贼子已经不在屋里，我们在屋内搜寻了一周，见几个箱笼曾经搬动过的样子，别的东西，一概未曾移动，他们弟兄和那两个女子，却一个影子也没有。我们料不到他们走得这样快，但也不信他们竟走得这么快，仍是四处找寻。后来找到后园那所土冢前面，我忽然心里一动。闻先生和那个姓马的已走过去，我也不招呼他们，独个儿在土冢两边探索。那个土冢很是可疑，半个在墙内，半个在墙外，而且外面半个高大又胜于墙内的半个。我记得墙外的街道，我们也曾逛过，却不曾瞧见什么古冢。又听说这里的房主从前是给僵尸吃去了的，也许这土冢内蕴藏着什么蹊跷吧？我这样一想，便立刻纵身到了墙外，看看连着土冢的所在原来是一座小屋，板门土墙，两边还开着小小的窗棂，隐隐有灯光透出。我才想舐破窗纸，向里张望，屋内的人机警得很，立即把灯熄灭，大约见了窗外人影。我急忙破门而入，居然门后有人，飞起一脚，直向我小腹踢来。我略向后一让，不等他转变攻势时，他的一足已握在掌心，顺势向后一让，只听扑通一响，似乎掉在水中去了。那声音却已在二三丈外了。当一声'哎呀'从我的身后飞出去时，另外一个矫捷的黑影却一闪没有了。"

余观海讲到这儿，把桌子轻轻一拍，向众人道："你们猜，摔出去的是谁？死了没有？那黑影一闪的又是谁？"他说完了舀了一碗酒慢慢喝着，等他们答复。

玉琴第一个抢着说道："我猜那个黑影是莫虎，被摔的是莫龙。师叔神力，那个并不是铜筋铁骨的莫龙，经你这么一摔，岂不骨软筋酥？当然是死定了。"

玉琴看余观海的碗里酒已干了，便又代他注酒，问道："师叔，我这一猜，准不会错吧？"

余观海道："不错不错。"他望着那又圆又大的月亮叹道："可惜那晚上没有月亮，否则绝不会让那厮漏网。"

剑秋道:"小小的土屋,又没有院子,门已经师叔堵住,那厮是从哪里跑的呢?"

余观海道:"你莫小觑了那小小的土屋,里面还有很奥妙的机关哩。莫家兄弟在土冢里做僵尸时,便暗暗开了好几处隧道,那间土屋和墙内的土冢相连,冢内的尸骸,也不知被他们移葬到何处去了。他们谋死屋主人,霸占这屋子,原是有深心的。他们唯恐失风,暗地在这里留着出路。莫虎就在那隧道内溜跑了。那两个女子却没有来得及带走,这也是她俩的幸运。若到天明,我们不发现这间屋子,她俩便要被带山东去了。我把两个女子仍带到前面屋里,闻先生和马家骥也都回来,县里的援兵亦已赶到。我们就把两个女子给交县里,并劝县官对于那般无知愚民不必过事诛求。县官胡谦德和游击马家骥还苦苦邀请我们二人去县里盘桓几时,我真懒得和官场中人多所交接,便婉言辞谢。后来我们又到峨嵋山上盘桓了些时,蜀中名胜,足迹都遍,倦游归来,沿途除了买醉以外,也很干了几件除恶锄暴的快意事。不过我觉得,人心习于贪佞,世情日臻险峻,在上以暴,在下以诈,民生凋敝,祸乱之机已肇,说不定又有几处生灵涂炭了。"

余观海讲到这里,把酒碗在桌上一放,长长地叹息了一声。一明禅师也自微微点头。闻天声早已烂醉如泥,伏在桌上呼呼地睡着了。

虬云长老好久并不开口,这时却对玉琴剑秋道:"如果余师叔的观察不错,那又该你俩的惊鲵、真刚活跃了。我看时候也不早了,酒也喝够了,月也赏过了,故事亦听过了,我们也该散了。你们这些年轻人早些歇了,明儿也好早些起来,加意磨砺你们的锐光利器,以资戡乱平难之需。"这时月圆微向西偏,果然时候很晚了,便各自归寝。

玉琴久居山上,本已静极思动,早有下山走走之意。今被余观海和长老的话所感,她这下山的念头格外热烈起来,当夜便和剑秋商量。

剑秋微笑道："琴妹，怎么你竟也变成这样炒虾等不及红的急性格？说走也不能今晚上就下山呀。"他又指着窗外的明月道："今夕何夕？良宵已过半，什么问题都暂且搁置一下，等明儿再讨论吧。莫使月姐笑人，道我们辜负了她的一片诚心，冷落了团圆佳节。"玉琴也遂一笑解衣，同入罗帏。多情的明月，伸着柔和光洁的脸蛋，贴住窗棂直探望着他俩的床前，笑嘻嘻地注视着低垂的锦帐，暗祝他俩的梦境恬适，睡意酣畅。直到鸡声三唱，月姐才悻悻地离去。她这临去秋波，却是惊醒了正梦着飞剑杀贼、蕉窗话旧的玉琴。她醒来回忆梦境，全是日来的思绪所凝，不觉自己好笑起来。叫起剑秋，梳洗已毕，双双到禅师处来请安。参拜已毕，玉琴便轻启朱唇，把多日蕴藏心头的愿望，向禅师陈述。

第九十回

不忘宿怨太守失文郎
欲探奇情酒人登古堡

一明禅师正坐在云床上,见剑秋和玉琴走来参见他,而玉琴的脸上很是兴奋,他也有些知道他们的意思了,便问玉琴道:"你昨晚听了你师叔余观海和闻天声的叙述,又动了尘心,要想下山去走走吗?"

玉琴听禅师这样说,好像洞见伊的肺肝,便对禅师带笑说道:"师父果然知道弟子的心吗?弟子和剑秋兄在山上已有三年多,蒙师父许多优渥,感激不尽。山上静修常参禅理,只因师父说过我们根底浅薄,剑仙尚难达到,何况做佛?所以弟子住了三年,不觉静极思动,要想下山去一行,到天津访问宋彩凤等诸故人,也许要到关外螺蛳谷去望望袁彪和年小鸾等众人,一话旧情。过了些时,再回山来拜见师父。"

一明禅师笑笑道:"这么你也可以到你的故乡荒江去省视一遭,在你父母墓前祭拜一番了。好好,你既有此心,我一定可以答应的。剑秋可以陪你一起去。"

剑秋说一声:"弟子遵命。"

玉琴听一明禅师已答应伊的请求,心里自然欢喜,但又听禅师提起了荒江故庐和先人祖茔，不由触动了她的思乡之念、风木之悲，遂向禅师致谢。祖师便问道："那么你们预备几时下山？也好让乐山、乐水、陈景欧等为你们饯行。"

玉琴道："弟子想再隔三天拜辞下山，此刻余师叔等方到这里，大家也好欢聚数天。"

一明禅师点点头道："这样也好。"又对剑秋说道："你们都是重人道、守正义的人，我一向知道你们的行为是很好的，绝不会玷污我们昆仑门下的声誉，而能得到外边的称赞，所以我很是放心让你们下山去。想你们一到了这邪恶污浊的人世，又将有不少行侠仗义的事情做出来了。不过我要切切叮嘱你们的，就是以后你们如遇见峨嵋派中的人，最好大家不要侵犯，免得再伤了和气。上次在少华山上，本来难免两家要开一番杀戒了，幸亏龙真人等前来做了排难解纷的鲁仲达，大事化为小事，小事化为无事。我觉得金光和尚这个人尚不错，可惜他收的徒弟太滥了一些，以致良莠不齐，在外面造成了不少罪恶，败坏了不少生命。不知道金光和尚可能够从此约束他的门徒，谨慎他们的行为呢？还有你师父云三娘也好久不见面了，使我也很惦念的。你们倘然在途中遇见她时，须要请她上山来一遭。"

剑秋道："我们也是非常挂念她的，不知道她为什么多时没有前来？大约今年一定要来的。只恐我们不能见伊的面，万一在路上我们能够碰见伊时，我一定对伊说。"

一明祖师道："很好，闻天声到这里来，我不能多多招待他，你们可以陪他在山中游玩一下吧。"说了这话，就闭上双目，两个手掌合了起来。

玉琴、剑秋知道禅师和他们的话已讲完了，此刻他要做功夫。这是平时常见的一种表示，凡是他不欲和人家再谈而妨碍他的功课时，总是这个样子的。于是二人不敢多留，告辞而退。他们到了外边，便遇见余观海、闻天声、乐山、乐水等众人，于是琴剑二人便陪着闻天声到山上去游览。乐山、乐水也陪着同去，巨獒也跟着他们一起走。玉琴又将斩除梼杌、巧遇孝女翟绮云的事情告诉闻天声听，闻天声也咋舌称奇。

昆仑山的风景包罗万象，有的地方非常清秀，有的地方又非常雄壮，有的地方非常峻险，有的地方又非常幽邃。闻天声一处处地游玩，却忘却了登临的疲乏。晚上剑秋、玉琴吩咐厨房里端整些酒菜，他们陪着余观海闻天声在寺中吃喝。一明禅师和虬云长老都不在座，只有乐山、乐水和陈景欧一同相陪，大家更无顾忌，谈谈以前许多江湖上的逸事。余观海和闻天声只顾喝酒，玉琴剑秋却又讲起白莲教风姑娘云真人等四大弟子，以及玄女庙中祥姑等三个女道士的事，大家兴致非常之高，闻余二人又喝得酩酊大醉而散。

这样畅聚了三天，玉琴、剑秋已把行装检点整理，他们因为一路要耽搁的，所以除了随身的衣服用品，不预备多带。乐山、乐水二人和陈景欧因知琴剑二人要下山去了，便设筵代二人饯行，又请余观海闻天声相陪。闻天声听得琴剑二人要下山，便问他们先要到哪里去。玉琴回答说，大概先要到天津的曾家村，和曾氏弟兄、窦氏母女等相见。闻天声也想到那边去走一遭，就说："我从四川到此谒见禅师，也不过做一旬的勾留，就要他去。现在既然你们要到天津去，不如我和你们一起走吧。"

玉琴听了便欣然说道："闻先生肯和我们一起走，这是再好没有的事了。我们预备明天动身，你的意思怎么样？"

闻天声道："我是无所谓的。你们既然要明天动身，我也就明天走好了。"

剑秋向余观海问道："师叔预备怎样？"

余观海微笑道："我是要想到武夷山去一游，和你们是道不同的，只好各走各路了。大约我再要在山上休息数天，和禅师长老多聚些时，然后动身他去哩。"

闻天声道："那么我要和余先生分离了。回想蜀中之游，朝夕相聚，多蒙余先生常常指教，使我常常不忘的。不知何日再相见呢？"

余观海道："我们这些人既无家室之累，萍漂絮泊，天涯何处不为家？将来说不定再在什么地方重逢的。"

闻天声道："很好，我希望将来我们再遇见时，一饮三百杯，大家喝个畅快。"

余观海道："很好，我们今晚也要喝个畅快，我记得初次在太白楼上遇见闻先生的时候最是有趣了。"

玉琴听余观海提起太白楼，便联想到天王寺的事情，奇人公孙龙和韦虎等不知在洛阳作何光景？此番下山到天津去，路过洛阳，倒要去访问一下呢。余观海和闻天声今晚只顾喝酒，玉琴、剑秋等又在旁边助兴，所以二人喝了不少酒，果然都醉了。乐山、乐水各扶他们去安寝。琴剑二人也回到洞里去睡眠。他们觉得只此一宵，明天就要离开这个琴瑟洞了。

次日他们就将行装整理好，又把鞍鞯加在花驴和龙驹的背上，到碧云寺中来拜别一明禅师和虬云长老余观海等诸师长。闻天声也已起身，既然昨晚约定了，自然要跟他们同行。只是琴剑二人都有代步，而闻天声却没有牲口，只得等到下山以后向市上去买了。一明禅师吩咐乐山、乐水送下昆仑山，于是玉琴、剑秋、闻天声三人辞别了碧云寺中众人，又下昆仑山来。玉琴、剑秋瞧着山中的大好秋光，不觉也有些恋恋之意。乐山、乐水送至山下，向玉琴等三人合掌道声珍重，自回山上去了。

玉琴、剑秋和闻天声赶至前面市上，便向畜养牲口的人家去买代步。有一正黑骡子，看上去尚是雄健，花了二十多两银子买下。又去买了辔头鞭子等各物，配备齐全，然后三个人一同坐上骡和马，蹄声嘚嘚，向前赶路。闻天声是个矮冬瓜，一向难得骑牲口的。现在骑在骡背上，和玉琴、剑秋在一起，好像玉兰花树下傍着一棵矮桑树，相形见绌，更是难看。路上的行人见了他们，无不指指点点地说笑。玉琴瞧在眼里，也在背后匿笑。闻天声的黑骡当然比不上玉琴的花驴和剑秋的龙驹，所以常常落在后面的。闻天声硬要追上,把鞭子尽在黑骡屁股上乱敲乱打,打得黑骡直跳起来。幸亏闻天声是有功夫的人,不会倾跌。他们在路上朝行晚宿,并没有别的耽搁。在旅店里打尖的时候,闻天声总是要沽酒来喝,但是他缺少了一位酒友,独酌未免寡兴,遂拉剑秋陪他喝。剑秋的酒量是有限得很,勉强陪他喝几杯,哪里能够像余观海一般地和他做劲敌呢?

这一天将至洛阳,玉琴遂告诉闻天声说,他们此次便道要到洛阳城内去拜访公孙龙,一叙故旧之情,闻天声自然赞成玉琴这个提议。他们到了洛阳,进得城门,便到太守衙门里来探望公孙龙。玉琴和剑秋是熟门熟路,不用人引导,到了衙门前,跳下牲口,向门上报称岳剑秋、方玉琴来此拜见太守和公孙将军。门上人认得琴剑二人的,连忙进去通报。一会儿早见公孙龙走将出来。见了琴剑二人和闻天声,带着笑容,上前相见,很诚恳地说道:"二位侠士一向好,自从少华山一别,我们无日不想念,二位一向在哪里?现在从哪里来?"

玉琴道:"我们在昆仑山上住了三年,此番闻先生和余师父上山来相聚,我们因要到天津去,路过洛阳,想起了你,遂来拜访的。"

公孙龙点点头道:"多谢二位垂念,还有闻先生也好久不亲馨欬了。今天难得一同到此,使我们不胜欢迎。太守特地叫我请三位到里面去相见。"

剑秋道:"很好,就烦公孙将军引见。"公孙龙就回身引导三人,曲曲折折走到里面漱玉轩中。

这是谭永清太守内廨燕息之处,十分幽邃,外人不易走到的地方。以前凡是商量什么要事,都在那地方坐谈的。四周花木掩映,又有玲珑的假山、曲折的回廊、繁复的池沼。玉琴等三人跟着公孙龙走到漱玉轩时,只见太守谭永清和韦虎早立在轩外恭候他们。琴剑二人见了太守,上前来谒,又介绍闻天声相见,各道寒暄。谭永清请他们到轩中去,分宾主坐定,下人献上香茗。韦虎见了玉琴剑秋也殷勤问好。谭永清问起琴剑二人的近况，他已知玉琴和剑秋经过了数年的结合，且喜琴剑姻缘已得美满成就，自己心里不胜快活，忙向二人道贺，韦虎也向琴剑致贺。

剑秋向谭永清问起近年的政绩，谭永清皱着眉头说道："鄙人一向小心翼翼，克勤克劳，为民兴利除害。自从仰仗二位剑侠等大力，破灭了邓家庄，驱除邓氏七怪后，地方上尚称安谧，年时也很好。虽然其间也有一度受着小小的惊扰，就是邓家堡的余党郑耀华纠合盗党前来行刺，而被我们用计擒住，处决了郑耀华，差幸没有什么风波。这事情以前也曾简略地告诉过二位剑侠了。可是现在却不幸出了一个大大的乱子，就在昨天夜半发生的，真是不幸极了。"谭永清说到这里，重重地叹了一口气。

玉琴是个性急的人，连忙问道："这里出了什么乱子？请太守快快告诉我们听。"

谭永清对公孙龙说道："请你告诉二位吧，提起此事，我的心便乱了。"

公孙龙一点头，玉琴等三人六只眼睛一齐注视着公孙龙的嘴。只见他也微微皱了一下眉头道："这件不幸的事情，发生在昨天夜半乳母李氏的房里。伊是带领着太守的小公子一起睡的，太守夫人早年数产麟儿，都不幸夭殇。太守已过中年，望子很切。前年纳宠，欣幸得了一位小公子，今年虽只三岁，但是生得聪明伶俐，玉雪可爱，已经能够学说简单的言语了。一向跟着乳母睡在内衙如夫人的后房，昨夜突然来了一个青面红须的暴客，撬开后窗，拔出利刃，禁止乳母声张，把小公子劫去，临行留下一个柬帖。"

玉琴等三人听他说到公子被劫，都不由显出十分紧张的神色，又闻临行曾丢下柬帖，便异口同声向公孙龙问道："这帖子上写了些什么？这个暴客究竟是甚等样人？"

公孙龙搓手说道："照柬帖上看来，竟是和我寻仇的，但不知为什么不直接来找我,却连累了太守的公子?他的帖上是要太守在三天内把我的首级挂在城上,方才肯把公子送归。诸位请想,这不是和我有仇吗?但是我和太守再三思索,又想不出这仇人是哪一路来的。"

公孙龙说罢,也透着很焦急的样子。谭永清向众人道:"诸位看来,这事不是很棘手吗?"

公孙龙叉着双手,霍地站起,愤愤地说道:"我倒不是爱惜我的头颅,但不愿忍受这一种侮辱,让人耻笑我无用。我一定要把这事探访明白,夺回太守的爱子,恰逢三位来得正好,务希助我一臂之力。"

公孙龙这样一说,谭永清也站起向剑秋他们拱手道:"此事只有请三位帮忙了。"

剑秋等三人欠身答道:"我们愿尽绵薄,不过总要先探索得仇家的来历才好着手。公孙兄倒是再细细想一下看,近年来和什么人结过仇的?"

公孙龙摇头道:"算来邓家堡的人都死了,还有哪个呢?除非和前次来行刺的郑耀华有什么关系。郑耀华说是青面虎邓骤的妻舅,来为邓氏报仇。此次或者又是郑耀华的什么来寻仇吧?"

玉琴听说就插嘴道:"是了,是了,一定和他有关。但是我们怎样去访寻得小公子的隐藏所呢?"

剑秋想了一想,若有所得,向众人说道:"那暴客留下的帖上,不是说要把公孙兄的首级号令城上,他们便送回公子吗?那么只要设法觅一个和公孙兄面貌仿佛的首级,悬挂城上。一面派人在城边注意形迹可疑的人,尾随他们,暗暗探访他们的巢穴。只要探得贼人巢穴所在,小公子便不难寻回了。诸位觉得小弟的计较怎样?"

谭永清和公孙龙齐声说道:"这个主意倒确不错。"

玉琴问道:"但是哪里找和公孙将军一般面貌的首级呢?"

谭永清道:"这个却也不难,似乎前天有几个该处死刑的罪囚中，有一个和公孙将军面貌差不多，等一回可以再去查验一下。"

众人这样一计议，谭永清顿觉心头宽了许多，当即吩咐家人，传命厨下，排了筵席，宴请剑秋、玉琴、闻天声三人。席间谈论起琴剑在山闲居时的清趣，也提起了杀死梼杌，巧遇孝女翟绮云，玉琴并说起阁上那一晚见到的妖星。

谭永清太息道："妖星出现，必主兵变，又要重苦吾民了。"

琴剑等暗忖：时以民瘼为怀，真不愧是个贤太守，公孙龙总算得主了。后来他们又讨论到明天该派什么人去侦察注意人头形迹堪疑的人，剑秋看了闻天声一眼道："我和琴妹认识的人太多，若是和邓家堡有关的人格外认得清我们，所以我们暂时倒不可露面，以免偾事。但是又必得有本领的人才能担任这差使。闻先生在邓家堡一役中没有露过脸，我看这件差使，还是请闻先生担任了吧。"

大家听了剑秋的说话，不由把眼光一齐射向口不停杯的闻天声脸上。他还不及表示，玉琴已抢着说道："闻先生只要有酒喝，什么事他都能允承。帮得公孙将军找着了小公子，他方可大大地喝上一顿好酒了。"

闻天声听玉琴说着，放下酒杯，舔呷着嘴唇点头道："女侠说得对，只要有好酒喝，这侦探的差事，我为什么不干？准干，干，干。"闻天声一答应，谭太守和公孙龙非常高兴，知道他是好饮的，立刻又吩咐下人去抬一缸好酒来。初时还待人劝他敬他，后来不须人让，他也自用大杯舀着狂饮起来。

这时韦虎已到死囚牢里点验一过，回来报告说："那个死囚脸形竟和公孙将军十分相像，眼生的人，一时真要错认了的。"当时就决定明天把那死囚处决了，把首级悬挂城上，假充公孙龙的首级。

玉琴、剑秋见了韦虎，不由想起那位卓锡洪泽湖中、白鹭洲上洗心寺里的忘我老和尚来。问起韦虎，才知道他已经去省视过他的老父了。韦虎说他的父亲叫他以后不必去看他，只要自己心地光明勿贪佞妄杀,他的父亲心便安了。若不能依着父亲的话行事,纵使天天跪在他老人家面前,他也不认这个没有人心的儿子的。韦虎并说看他父亲的模样,精神气色都反比年轻时更好了,言行慈和,谁也看不出他年轻时曾是个杀人不眨眼的强盗,并且也看不出他具有一副好身手。看着他一派柔和慈祥的形色,玉琴剑秋同声赞道:"这真叫作放下屠刀,立地成佛了。"

谭永清失了爱子,心里虽是十分忧急,但因琴剑等答应帮忙,不觉宽了许多,陪着众人谈谈说说,这一席酒也吃了好些个时候才散。闻天声因没有人伴他狂饮,一个人鼓不起兴来,少饮了许多,总算没有饮得烂醉如泥,但也跌跌撞撞,连说话也含糊了。到晚,公孙龙又邀众人到他寓中款待,就请大家下榻在他的寓里。韦虎也和他住在一起,他的妻子梁红绡听得女侠到来,欢喜不迭,忙出来招待。公孙龙的妻子畹芳也出来和女侠相见。伊们知道琴剑姻缘已经遂愿,也都敛衽向玉琴致贺。也备了酒席,请三人宴饮。又腾出二间客房,让他们安歇。

过了一宵,剑秋等起身便和公孙龙说道:"既把假人头诱骗贼人,你倒暂时不能出寓,以免被人撞着识破,我和琴妹一二日内且在此隐避,让闻先生去城下侦察。公孙兄衙门中事暂由韦虎代理。贼人的目标在你,听得已把你斩首,他们不会再去骚扰太守。韦虎一人护卫,谅来不至有甚差错吧。"

公孙龙点点头道:"我就在家里躲一两天再说,用了早饭,就请闻先生去吧。街上已经闹得沸反盈天了,大家都在嚷着看看公孙将军的人头呢,你们听见吗?"

剑秋等侧耳一听,果然人声喧阗。原来韦虎昨夜就把那死囚斩了,割下首级,在天明前悬挂城上。对外宣传只说是公孙将军的首级,犯罪处斩,号令示众。满城的百姓都被蒙在鼓中,个个不胜悼惜,成群结队地去向那高悬城上看不清楚眉目的首级凭吊致哀。闻天声便混在这些老百姓中,假装着也是看人头的，却暗暗留意有没有可疑的。可是早半天他在人群中被挤轧着混过去了，看看都是摇头叹息，表示哀感的善良百姓，没有看出什么。他因人生得矮，被人挤来挤去的，累得满身是汗。虽然他只要略一用力，便可把人家挤倒推开，但是他为避免引人注意，又不能使力，只得忍耐着，让人推推搡搡的，他倒觉得腹中饥饿起来，便挤出人群，想到附近酒楼里进些饮食。

才走到一家悬着四时春市招的酒楼门口，那酒楼离开悬挂首级的所在不过百步，若在楼上看时，定比街上的人看得清楚些哩。只见门里走出三个人来，虽然一色地穿着商人衣服，却掩不住那一股蕴积在眉际映现在脸上的凶炎杀气，一望而知不是个安分的良民。走在最前一个，身材瘦小，脸形跟猴子一般，额上还有一个大疤。后面跟随两个身材高大、面貌凶恶的汉子，遥望着那悬在城上的人头，指指点点，面有得色。尤其是前面那个猴形脸儿的人，嘻开了嘴，不住回头和后面二人且谈且笑。闻天声在街上巡行半天，听到的看到的尽是哀悼惋惜的形容叹息，这时见了这三人的神态，竟是和一般人完全相反，即不是有所不慊于公孙龙，也至少是别具肺肝。他觉得很有一探究竟的必要，便不进酒楼，闪在一旁，看他们走远，暗暗尾随，想从这三人的身上，找得一些线索关于谭太守公子失踪的一案。只见那三人向那悬人头处走去，仰着头很轻蔑地看了几眼，便兴冲冲地分开众人，望城外走去。三人且行且谈，闻天声离得远，不听见他们说些什么，从背后看去，揣度着总不外谈论人头的事。三人健步如飞，若不是闻天声也有轻身功夫，却休想赶得上他们。

那么这三个到底是甚等样人呢？原来正是和劫夺谭太守公子一案有关的。而且那个瘦山猴脸的人，正是乔装了青脸红须客，亲入府衙劫取公子的一个。闻天声饿了肚子尾随侦察，却也不是冤枉的。这个瘦小的人为什么要劫夺公子，而且留柬要公孙龙的首级交换呢？那自然是和公孙龙有着仇隙。那年青面

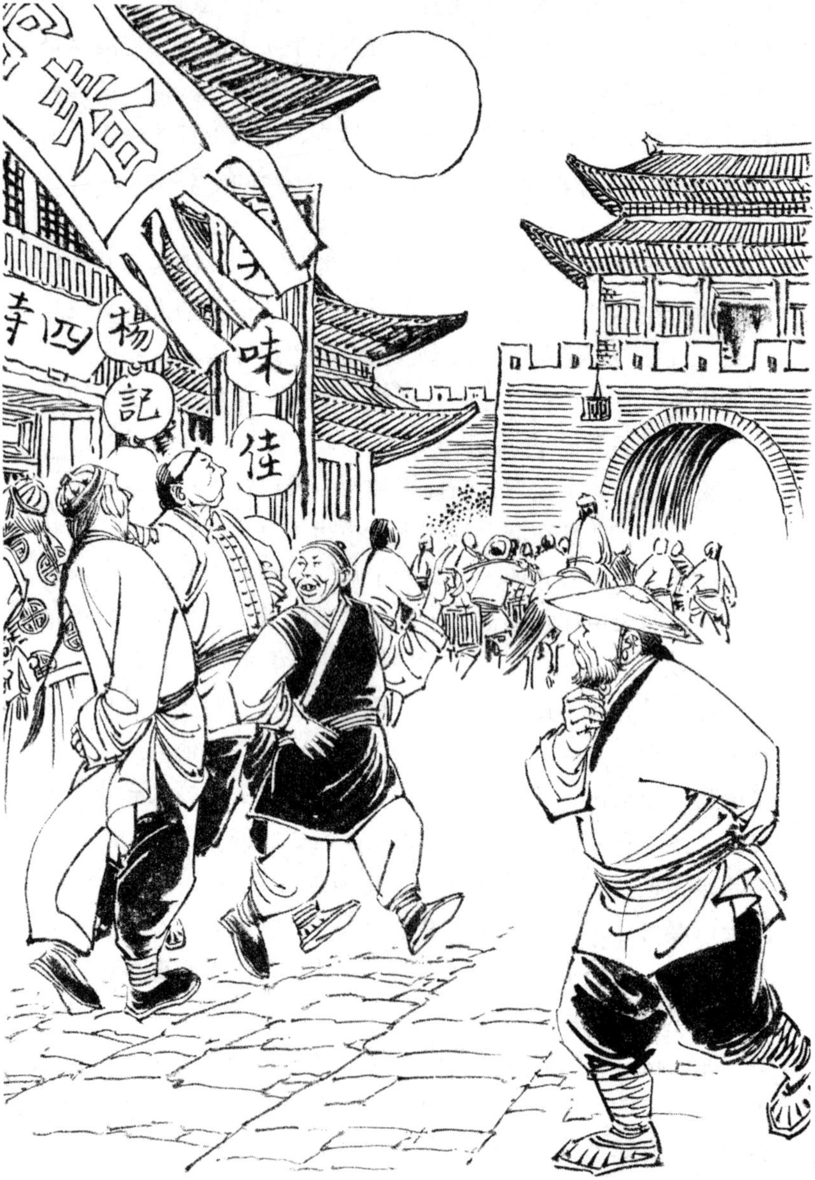

楊
記
味
佳
寺四

虎邓骡和妻子郑秋苹被杀后，邓骡的妻兄活阎王郑耀华衔恨谭永清，纠合了杨乃光、莲姑、项雷等入衙行刺不成，郑耀华被擒后立被正法。后来他们一打听，都是公孙龙的主意，因此恨公孙龙入骨。郑耀华有个结义兄弟，姓汪名汉冈，绰号玉面猴，本是耀华父亲郑豹的徒弟，因和耀华意气相投，还有一个是郑豹的徒弟叫赛张飞李黑，三人学那桃园结义故事，结为兄弟。玉面猴汪汉冈是大号，活阎王郑耀华第二，赛张飞李黑最小。郑豹故后，汪汉冈一向在关外做镖师，和耀华音讯少通，心里倒是一直记挂着的，每逢关内有熟人出关，时要探问他两个义弟的消息。可是不幸得很，接连让他听到的是赛张飞李黑在他出关后的第二年害病身故。又隔了几年，传来了关于耀华的消息，是在洛阳行刺谭太守不成被杀。汪汉冈想到当年结义时的患难相助、生死与共的誓言，便咬牙切齿，誓为他的义弟报仇。只因他在关外的保镖业务相当发达，一时不得脱身。凑巧有一次他保了一批粮商，在辽东道上遇见了胡匪，他正抖擞精神，和来人恶战，谁知托他庇荫的一批粮商，一个个脱下外衣，反戈相向，一齐包围住他。原来这一起都是以前吃过他亏的胡匪，假扮粮商，设计向他报仇的。玉面猴仗着本领高强，总算没有落在匪人的手里，可是肩上早着了一镖，让徒弟们抢护回寓，又气又伤，足足地病了半年。从此关外不能存身，他就回到潞安州故乡，想起他的两个义弟。李黑患病身亡，他自没法向病魔寻衅，与阎王算账。但对于郑耀华的被杀，他觉得有履行誓言的义务，必须为他报仇。于是就摒挡行装，向洛阳进发。

那一天已进了河南省境，天色向晚，就找一客店投宿。吃过晚饭，他出房小溲，只见店主人率领了小二把门户重重下锁，还堆了许多铁器木板，把门牢牢地顶住，并且谆谆知照每间房里的客人道："客人们自己谨慎收藏，窗户也请小小牢键，若有差错，小店本微赔偿不起，请客人们自己小心。"

汪汉冈见了心中生疑，客店知照旅客们小心银物，谨慎门户虽然常见,却不像这里这么做作,透着十分郑重,倒好像让盗贼劫偷怕了的样子,便扯住小二,问他们为什么这样小心过甚。小二说:"客官不知,近来邻县的富户客店时常被劫财物,据说那个强人本领很了不得,能够飞檐走壁,每次都是明去暗来。小店听说这个贼人这两天要到本县来了,因此小心防守门户。客官你也把窗户闩闩紧,银钱收藏好,夜间只得请你自己醒睡些,免遭意外损失。"

汪汉冈鼻子里哼了一声道:"我不怕。"

店主忙道:"客官你不能这样大意。"

汪汉冈不耐烦,挥手拦住店主往下说,便道:"我若丢失了钱物,绝不和你麻烦。"

店主笑道:"那就最好了。"他又忙领着店小二去照应别处去了。

汪汉冈心想,什么了不得的强人?今晚若来,倒要认识他一下。他把窗户都虚掩了,并不闩上,也不脱衣,把行囊中的短刀抽出,放在枕边,和衣假寐。听听五更将尽,也没有什么动静,暗笑道:"活见鬼,上了那店小二的大当,还是睡吧。"便脱衣睡下。

一觉醒来,只听得多人在他房外嗓道:"这客人好疏忽,门窗都不闩上了便睡。"他听了忙站起来,以为自己房里一定出了岔子。只听得房外继续在说:"亏得昨晚上没有差失,否则,第一便该他的房里倒霉。"汪汉冈看看自己的行囊以及门窗,还是跟昨晚睡的时候一模一样,便也放心了。时候不早,就起身梳洗,吃了早饭,算了店账,又忙着赶路。

约莫走了十来里路光景,忽觉背上有人拍了一掌,他急忙转身,一面抽刀在手,预备抵御这突来的袭击。但是回头一看,原来是他的表兄爬山虎东方云,二人倒有十来年没有见面了。相见之下,当然十分惊喜。汪汉冈问东方云这些年来的生活状况。东方云道:"说来话长,且请同到我的下处详告。"同时,他也问汪汉冈从哪里来。汪汉冈告诉他在关外的挫折,以及此来打算为一义弟报仇的话。

讲起途中的见闻，汪汉冈就把宵来在客店所闻，和自己空戒备了一夜的话告诉给东方云听。东方云听了，忽然哈哈大笑起来，说道："啊呀，这真是不巧，昨晚我向西边道上走了一回，这会儿正从那里归来。否则，我若不临时变卦，我们多年不见的表兄弟，还先要在黑暗里来一套白刃相见礼哩。"

汪汉冈听了，对他的脸上看了一看，似乎十分怀疑，东方云又笑道："你觉得奇怪吗？但是凭着我们弟兄俩的本领，这买卖却很做得过。既不要缴纳劳什子的苛捐杂税，也不要受那关卡征吏的留难，看他们的嘴脸，受他们的闲气，任何买卖也抵不上我们这没本钱的营生。"

东方云讲得忘形，本预备要到了下处偷偷地告诉汪汉冈的，却全漏了出来。好在汪汉冈也并不是明辨义利的人，他们凭恃了武力只知以武制人，以技猎利。出了巨额的金钱，优厚的利益，便可以雇用他。官商们固可以把利来驱使他做他们的护卫，但是盗匪奸人也可以把利来诱引他做他们的伙伴。汪汉冈这时正因了私愤，恼恨着谭太守，便也不以为抵触刑法是错误了。听了东方云的话，就点点头以为很对，听他口气知道他的兄弟东方雷绰号霹雳火的和他干着同一勾当，便问东方云道："那么二表弟现在哪里？怎么不见和你在一起？姑父姑母是否仍住原籍，还是跟你们在一处？"

东方云道："二老在三年前都染疫身亡，家乡大疫之后，又继之以饥荒，我们弟兄俩因和邻人争食一牛，做出了人命，在家乡存身不得，便一直流浪在外，找不到什么正当工作，便在没人处干些没本钱的营生。年前到登封找一个熟人，偶然在境北的少室山中，发现了一个足以安身的隐僻所在，我们便在山中住下。我和二弟轮流到远处拾掇些财物，山中人只以为我们是出外经商的，差幸年余以来，没出过什么岔子。那些衙役捕头，都是脓包，只能恐吓乡愚，见了我们哪里敢近身？"

汪汉冈插嘴问道："洛阳城里你们曾否去过？他那里有个

公孙龙,听说是个能人,可不比别处的脓包捕役哩。"

东方云听了,脸上一红,说道:"一向听得人说公孙龙武艺高强,谭太守居官清正严明,洛阳的人民无不赞颂,我们早就想去看看,一试那位公孙将军的能耐。不过二弟觉得人民所誉,未必全是虚伪,我们去惹了他,他们必然不肯轻轻放过,我们势必要丢弃这个山中的居处,又觉得可惜。因此我们在事前先要布置一下,使我们的居处安如磐石,即使他们跟踪而来,也奈何我们不得,然后再去洛阳搅乱,叫那谭永清不得夸耀他的治下,清明顺平,所以洛阳城内,我们还不曾怎么去得。"

汪汉冈听了显然不十分信他,又问道:"那么你们布置得怎么了?到底哪一天才可以放心去洛阳?我义弟之仇,急如星火。不管他公孙龙怎么厉害,我只是昼夜赶程,一到洛阳我便去找他。"

东方云道:"你既如此性急,我们也不必在此耽搁,就请先到山中,看看我们所设的防御,再商量报仇。我们弟兄可以听候驱遣,只要你有用得到我们处。"

汪汉冈虽然觉得到他山中稍嫌迂缓,但是退步之地倒也应该先为准备的,便应允先到少室山中一走。二人晓行夜宿,不多日便到了东方兄弟所居的山中。

这山的形势很好,山中也有几家居民,耕的耕,贩的贩,倒自成一小小村市。东方雷见了汪汉冈握手道故,喜欢得了不得。当时东方兄弟便引他在山中周览一下,又告诉他各处怎么设计布置,以及宅门前设酒肆的用意,说着便引他到前面酒肆中来。就叫小二把上好的酒开一缸,算是替汪汉冈接风。当夜汪汉冈就宿在东方家中。第二天汪汉冈又提起为郑耀华报仇的事,东方雷性急如火,跳起来就要拿了他的一对铜棍,和汪汉冈同去找谭永清拼命。东方云拦住了,他主张慢慢商议一个妥善的良策。原来东方云在路上告诉汪汉冈说他弟弟的主意,要预告布置等话,全是怕汪汉冈笑他胆小,拿他弟弟推托,事实上还是他的主意。当时他又不赞成东方雷的主张，劝住他们道："报仇是一桩大事，而且我们必须要达到目的，所以必得事先想得周密一些，不然报仇不成，再吃一次亏，那更不值了，岂不叫那冤死的阴魂格外增加不安？"

东方雷突出双睛，瞪看东方云道："那么你有什么好法子？快说，快说。"

东方云道："听表哥说来，害死郑耀华的是那公孙龙，明斗，他们有兵，我们三个人当然斗不过他。暗中行刺，听说太守所常处的地方，都有机关，那次郑耀华行刺不是就被机关罩住的吗？至于刺公孙龙吧，他是有本领的，更不必谈了。为今之计，只有用个借刀杀人之法，去取公孙龙的首级，替郑耀华报仇雪恨。"汪汉冈问他怎么借刀杀人呢，于是东方云又告诉他道："听说谭太守有一个儿子，年方三岁，因为是独子，太守十分钟爱，简直看得比自己性命还重。只要把他的儿子盗来，叫他把公孙龙的首级来换儿子的生命，否则就说要把他儿子杀死，他一定会照办。那时不但郑耀华的仇恨雪了，而且还可敲那太守一笔大财，他要儿子，也不会不依，你们以为我的主见怎样？"

汪汉冈听了点头道："这个主见倒是不错。"

东方雷却摇头道："这种刁主意，行起来太慢，不爽快，我不赞成。表哥，你倒赞成，那么这盗人的差使谁去？让我去吧，行不行？"

汪汉冈还没开口，东方云又拦住道："你也不行，也不是说去就去的，还得先去探听一下，这公子是跟谁睡的？在哪一个房里？"

东方雷道："这个又到哪里去探听？"

他哥哥道："我自有法子，包你今晚上可以去干，不过你却去不得。"

东方雷才想开口，汪汉冈道："这是我的事，当然我去。"

东方云道："探听的事，还得我去，衙前我有熟人。"

三人计议停当，便依计行事，东方云就向洛阳去了。待东方云洛阳回来，把谭太守公子的居所告诉了汪汉冈，便由汪汉冈乔装入衙，盗取公子，并留下预书的柬帖。他们把谭公子劫来，倒也十分小心地照顾着他，山中没有乳媪可雇，便天天煨了枣汤米饮喂他。初时小儿畏生，不免啼哭。依着东方雷的性子，就要把他摔死，还亏东方云劝住，要借他勒索一笔大财香呢。同时东方云的妻子因为没有儿女，见了这般清秀可爱的孩子，不禁从心里喜欢出来，抱着他百般哄骗，还逼着东方云买了许多玩具来给他。那孩子原很活泼聪明，过半天也就不认生了，因为东方云的妻子待他好，他也知道和伊亲热，时时伏在伊肩上，或把两只小手抱住了伊的颈项，咿咿呀呀地讲着他特别的言语。东方云的妻子看着欢喜，逗逗他，他便咯咯地笑个不停，于是伊简直喜爱得当他宝贝一样。

　　汪汉冈等把谭太守的公子交给了东方云的妻子，一面不时去洛阳城中探听消息。那天在城头见了假人头，还以为是真，心下不胜欢喜。从酒楼出来，一路计议着，怎样设词叫谭永清再掏出一笔巨款，取赎他的爱子。但是汪汉冈并不以为然，他的唯一的目的，是为郑耀华复仇。眼见得杀他义弟的公孙龙也被他设计身首异处，所不足的，就是不曾在灵前沥血祭奠，所以他还想凭他的身手，把那悬挂城上的人头盗来，随后设了郑耀华的灵位祭奠，他方才对得住他的义弟。至于把持公子，勒赎巨款，他倒以为不光明，明明柬上留言，只要公孙龙的首级悬在城上，便把公子送回，怎可食言？坏了江湖上人应守的信义。但是东方兄弟不赞成他盗人头，觉得过分，东方雷便是性情暴躁的人，便大声和汉冈争辩道：“杀公孙龙是你的事，发财是我们的愿望，一件销了，这又是另一件事，和你没有关系。"

　　汪汉冈才想答言，东方云拦住道：“别在这里争论，当心让人听见不便。"说着他就回头去一看，似乎看见远远有一人影，往树林里一闪，便向二人把嘴一努，加紧脚步，向前飞奔。但是闻天声已听到东方雷的语声，知道正是他们要访寻的人，自然不肯放松，紧紧追随，不过他时时留心着不让人露眼。

到了傍晚时分，来到一座山前，是太室山的分支，形势很壮阔。天声远远见那三人上了山，他便放缓脚步，慢慢地踱向山前。仰望山头，隐隐见有城堡，原来那山在魏末时为司马昭屯兵之处。这城堡还是那时的遗迹。堡内炊烟四绕，闻天声知道里面定有居民，他就走上山去，看看那残缺的古堡，他映着惨淡的残阳，似乎慨叹着过去的雄伟和目前的冷落的不同。凭今吊古，也生出无限感触。走进古堡，零零落落，不多几户人家。这时天声饥肠雷鸣，最要紧的是找个买酒食的去处。好容易给他找到了一家，酒帘高扬，迎风飘拂，好像对他招手一般。进了酒店，却是炉灶无烟，桌椅尘封，店小二坐在门口打盹。酒座儿虽不少，屋子也还宽敞，竟是冷落得一个酒客也没有。闻天声上前把小二的肩膀轻轻一堆，小二惺忪着双眼，对天声做着莫名其妙的平视。天声对他点头道："这里有好酒吗？我要喝酒。"

这时小二方才醒悟到自己的职业地位，忙点头道："有有有。"就忙把搭在肩头的布块儿抽下，揩桌抹椅，洗箸擦杯，忙得一团糟。舀了一壶酒，放在天声面前，问他要什么下酒，天声要紧喝酒，先不答话。把酒喝了一口，放下道："菜倒随便，酒要上好，这酒太淡，可有好的换来？"

小二道："这样好酒，客人还嫌淡吗？这里的顾客，一年中也难得有一二位喝这种好酒的哩。我们店里出卖的，只有这是最好的了，除非店主自己喝的。"

闻天声道："那么就把你店主喝的沽些来。"

店小二道："好酒倒是有一罐开着，他们昨晚没喝完，我可不能擅自做主，得向店主请示才行。"

天声就道："快去问。"同时他看见店堂门后，有一条很长的人影闪过，只是看不清面目，也不在意。

小二匆匆向后堂去一会儿，出来向天声笑道："你这位客官真幸运，我们向来很难说话的店主，今天竟是一口答应，肯把自用的醇酒沽给你，不过酒价却要你照账全付，不得嫌贵。"

天声道："只要酒好，银子又有什么稀罕？"说着就从怀里掏出一锭碎银，约莫也有四五两，往桌上一摆道："把这个先给你。"

店小二在这山野村店中，从没见过使这些银子的酒客，不由把舌头伸了一伸，忙揣起银子，提了壶向屋后去舀好酒来。天声喝了点头道："这个总算有些酒味儿。"一连喝了几壶，还是不停叫添。店小二脚还没站稳，他倒一壶又喝完了。

小二对天声道："客官真是海量，小二从没见过这般醇酒能喝十来壶不醉的。"

天声呵呵得意道："再加这些，我也不会醉呢。省你跑腿，还是把酒坛端来吧，反正不少你的银子就是。"

这时堂后又闪过一条人影。小二把酒坛端来，放在桌边，天声叫换个大碗，把来舀着喝，一面问小二道："你们的店主有多少酒量？怎么不在店中？"

小二道："我们店主的酒量哪里比得上客官，他不常在店里。这几天有个远客，常常伴着出外，或是在后面宅里谈话。"

天声又问道："你店主姓什么？叫什么？"

小二还没回话，天声又见堂后人影一闪，便问小二道："什么人潜在后面张望？"小二回过头去，堂后一连蹿出三条人影。天声一看，就是洛阳城里酒楼门前遇到的三个，自己原为跟踪他们才来到此地的。

只见三人一齐指着他喝问道："你是哪里来的奸细？在四时春门前一直跟到这里，死在眼前还不自知，尽着问长问短。"

天声微笑道："我原是为探问你们而来，又哪得不问？但不料一问就问到你们的巢穴里来了。可是还没问清楚，也许他也知道的不是顶清楚，还是我们直接来谈谈吧。来来来，请坐到这里来喝一杯。"

天声说话时，渐觉头里微晕，还疑是空腹喝多了酒的缘故。这时执杯站起来，只觉眼前天旋地转，心里暗想不好，准是着了道儿。可是他明白了已是不及，眼睛一阵发黑，身子便直僵下去。

东方兄弟便要把他拖去宰了，但是汪汉冈拦道："这人既从洛阳城里跟来，定和公孙龙有甚关系，说不定是想替公孙龙报仇的。他既和公孙龙一气，便也是我弟弟的仇人。今晚我要去盗人头，且让他苟活一宵，明天和公孙龙的人头一起祭奠耀华。"

东方兄弟听了他的话，就把天声捆了，拖到店堂后面。东方雷把门槛一踢，一块石板自动一翻，现出一个窟窿，就把闻天声往里一丢，重复把门槛扳好。汪汉冈扎束停当，骑了一匹快马，又飞奔洛阳去盗人头了。临行和东方兄弟约定，五鼓必回。但是等到五更汪汉冈并没有回来。东方兄弟拿了武器，想下山去一探。才走到屋外，忽然一阵小儿啼声起自身后，回头一看，不由大惊，连忙上前去夺，便引起了一场恶斗。

第九十一回

血雨剑光深山除剧盗
神灯妖符古国起狼烟

自闻天声走后,玉琴、剑秋在公孙龙寓中煮茗清谈,等候着他回来。可是一直等到傍晚,还不见天声回寓。街上的闲人都已一队队地散归了,喧闹的市街顿觉寂静。天声不归,使公孙琴剑等都不胜疑异。大家正在讶异,恰好韦虎差人来问闻天声有否回来,因为韦虎也暗地派了几个干役,在城外附近留心察看有无形迹可疑的人。他们自晨至暮,留意了一整天,却是一无所得。不过内中有一个认识闻天声面貌的,他说晌午时见他出城向东走的。韦虎心想天声出城,总是有所发现,所以立刻打发人来问询。公孙龙和玉琴剑秋听了,也猜天声一定是看见了什么可疑的人,跟踪侦访了。

韦虎差来的人,就是那个看见闻天声的。剑秋问他道:"那么,你也看见在闻先生前后有什么人吗?"

那个人道:"没有。"

剑秋道:"你看见闻先生出城时,想他是出城闲逛吗?"

那人道:"在当时小的确是这样想,不过此刻闻先生还不回来,小的回想那时闻先生的神态,好像猎人寻觅野兽般模样,很注意他的四周,说不定他是跟随什么人的了。"

玉琴对剑秋看着道:"闻先生若是追踪奸人而往,此刻不回,不知会出什么乱子吗?"

公孙龙笑道:"以闻先生这般身手,谅不至吃亏,也许路离得太远了的缘故。"

剑秋点点头,但略一顿,他又摇头道:"不会,若是他真的遇见了那夜劫谭公子的贼徒,我想他的巢穴一定不远。天声探得消息,也该回来通知我们。也许再等一会儿,他就来了。"

公孙龙和玉琴也是这样想,便打发来人去回韦虎的话。不过又叫他传话,叮嘱韦虎夜来小心,城上巡查也要严谨,贼徒既志在复仇,对于人头,说不定也有得而甘心的意念,须要严防。那人听了,便自去回复韦虎。可是他们等天声却老不见来,吃过晚饭等起,一直等到三更将尽,还是不见回来。三人不免十分怀疑。玉琴性急,依伊最好立刻就出东门追寻,诚恐天声遇了什么岔子。

三人正在计议,忽然有人很急地打门,三人都以为闻天声回来,忙站起奔出庭外,谁知进来的却是公孙家仆役。道是有人欲图盗取人头,被逻卒发觉,那人杀伤了城卒,越城向东而逃。玉琴听了,也不和人说话,转身入房,拿了真刚剑,出外牵了花驴,跨上驴背,如飞地去追那盗人头的贼徒去了。

剑秋和公孙龙嘱咐仆人传令逻卒小心巡守后,剑秋回头不见了玉琴,进房不见了真刚宝剑,再着人去马厩看伊的花驴也已不在。剑秋知道伊性急耐不住去追了,恐伊有失,他便也连忙带了惊鲵剑,跨上龙驹,加鞭赶出东门。一路只见野树迎风,疏星闪烁,静萧萧冷清清的,除了他自己坐骑的蹄声外,什么也看不见,什么也听不到。他想玉琴比他早走不多一刻,龙驹奔驰得这么快,绝不会追不上伊,莫非走岔了路?他就纵马向高处,勒缰极目四望,只看见些黑黢黢的树林以及磷火隐见,几条人行道都坦坦地平躺,并没有玉琴的芳踪。剑秋又放大了喉咙"琴妹琴妹"高声喊叫,除了夜风中荡漾着他的余韵外,却没有玉琴的应声。剑秋踌躇了一会儿,却又不肯放弃寻觅的工作,仍纵马一直向东奔去。

那么玉琴到底到什么地方去了呢?原来玉琴跨驴出城,不多路就看见前面有一骑马奔驰着。马上的人,看去身材很是瘦小,虽很快地向前,但又不时勒缰回头,向后面张望着。玉琴见了,便估猜他不是善类,也许正是和盗人头有关的。伊就拍了花驴一下,一会儿越过了前面的坐骑。伊又缓缓地回过来,在那人的身边擦过,很注意地看了那人一眼。看那人身背短刀,面前马背上还放着一个青面红须的假脸。玉琴心想是了,劫公子的是他,盗人头的也是他。这假脸想必便是刚才用来乔装着盗人头的。公孙家仆人虽没说明邏卒瞧见的是甚等样人,但忖度起来,在这个地方,这个时候,又是上回劫夺公子的是青面红须的人,那不是他又是谁呢?玉琴立刻掣出真刚宝剑,把手里缰绳一紧,落在后的花驴,重又回身向前紧追。那人见玉琴的花驴超出坐前,他倒没有在意。后来伊又缓缓地回来,在他身边擦过,还仔细地打量着。贼人心虚,他连忙加鞭催马,向岔道前进。所以玉琴回骑来追时,已相隔数丈路了。好在玉琴的花驴腾跃如飞,一瞬眼就追上了那个想追的人。玉琴一声娇喝道:"呔!前面劫人盗头的贼子,快快把谭公子送回来,便饶你不死,不然你那狗头休想保留到明天。"

那人一听是个女子的声音,便也勒住马,拔刀回身道:"来者是不是什么荒江女侠方玉琴吗?"

玉琴道:"是的,冤仇解宜不宜结。况谭太守在此,爱民如子,政和刑平,是一个好官,怎可劫持他的公子?公孙龙为了他的职责,若有不利太守的,当然他要尽力捍卫,也不能平白怨恨到他。如果最近谭太守衙内所出的岔子,是你干的,赶快好好送回,太守仁慈必能宽贷,请你仔细想一下。"

那人冷笑道:"说得好轻巧话,送回公子,须把公孙龙的人头交换。我义弟郑耀华死在他手里,一定要把他的人头献在耀华灵前,方才消得这口怨气。我知道你们自仗有些本领,专好和人作对，可是我玉面猴汪汉冈可不怕你们。不过这一件事，你是局外人，不犯着为他吃了亏又损了英名。还是请你回去传话谭永清，把公孙龙的人头送我做祭品，立刻就把他的儿子交回，要不然就休想父子再得相见。你回去说这几句话，也可以报销差事了，请吧。"

汪汉冈这几句话，把玉琴激得柳眉倒竖，再不答话。掣起宝剑，直向他胸口刺来。汪汉冈连忙一刀架开，乘势反手一刀，往玉琴头脸削去。玉琴用剑一格，一往一来，二人就在黑暗山野里恶斗起来。

汪汉冈自幼练得猴拳，他便把这套功夫参入刀法，所以他善使短刀，跳跃腾踔，敏捷活泼，确和猿猴一般的灵活狡猾。若不是玉琴剑术高强，稍差的人却应付不下哩。

二人各试解数，剑鸣锵锵，刀光霍霍，震得道旁的林木，也飒飒作声。玉琴坐下的花驴也呼气如雾，不住地长鸣，助主人的声势。汉冈的刀法虽经数十回合，却还不乱，只是他的坐骑却抵不上玉琴的花驴神勇，渐渐地愈困不支。它见花驴的振威作势，不由更显怯懦，几乎要把汉冈抛下地，独自奔避。汉冈知道再战下去，自己会吃这畜生的亏，并且他又似乎听得远远有呼唤声，又恐玉琴有援，他想不如走吧，伊若不舍，便引到山前，和东方兄弟共战，正可胜伊。于是他卖个破绽，便纵马而驰。玉琴好胜心切，却不曾留心得后面远处的喊声，还是催动花驴紧紧追赶，以致剑秋白喊了一阵，伊并没听见。

汪汉冈的马跑了不多远，又被玉琴追着，于是勒马又复杀在一起。汉冈一心想结援合取玉琴，不愿在此和伊恋战，因此战不上几合，又回马飞奔。看见玉琴追来，他回身对伊把手一扬道："是好汉不要闪避。"随即有一团东西向玉琴头上飞来。玉琴耳目并用，听见汉冈的话声，也看见他丢来什么暗器。好个玉琴，端坐驴脊，并不闪避，虽然时间不过一瞬，汪汉冈的语声在伊的耳边才歇，那暗器也已到了伊面前，相离不到一寸了。伊急忙一抬剑，挑在剑尖上，却是轻飘飘软绵绵的，凑在眼前一瞧，原来就是那个绵制的青脸红须的面具，里着一块小石，却让伊的真刚剑尖给碰碎了。玉琴看了，不禁暗笑，忖那贼人力怯不敌，乘机逃脱，伊格外地不肯放松。一抬眼，汪汉冈已相去好多路了。伊一心要在此人身上探得谭公子的下落，立即加鞭赶去。汪汉冈趁玉琴注意他丢过去的东西时，回马飞驰，看看离少室山不过十来里了，不觉舒了一口气，暗暗欣喜，今日告祭郑耀华，虽不得公孙龙的首级，但多了两个公孙龙的同党，耀华阴灵有知，也一定可以少泄怨恨了。他正想得高兴时，忽听背后一声娇喝道："狡猾的贼徒，你往哪里走？"汪汉冈连忙回马，等不及招架，玉琴的宝剑已削上了他的肩头，他负痛伏马还想逃命，可是玉琴第二剑又已刺进了他的后心，汪汉冈大叫一声，滚下马背，便到阴曹地府去找他的义弟，商量报仇雪恨的计策了。

　　玉琴杀了玉面猴，很悔自己躁急，到底不曾知道他们把谭公子藏在什么地方。抹去了剑上的血痕，抬头向远处看去，隐隐有一抹山影，离伊约莫在十里光景，便策驴向前。不多时已到了山前，仰望山势，也很是雄伟。伊想深山之中往往是盗匪寄踪之所，刚才汪汉冈只向这边驰行，说不定他们的巢穴就在这里。伊这样一想便决计上山一探。到了山上，那一座小小的古堡又出现在伊的面前，伊便跳下驴背，把花驴拴在堡外，自己纵身向上一跃，在墙高处，极目四眺，堡内零零落落，不多几户人家，村鸡四唱，东方已微透曙光，但是那边有一所院落，隐约有灯光露出，玉琴便往这有灯光处走去。一圈倒有好多间屋子，同时听得里面金铁交鸣，有喊杀之声，同时还夹着孩子啼哭的声音。伊心里一动，立即纵身上屋，向院里看去，一个正是闻天声，手执黄金剑，和两个形容凶恶的汉子杀作一团。闻天声一面要顾怀中的孩子，一面要抵御兄弟，他这一天又没好生吃得，醉后被缚，让他们丢下地牢，身上磕痛了几处。玉琴来时，他已和东方兄弟战了百十来回合，渐渐地也有些疲乏，何况东方云手里的棍子十分厉害，力大如虎，拼命猛拼,玉琴看着,也便在屋上唤道:"闻先生在这里吗?我来助你了。"随即飞身而下。

闻天声听得玉琴的声音,心里一宽,精神陡振,手里的黄金剑更是金光熠熠,逼住了东方兄弟,不得近身。东方兄弟正在欢喜觉得那个矮冬瓜的剑法不如初时的逼人,知道他力乏不支,使尽平生之力,想取胜于他。忽然半空中一声高唤,飞下一个娇媚的女子,东方雷不觉大怒,举起铁棍直捣玉琴的前心,道:"老子正好胜他,要你又出来打搅?看你一个娇弱的女子,又有什么本领?让老子送你先回了老家吧,随后再收拾那矮子。"

玉琴听那人这么藐视她,芳心震怒,更不答话,使剑把铁棍往旁边一撤,就对准东方雷小腹刺去。东方雷连忙收回棍子,把玉琴的剑向下一压,身子向旁边一跳,手里的棍子乘势往玉琴腿上扫去。玉琴一纵身让过了,举剑又望东方雷头顶劈下。东方雷抬棍架开,便使出浑身解数,虎虎有声,一条短棍,竟使得像无数黑龙,盘旋夭矫,声势迫人。玉琴也就使出伊的剑法,东方雷棍法果然不错,腕力也是过人,只惜性情躁急,起先他以为玉琴一介女子,不堪一击,立即可以了事,哪里知道玉琴的剑法厉害,神出鬼没,不输于刚才那个矮子,一般都是了得,使他急切不得取胜。留心看他哥哥和那矮子时,矮子这时精神抖擞,他的哥哥虽然身长,也占不得他的便宜,反有些吃不消的模样。因为一笔财香在那矮子身上,东方雷的心也在他身上,唯恐被他脱身。但一时胜不得玉琴,也无法助他哥哥,心里一急,不由暴跳如雷,使尽蛮力,只向玉琴上下三路捣来,嘴里还不住乱喊乱叫。玉琴也觉他的棍法很精,臂力也胜似刚才路上的汪汉冈,心想这人只可智取,不能力胜。后来东方雷大喊大叫,铁棍一下紧似一下,向伊逼过来。伊却并不使劲,只是东闪西让,忽前忽后地招架着。东方雷白白地费了许多力气,看伊却是轻描淡写,并不着力,偏又一下着不到伊,不觉怒火中烧,格外喊跳得厉害。玉琴看伊两眼红赤如火,额上青筋绽露,还不停跳动,汗出如渖,棍法也渐渐散乱。玉琴架住了铁棍说道:"你这个蛮力很大,我斗不过,我去助闻先生斗那个汉子去。"

东方雷道:"不要枉费心了,送你到阴世去帮他的忙吧。"一棍就向玉琴头上扫去。

玉琴喊声啊呀,便向地下倒卧。东方雷笑道:"这一下你总没命了吧。"举起棍子,想再一下结果了伊的性命。谁知他的棍子没有下去,玉琴霍地纵身一跃,已到了他的背后,他才待回身,玉琴的宝剑已刺进了他的后心,大喊一声,倒地而死。

东方云见他兄弟身死,心里又恸又慌,刀法渐乱。玉琴又帮天声同来取他,他自忖敌不过,不如逃命,寻得了汪汉冈,日后再来报仇。架开宝剑,跳出圈子,高声向二人说道:"我和你们二位素不相识,不知为什么要无故到此寻衅?"

天声说道:"我们是为谭太守找寻劫夺公子的贼人。既然谭公子在你处,我们怎么不要找到你?"

玉琴也说道:"谭太守是一个贤明的地方官,公孙将军也是一个正义的人,你们为什么平白地去麻烦他们呢?"

东方云道:"如此说来,你们都是公孙龙的党羽了,好好,后会有期。"他说完别转身来,拔脚就跑。玉琴天声哪里肯舍?自后赶去。东方云放开一双长脚,行走如飞。天声一夜疲乏,看看追他不上。玉琴就叫天声抱了公子先行回衙,由伊一人去追。

赶出堡外,东方云已失了影踪,玉琴的花驴也失踪了。伊忖度一定是让那个长腿贼骑走了。登高一望,也望不见什么。花驴是伊心爱的坐骑,丢失了叫伊如何放得下?但是天声身边有谭永清的爱子,似乎比伊的花驴还要重些。伊舍己谋人,只得且把花驴放下,先护送了谭公子回去,再行计议访寻花驴,便和天声一同下山。路上便问天声如何在此耽搁了这么久的时候,天声把怀里衣兜中的谭公子一看,合着一双小眼,睡得正甜适。就仍复把衣角扎紧,正要把一日夜来的经过告诉伊,忽听山下西边林里有叫喊的声音。他们纵身到高处看去,尘沙飞扬,似乎有人在林中斗争。这时朝日东升,半天红霞,映得那山林一片朗润。天声玉琴都觉得精神一畅。

玉琴听觉敏锐,在一片喊声中隐约似夹着伊的花驴怒啸声。伊对天声说道:"说不定剑秋来找我,撞着盗驴贼人,在林中争斗。我先赶上一探,闻先生随后缓缓地来,你一夜很辛苦了。"

玉琴说完,就向西边林中赶去。果然是剑秋,还有韦虎的妻子梁红绡和几个雄健的士卒,许多人围住了东方云恶战。玉琴见他胯下正是伊的花驴,不觉大喜,高声喊道:"不要放走那盗驴贼,待我来取他的首级。"

剑秋、红绡见是玉琴来了,都大欢喜。那花驴原是通人心的,看见它的主人从人丛里跳出来,不胜欣喜,也直向主人面前奔来,不再受东方云的控御。把身子一旋,同时还把背向上一掀一弓。东方云被剑秋等截住,斗了好些时候,虽然他的一把刀也使得神出鬼没,着实了得。可是在先已和闻天声斗了多时,见他兄弟被杀,心里又惊又恸,精神未免受了打击,跨下驴而遁,先是显得气馁了。再给剑秋他们拦住,加上以寡敌众,心慌气馁,格外地觉得困累。此刻突见玉琴追来,心里的恐慌又加甚了一分,不防花驴又突如其来地把他一掀,便跌翻在地。他暗叫一声不好,想跳起来杀出重围,但是剑秋的剑比他的念头还要快,不等他爬起,就已刺进了他的大腿,待那染红了的宝剑从他的腿中拔出时,他已被捆扎得像一只肉馄饨了。

他们一行一齐出了林子,恰好闻天声也已赶来,由一个健卒让出一匹坐骑给他,押着东方云便向回洛阳的路上迈进。途中玉琴问剑秋怎么会和东方云动起手来的,剑秋当即告诉伊道:"昨晚我不放心你,跨马追来时,已不见你的踪影,又怕走岔了道儿,又恐你已因追不上贼人而回来,我找了一会儿不见你,便又缓缓地回头。谁知他们因是我们久出不归,又随来援应。我问他们一路可曾看见你?他们说此地太室少室一带,山冈起伏,说不定有歹人窝藏着,姑且到此探探看。到了此地忽见这贼子骑了你的花驴飞奔,我认识花驴还疑你遭害,好不着急,拦住他问话,他又支吾其词,只想逃走的样子。才交手不久,你就追来了。想必这贼就是你昨夜追赶的那个。但是你的花驴怎又被他骑走了的?"

玉琴当即把夜来的经过,如何追赶盗人头的贼人,怎样杀死他以及到古堡里看见闻天声遭二人围困厮杀,伊帮他杀死了一个,这个长腿的又不敌逃走,伊和闻天声追出堡外,发现了花驴失踪,一时不知到哪里去追寻,想把谭公子送了回去,再出寻访。走到前面听见林中呼喊之声,又听得了花驴的吼声,所以赶来一看,居然遇到了众人,玉琴一一讲给剑秋等听。剑秋红绡听见谭公子已经找到,都不禁大喜,齐声向闻天声探询,是怎样救护的,又问他怎么就搁了这么久的时候。闻天声先把怀里的谭公子交给了梁红绡去抱,他的身子陡觉轻松了许多,长长地舒了一口气之后,方才慢慢讲他一日夜的遭遇。

他自酒楼门前遇见三个相貌凶恶、形迹可疑的汉子,暗地尾随着他们讲起,一直讲到自己如何中酒被困在土牢里时,剑秋、玉琴齐声叹道:"这回闻先生可吃了酒的大亏了,但是后来又怎样会出来救得公子,和他们厮杀起来的呢?"

闻天声接着道:"这就该说合当有救的套语了呀。我站起来一阵昏眩,便失了知觉,大约他们酒中下了药,否则喝这一点酒,我绝不会醉得这个样子。昏昏沉沉的不知过了多少时候,只觉脸上冰凉,肩背和腿骨都疼痛得厉害,想舒散一下四肢,却给什么东西牵住了,不得动弹。张眼一看,黑洞洞的四围都是土壁。定神一想,才记起昨天的事来,却是中了人的暗算,手足都被缚住。我不觉暗笑这些贼子的愚笨,他们该后悔没有当时杀掉了我吧。我的头搁在一条装有铁栅的石槛上,从铁柱缝里看出去外面是一个蓄水池,水波一晃一晃的也有好些水渗上了石槛,大约是什么水牢吧。这些水却替我解了药性,我慢慢地腾挪着身子,倚住了铁栅坐了起来,双手的束缚,只在那石槛的边棱上摩擦了不多几下,用力一迸,便恢复了自由。又解去了脚上的缚，站起来活动一下，四围细找，却看不出哪里有出路。后来站在铁栅前向外望去，隐约见水池对面有一条狭的石径，一摸身上，侥幸缠在衣服的黄金软剑，没有被搜去，当即抽出剑来，把铁栅的柱子，削去了数根，便从槛上跃过水面，到了那小小的石径，向前看去，是一条黑暗的隧道，一路用剑尖点着四围，倒也没有什么机关。曲曲折折约莫走了几百步，看见前面约有十余级石阶，在没有踏上石阶时，我先把剑尖远远地将第一层石阶推动一下，顿时上面两块石板滚将下来。我连忙向后退去，没有碰到。这时石级的尽头，忽透出微光来，很容易地寻到了出路。走完了石级，出了隧道一看，却是一个菜园子，前面是一排矮屋。纵身上了矮屋，前面又是一个院子，左边一间房子，有灯光亮着，里面还有妇人催眠孩子的歌声传出。

"我急忙轻轻跳下，到窗前贴着耳朵细听。这时孩子似乎已经睡着，那妇人轻轻舒了口气，低声自语道：'别人家的孩子，到底养不熟。白天还好，晚上简直吵得人大半夜莫想睡。一连三夜了，还是睡不稳。其实吃的穿的玩的，我哪一样不是逼着老大拣上好的买来，怕委屈了他这官家的公子。谁知还买不服他的心，尽吵要妈妈想想也真气人。'自语了一阵，便也塞塞窣窣地睡下了。想是倦极了，灯也没有息，一会儿便起了鼾声。我把窗子撬开，跃进房里撩起帐门。那妇人把一臂围着孩子，睡得正酣。待我轻轻把孩子抱起，孩子惊哭，那妇人也很快地睁开睡眼，坐起来夺住孩子道：'这孩子我要的。'我把剑向伊脸上一晃，不许伊声张，问伊这孩子是否是洛阳谭太守的公子，伊点点头。问伊是谁盗取来的？为什么缘故？伊的丈夫是谁？伊即原原本本讲了出来。说是伊的丈夫东方云，长腿善跑，绰号叫爬山虎。有个兄弟东方雷，性情暴躁，外号叫霹雳火，弟兄俩都有很好的武艺，最近遇见表兄玉面猴汪汉冈，说因为公孙龙杀了他义弟郑耀华，他来为义弟报仇。所以劫取谭公子要换公孙龙的人头。我问伊的丈夫现在哪里，伊说在前进屋里,今晚捉到一个奸细,汪汉冈又去盗取公孙龙的人头,等明天取那奸细一同活祭。依他们的主意,要把孩子也弄死。因为伊爱孩子,所以留着。伊一定向我要回孩子,我本想一剑杀了伊完事。因为伊看待谭公子好的分儿上,便割下帐门,裂成布条,把伊捆了起来。又在伊嘴里塞了一块布,仍把被盖着伊,又把谭公子穿裹好,抱在怀里,我便上前面屋里,找东方兄弟算账去。

"这时鸡声四唱,天已将明了,我在地下,东方兄弟也各手执武器,从屋里出来。见了我便恶狠狠围上来厮杀。一个单刀,一个短棍,都有了相当的功夫。要不是我,换了平常些的武人,便十个也送在他们手里了。我的身子给丢下地牢时,有好几处碰伤,怀里有个孩子,又时时要顾忌。一天一夜又没好生进过饮食,战了许多时候,不免渐觉困乏。女侠来时,我已战了二三百合,精力确是很疲惫了。若非女侠相助,说不定我还会吃一次亏。"闻天声讲完,还向玉琴道谢。

他们沿途谈谈说说,不觉已到洛阳。谭太守和公孙龙早已由士卒快马飞报得知,公孙龙也不再躲在寓邸避人耳目,仍到太守衙府视事。这时公孙龙和韦虎都出来迎接,韦虎的妻子梁红绡抱着公子直入内堂。谭夫人等接着,自有一番难以言喻的欢喜。替他洗换过了,忙命乳媪抱着出来给谭永清看,又把公子的小手合着向天声琴剑等作揖道谢。

谭永清这时已将东方云审问明白,觉得这种人多留一天,便多一天纠纷,当即请出尚方宝剑,就地正法。又命韦虎率领着捕役健卒,去少室山古堡,封闭东方云家的酒肆,拆毁机关陷阱。又命东方云的妻子和店小二供出药酒的所在,一起销毁。东方云妻子由隶卒押解回籍,店小二助主作恶,杖责后从宽斥释,东方云的房屋钱财,就散放给堡内安分贫民。太守署内设了盛筵,款待剑秋、玉琴、天声等,以为庆贺。公孙龙又因为了他的仇人寻事,连累闻天声身陷地牢,受了创伤,琴剑等也辛劳半夜,他觉得十分感激,也请他们到他的寓中私宴。

女侠等一行人在洛阳不觉盘桓了多时。

玉琴因牵挂曾家庄的寄父母和彩凤母女，伊在山上遇见孝女翟绮云，叫伊到天津去曾家庄的，不知去了没有。伊时常怀念着这个孝勇双全的女伴，便不肯再在洛阳耽搁下去了。那一天和剑秋闻天声商量了，就和谭永清公孙龙告别。谭永清和公孙龙还要挽留他们多住些时，剑秋和玉琴都道他自由之身，来去很便，想念时仍可来此叙旧的，紧要辞去。他们苦留不住，只得备了丰厚的程仪送行。琴剑等不肯收下，退让再三，方才各取了一半。公孙龙的妻子畹芳和韦虎妻红绡这一阵和玉琴厮伴多时，忽而分袂，也不禁黯然难舍，尤其是畹芳泪眼盈盈，要订后会之期。玉琴虽觉依依，不过伊秉性刚勇，却是不轻垂泪。玉琴安慰了伊们几句，就跨上花驴和他们一同趱程。韦虎跟了公孙龙却送了数十里才回。

三人在路上晓行夜宿，有好酒的所在，天声往往流连不忍言去，有好风景的去处，那是三个一般地不肯遽舍，遇见什么强凌弱富欺贫的不平事，三人又一般地欢喜拔刀相助，因此在路上也耽搁了很多时日。等到入了直隶省界，所见的民间习尚流于邪惑，佞谈恩仇善懦的想借神术来护卫自己的身家，狡顽的却借此做敛财张势的工具，以致邪教盛行，废耕辍织，扰攘鲜安。比之闻天声蜀中所见更觉厉害几分。他们将近天津时，道途传说洋兵巨舰集泊大沽口攻打炮台，起因就为了愚民无知，惑于邪说，盲目倡排外举动。杀教士，毁教堂，负治民之责的既不能防患于未然，又不善弭乱于既发，昏庸愚昧，还鼓励乱民的狂悖行为，酿成星火燎原之势。

玉琴等听得京津一带，良民无辜遭祸者不知多少，即不死于炮火，也难免刀枪，甚至剖腹剜心、火烙凌迟等酷刑。不甘阿附的人家，几乎十室九空。伊记挂着天津城外曾家庄的寄父母，不知也遭遇到骚扰吗？急于要去探视，绝不像初时逸豫。剑秋天声也只得跟伊兼程急行。

那天离曾家庄约有里许，遥见烟尘蔽日，杀声震天。玉琴连忙招呼剑秋、天声加鞭催骑,要紧赶去一探究竟。

那么曾家庄外喊杀连天的到底是哪一路人马呢?原来就是当时朝廷重臣认为忠勇保国,打着扶清灭洋口号的义和团。那时匪势猖獗,仗着那些颠顸阘茸的要员作为后盾,竟是骄横不可一世,大有生杀唯我、兴亡随欲的气势。借端敲诈,借词敛财,若有不顺,便诬陷通夷。不但叫你家破人亡,还要株连九族,贻累乡里哩。那围攻曾家庄的,就是那时称为二师兄张德成部下的一股。因为需索不遂,恫吓不屈,老羞成怒,便向那戒备有素的曾家庄骚扰起来。

但是义和团不过是一种民间研习技艺的小小集团,怎会弄得声势如此浩大,公然杀掠,城镇为墟,言官噤声的呢?说起来却是因为中国连遭外患,吃亏太多,一般心怀孤忠,而不能洞达事理、明辨利害的抚臣,以及居心叵测、拥匪自重的权臣,都借口加以包庇袒护,甚至敬礼附和,才致闹得一发不可收拾,几至社稷颠覆,国家灭亡,使国史上又增加了不体面的一页。这些纵匪贻患的官员,真是死有余辜哩。

讲到义和团拳匪,就是白莲教余孽。起自山东,本来叫作什么梅花拳,招集门徒,练习棍棒,自称有神人呵护,捏造符咒,说是可以避免刀枪炮火。倡导的人,初时也不过想诡辞耸听,借端敛些银米罢了。偏偏那时山东巡抚李秉衡是个顽固拘执的人,他不能审察国情,寻出致弱之由,改革政绩,兴利除弊,以为富强之基,却一味地仇视外人。那些凭恃政府势强,在中国境内用权庇护奸猾的教民,也很受民间的仇视。上下相合,在上者鼓励人民仇外,狡黠的借此迎合上意,因此李秉衡对于妖言惑众的拳匪不但不加禁止,反因他们倡言仇教用,特许聚众练习。后来因为他纵容拳匪杀害教士,调任川督,继任的是一名满员,名叫毓贤,比了李秉衡还要昏谬狂悖,竟把拳匪看作义民,格外优待。匪势日张,蔓延四境。还密禀端王,盛夸拳民神勇忠义,可资大用等话。恰巧端王载漪那时正因他的儿子被太后召入宫内,立为大阿哥,承继穆宗。他恨不得他的儿子立即登基，他可做太上皇，但是太后顾忌洋人，不即废帝。假使用拳民赶走了洋人，那么他的野心便可实现。得了毓贤密禀，当即入宫告知太后，说得拳民像神仙一般，比了毓贤的话，又夸张了数倍。太后对于拳民的异术当时不即十分信任，但听拳民仇视洋人，忠义卫国，伊却不能不动心。历年丧师割地，赔款失权，也不知受了洋人多少气。而最让伊难堪的，便是朝廷内政，甚至可说是伊的家事，也要受洋人的干涉，使伊不能爽爽快快地好恶随心，废去了为伊看作眼中钉心头刺的德宗皇帝了。伊想拳民果然义勇，正可利用。一以振国威，一以泄私愤。竟然听信了端王，密饬裕禄拓集拳民编为团练。裕禄也是个颟顸的旗员，又因端王势盛，阿附所好忙即行文山东，咨照毓贤将大队拳民送来编练。拳祸蔓延，便自山东伸展到了直隶。

后来袁世凯继任山东巡抚，他却知道拳民不循正轨，不足为用，未能救国，反以招侮，决计痛加歼剿。偏是朝中明令祖匪，不好违背。好在他足智多谋，便饬属吏，道是真正拳民，都已送京编练保卫宫廷。留住本省练拳授符的尽为奸人假冒，应一体严惩，不少宽贷。因此山东省内严密搜捕，拳匪不能存身，都逃往直隶，京津一带匪势遂格外盛了。团练局中不敷居住，便分占各庙宇。后来庙宇也都住满，又散入民宅。那些达官巨僚，如端王裕禄刚毅等邸中也都设了神坛，恭引拳匪首领到宅中，敬礼如神。拳匪借着奸异之说，虎伥之势，迫令民间家家设坛，人人演教。不从的便恣意杀害，诿为神谴。地方执政者也不敢顾问。

拳匪究竟有什么技术，值得显贵庶民一体颠倒呢？拳匪中借以号召的就是金钟罩和红灯照两种技艺。金钟罩是一种拳术，也就是所谓铁布衫法，讲究运气，可以刀枪不入。但是拳匪中能此的也不是很多，他们设坛请神，请的都是旧小说中的人物，什么唐僧、沙和尚、猪八戒、孙悟空、黄天霸、诸葛亮等，临阵佩了神符，便说可以避枪炮。那神符用小黄纸画一有头无足的不知名的神像,上面写一行文字"云凉佛前心,玄火神后心"。拳匪中还传授经咒,说可以使枪炮不燃。那经咒也可笑得很,咒语是:"左青龙,右白虎,云凉佛前心,玄火神后心,先请天五将,后请黑煞神"。还有请神退兵避火等咒语,和这大同小异,也都妄诞不可解,而且行时并不灵验。偏偏那辈着了迷的朝官,仍是深信不疑。至于红灯照是什么呢?习此的都是妇女,最多的是十余龄的幼女。身穿红衣裤,头挽双丫髻,年龄较长的或梳高髻,还有红灯红巾,分持二手。再拿了一柄红折扇,连扇骨也是红色髹漆。先择静室,由老媪设坛授法,飞踏空术。大约经四十九日,据称术成。持扇自扇,便能渐渐升起,高蹑空际。把红灯掷下,便成烈炎。教堂洋楼,都是红灯所毁,因此人称红灯照仙姑。京津一带无知愚民,人夜家家悬红灯于屋外,以迎仙姑。其实这辈红灯照仙姑,大半是身出娼门。拳匪中首领,男的都称老师父、大师兄、二师兄等。

这时天津著名的匪官,第一个叫王德或,自称老师父。第二个曹福田,自称大师兄。第三个张德成自称二师兄。还有其他许许多多。又勾结津门土娼做红灯照首领,托名黄莲圣母。圣母以下还有什么三仙姑九仙姑等,说是能为团民疗伤。昏聩的裕禄听得圣母驾临,居然朝服出迎,恭恭敬敬地接引入署,参拜名神。因为制军尚且如此敬礼,一班愚民更是顶礼膜拜,踵接于途。闾里纷扰,几无宁日。还有什么砂锅照的,每人挟一砂锅,沿门索米,说是炊饭以餐神团。居民都不敢拒,都是借端诳人钱米。拳匪在津无法无天,有制军卫护,别号拳匪群相效尤,毁教堂杀教徒外,竟闹出涞水城戕官案来。朝廷命刚毅和赵舒翘出京剿办,刚毅不但不剿,还不准地方官缉捕。赵舒翘虽然觉得不对,却不敢多嘴,随附同和。当由刚毅带了许多拳匪,同回京师。二人复旨时,力陈拳匪神勇忠义,请太后信任。同时总管太监李莲英又在内竭力赞助,太后就任从左右去办。于是京城里面,来来往往尽是拳匪,骚扰无已,引起国际交涉,杀公使,攻使馆,闹得乌烟瘴气。再加上由巨匪收抚为提督的董福祥统率了轻躁狂妄毫无纪律的部下，闹得纷扰无休，遂致喘息初定的小百姓又生生地遭那流离颠沛的痛苦。

曾家庄因为不肯济助拳匪银米，拳匪衔恨，围攻曾家庄。玉琴赶到时，已攻了数日，全亏宋氏母女抵敌，得以保全。等到玉琴等赶到庄外，看了两方对敌的人物，玉琴和天声不觉同时咦了一声。

第九十二回

剑侠解围曾家庄聚首
将军喋血八里堡成仁

玉琴、剑秋和闻天声一行三人自从洛阳出发，要到天津城外曾家庄去，路上耽搁了好些时日。那时正值拳匪扰乱，他们一路听得道途传说，拳祸蔓延，受害的百姓不知凡几，因此急于赶到曾家。谁知拳匪正围攻曾家庄，喊杀连天。玉琴抬眼看时，见一个浑身缟素，腰悬弓、手执刀，和一个紫棠色脸、五短身材的恶汉酣战的少女，正是伊时常悬念的孝女翟绮云。那个使铁鞭紫脸的瘦汉，却给闻天声认出是峨嵋山下红花村里传教惑人的莫虎，因此不由和玉琴同时咦了一声。

他们同看绮云的宝刀上下飞舞，左右盘旋，如雪花盖顶，银练缠身，但见一团白光，分不出是刀是人。玉琴固然连声称赞，剑秋天声也是不停点头。再看那个莫虎，一条鞭也使得神出鬼没，夭矫如游龙一般。因为他的身子灵活，腾纵跳跃，以退为进，所以翟绮云刀法虽神，却也久战不能取胜。玉琴游目四瞩，又看见毓麟的哥梦熊和李鹏等也在人丛中混战。宋氏母女却远远地守住庄门，在那里观阵。他们都全神贯注在战阵上，却不曾注意到玉琴等三人，三人也无由去招呼他们。玉琴

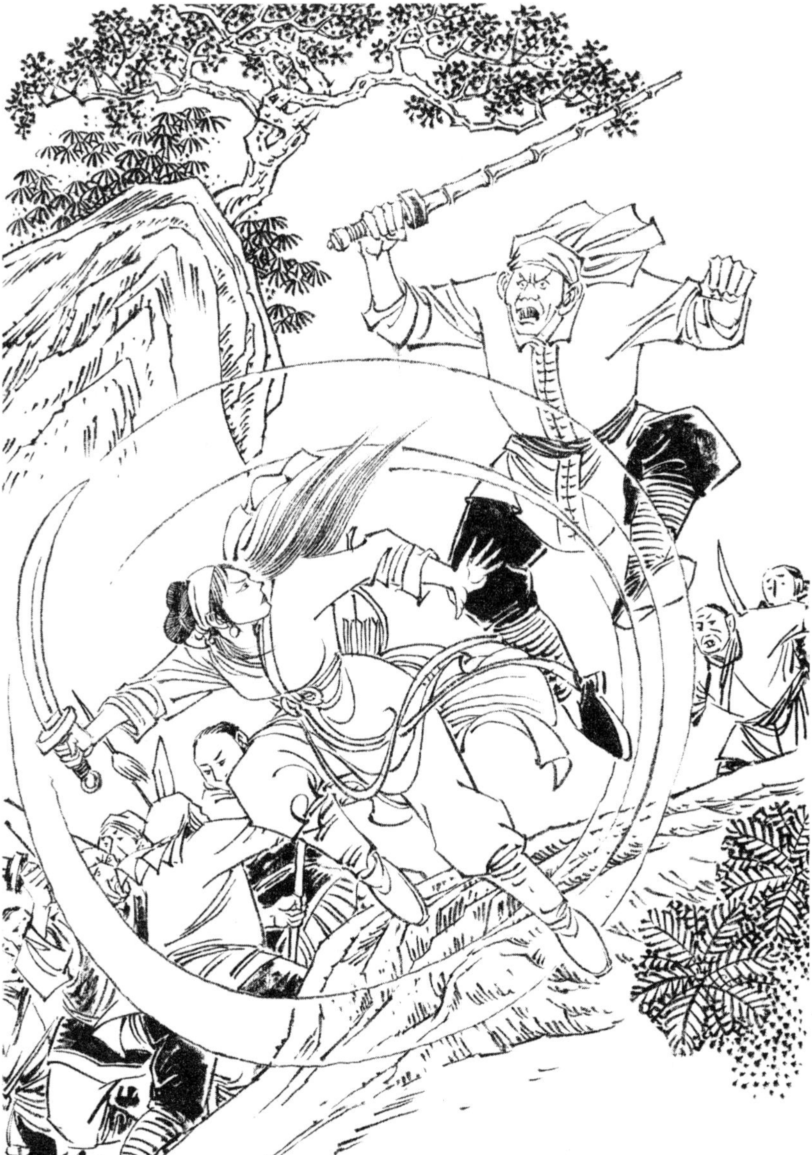

在旁看得心焦，便拔下真刚剑，对剑秋道："让我去助绮云一阵。"剑秋未及答应，伊已一纵花驴，驰入阵中去了。

翟绮云因为胜不得莫虎，想发毒弩伤他，可是他十分狡猾，使伊觑不出空，芳心十分焦躁。忽然耳边响起娇脆的声音道："翟小姐，你歇歇吧，让我来取那贼子的狗命。"随见玉琴仗剑驰来。伊不禁欢呼起来，便退在一边，让玉琴去战莫虎了。这时彩凤母女和梦熊李鹏都已看见玉琴，不觉齐声欢呼，精神百倍。莫虎和翟绮云战了多时，幸仗自己长于腾跃，善于趋避，才不会吃亏，可是气力不加。仍和翟绮云对敌还可以支持些时，现在突然加入一个生力，而且引动许多人的欢声，可想是个了不起的人物。心里不由暗暗着急，心想不如先下手为强，趁伊不曾站稳，使一下猛虎出洞之势，一鞭便向玉琴肩上打去。玉琴把玉肩一偏，顺手使个白蛇吐信，剑尖直向莫虎前心刺去。莫虎连忙收回铁鞭，架开了宝剑。二人一来一往，就此战在一团。一个是剑峰起处，但见寒光点点，一个是鞭尾扫来，只闻风声呼呼，战了约莫有四五十回合。玉琴是越杀越兴奋，莫虎却渐渐委顿，只有招架，没有回手。玉琴急于杀退了拳匪，好和众人相见话旧，一咬银牙，把剑一阵紧一阵地向莫虎刺击。众人只见无数银龙上下盘旋，只见剑光，不见鞭影，一声娇喝道："去吧。"真刚剑对莫虎当头一劈，脑浆迸裂，到地下寻他哥哥莫龙去了。

众匪见杀了莫虎，发一声喊，一齐围了上来，将玉琴、梦熊、李鹏等困在垓心。虽然剑锋指处，人头如秋风扫落叶般纷纷落下，但是七八百人，杀来也须好些气力。于是剑秋一拉天声道："我们也出点小力吧。"二人各拔剑在手，就从外围杀去。那些只会几下花拳绣腿的匪徒，又哪里能抵敌得住？不多一刻，十个匪徒倒死了七个，真个是血流成渠，尸积如山，看了也是惨目惊心。

剑秋挥剑高声喊道："神符经咒都是妖言惑人，现在你们总该明白了。如果法术有灵，这些人怎么都做了刀下之鬼？你们还是丢下兵器，好好回去，各复旧业，不要骚扰闾间，做一个安分良民。我们开一条生路放你们走，若再顽强不改，那么满地的尸骸，便是前例。"

那些人听了，谁不要命？当即丢下兵刃，一哄散去。当下梦熊和众人都围住琴剑，彩凤母女也迎了出来，不及寒暄，只是敛衽致谢，大家帮着杀退了围攻数日的拳匪。梦熊嘻开大嘴，对玉琴笑嚷道："三年不见，女侠的本领格外惊人了。我和拳匪杀了数天，也没杀了几个，你才来一刻，便把那些贼子都给砍了，真是神刀。"说着跷起大指，连连称美。同时又指着翟绮云道："这位姑娘本领也真了得，那个矮汉我和他只战了三合，便败了下来。伊倒和他战了八九十合，还是面不改色，不知女侠和伊是否同路来的？怎么伊又和李兄先来半天？"

女侠道："我们不是一同来的。"伊又回头问绮云道："翟小姐也是才到吗？怎会和李先生在一起？你家姑母曾否徙回故乡？"

翟绮云道："我家姑母已经于去年全家徙回山东峄县，这位李先生也是路中相逢的，和我表兄卫长春很是相契。我和他谈起曾家庄，他也牵挂着曾家的人，就伴送我来。谁知到了庄外正逢拳匪围攻，走不进去，因此就战斗起来。"

玉琴疑讶道："翟小姐既是没有遇到姑母，怎么走了这些时日？我们比你迟走一月有余，沿路又到处流连耽搁，所以才走了这些时，你怎么也到今天才到呢？难道路中也有耽搁吗？"

翟绮云道："正是，这故事说来话长哩。"

宋彩凤插嘴道："二位和众位一齐请到舍下，先歇息歇息，然后再谈路上的新闻。让我们终年关在屋子里的人，也长长见识。"

梦熊也嚷道："不错，不错，还是快些到我们家中去吧。让我先回去报信，也好叫二位老人家和兄弟欢喜。"梦熊说着，真的撒开大步，飞奔回家了。

彩凤母女陪着琴剑等一行人，不多一会儿，也已望见曾家门楼。曾家夫妇都拄了龙头朱漆的拐杖,颤巍巍笑嘻嘻地伸长了脖子在门口张望。毓麟满面春色,手里挽着个眉清目秀的孩子,和梦熊一起快步迎上前来。玉琴心想:这孩子准是他的儿子吧。记得别时才在襁褓,现在倒已会走了,光阴真是过得快。再过几时,自己也就要头晕齿秃,跟伊的寄父母一般的老态龙钟了。

伊正很感慨地默想着,见那娇子走近了更加快脚步,扑向彩凤身上,连声喊着"妈妈",十分亲昵的样子。这时毓麟也已走到面前,举手和众人作揖相见。玉琴见彩凤的孩子和彩凤亲热的情形,不觉勾起了自己一片孺慕之思,深悲自己的父母早逝,不能再依恋膝下,今见曾翁夫妇,仁爱慈祥,倚闾遥望,那神情正和自己的父母盼望着子女归来一般。伊心里一阵感动,把花驴的缰绳往剑秋手里一塞,不由加快了脚步,直向曾翁夫妇俩面前跑去。二老抚摩着这义侠多情、娇美勇健、多年不见的寄女,笑得脸上的皱纹更深了几许。后面众人也都到了,上前见过曾老夫妇。梦熊、毓麟、彩凤母女便让众人进去,到内院花厅坐下,下人摆出茶点款待。当下玉琴又将翟绮云与众人一一介绍。曾翁就差梦熊去吩咐厨下预备精美丰盛的酒筵,一作接风,又作庆功。因为这几天来他们给拳匪骚扰,提心吊胆,连饮食都没了心肠。

这时梦熊的妻子也出来相见,大家坐定,自不免要问起别后数年来的情况。曾翁夫妇就告诉玉琴道:"这几年来,我家总算兴旺,庄稼连年丰收,我们二老也都健饭。毓麟娶了彩凤,伊教他使使拳脚,虽没有学会什么武艺,不过借此锻炼身体,近年来身体确是健壮了不少。你看他气色不是比从前好了吗?"

玉琴顺着曾母的手指向毓麟看了一眼,便笑着看了彩凤说道:"我这大媒可做得不错吧?寄父寄母,毓麟兄既得了麟儿,又转体为强,因为彩凤的武艺高强,还有宋伯母辅助,便是盗贼也不敢来相侵了吧。"

曾翁道："可不是吗？这几年来，我们家总是平平安安的，连草也没有少过一根。"

玉琴便问拳匪此次怎会起衅的，彩凤就答道："今年上春，我们村里便有人来传过这种邪教，邪说异行，谁相信他？我们防了不到一月，果然前五天来了十几个拳民，要进庄子来设坛传教，还要每家出银来供神。庄口上巡守的人拒绝了他。过一天就来了一百余人，都是红巾包头，红带扎腰，声势汹汹，扬言要把我们庄子杀得鸡犬不留。"

梦熊在旁插言道："那贼大言不惭，等他话没有说了，我就给他一弹子穿进了胸膛。那天正是我在庄头上巡查的。"

彩凤又接嘴道："大哥一面和他们交战，一面派人来家飞报，我和母亲就去接应。那天来的都是些恃教讹诈的奸民，一个有能耐的也没有，哪经我们三人杀？不消一个时辰，死的死，逃的逃，百余人没剩一个。"

玉琴道："这伙贼见机的第二次就不会再来送死了。"

毓麟笑道："怎么肯？下一天来得更多，半夜里马嘶人喊的，大约有三四百人哩。"

玉琴剑秋同声说道："那一定又给嫂子和宋老太太杀得片甲不留。"

窦氏抱着外甥小麟，正剥花生喂他吃，听着笑说道："可不是吗？我近来又已好久没有用到我那一双虎头钩了，早一天全是些酒囊饭袋，砍着都像腐草朽木一般，一点没得劲儿。这一回来了几个比上一天总算经砍一些的，可是也没一个经得十合以上的。我叫不要出手，这些人也不消半夜，都祭了我一双多时不见荤的虎头钩了。"

窦氏说着还是虎虎有生气，一副余勇可贾的样子。剑秋等也都赞叹伊老当益壮，神勇可佩。于是窦氏格外乐了。他们说着话，梦熊兄弟俩已经指挥下人把酒席摆好，便来请众人入席。曾氏二老、窦氏、梦熊弟兄连天声、剑秋、玉琴、翟绮云、李鹏等五位客人共是十个，团团坐了一桌。梦熊的妻子和彩凤没有肯坐，站立一旁侍酒。小麟在旁嚷着，也要坐席。彩凤叫婢子搀他出去玩，小麟闹着不肯，曾母舍不得便教傍着自己添一座位，玉琴便招招手，叫他坐在伊膝上。小麟偏又爱和玉琴亲热，挣脱了祖母，便跑到玉琴身边来。玉琴把他抱起，坐在膝上，随手抓了糖花生和杏仁给他吃。曾母还要叫他过来，拍拍手道："小麟儿乖，坐到这边来给好东西你吃，怪重的，别压坏了姑母。"小麟扭扭头不肯。

玉琴笑道："就让他这样坐着吧，这么点孩子，能有多少分量？"彩凤也笑着插嘴道："就让他坐在琴姑母身上吧，练练惯，将来自己有了孩子，才不嫌累呢。"

玉琴红了脸，正要啐伊，只见窦氏开口道："啊呀，不错，麟儿快些下来吧，说不定姑母怀里正有个小弟弟呢，让你挤坏了，那姑父该打你了，快过这边来坐吧。"

小麟听说，别过头来，仰着小脸对玉琴看道："真的姑母怀里有个小弟弟吗？"

众人见他那天真可爱的神情，都不禁笑嘻嘻地看着他和玉琴。羞得玉琴粉靥晕红，笑着把他一推道："别信你婆的话，尽管坐着好了。"

小麟把脸贴着伊胸前，畏怯地看了剑秋一眼，低低问道："姑父要打我吗？"这一问把大家都引得笑了起来，剑秋也笑着抚摩他的脸道："乖乖地坐着吃吧，我们都很喜欢你哩。"

玉琴夹了一块菜给小麟，又向窦氏笑道："你们放着正事不谈，尽说笑话，到底那天的拳匪给你杀退了后怎么样呢？"

窦氏道："那天的拳匪败去，我们打量他第二天要派大股拳匪来报复的，我们召集了村人，加意戒备。可是守了两天，居然没来，我们还以为拳匪给我们杀怕了不敢再来了哩。谁知今天早我们正在谈论着这话时，派在村外哨探的人来报，有无数红巾红带的拳民向我们村子来，据说人数比前两次不知多了几许。你们寄父母年纪大了，受惊不起，听说这次人多，不免惊慌起来。所以初时只叫梦熊和彩凤督率村上壮丁紧紧防守村口,我在宅里陪伴着二位亲家,负责保护,二老方才放心一些。后来家人曾福来报,说拳匪正攻得紧急时,突然外面杀来一男一女,拳匪都纷纷向二面分开,男的是前两年来过的李大爷,和他同来的女客穿着一身素服,大爷和二奶奶都不认识。据二奶奶说,伊的刀法着实高妙哩。我听说很觉异讶,便也去村口观看。你的寄父母听说有二人帮助杀贼,心里也安慰不少。我到村口一看,见这穿素的小姐正和拳匪中的一个矮小矮捷的汉子战在一起。"窦氏说着又指着翟绮云道:"这位翟小姐的刀法,果然神奇奥妙,这样年轻,已有这般高深的技艺,真是可敬可佩。"

众人听伊一说,目光不由都一齐射到翟绮云那边,绮云连连逊谢。玉琴又将绮云在山中结庐独居、为父报仇、杀死梼杌等事讲给众人听,大家格外赞叹不止。玉琴正在动问翟绮云怎么会和李鹏遇合,又因何走了许久,这时才到天津。刚才在路上问伊,说是话长慢慢细谈,到得曾家却又把话锋尽绕着拳匪来攻的事上,也没曾问得。此刻恰巧说起绮云来津的事,玉琴想起了路上的话,便要问伊。但是伊还没开口,听得毓麟说道:"和翟小姐对敌的那个拳匪,听说本领也着实了得,可惜很好的人才,投身匪类,否则未尝不是干城之才,可以立功疆场,为国争光荣哩。"

剑秋就把手一指闻天声道:"那人的身手闻先生在蜀中已经见过,却怎么也到了此地来?"

闻天声正和梦熊俩一递一杯地猜拳喝酒,并不注意众人的谈话。这时剑秋对他一指,梦熊便问闻天声怎么认得那个拳匪的,闻天声只得暂停酒杯,把当年游蜀,在峨嵋山下莫家酒店的事,讲给他们听。讲到投石洞穿教徒的胸腹和张七、赵四晚上来行刺给他们玩弄的情形,大家都听得好笑起来。天声喝了一口酒,又道:"那回给他漏网,不知到山东去又作了多少孽,这会子恶贯满盈,才派他到这里来,给女侠的宝剑又多饮了一个歹人的颈血。"

玉琴笑道："那得要谢谢闻先生和余师叔，那时没有立刻除去二莫。但是现在闻先生也不要小器，说不定早晚就要有大股拳匪杀来，你那黄金剑也正可饱饮匪血呢。"

彩凤道："正是，而且来攻村子的拳匪一次强于一次，今番的比前两次凶悍得多，再来时一定还要比今天的精强，总要请各位大侠帮忙的。"

众人谈谈说说，一席酒吃了好些时候。梦熊拼不过天声，早已喝得烂醉如泥，经人扶去房中睡了。天声听得有机会杀匪，喝得格外起劲，也有了醉意。剑秋、李鹏并不多喝，没有醉，曾翁夫妇令两个媳妇率人打扫客房，让五人安歇，玉琴和绮云合住一房。剑秋就和天声李鹏同住一间。曾翁年迈，再加数日来提心吊胆，受了惊恐，便早去休息。梦熊和天声赌酒，喝得烂醉，所以只有毓麟陪着闲谈。玉琴便带着绮云到彩凤房里叙话。这时小麟已经睡熟，由窦氏领去睡了。

玉琴又问起绮云，怎么走了这许多时候才到，在路上是怎样耽搁的，又怎么会和李鹏遇合，绮云就款款地讲出伊路上所遭逢的事来道："我那天拜别了你们二位，第二天整理行装，锁了草庐，就下山取路，想投奔天津姑母家。我因孤身远行，心里只希望旅程缩短，最好能早日达到目的地，未免贪起了路。车马劳顿，再加眠食失常，又受了些风寒，因此在途中生起病来。穷乡僻区，既没有好医生又没有好调理，客中急病，又不免引起生世畸零之感，精神方面更受打击，便恹恹病榻，直卧病了两个多月，方才稍有起色。我因为急于赶路，也顾不得调养病体，稍能行动，又踏上了旅程。不过病后力弱，走来也是慢得很，所以才走了这许多时候的。"

玉琴道："你和李鹏是在哪里会见的？"

绮云道："总因生了一场病，精神委顿了些，便时常惹得烦恼。记得有一次，那时久病新愈，走了大半天路，体力已是不支。走到一座形势险恶的山下，心里正暗忖着不要遇见剪径的强人才好，谁知一声吆喝，大树背后突然跳出两个强徒，各从腰间拔出短刀，拦住了去路。"

玉琴道："那种幺麽小丑，正不值翟小姐一击。"

翟绮云道："女侠倒不要小觑了那两个，他们的刀法也还不输于今天的那个莫虎的鞭法哩。加之我在病后，以一敌二，急切总占不到便宜。一回头又不见了那个驴夫和我的行李，我知道那驴夫起了歹念，劫去了我的行李。我心里一急，虚晃一刀，撇下了二人，背转身就去找寻驴夫。偏偏那两个贼子不舍，仍在后面追来，让我不得不停住了步子抵敌，真是又急又恨。忽然从横里蹿进来一位青年侠士，手执宝剑，青光耀目，和女侠等的宝剑一般可爱。那人的剑法十分高强，直向两个强人击刺。我见有人相助，又想暂时抽身去找寻我的行李。谁知一回身，我的行李和驴夫的首级，都赫然撇在路边，我知道一定是那青年侠士替我找回来的。当然我十分感谢，又转身去杀贼。一个贼子已经被那侠士劈死一旁。当时我们二人同战那贼，他格外心慌，一个失手，就让我一剑刺进了胸膛。我当下向他致谢。他告诉我在后面看见驴夫驮了我的行李逃走，便追上夺下。又因他乘人之危，所以把他杀死。"

玉琴道："这个少年倒也是我道中人，不知是什么姓名，翟小姐可曾问得？"

绮云道："那少年好像有什么要事似的，说完了又指点我一条平安的路径，便匆匆别去。我连姓名也不及问得，也不知他的来踪去迹。"

玉琴和彩凤同声叹道："可惜可惜。"

玉琴道："你因病后乏力，遇见剪径的，才逢到了那位侠士，难道你和李鹏遇会，也是在这样的情境中吗？"

翟绮云道："可不吗？那一天我已到了天津，因不识李家集的途径，向人探询。恰巧李先生也到李家集去的，他就指示我怎样走法。好容易我找到了李家集，问起小豹子卫长春，倒是无人不晓，不过大家说他家已在去年全家徙回故乡山东峄县去了。那时天已傍晚，既然姑母家已他徙，我不免表示失望……"

玉琴却是很关切地问道:"那么你怎么办呢？就该立刻来曾家庄找我的寄父母啊。"

绮云道:"我确是这样想,所以又向人探问到曾家庄的路由。这时便有一个人对我说道:'现在时候不早,这里到曾家庄也有好几十里路,今天赶不及了,不如请小姑娘到舍下暂住一宵,明天刚好我有个姐姐要回夫家去,他家也住在曾家庄的。'说着还把他身边的一个妇人一推,那妇人也献着殷勤,邀我到伊家去歇宿,明天路中也好有个伴侣,并且他们还说和我姑母家是素来很好的。我当时看那妇人脸形也还和善,倒也有意在她家借宿一宵,便随着他们走去。可是还有很多闲人,都脸现骇疑之色,有些还露着愤激的神色,却是一副敢怒而不敢言的态度。我走路稍慢,拖在后面,隐隐听得有两个妇人叹息道:'可惜好一个女孩子,葬送在这两个恶魔手里。'又听另一个人轻声说:'卫家已经给他们欺走了,还不放松,连人家来一个亲戚都要算计,手段也不免太恶辣。'"

玉琴、彩凤都道:"啊,那二人将有不利于你,你可曾觉察吗？"绮云道:"我听了路人的议论,就知道这二人是我姑母家的仇人,还对我不怀好意,我心里一气,便立刻向那二人说我不愿意歇宿到他处去了。那二人见我的脸色含有怒意,知道我一定识破了他们的阴谋,也就马上变脸,我们便在街上交起手来。那个女的身手也很矫捷,我战了一刻,却又遇见那位李鹏先生赶来。他从路人嘴里得知了我和二人交手的原因,便也拔刀相助,同时他还带着一个亲戚,也战在一起。那二人看看路人也都有跃跃欲试的模样,不敢恋战,便自逃去。"

玉琴道:"那么这一晚你歇在哪里？"

翟绮云道:"那一晚我歇宿在李鹏先生的亲戚家里,谈起了曾家庄和女侠,李先生他都知道,他愿意陪我前来。同时又对我说,女侠等也许不久要下山一走,我在路上耽搁的时间久了,说不定女侠和岳先生已经先在了。他极想一见你们,就格外高兴。不料到得庄前,却不能进去,被大批拳匪围着。沿路我也听得有识人士谈论拳祸很烈，我当时见了他们先已不快，何况他们又挡住了我的路，不由我怒气陡生，就和他们恶战起来。谁知竟是这么巧，你们也在这时来了。"

玉琴刚要说话，忽然听得外面人声喧哗，足音杂沓，显然村里又发生了什么大事。玉琴就一扯彩凤、绮云，站起来往外探听。才出房门，已见毓麟容色慌张地跑来，颤声报告说是庄外又来了大股拳匪，声势甚张，似乎不像上几次的容易击退。玉琴见他急得面色苍白，口吃言滞，不觉暗笑他的怯懦，当即微笑道："有我们这些人在此，凭他多少拳匪，都叫他一个不留。"

玉琴便拉了绮云回自己房中取了兵器，到前面会齐了天声、剑秋、李鹏等。这时双钩窦氏和彩凤也都扎束了出来，玉琴见毓麟愁眉深锁的样子，就对彩凤说道："有我们几个足够应付，你可不必出去，在这里保护二老以及你的大小二麟吧。"

彩凤看看毓麟的眼光，似乎很愿伊依了玉琴的话做，就一笑答应了。剑秋、天声先走，玉琴因梦熊醉卧，所以叫李鹏也不出去。伊又和绮云、彩凤等，到二老房中请二老安心，又告诉他们留李鹏、彩凤在家保卫，二老听得这样安排，果然放心。于是玉琴才和绮云窦氏，别了他们，赶到庄外。

见庄外红光一片，红灯如星。剑秋、天声各战一人，因为四人战得难解难分，但见刀光剑影，耀映星月，如龙翔凤舞，使看的人眼花缭乱，分辨不出。所以许多拳匪也只高举红灯，疾挥红旗，在一旁呐喊助威。玉琴和绮云也就按剑不动，站在后面观看。和剑秋对敌的一人，使一根三节铜棍，舞动时呼呼有声，紧绕剑秋左右。好在剑秋的惊鲵宝剑使得更如群龙戏水，银涛翻腾，左刺右击，剑棍相碰，铿锵作声。绮云不由看得呆了，深赞剑秋剑术高强。可是玉琴却拉了伊一把道："你看闻先生作战，他的剑术真的是出神入化了。"

绮云听了便回头再看，闻天声所战的是一个稍长大汉，比他几乎要长出两个头。使的是一把大刀，又是长兵器，看来很有些分量。能使这样重兵器的人，武艺想来不会过下。绮云倒不免暗为天声着急。睁着一双秀目，黑漆双瞳只是随着天声的剑光转移。天声使的是一柄黄金软剑，他的兵器和他的身材，恰好和那敌人成相反，长短轻重的比较下，闻天声似乎不易占得那人的便宜。因此绮云初时不免为他捏一把汗，但是天声身手矫捷，他存心戏弄他的敌人，觑定他使着笨重的家伙，便一会儿跳左，一会儿蹿右，闹得那人面红耳赤，浑身大汗。不由怒气上升，大喝一声，举起大砍刀，使一路泰山压顶势，直向天声当头顶劈下。在那大汉的本意，总以为这一下，这矮子一定被分为两半。谁知天声身体灵活，并不用剑去格，把身体向地下一伏，再使一个蛟龙出洞势，一剑望那大汉的足上剁去。那大汉连忙把身体向后一退，收回大刀，乘势来一下乌龙扫尾，向天声拦腰一刀斩来。好个天声，一个鹞子翻身，腾空从刀背跳过顺手一剑，就向上直点那大汉的咽喉，并且嬉笑着喊那大汉的名字道："魏大冲，送你到阎王那里去喂大葱吧。"

那魏大冲不由一惊，急忙把头向左一避，挥起大刀，向天声臂上压去。谁知天声却像浮鱼惊影一般，一蹿已绕到了他的身后笑道："喂，我在这里呢，你的大刀太笨了，不如把我的剑借给了你吧。"一剑就刺他的后心。可是那魏大冲倒会运气之术，一剑没有刺着，天声第二剑想刺他的胁下时，那魏大冲已转过身来，咬牙切齿地举刀，使个大鹏展翅式，向闻天声劈来。闻天声这时施展本领，把他的黄金软剑舞得像万条金蛇，上下盘旋，那魏大冲的大刀固是迎不得天声，而天声的剑尖却只顾向魏大冲的脑门挑来。魏大冲只是上下遮护，累得气喘如牛。这时绮云却是有把握地估定天声必胜了，伊轻轻对玉琴议论道："凡是用重兵器的，一到反攻为守，便没有便宜可占了。"玉琴点头道是。

这时伊俩看那魏大冲已是有些疲于奔命的样子，闻天声却偏故意逗他，突然虚晃一剑，跳出圈子道："你那大刀，委实压得我臂酸手麻，我战你不过，就此算了吧。"那个魏大冲还当作是真,不免志得意满,如何便肯放过,冷笑一声,举起刀迎面劈来。天声招剑一架,却是力小拦不住,不觉向后就倒。魏大冲见了满心欢喜,顺手再是一刀,想结果了天声的性命,谁知大刀未下,天声已一个鲤鱼翻身,蹿到了他的右边,等他的反手一刀挥来,天声已经乘隙一抬手,把剑尖戳进了他的肋窝,大叫一声,撒刀倒地,天声再加一剑,便割取了大冲的首级。那边剑秋也已斩了二人,群匪见魏大冲被杀,大为骚动,立时拥上二人,共战天声。天声这时并不如魏大冲时的一以游戏出之,舞动黄金剑击刺腾跃,夭矫如游龙,迅捷如脱兔,不消一餐饭时,两个拳匪又已身首异处了。群匪见天声连伤三个在他们目为有神力的勇将,剑秋也接连杀伤了四五个,不觉大震,发一声喊,如潮水般地涌来。玉琴那时早已入阵助剑秋杀贼,绮云和窦氏此时也各挥动兵器,杀入阵内。只见刀光霍霍,剑鸣锵锵。天声的软剑一伸,无头的便增三四;琴剑的剑锋疾转,鲜血和红灯争辉;绮云的宝刀弩箭,替鬼门关平添无数恶鬼;窦氏的双钩轮转如风,也为人世间消除了不少妖魔。五个人一阵用劲冲刺突击,人头便像风扫落叶般纷纷落地。约莫杀了一个更次,真个是血流成渠,尸积如山,红巾委地,红灯焰歇。霎时间不见一点红星,不见一个缠红巾的人。死的死,伤的伤,跑的跑,一场恶战,就此结果。曾家村上的壮丁,都出动来忙着掩埋清除的善后事宜了。这一场大战,曾家庄上的能人吓碎了拳匪的胆,他们再也不敢来侵犯了。

　　曾翁、毓麟在家,总不能放心,屡次遣人探信飞报,等到听得拳匪败退,众侠大胜,却十分欣悦。毓麟、李鹏都到门口去迎候众侠,琴剑都到曾翁房中告诉他杀贼的情形。曾翁也慰劳感谢了一阵,教毓麟、彩凤招呼众人漱洗,进些饮食,早去安息。剑秋主张不必再睡,以防拳匪再来。可是毓麟却这样说道:"剑秋兄和众位已辛苦了半夜,应该歇息歇息,拳匪经此一击,已经丧胆,不会即刻前来。我看还是仍由兄弟和李鹏兄守候,如果有警,我们再来唤醒众位好了。"李鹏倒也以为很对，便这样决定了。毓麟、李鹏守了一夜，也没有什么动静，天明梦熊酒醒，就让梦熊带了壮丁去巡查，他们二人才去休息。

这一天玉琴等睡到晌午时分才起，曾翁又令厨下办了盛筵，款待众人。玉琴等就在曾家庄住下，一来叙旧，二则防护，又恐拳匪再来报复。他们听得直督裕禄袒护拳匪，引起外患，所以就派人去城内探听消息，究竟拳匪对于在此吃了亏以后，有无再来寻仇之念；裕禄有否知道拳匪被曾家庄杀败，要不要为此来问罪；洋兵夺去大沽炮台后，攻势怎样。叫那人详细探明，前来报告，以便准备应付。那人去了数天，回来报告了许多关于拳匪跋扈的情形，当众人听到聂军门士成战死八里堡事，都拍案叹息，痛恨裕禄刚毅，嫉贤妒能把好好一位干城良将害死，无异自坏长城。

讲起这位聂士成军门，却可算清代有名的忠勇善战的将军，他曾经参与过许多次战争，像发捻诸役，和朝阳剿匪、甲午之战等，都有很大的功勋，后来擢任直隶提督，统率武卫军驻扎芦台，保护铁路。拳匪嫉恨洋人，凡是洋人办的事业，不问利害，都要摧毁。他们因为铁路也是洋人所建，便沿轨浇灌洋油，烧毁铁路。先是烧毁保定铁路，直隶总督裕禄令副将杨福同领兵赶去镇压，没有到时就被拳匪所害。这时朝廷正在议用拳匪，竟然置不严追，也不抚恤杨福同。可是这事恼了聂士成，他向来痛恨拳匪救国不足，殃民有余。严饬部下，不许袒护拳匪。听说拳匪焚毁铁路，还戕害官长，一面为保护铁路，一面也为弹压拳匪。当拳匪正在黄村沿了路轨浇沥洋油，要放火焚烧时，聂军一队驰至，勒令解散。谁知拳匪不但不听令，反而猛扑聂军，士成军队素有训练，结阵自固，拳匪四面围攻。匪中首领第一个猱升电杆，执旗指挥，被聂军门瞧见，指挥部卒举枪遥击，把首领击死。同时痛击群匪，匪众死伤数百，不敢再战，连忙逃遁，因此大恨聂军。这件事闻于朝廷，朝旨还对士成严加训责呢。

后来大沽失守，聂士成又奉旨赴津防守。中途和拳匪相遇，竟大家持刀直逼士成。幸近督署，他就急忙走入督署。谁知匪首率众入署，指名硬索，诬他通同洋兵。裕禄这时为顾同僚面子，不得不出为剖辩缓颊，并且邀士成出来，和匪首相见，愿为调停。匪首此时还强欲挟士成到神坛前受教。士成坚持不去，匪首方才悻悻而去。从此聂士成部下武卫军在津受尽拳匪倾害，士成诉与裕禄，裕禄阳为排解，暗地却上疏弹劾。而且端王载漪、刚毅等又都深恨士成，也媒孽其短，要想乘隙除去他。朝廷偏听，又下旨着聂革职留任，因此武卫军屡为匪众戕害，士成也只好忍气吞声，无法和他们抗争。洋军来攻，聂军守杨村，勇悍善战，洋兵不能得利，又因军饷不继兵力单薄，就自行折回。直督裕禄却是张冠李戴，为拳匪敷陈功绩，朝旨赏拳匪巨万，聂军一个也没分，军中因此大愤。

后来聂军又奉命去攻天津租界，血战十余次，几乎把租界攻下，西人无不畏其勇悍。拳匪既妒且恨，遂诋聂军通敌。朝旨下时，又是一场训斥。聂士成心中愤懑，巧遇马玉昆来津防守，聂士成一腔牢骚，就尽倾诉与玉昆听，自语道："上不见谅于朝廷，下又见逼于拳匪，只有一死自明。"

马玉昆也道："你这时候既已见疑于朝廷，又遭小人的谤毁，只有直前赴敌一法，胜了自然是非大白，否则马革裹尸，原也是大丈夫应尽的本分。是非千古，且让后人定评。若欲和拳匪争辩，你不会有利，九重深远，把持者另有其人，你的呼吁是不会上达天听的。"马玉昆最后还紧紧地看了他一眼道："我的愚见如此，还待你自己裁酌。"

聂士成长叹一声，点头默然。他自觉进退两难，只有依着良友的劝导去做。所以每逢和洋人交锋，他必身先士卒，亲自陷阵。恰巧洋兵援军大至，又鼓勇来攻，势如破竹，将薄天津城下。就和太夫人诀别，命亲信护卫送太夫人和他的夫人回里，他便驰赴八里堡前线督战。正在酣战，忽有护送家眷的将校来报，途遇拳匪，太夫人等尽为匪众掳去。士成闻报，就立命分军去追，一面自率军士抵御洋兵。洋兵势盛械足，聂军虽勇,却因后顾多忧,一时未易得利。偏是聂部下新练军一营,多通拳匪,看见聂军返阵追匪急,便大呼道:"聂军门反了,聂军门反了!"一面大家开枪轰击。这时士成内外受敌,身中十余枪,悲愤交集,尽挥部下反击拳匪,自己单骑杀敌,立下了杀身成仁的决心。部下如何肯舍?跪请回辔,士成见此,不禁泪下,挥泪道:"你们杀退拳匪,还是自觅生路去吧。"说罢挥手令部下退去,自己回辔向敌。有一亲校拉住他的缰绳不放,坚要请他退回。士成咬牙挥刀刺杀了那个拉他的将校,士卒见他这样,知道不可挽回,可是他们也不肯后退,追随士成,冲进洋兵阵中。

士成虽勇,因身被枪伤,又以部卒死伤甚多,零落不能成军。后面再加拳匪来攻,虽然被他手毙洋兵数人,但是他也满身弹穴,腹穿肠裂,怀着余恨成仁了。部下见了,夺尸还阵,洋兵因钦士成的忠勇,也就听任他们负尸而归。谁知拳匪见了,反而咬牙切齿地必欲碎尸万段,以泄积恨。聂部正和拳匪争夺时,洋兵追来,拳匪不敢敌,急于逃走,聂士成才算保得个全尸而归。

玉琴、剑秋、天声和曾家数人听到士成喋血阵亡,无不咨嗟悲叹。曾母和窦氏老年人心肠慈软,听了不由老泪纵横,尤其听说到士成诀别母妻,结果又被拳匪掳去时,在座的人无不酸鼻。毓麟问家人道:"杀身成仁,捐躯为国,照理当大加褒掖,以勖军纪,以振军心,而使忠魂得慰才是。你倒听得提及过吗?"

玉琴笑道:"拳匪的敢于侮蔑聂军,还不是为了朝廷中有权佞把持?士成早为朝廷疑忌所致,还望什么恩典?"伊说着不由长叹了一声道:"时势如此,莫怪关外螺蛳谷诸人,有这伟大的企图,为我华胄一吐不平,委实叫我听了也是气愤不过。"

大家一问来人,果然他说:"途中也听得有些人为聂士成不平,道是朝命不但未予嘉奖,反加申斥,说他督师多年,不堪一击,实深痛恨。念为国捐躯开复处分,照提督阵亡例赐恤，还算是额外加恩哩。"众人听说，也都深为不平。

过了两天，又听天津失陷，曾家又接连着人探听消息，洋兵陷津后的动向。一面由剑秋、天声、李鹏等帮着梦熊训练壮丁，坚固碉堡，以防洋兵来攻。洋兵既攻陷了天津，因为拳匪和董福祥军围攻使馆，洋兵急欲解围，挥兵前进，直薄京师，逼得两宫出走。这一役总算逼得几个祖匪酿祸的大臣，有的受了国法的裁制，有的为了羞愤自殉。他们固然咎由自取，无辜的小民却遭了连累，弄得妻离子散、家破人亡的不知凡几，还有许多烈士奇男，在这一役中做壮烈牺牲的，也着实不少哩。

第九十三回

豪气如云京华一镖客
忠心为国肝胆两昆仑

叔季之世，四维不张，义礼伦隳。士大夫鹜势趋利，贿赂公行。只要有缝可钻，便不惜卑躬屈膝，百计营谋。一朝得蹑登廊庙，便循为发财捷径，从前所费于钻营的，必十百倍地取偿诸无辜小民。至于权位渐增，那么趋奉恐后的上司，便又不屑存问了。甚至怨恨他昔日的骄矜，还要设心反噬哩。然而草莽之中，虽粗鲁少文，却处心忠实，恩仇分明，甚至不吝牺牲，为人了恩怨，除不平。比了附膻逐臭得意负恩的士大夫阶级，不知高上多少哩。即使不务正业倚暴力劫夺财物，和盗贼一般行径的，有时也还要问一下来历，也有非义不取的条例。比诸那些无行的士宦，更该羞死愧死。

光绪间，河北、山东以侠义著的大刀王五，便是这种英武的奇男子。王五的武艺，可说是件件精通，般般高明，尤其善使一把大刀，所以人称大刀王五。翟绮云的父亲翟宏道和他比拳，曾失败在他手里。王五既有了这般能耐，一般巨室富商都争相罗致。王五就在这种环境下做了保镖的一行，自河北至山东道上，那些绿林健儿没一个不甘拜下风，奉为盟主，慕名来归、愿北面执弟子礼者不可胜数。北方诸省，几乎遍地是他的党徒。

既然他的威名远震华北，使群盗慑服，不敢妄动，那么这许多喝惯了盗泉之水的，叫他们将何解渴呢？便是他的徒党之间也有很多操这种没本钱营生的，因此那些党徒便暗地聚在一起，开了一次会议。就中有个李元通，原是山东道上的剪径贼，家道贫穷，但善事老母。初时曾为隶卒，因不满县官贪枉，醉后便坦率地批评那县官的短处，为人告发，被县官治以毁谤罪，杖责五十枷号三月，还被解出境。母子二人无以为生，一时又找不到行业。他的老母偏又病倒在古庙里，急得李元通搔头摸耳，想不出一个抓钱的办法。当他的老母疲乏地熟睡时，他想耽在庙里，绝不会有办法，不如到镇上去走走，或者向药店里乞讨一二剂发汗药来。他这样一想，便立刻抽身到镇上去，走遍了南北东西，也没有一家药店肯施舍一剂半剂，凭他那褴褛的衣衫、空虚的钱囊，虽然他的辞气是那么的诚恳，面容是那么的哀切。讨不到药，却记挂着庙中的病母，只得仍拖着酸软的两腿，垂头丧气地踱回去。

太阳已经下了地面，四野的炊烟随着向晚的风林缭绕在半空，却淡淡地成了余痕。走在林子里，夜色比外又加深了一层。他低着头，盘算着焦灼着，脚步一会儿子匆迫，一会儿子又踌躇，突然一声窸窣发自他身后草际，灵敏的思绪立刻悟会到将有怎样的暴动来加上他这正交迍邅的身子。在他连忙转身的一瞬，一根枣木短棍离开他的头顶不到半寸。李元通自小也跟他父亲学过一些枪棒，而且天生膂力，普通三五个壮汉和他角力，往往失败在他手下。这时他一歪头让过了一棍，那个家伙倒也一不做二不休，一棍未着，顺手又是一棍，从侧面拦腰打去。李元通他身子向上一纵，让过这棍，可是不待他变换棍法，一脚就踢在他家伙的手腕上，短棍落地，李元通用脚尖乘势一挑，把短棍挑起地面，伸手一接，这枣木短棍却做了他的武器。那家伙见不是路，回身想作兔脱。李元通却一把抓住他道:"朋友,刚才你有棍子,便恃它取我性命,刮我钱财,现在我有棍子,我便学着你的法子来治你了。"说着举棍便要打下。那个家伙自知敌不过,便低头求饶。李元通当即放了他,并把自己的窘况告诉了他。那个家伙倒也有几分义气,就邀李元通到他家里,把几十串钱还有煮熟的半罐粥,一起献给李元通,和他同到古庙中探视。那家伙告诉李元通,他叫周三,也因为贫无以活,才在这黑林子里干这行生意。

李元通为了要医治母病,又因没钱买药受那药店朝奉的气,便听了周三的怂恿,也干起这行营生来了。后来他的老母去世,他便索性做起响马,觉得比那躲在黑林子里阴恻恻地给人一记闷棍,来得痛快一些。可是他有一次偏逢到了大刀王五的镖车,没得着利市还险送了性命。后来他探听得大刀王五是一个血性男儿,又有着这样高强的本领,他就一心一意地要从王五学习武艺了。可是他的饭碗却从此打碎,还有许多和他一般情景的伙伴们,也不免暗中叫苦。所以这天由李元通暗地召集了一个会,商议着怎样去向王五请求,让他们捞一些畜养之资。

李元通就说:"师父是性情中人,他一定会给我们一个妥善的办法,绝不会坐视我们的妻孥尽为饿殍的。"许多人都以为是,当即推举李元通和张享武二人同去向王五陈请。王五那天正在后院看几个门徒习艺,忽见李张二人走来,并且各具一副尴尬脸色,还以为二人惹了什么祸,来求他去弥短的哩。就招呼二人到室内坐谈,喝完了一盏茶,王五也尽得了二人所陈言的事情,他默默地想了一刻,觉得此时吏治不澄,纲纪久毁,京畿内外,更是盛行贿赂,那些颠倒黑白、混淆是非的贪官滑吏,实在也应该给他们一些惩戒才是。于是便点头表示允许,不过却警诫他们道:"我们学习武艺,本来是用以自卫,其二就为的软弱不武、横遭欺凌的良民,忠义正直、揭际不得志的君子们除不平,拒横暴。倘若把来混取衣食,已是下品,何况又是取之不义呢?不过话也可说回来的,如果我们专拣那些积聚不义的人手中分取一些过来,再把来济助贫而守义的人们,也还不背我们原来的宗旨。做些人家所不敢做不肯做的事情,也未尝不痛快。就像小说子上人说的替天行道一般。"

王五说着,把他英锐的目光在二人脸上一扫,接着说道:"如今我们唯一应该遵守戒条的就是正当的客商、守理的富绅、廉明的官吏,即使他们黄金堆满屋,我们也不取他们一丝一毫。倘若是为富不仁、贪赃枉法、奸诈居积的宦官商人,无论他是行旅,是住宅,我们尽可以把他刮削得来的民脂民膏,拿来还给被剥削的人们。我们自己的享受,除了饱暖而外,不许过奢。假如你们能守着我的戒条,那我可以宽放一二。不然的话,在我门下,便莫想有一丝松动。要是犯了我的戒条,即使我肯容情,可是我的大刀却不肯容情的。你们细想一下,能不能行?"王五说完,一双眼紧射着二人的脸,静待他们的答复。

二人暗忖这样限制,还有什么好处?冒着危险,却只是替不知名的人在当着义务差使,很有些不值。但是在王五严肃的容态前、锐利的眼光下,却也没胆量敢摇一摇头,二人不约而同表现了和私怀相反的动作,都唯唯点头。二人又跟王五讨论了一番武艺,方才辞去。

这消息不一刻已传遍在王五的门徒中,初听时大家都没觉得什么兴趣。又谁知当时世风浇漓,清廉守义的少,贪妄奸黠的多,让他们着实沾了不少油水。那些门徒们获了财物,当然尽先要孝敬师父,便是外来的绿林得了彩头,也总抽取若干,奉与王五为寿。王五除了为人保镖外,又平添了不少意外的进款,他该是京师的首富了。谁知不然,王五每年虽然有大批的黄白物收进,可是他的生活却十分简陋朴实,他的财物原是到手辄尽,全把来周济了贫人。

自从王五治盗有道以后,盗案便又逐渐地增添。先是畿外,后及畿内,闹得那些巡抚太守,个个头痛,人人皱眉,却又从不曾破得一案。后来越闹越凶,京畿之内,竟然一二月中劫案出了数十起,而且尽是缙绅显贵之家,吏捕搜索,苦不能获。但催比十分紧迫，弄得那些平时狐假虎威、惯会欺压良善的吏捕们一个个焦头烂额，苦不胜言，有几个狡黠些的，便怀疑到王五。他们曾经因滥肆淫威，挨过王五的拳脚，一向冷眼偷瞧，想抓一个把柄扳倒他。因为王五举止豪阔，布施慷慨，这些家伙早就犯上了疑心病。这时京畿盗案迭现，又破获不了，他们就疑定了王五。跟他们的上官一说，也都以为很对。便行文刑部，吩咐逮捕王五。当时刑部总司谳事兼提牢是溧水濮青士，奉了堂官的命，檄五城御史调集大队将吏士卒，侵晓驰至宣武门外，由隶卒指认王五第宅，一声号角，数百个持刀荷棍的健卒，把王宅团团围住。

王五早起练了一会儿功，正在指点徒弟们练习拳棍，突然一个伙计气急败坏地跑进来报告道："外面来了许多士兵，把我家前后围住。现在由李爷张爷等派人把前后门抵住，一面叫我进来，请爷的示下。"

王五听说，却并不稍现惊慌，就选了二三十个精于拳棒的徒弟，各拿了刀枪棍棒，吩咐他们道："后面少几个人，用重器把门紧紧抵住，前门尽可打开，你们拿了兵器，守在门内。他们不来犯我，我们也不去惹他。在我想来，我们把门打开，他们更不敢进来，你听这门外的喧声多大，这就是表示他们胆怯。而且京师军营中的士卒将官，提起了我的名字哪个不胆战心碎？谅他们没一个敢进门。你们守在门内，即使他们进来以后，我自另有妙法可以脱身。"众门徒听了当即分头去守。王五走进内室，就把那年营卒林一飞和他决斗失风丢下的号衣复取出，脱去外衣，把号衣穿在身上，仍把外衣披上，走到外面，预备相机脱身。

他走到二门外，隐身在一株大可合围的古榆树后，看他的门徒们六七个一组，分成三组，前后相隔十数步，立成三角形，一个个圆睁虎目，瞪着门外，手里横着各式兵器，很威武地站在那里。门外黑黝黝地围着无数士兵，各执枪棒，虚声示威，却没一个敢冲进门内。内外相峙，但闻人马嘶喊，不见金铁交辉。王五看着那些穿着号衣营卒，已和他身上穿着的一样，见了那些营卒畏葸不敢进前，于是那魁伟鸷狠的林一飞和他决斗的一幕，又浮现在眼前了。

那是一年前的旧事，在一个风日晴和、天高气爽的秋日的午后，王五刚保送了一伙古玩商自迪化回来，同时带回来的是一笔很可观的酬银。到家没到一盏茶时，阍人进来通报，说是五城兵马司营中的一个军士求见。王五以为总是哪个军官来请他去宴饮，或者又是介绍什么官商有大批的货物要他去保送，他仆仆风尘，长途劳顿，征尘初卸，也想休息些时，再接生意，短时间不拟出马。至于叫他去和那些刮民脂民膏自腴的士官们交际，他更不愿意了。这种宴会他参加的百不得一，除非那位主人的口碑未尝有不满于民间的。这时他刚才到家，更不想和任何冠盖中人兜搭，就叫阍人挡驾，回他因行旅疲乏，已经安息，什么事叫他留下话语，改日再面谈。

那阍人出去了一会儿回进来，红着脸嗫嚅着不敢说的样子。王五诧异地催他道："这是怎么回事呀？回了那人没有？你为什么不说呀？"

那阍人经王五一问，方才回道："那个人仍在门口等着，他所说的话，很是无礼，怕爷听了会生气。"

王五知道他刚才所料的完全错误了，但不知究为的什么事，便叫阍人尽管放胆述说，于是那阍人才敢一字不遗地说了出来。他说："我把爷的话去回那个营卒，谁知他听了，连连冷笑道：'我知道王五不敢见我，原来也只是徒有虚名罢了。你去跟你主人说，倘若他真的不敢出头，那么从此请他摘下招牌，不许再操镖行生意，并且不许在京师招收门徒。今天劳你老爷登门，空走一趟，叫他须得拿出十万白银，为你老爷谢步，至少也得把他今天带回来的那笔酬金献给你老爷。快进去跟他说，我在这里等着银子买酒喝呢。'说完还接连冷笑几声，那一副轻蔑的样子，委实教人看不下眼。"阍人的话说完，王五把手里正擦着脸的面巾，往水盆里一撩，水珠四溅。那阍人的脸上也着了几点,竟像铁弹一般,着肤如箭,痛得直跳起来,可见王五那时心里愤激的程度了。

他撩下手巾,匆匆直走到门口,果见一个高大身材,穿着号衣的营卒,昂首叉腰,顾盼自傲地当门站着。这一副骄气凌人的模样儿,已叫王五的心肝气破。但是他还忍着气,准备来一个先礼后兵,便对着那人拱手请教姓名。那人可还是不改他的傲态,露着轻蔑的笑容,报出了自己的姓名道:"你老爷的大名叫林一飞,在关东州没一个不知道金钱豹林一飞的,便是黄口乳子,只要一提到俺金钱豹三字,哭的会止,灵的会呆。关东道上的剧盗胡匪,莫不畏我如虎。前三月俺来到京师,找俺那师弟李铁臂,因为他两臂富有膂力,关东人就送了他铁臂的混号。他投在京师五城兵马司营中当一名营卒,可是他的二臂听说为你的大刀砍去,害得他重创卧床,医治了数月,不能再到戎伍,从此成了废人。居然闹得满营士卒,都为你的虚声吓倒,没有一个敢来惹你。可是俺老子不服气,一来替俺师弟报仇,二来替那全营弟兄吐气,所以俺当时也补了一名营卒,随即要上门找你。偏逢你保护镖车出门,所以放你多活了几月。今天俺探听得你回家,特地登门请见,一决雌雄,谁知你竟像乌龟那般缩着头不敢出来,我叫你家阍人传话,想必你已知道,此刻定是给俺老子送谢步银子,谅不是出来送死的吧?"林一飞说定,很轻蔑地把双手一摊,意思是"银子拿来"。

王五听了,不由剑眉倒竖,怒气犯心,但还强忍着说道:"既然足下自命好汉,那么应该明白是非,辨识正邪,江湖上人最讲究的是义气。你倘若知道你的师弟所以失去双臂的原因,你就会心平气和,不妄加怨恨。你的师弟李铁臂,自恃力大,又以营卒的号衣为虎符,到处横行,近郊乡民遭其鱼肉的,简直指不胜屈。在下生来是个爱抱不平的脾气,听了他的暴行,怎叫在下忍耐得住?凑巧有个营卒和小徒有一些交谊,有事来访。在下见了,当即请他致意你的师弟,劝他稍稍敛迹,讵料你的师弟不但不知悔改,反而口出大言,道他生有两条铁臂，天定他该占人的便宜。又说人人都怕大刀王五，唯有他不怕。如果我的大刀能砍下他的铁臂，他便遵我的劝告。否则便叫我把大刀销毁，并且从此少管人家闲事。你想这种话我怎受得了？像他这样骄横的行为，也不是我的大刀所能放过的。既然他愿意试试，自然我也绝不拒绝。又谁知他的铁臂竟和螳臂一般地无用呢。"王五说这话的神情，很显着几分轻渺，不让林一飞有机会咆哮。他又笑着说道："请问李铁臂的断臂之祸，是不是咎由自取？其实从此他可以少作许多恶，减少了人们口里的咒诅，也未始不是他的幸福哩。你想到这点，根本不该来跟我寻仇，还应该感谢我才是呀。同时前车可鉴，你看着他没有了两臂的双肩，也该知道警惕啦。"

王五末了的几句话，把个本来竖眉瞪眼的林一飞激得暴跳如雷。他红着脸大喊道："王五你不要夸口，俺一定要为师弟报仇。倘若俺今天报不得仇，败在你手时，我也不当这名营卒，脱下号衣，立刻回到关外去，绝不再在京师做片刻停留。"

王五接嘴道："好，倘若我胜不得你，便立刻摘下招牌，销毁大刀，绝不再当镖师，削尽烦恼丝，出家为僧。"二人这么一打赌，便是各人都抱着必胜之心了。于是一脱外衣，就在门外广场上决斗起来。

王五看那林一飞身材魁梧，肌肉坚实，而且来意不善，估量着定有几下绝技，自己便处处留心着，不要把一世英名，隳在一个外来的无名小卒手下。那林一飞是久闻王五的高艺绝技，不过他自负胜过王五，且又对于人家的赞誉王五他也不很相信，虽然他也一般地出以全力，但是存着三分骄心，敌对之间，就比王五少些谨慎了。二人拳来脚去，足足斗了两个时辰，还是不分胜负。这时王五的门徒早已闻得风声，群集门外，但因王五吩咐，只许旁观，不准出手，一个个立在四周，平息静气地注视二人的拳脚起落，以做他们拳艺的揣摩。还有左右的邻人，路上的过客，也都驻足而观，竟筑成了一堵人墙。

王五一上手就觉得林一飞的膂力要比那自诩铁臂的李某胜

过多多了。心里怵惕着，只有智取，不可力胜，他觉得对方的拳法着实高明，比诸那年败在他手的翟宏道还要高出一等，取胜倒不是容易的。不过林一飞的拳法虽高，却可惜带了几分暴躁，王五利用他这一弱点，他就处处以静制躁，以柔克刚。好几次在旁闲看的人，都为他捏一把汗，以为他的亏吃定了，但是结果却引起四周一阵彩声，原来他竟躲过了那下险拳。林一飞每举一拳，飞一脚都是用足全力，使出绝手。可是王五却左躲右闪，只见他退避招架，不见他奋臂进攻，林一飞因此格外增加了几分对于王五的藐视。但是急切不能伤害他，又不免引起了焦躁，因此他格外着重于力的方面，亟图近功，挥拳如雨。偏偏王五别有远谋，他的目的只要把林一飞拖累得没有了力时，再行乘机反攻，可以一鼓得胜。所以林一飞尽管看着进逼，他总是巧于趋避，但并不给对手期待着的破隙，只是静静地等着对方继续来的袭击。

　　林一飞真的气极了，他看王五避过了他黑虎偷心的一下杀手，一翻身从自己头上纵过，他急忙回身去，王五正做着蜻蜓倒竖把式，闪着一双明亮的眼珠，似乎在说我又躲过了你的杀手拳，你再有什么绝技尽管使来我不怕。林一飞瞧着，顿时有一股热气自心底直冒上眼来，熏炙得脸上全是火辣辣的。于是喘息未定，用足了劲又使一个饿虎扑羊之势，准备到了跟前接连一下凤凰展翅，抓住王五两腿，左右一分，叫他一个王五变了两个，才泄得胸中这口恶气。四周瞧热闹的闲人看林一飞那股猛劲，已是为王五担心，后来又见王五的两胫已握在林一飞的手中，众人的心都不由怦怦地跳起来。果见王五的两腿先是向下一缩，接着又是一伸，便听得一声惨叫，鲜血自足踝一直流到膝盖，四周的观众都不禁顿足叹息，一个侠义英雄，死得这样可惨。

　　谁知叹声未完，王五的一双血腿又屈伸了一次，洒脱了羁绊，一个腾身又立在场中，神采焕发，仍复是以前的王五，并不像受了丝毫伤的样子。而那个勇猛如虎的林一飞，却是面目

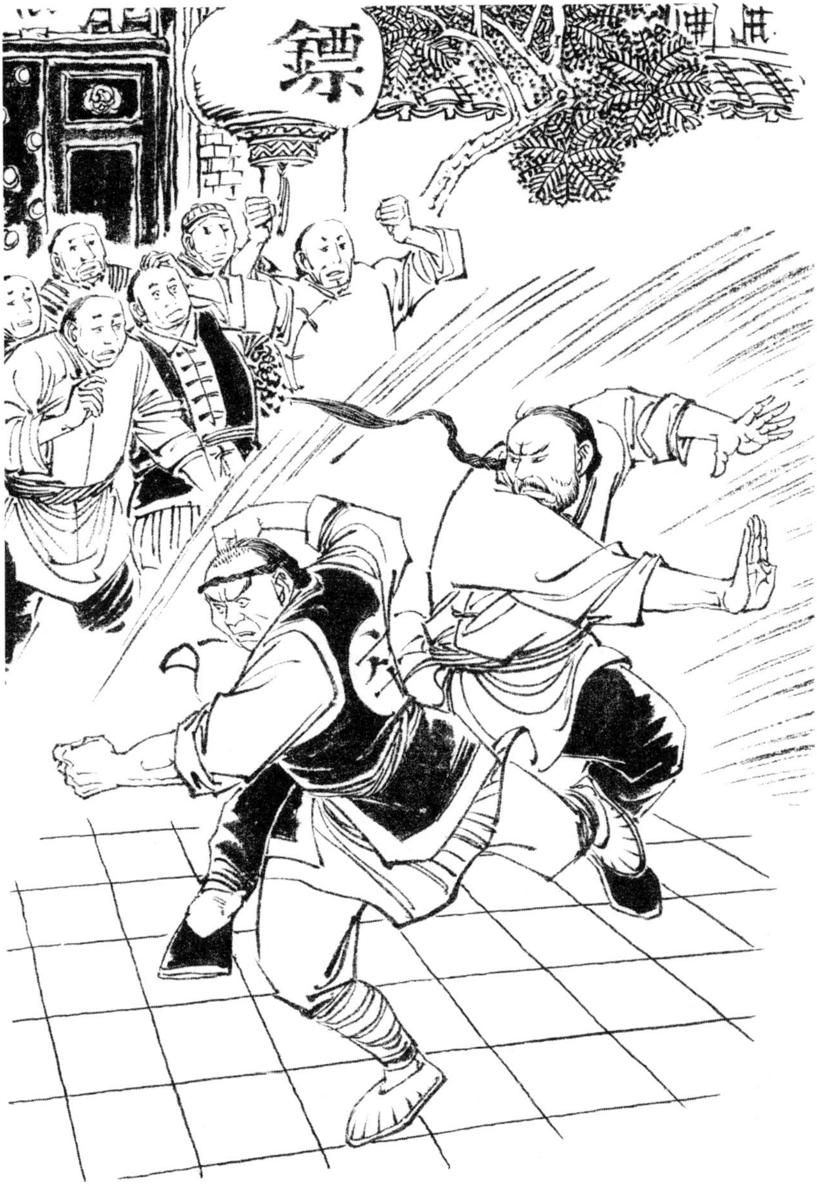
镖

模糊，血肉淋漓，睡在地下，只剩得奄奄一息了。众人又都替王五欢喜起来，尤其是他的门徒们。但他们眼见败的是王五，怎么受伤的倒又是林一飞呢？不免是一个疑团，大家正待问王五，忽然一个门徒指着王五背后叫道："暗器师父，暗器。"王五果然觉得脑后飕飕有声，连忙向下一扑，那一颗黑弹便找错了标的，站在人墙最前面的一个瞧热闹的闲人，额上穿了一个窟窿，那人哎哟一声，捧着一个血脸便倒栽了下去。跟着发生的便是人群的骚动，有些人逃避，有些人责议，有些人叫骂，有些人敏捷地搜索着放暗器的人。

一个为正义所激动了的闲人，拖住了一个穿着号衣的营卒，指着他膨胀的衣袋叫道："是这个人。"穿号衣的营卒，杂在闲人中的不止他一个，想用不光明的手段，取得胜利的也不止他一个。可是那些怂恿他鼓励他采取不光明手段的同伴，见了众怒难犯，却一个个地溜了，填刀头的却剩了这受人愚弄的傀儡。群众正义的责难，他自知没法辩护，而那身怀绝技、侠义倾人的王五正缓缓地在踱来，他要活，他要图避去眼前的危难，于是他只有牺牲前程。好在那牵住他的并不是懂得拳棒的人，他就用着迅捷的手法，效他的同伴们的故智，更具体地做了脱壳的金蝉，脱去了那层蝉壳，杂在稠人中逃了性命，那个热心的闲人只抓住一件号衣。王五就在群众的热烈的欢声中叙述他的战略，以及这次起衅的原因。

原来王五的对敌林一飞，一直只用智不用力。等到后来他看林一飞累得喘气，便暗忖机会到了。他在林一飞头上飞过去，还悠闲地玩蜻蜓倒竖，一方面他借此激怒对方，一方面正运气凝神，筹划取得最后的胜利，摆好了以逸待劳的阵势，闪动他的眼神，原是诱敌的作用。林一飞果然入了他的彀中，凭着一股硬激出来的蛮劲向他扑来。他见对方扑来的形势，估量他第二步必用的战略，格外不动神色，把全身的精神气力运送到一双倒竖着的腿上，等林一飞的双手握住他的足劲，出其不意地用力一轮，林一飞用力太猛，自负太甚，满以为着手即可把王五一分为二,不防他有这一缩,他用出去的力失了方向,反发出与已有害的弹力,把整个面部都落在王五的脚心上。等不及他醒悟转变战略,王五的双腿一伸,两脚就像两块板,重重地在林一飞脸上一压,五官失去了原形,鲜血直流,沾在王五的脚心,一直沿着足胫流到膝弯。旁人看着,初时只当是王五受伤而惨叫,哪知那一声惨呼,却是在林一飞的口里呢。

"可是,"王五对那在地下的林一飞看了一眼,说,"他的手劲也着实厉害,虽给我踢伤了,还是死劲地握着不放,接连又用力蹬了他一下,才撒脱了他的双手,至今我的足胫还有余痛,说不定也有了伤痕。"王五俯身解下腿带,撩起裤管一看,果然两个足胫上都深深地印着两道青紫色的伤痕。

当王五叙述完林一飞所以寻他决斗的原因后,并告诉了众人二人立下的誓言,他抚摸着盘在头上的发辫笑道:"险些不保。"好事的门徒们当时就把林一飞身上的号衣剥下,虽然经王五的阻止也不听,从此营卒在路上见了王五的影儿,都怀着戒心。

王五的眼前,闪烁着一片黯淡的斜阳,照映着殷红的鲜血,魁梧壮伟的林一飞只无声无息地躺着。他虽然得了胜利,但对这为友情而断送了生命的尸骸,也不禁生出几分怜惜。突然几声喧喊发生在耳边,警醒了沉浸在回忆中的王五。眼前幻象没有了,斜阳、碧血、伟岸的人形、模糊的血面,都变了穿着号衣、执着刀枪的士卒,经了上官的催迫,怀着战栗的心情,硬着头皮冲进门来。但在那呼喊声里,显着十分畏怯。王五想这是脱身的时候了,挥去了外衣闪闪掩掩地走进了争斗的混乱的群里,掣出腰刀,杂在营卒的队里。营卒虽多,但胆怯少勇,虽然像潮水一般涌了进来,但经不起王宅守门的勇猛抵御,当前的死伤了,后面的便仍像潮水一般地退了出去。于是王五便跟着这一阵退落的潮水到了门外。自朝至午,虽然发了几阵喊冲进了几次宅门,可是每一次增加了断腿折臂的受伤者而减少了健全的士兵。而且跟着受伤人的增多而增多了士卒们的恐怖和畏怯。

午后，便连这虚有其表的冲锋也不再表演，只是遥望着王宅的大门摇旗呐喊，等待着撤退的命令。他们只在宅外喊着王五的名字，威吓着叫他出来就缚，没有一个敢进门去缉拿。可是守在门内的却听得刺耳，等得厌烦，挺着刀枪，站到了门口，门外的逻卒，还当来杀他们，一声喊倒退了几十步。可是那门口的武士并没有动武只大声说道："我们师父其实不在，你们不信，尽可请到里面搜查。你们进又不进来，尽在门外叫喊，哪里会给你们拿到？倒闹得四邻们都不得安宁。"

那些士卒们从早上到现在足足立了四五个时辰，捉人捉不到，反而要时时提心吊胆，防人袭击，不如请求上司退了，添拨勇将精兵来拿。当时几个士卒把他们的意思陈达给下级军官。那些军官又何尝不怕王五？觉得空守在这里没有意思，又转陈明了上司。至于指挥士卒围捕的那个将官，格外地要保身家怕死，但又畏上面谴责，进又不敢，退又不是，一直僵持到金乌西坠，明月东升，还是个不得要领。可是士卒们自朝到晚，没有沾过水米，上官以为捕盗易事，不消一个时辰，可以缴差，却不曾带得粮食。士卒们这时不免鼓噪起来，将吏们唯恐激变肇祸，只得退归。

到了明天，正在议论怎样缉拿王五，忽传王五已亲到刑部自首。当然这个惊人消息，很使人耸动，自有许多人赶去观审。只见太守濮青士高坐堂上，王五跪在丹墀下，太守问他道："你一般地自审法纲不可幸免，那么昨天为什么不出而就缚，反劳吏卒们忙乱了一天，还伤了很多将卒？"

王五侃侃答道："昨天因为以罪孥视我，以兵力胁我，不愿辱于逻卒之手，所以小人也穿了士兵的号衣，杂在他们中间，呐喊助威，谁知他们一个也没觉察。可是小人自知是非不辩不明，既然逻卒不敢临门，小人自当投案听候发落。"

濮青士看他气宇轩昂，神态磊落，并且一向听得他有义行，心下先存了要开脱他的念头，便又问他道："数月以来，京畿盗案迭出，你的党徒甚众，难免良莠不齐，而且江湖上人和你多有来往，大概你总知道一二。"王五遂即侃侃陈述，数十起盗案，他无不了如指掌，内中有一大半倒是他的徒党所为，还有的是外路盗贼所做，他一一直说，并不隐讳。四周观审的人，听了都暗暗咋舌。

太守虽然有心要成全王五，觉得这样一个英勇义烈的好汉，使他牺牲在刽子手的刀下，未免可惜。听了他的坦率的供词，他不由皱了皱眉头，筹划着怎样判断才可保全这个侠义的英雄。明知这些盗案都是受王五指使，因为被劫之家尽是贪官污吏、土豪劣绅，便是濮太守心中也暗暗赞成该抢该劫，于是就说道："这些劫案，我知道和你全无关系，不过你广收门徒，尽交匪人，他们为非作歹，你就受了累了。况且你酗酒纵博，也不是一个安分的人所应为的，我要惩戒你的就为这一点。以后须好好地改过，做个奉公守法的良民。"说道就命令捕役执刑，把王五打了二十大板，赶了出去。

那些捕役见这样该遭大辟的罪案，太守只轻轻断了二十大板，谁不知道本官用情？他们更是一向畏服王五，自然格外手下留情了。本来这薄薄的竹片，王五仗了他的功夫，已是不足置心，如今隶卒们一用情，二十板对于他真是一无所损。王五素来也钦仰濮青士有廉名，所以才肯亲自投案。这回太守的开脱于他，心里十分感激，他是一个具有血性的男子，他受了人家的恩，时时刻刻牢记着要设法报答。

王五既是心感濮太守，一心要想报答，可是一直没有机会。隔了两年，濮太守出任河南南阳知府，因为他一向为官清廉，官囊羞涩。这么长长的旅途，却是资斧无所出。想来想去，只有破例去向亲友借贷。可是他的至亲好友在京的寥寥无几，而且也都是和他一般的清寒，没有余资可以分润给他。至于那些豪门巨阀，他又不屑去屈颜卑膝地告贷，弄得不能成行，又怕错了任期，焦灼得很。这个消息很容易地传到了时刻注意着他的王五的耳里，当即揣了二百两银子，到濮太守寓所求见。门人一看，就是从前发了数百兵卒也没抓住的王五，曾被太守笞责驱逐，在这太守有心事的时候，忽来求见。他以小人之心忖度之，以为王五将有不利于太守，拒不为报。

王五再三婉请，同时又奉十两银子作为茶酒之资，门人方才进去通报。

太守听说王五求见，虽然他心爱其人，为他开脱，可是却并不愿和这草莽中人多所纠葛，以致有碍自己的清名，当时就叫门人回他。王五知是托词，还是坚请门人再为通报，他又说道："此去南阳，所历颇多险径，但是我都熟悉，怎样可避免就安，见了太守我可一一陈明。"那门人本来不愿再去通报，后来听得王五说到行旅的安危，和他自身也有密切关系，于是才肯再走第二次。

依太守还是不想传见，倒是那门人代为恳请道："看他辞意恳切，倒不像假话，他原是老于江湖，对于行路的艰易，自然比我们要知道得多。"

太守听了便点点头道："那么就叫他进来。"

门人引进王五，王五一见太守便拜倒在地，太守命他起来，问他此来到底有何目的。王五叩头道："小人至今还能苟活在世，都是恩公所赐，小人久图报答，苦无机缘。此次听得恩公出守南阳，但是这条路盗匪纵横，荆棘满路，文弱如公，不易安全度过。小人亲自保卫，便不怕他群盗如毛，必能使恩公安然无恙。同时我又听说恩公资斧短少，不能即日荣行，所以奉上二百两白银，聊作赆敬"王五说完，就在怀里掏出了一大捧白皑皑的银子，献与太守。那个清廉自持的濮青士，如何肯受？当即婉言辞谢道："我因怜君义勇，所以当日略以减轻，今天受君赠银，那倒显得我当日的开脱你，变成另有用心了，未免要招物议，这个我万万不能接受。并且我今朝已经设法筹到百金，足够此去的盘缠了。"

王五笑道："这个小人探听得很仔细，今天朝上，恩公去向某洋商借贷百金，确有这件事，可是那洋商没有答应，恩公又哪里筹措到了盘费呢？这不用欺骗小人。而且小人此银也可算是奉借给恩公，就请您署一债券给小人，待他日恩公宽裕，再还给小人，也无不可。至于小人护卫随行，若恩公怕有玷令名，不许同行时，那么小人暗地也要追随左右，非送恩公安全到任，否则小人的心也不得安宁的。"

太守见王五辞意恳挚，自己没有盘费，不能启程，当时只得从权受了王五的银子，只算向他借用，当时就立了借券，交王五收执。至于王五要护送自己一片好意，他也不好过拂，只得应允。沿路有了王五，的确是平安无虑，即使走得僻径小道，也从来没有出过什么岔子。太守因为借贷盘费，耽搁了启程的时日，走在路上，便显得急匆匆地只顾要紧赶路，有了王五同行，胆又壮了些，早行迟歇，一天要赶不少路。

那一天来到河南卫辉，已近黄昏，依太守还要赶十几里路再歇，但是王五一看天色，阴云四合，狂飙陡起，知道天气将变，就劝太守找个店歇了。太守主仆和王五共是四人，找了一家悦来客店住下。店家送过了茶水手巾，便问用什么酒饭，太守随意吩咐了几样菜，店家去厨下知照。太守端着茶喝了一口，便去推窗，欲想看看天色。谁知窗闩才下，窗便应手而开，店里的床帏帐额都像旗一般地飞扬起来。院里树枝间都发出沙沙的声响，迎面一阵风，太守噎住了，连气都透不过来。连忙把窗关上，歇了好半天，才说："这样的风势，真可说是飞沙走石，满天的乌云，接着还有大雨下呢。"说着皱了眉头。

这时店家已送了酒饭进来，太守便坐下吃饭。他一顿饭没有吃完，窗外已是一阵哗哗哗的大雨，像倒一般地下来。太守和王五说道："这么大的雨，明天我们走不了啦。"

王五也皱皱眉向窗外望望道："这个天只怕一时不得晴，连连几天雨，若把黄河闹得涨起来，那就够麻烦了。"

太守点头道："我也是这样虑着，若在这里耽搁久了，我的盘费有限，用罄了一时无处借贷，也是叫人焦愁的事。"

王五微哂道："这个倒不用愁，小人自有办法。"他们挑灯闲谈了一会儿，听听雨还是哗啦哗啦地下着，风也没有减小，吹得窗棂咯咯作响。风助雨势，那雨便显得格外大了。窗隙风来，把灯儿吹得摇摇晃晃地耀得人目眩。坐着听那撩人旅恨的风雨，无非更增烦闷，太守王五也就收拾睡下。

清晨醒来，王五听听风雨之势并未稍杀，知道一时不能成行。一连旬日，雨暴风狂，黄河水涨，人民都恐慌起来，怕洪水泛滥成灾。可是还好，那一天在许多人的默祷下，雨停了风也息了，总算田庐保全未成泽国。但是黄河河身增高，不能行渡，濮青士和王五及他的随从一行人，还是耽搁在卫辉的客店里，不得动身。每天的房饭金，眼看着把无多的余银剥削得只剩了渣屑，前面还有一段不算短的路程，可拿什么来付车马水火之资呢？濮青士太守显着一筹莫展的样子，和王五商量道："黄河水涨，一时不得渡，而资斧却已告罄，这里我又没有相熟的人，这怎么办呢？"

王五看了看太守愁眉深锁的脸容，便一挺胸脯，安慰太守道："这个不用急，戋戋之数，小人自有办法。"话还未完，紧一紧腰带，挂了佩刀，蹶到院外，跳上他的坐骑，绝尘而去。

太守见他这迅疾的行动，已是不胜错愕，偏偏两个随从，也拍手顿足地惊哗起来道："不好了，王五一定依赖武力去打劫了。"

太守一想，王五说话的神色和率直的举动，很觉两个随从估计得不错。但一想王五待自己的诚挚，又谅他不至有越轨行为，累及自己的清名。不过王五骑马佩刀去做什么呢？当他们谈到了资斧将罄的话，濮太守反复思维，猜不透王五的行动。等了多时不见回来，太守的心不由得忐忑难宁，不时到门外道边去张望，盼他早些回来，好让自己明白放心。但又恐王五真的去行劫，回来反要为自己之累，倒又最好王五自知无颜不来见他了，整天地提心吊胆，彷徨惊骇。

自王五离开了他以后，好容易盼到日暮，王五很高兴地跳下了马背，眼梢嘴角充满了笑意。解下腰里的褡袱，取出五百两银子陈在桌上。太守虽然正为了缺少这东西焦愁，可是见了这来历不明的阿堵物，不由变色，厉声对王五道："我纵穷困，绝不取非义之财，盗泉之水虽甘，我也宁可渴死，终不愿取一滴饮的。快快拿开，休要污我清白。"

王五初见太守声色俱厉，也是不胜骇疑，回想当日公堂受鞫也没见过他这般脸色。后来听他说完了，才知道太守误会了自己的行动，不由好笑起来，道："恩公以为我这银子是抢劫来的吗？王五虽微贱，却还不至于此。五百金并不是什么巨数，小人还有处可借。这个银子，是从三十里外一个粮食商处借得来的。不信，可以招他来问，小人感激大恩，绝不敢以污行累及清誉，请恩公放心。"说罢，就写了一个纸条，注明地名姓氏，叫太守的随从小四送去。

太守看王五率真的行动，相信他不是假话，但没有相当证明他不敢收用他的银子，桌上的白银，太守仍命王五收着。王五知道太守的性子，也不强他接受，但等明天那粮商来辩白了再说。

一宿无话，第二天晌午，那个粮商跟了小四同来，王五引他叩见了太守，问他要了自己所署五百金的借约，给太守看过。太守自觉以非义度人，很觉歉惭，便向王五深致歉意。王五直性，一则感恩，二则敬佩太守廉能，他倒并不在意。那粮商老远赶来，王五少不得叫些酒菜款待他，饭后粮商怀券回去，王五仍去把银子捧来，交给太守收藏。太守这时自无异言，也署了一券给他。再过两天河水少落，他们便渡了黄河蹾赶路程。王五一直送到任所，方才回来。这一行，王五的业务却也停顿了几个月，找他保送的客商，都焦灼地等着。别的镖行虽多，却总不及他的得人信仰。王五重返京师，那些客商都抢着来访他，有的还要探询他到哪里去的，王五只推说送了一批客商。后来他的门徒却把这事泄露了出来，于是王五侠义更著，不但江湖草莽中人，就是官宦士大夫阶级，也都群相交纳。他的业务大兴，他的声名也更大振了。

后来御史安晓峰因为弹劾权贵获谴，谪戍军台。王五虽然读书不多，但他从那些鼓词上、小说书中所听的忠孝节义可歌可泣的故事却不少，就崇拜那种忠臣孝子节妇义士，恨的是奸臣贼子。偏偏自古以来，又往往权奸得势，忠烈遇害，总是忠不敌奸的多。所以他凭着一身肝胆，两臂气力，为那些忠臣孝子节妇义士们出出气。无论识与不识，为他所知，他必要量力相助，代抱不平的。所以安御史的被谪这消息传到王五耳中，这个血性男儿不由愤气填膺，深恨在上者不分皂白。同时他常听得鼓词上说起，奸臣陷害忠良，必定千方百计置诸死地，对于因罪远戍的忠臣，往往半途买通心腹，或是刺杀，或是鸩死。安御史所参的权贵，又是著名阴狠的，因此他不放心，便把保镖事务交代给徒弟们，自愿护送。他又知安御史清廉自持，官囊不充，自己揣了许多银子，路上一切使费，都是他出。

　　果然权奸的计谋千古一例，解送的差役确曾受过贿嘱，要他半路解决了安御史，又恐解役不可靠，又暗暗差一能武的家人，蹑踪在后，如解役不下手，到边僻之境，便连他们一起砍了。今有王五在内，不要说解役不敢动手，便是那个暗暗蹑踪的家人，又哪里肯先送自己的性命？初时还以为王五送过几百里便要回来，又哪里知道他竟一径送到军台，还等他们递过了公文，使人没法施暗算时才走呢。

　　王五回京，仍旧操旧业。那时清廷政治腐败，国势不振，外患内忧，交相煎迫，有志之士都觉得欲图重振国威，必须去腐更新。王五虽然一介匹夫，但是他每一次听得国事的蜩螗，天步的艰难，四郊的多垒，往往气得他要痛骂当时的将吏无能。当时的光绪帝也因受了刺激，立意励精图治，变法维新，帝师父翁同龢就举荐工部主事南海康有为给他。康有为又保荐他的同志杨锐、刘光第、林旭、谭嗣同还有梁启超、康广仁等，商议变法。可是大遭朝中一般守旧派的反对，都去包围太后，潜言危词，促起太后对于皇帝和维新党的歧视，正日夜伺隙，要加不利于这一般倡言维新的人。王五在野颇有所闻，他和维新党中的谭嗣同素来交厚，他听得守旧派的阴谋时常劝嗣同留意。

谭嗣同这时正很兴奋，和康杨诸人朝夕计议，他们几个一心为国，而且都是只知向前，不想后退的性格。王五所劝，嗣同哪里放在心上。后来袁世凯泄露密诏，荣禄入宫，太后震怒，一面命荣禄返津调兵，截拿康党，一面夺去光绪政权，出禁瀛台。幸得宫中密议时有光绪的亲信太监听见，密报光绪。光绪遣人送一密札给康，康有为因得脱身。至于他的兄弟康广仁和杨深秀、林旭、谭嗣同、杨锐、刘光第等六人，却全被拿住。谭嗣同在缇骑临门之前，王五已得消息，跑到谭寓，报告给谭听，劝谭立即出奔道："留得有用之身，可以再图完成未竟之志。为国为己，都不值得把堂堂七尺之躯断送在那些肮脏满人的手里。只要你肯依我话，路上可以由我保护，绝不会出甚岔子。"

谭嗣同听了王五所说，只是摇头道："你的好意，当然我十分感激，但是我决不想走。为国而死，死而无憾。皇上既然因此被禁，我们当然不该侥幸图免。如天不绝我国祚，说不定我们仍得保全。纵使被害，那么也许因此引起后人的惕励愤慨，来继续我们的志愿，我们的死就更值得了。谢谢你，我不走，不过我希望你不要忘了你后死者的责任。"

王五还要相劝，谭嗣同连忙挥手止住他，并且催他走道："我这里是危险地了，你快些走吧。你还有未了的责任，有你应该努力的事业，不犯着落在他们的手里，走吧，快快。"说着，连连推他出去。

王五看他那副坚决的态度，只得退走。王五才走出谭寓不满百步，军统领已经率领士卒来拿了。王五心里恨不得立刻回身过去，把那些为虎爪牙的士兵打一个落花流水。不过自忖众寡不敌，只恐不能成事。又一想到谭嗣同刚才说的话，他要留这个身体来继续谭嗣同等未竟的事业，他不忍眼见他的朋友为豺虎所噬，连忙撒开大步，掩面疾走。

步军统领率领了士卒只捕了六个，还有维新党首领康有为和他的学生梁启超没有捉到，太后如何肯放过？饬令步军统领挨户搜查，定要拿获严办。可是搜索了多日，徒自扰乱得人心不宁，却仍没寻得康有为的踪迹。太后传谕荣禄下令全国通缉。后来有人报说看见康有为乘轮赴上海，荣禄就通电上海道查拿。可是上海道派兵排列沿岸，候轮进口，即行兜拿，谁知康有为轮船上遇到了西人相救，在吴淞口外随着西人另换小轮到关上，改坐威海司英国军舰到香港去了，沪兵还是扑了一个空。梁启超也亏闻风得早，逃出塘沽，直投日本兵船，由日本救护，径赴日本去了。

太后捉不到康梁，虽然十分震怒，却也没有办法。对于这已锢禁狱中的六人，格外地不肯放松，就召荣禄来商议怎样处置维新党，荣禄极力主张严办，就令刑部提出六人来审讯。六人都直供不讳，又在他们的寓中搜出许多攻讦诽议太后的文件，太后听了，更加大怒，不待刑部覆奏，就立刻下谕把六人提出处斩。

当六人在监禁中，王五几次想纠合党徒实行劫狱。但是他屡次向谭嗣同表示这个意思时，谭嗣同力示反对，他只叮嘱王五不要忘却他后死者所应努力的工作。谭嗣同虽然没有听从王五的主张，但对于王五的热诚血性非常感动。据说他在临刑前曾吟了一首诗道："望门投止思张俭，忍死须臾待杜根。我自横刀仰天笑，去留肝胆两昆仑。"就是指的这件事情呢。

第九十四回

一身先殉难壮志未伸
三剑齐劫营侠情可爱

秋风瑟瑟，白杨萧萧，夕阳带着微黄的脸儿，看看一群群跟墨点一般的乌鸦，哇哇地飞向窠去。野树丛中高高低低地坟起着几个土馒头，上面的野草，经了秋风的摧折，已是一片枯黄，映着那无力的斜阳，更觉得惨淡可怜。

这时有一个伟丈夫，两手围着腰后，有时还有意无意地抚摩一下腰间的佩刀，在那一片枯草的野坪上，往来踱蹀。不时极目向树丛外的一条曲径注视，或是仰天望着夕阳的临去秋波，投着焦虑的一瞥，显得他是在等待着什么人，而且是有着重要的事须待商量似的。那些土馒头里的馅子，似乎也很值得他留恋，不住地低头看着，用那亲切而黯然的目光，看着那些土冢，而看到那前面有着一个小石磴的，格外显着容色惨淡。他在这里踱蹀了好一会儿，夕阳已带着黄脸，掩进了大地之幕，剩留在天边的只有一些无力的余晖，暮霭倒趁势加浓了它的气氛。那个大汉对那暮气加深的天色，无力地看了一眼，一挺腰腿，打算回去了。

可是他还没有移动三步路，野树丛外的曲径上有三条人影在向这边移动。他走到野树林边,瞥见为首的一条汉子正是他的徒弟李元通,那么后面两个一定是李元通所说的赛旋风吴奎、铁面判官钱无灵了。虽然在这将尽的白日的余晖中,远远看去还能辨清眉目,看他二人英气勃发,神采焕然,却是李元通说得不错,这二人也是有血性的侠义男子。不一刻李元通已带了二人到了他的面前,他见了壮健结实而又英武威严的两条好汉,不由心里十分快活,便先抢步上前,一手拉着一人道:"好。"那二人看见了他,也一望而知是李元通的师父,京师驰名的大侠大刀王五了。

大家招呼了,就坐着地上谈了起来。他们之间没有什么功利之私,但凭一点坦直率真的侠义感情,见了面,顿时便谈得十分入港。赛旋风和铁面判官各人手下都有七八十个徒党,王五一算,连他自己的门徒,还有玉金刚黄武、铁罗汉赵彪、小霸王周至忠、一声雷冯大江……连他们的徒党一起也有近千人了。王五当下就对吴钱二人说道:"当今的皇帝是好皇帝,他倒是肯替国家和百姓们的祸福打算打算的,就是让那老太婆压住了。那老太婆已受了阉狗和一班奴才的迷惑,只想争大权抓金银,图自己一身的享受,什么国计民生全没放在心上,一旦惹出祸来,吃败仗、割地赔钱,还不是送的老百姓的命,刮的老百姓的钱。自从梁逃走,谭公和杨、林诸位死了以后,这班魑魅魍魉格外闹得不成样子,叫我实在耐不下去了。"

赛旋风吴奎、铁面判官钱无灵把手一拍道:"这样闹下去,皇上的命也不会长久。我们这堂堂大中华古国,还要被这个老太婆和一班妖魔断送了呢。"

王五接嘴道:"这样岂不叫我们谭公在九泉之下也不得不焦灼?为了安慰他的忠魂,守我允许他的诺言,我希望在最短的时期内可以起事。"

吴钱二人同声问道:"那么现在共有多少人呢?"王五道:"连二位手下的一起在内,还不满一千。"

赛旋风道:"那些但知抓钱不晓得忠君爱国的将兵,在我看来全跟酒囊饭袋差不多，人多又没有什么用，他们哪里可与我们许多只顾义气不管生死的弟兄们相比？我们人少怕什么？依我，趁这秋冬之交，就把那些狐狗杀个尽绝。"赛旋风说时，声容很是激励，那宏伟的音调，在晚风中震荡着，把树上的乌鸦也惊得呱呱地叫了起来。幸亏这时天色已黑，深秋的下弦月还没有到露面的时刻，旷场上是一片黑暗，他们不过借着旱烟斗上几点星火略辨面目。

钱无灵坐在吴奎旁边，把肩膀推了他一下道："轻声些，让人听了去可糟糕。"

吴奎拍了一下胸脯道："怕什么，他们来抓我们，马上就杀得他们落花流水。"说着一撩衣角，在里面抽出两把明晃晃的小巧玲珑的利斧，向身边地下重重地一摔。

李元通同时把颈旋向树林外张望了一下，其实他看不清什么，在一片夜色的笼罩下，便说道："不要紧，此地荒僻得很，晚上没有人行走的。"

王五把烟烬从烟斗里磕了出来，重复把烟丝装上，取了火种点着。李元通看他烟斗上的火光缓慢而有力地闪烁着，知道他师父正在转着念头哩。他们三人也都装上了新的烟丝，沉默地望着烟斗上闪光的火光和各人口鼻中喷出的轻白的烟雾。王五把一筒烟吸完了，才开口道："我也急于要为谭公复仇，可是我要希望这事一举成功，应该准备得充足些。我们现在这点人数，似乎总还嫌不够。"

钱无灵和着说："我也觉得太少。"

吴奎虽在摇头，表示不然，可是黑暗中也没有瞧到他。李元通这时表示他的见解道："我看咱们要有个两三千人，也就可以了。"

吴奎性急，再也忍不住了，他嚷道："现在才只近千，还要招这么一两千人，要等到几时去呢？真把人的肚子也要闷胀了。"

王五道："别嚷，我想再请我们的同志，出力地劝募些义勇的同志，到明年春天也许可以到这个数目。像这一个月中我们倒很快得了四五百位弟兄了。"

钱无灵说："这么办的好，这是大事，不能太急了，急了容易失败。我们两人决定分头去劝说，我有一个堂弟在潼关道上做没本钱买卖，手下也有着四五百个人，我可以去招来入伙。他的为人也是素来疾恶如仇、敬爱忠义的，我去对他说了，他一定肯来。"

王五站起来道："好吧，我们大家分头上紧去拉拢同志，明年春天绝可起事。天色晚了，二位想也饥饿了，让元通陪二位去喝一杯吧。兄弟近来不招待生客到舍下去，为的是避人耳目，请二位原谅。待将来成功之后，我们再聚在一起，痛痛快快地大喝一顿。"

李元通听说，就接过王五递给他的银包，陪着二人先走。二人当即和王五告别道扰，就和李元通一起走了。

王五等他们走后，又在墙前徘徊了些时，在谭墓前站定了一会儿，默祈他阴灵暗佑，陈述着自己的计谋，来安慰他的亡友。王五每一次招待新入伙的同志，总在这个地方，表示他没有忘了他亡友的遗志，让他的亡友看着欢喜。并且每一次散后，他总要独自个儿在此地默祷一会儿，把他的成就做一遍无声的陈述，随后才衔着闪着缓慢而有力的火光的烟斗，慢慢地踱回去。这天他回去了以后，想起那两个壮健而直率的汉子，不由高兴得多吃了两碗饭哩。

韶光容易，王五所预定着的起事的时期已到了眼前，春天给大地的一切都带来了生气。王五和他的同志们几百颗热烈的心，也在腔子里活跃着了。可是在前一年深秋的黄昏，野树荒坟边所拟续集的人数，虽经他们几个月的努力，却并没有增加，只有短少了些。这又是什么缘故呢？因为那时山东河北一带，拳匪蜂起，单凭几句荒诞的言语，画两纸没有根据的怪符，便可以骗得官民们的敬仰和供奉，赋性犷悍阴狠的，便都加入了拳匪。王五对于那些曾经入过拳匪习过法术的，他都认为不可靠，即使有人介绍给他，他也不收。

至于那个铁面判官钱无灵答应为他去招致在潼关道上做买卖的亲戚，谁知那亲戚有一次做买卖失了风，受了人家的暗算，伤重而死。他手下六七百个徒党都也四散，并且倒也有好些流亡到山东直隶一带，加入了拳匪。

王五的集团有些性情躁率一点的，都嫌他顾前顾后，等得不耐起来。有些本来加入的时候，也不过想依附王五的名望，得些好处，对于王五所以要招致天下义士，要干一件惊天动地的大事的意义，根本没有清楚的认识。待了好久，还是一无动静，反就误了自己多少好买卖，也就慢慢地动摇了。王五到了他所预定的日期，算算本来将在近千的人数，因为意志不定而被自己撵除了的倒也有二三百人，仅仅靠四五百人，怎么可能在禁卫森严的京畿里面一举成功呢？虽然他的心里非常焦灼，但也只好忍着，慢慢地等待时机。

他那动摇的一群，却差不多全受了拳匪的诱惑，因此由他心里的苦闷而发生了仇视拳匪的心理。拳匪的横行、朝官的偏护，这些都是叫他咬牙痛恨的。况且又因拳匪的排外而引起了外交纠纷，洋兵借口护侨，又来攻打中国。王五想起他的死难的朋友，为了要挽救病弱的国家，才想着变法，为了变法，却送了性命。如今这班妖匪满口大言，倒算是扶助国家，其实替国家招来祸乱，像是一个病人又并发了一种病症，使病人的健康更被多剥夺一分。而那些不愿意变法救国的守旧党，却偏偏去信任了这班毫无见识的匪徒，格外地使他气愤难禁，就把他所久藏着的一般怨气，要泄在拳匪的身上。拳匪要民家设坛传教捐米助饷，临到他的门上，他却一概不理。拳匪们慑于他的声威，不敢奈何他，心里却是深深衔恨，很想俟机中伤他哩。

王五眼看着大好山河给拳匪所糟蹋得满目疮痍，他所立下为亡友遗志努力的誓言，既不能实现，国家的前途格外陷于黑暗。那一个励精图治的好皇帝，命运的危险更是日甚一日。他觉得这些都足以增加他亡友阴灵的不安。他自恨对不起朋友，那一份苦闷,真有不可以言语形容得了,简直地常常气得暴跳如雷,在家找人发脾气。那些门徒想遍了方法,也不能使他的心宁静。

这一天王五心里正不自在,忽报铁面判官钱无灵和赛旋风吴奎来了。他们一看王五的面色很难看,可是王五看他两个面色也是可怕,尤其是吴奎,竖起了两眉,睁圆着二眼,鲜红的血丝布满在双眼,直像有赤焰冒出来一般。王五就知道有缘故了,就问二人道:"外面究竟闹得怎样了?大概有什么不好的消息吧?我看二位的脸色都有些异样。"

铁面判官就把聂军门被拳匪在后袭击以致阵亡的消息告诉了他,王五心里原是恨着拳匪,听了忠勇的聂军门竟为受拳匪的牵制,以致喋血沙场,含冤殉国,气得他心肺几乎炸裂。众人耳里只听得啪的一声,一个茶杯让王五摔了,接着把桌子一击,嚷道:"这个日子如何再过得下去?索性也像聂军门一般,倒觉得爽快。不管他是洋鬼子、拳匪和贪生怕死的脓包将兵,杀死他几个,也出出这些日子憋在肚里的闷气。"

王五一说,别人还没开口,那赛旋风第一个把两把利斧高高地挥着道:"看看,俺便第一个跟在你老的后面,痛痛快快地杀他一场。"

铁面判官把双手做着一按的姿势,意思是叫他们坐下别嚷,随后他又说道:"凡是有血性的男子,在这种圈子里过日子,谁不是憋着一肚子的闷气?我也实在憋得慌了,刚好我有个结义兄弟,他的叔父在马将军营里当一名书记,他也因这日子过得太闷人了,要找个武营差事,透一透闷气,想去找他的叔父,方才来和我商议的。我觉咱们手下虽有好几百人,要举起事来,总觉得太危险,现在我们不妨乘此机会,带着这些弟兄们去投军,慢慢和将士们厮混熟了,把他们拉过来。即使不成,那么眼前总让我们杀死些于国有害、于民无道的人,也总算不是白计划了一场。你老人家以为我的话怎样?"

王五听了答道:"成成,你想的主意不会错,我们该去杀场上杀他一个落花流水。你曾跟你的结义弟兄讲过了没有？我们这许多人去投军，行不行？"

铁面判官说道："他还没有去见过叔父，因为我先要来征求你老人家的同意，叫他听着我的回音呢。"

王五道："那么你们赶快去吧。"

铁面判官和赛旋风去了以后，王五的精神十分兴奋，把他的门徒都招来，告诉他们要和他们同去投军杀贼。这些门徒们听了，好不高兴。第二天一早，这些人又来王宅会齐，等候着钱吴灵的回音。到傍晚时分，钱无灵和他的结义弟兄一起来了。那人说，他的叔父说的，以王五爷这样的人才声势，肯为国家效力，岂有不欢迎之理？叫就率领着众弟兄径投天津马营好了。王五和他的门徒听了，顿觉通身筋骨长了不少力气。钱无灵也和王五告别去招集他的手下，约定了明日卯刻在城外他们第一次见面的旷场上会齐。

这一天王五非常高兴，一面叫李元通张亨武去分头通知他的同志，一面在家里跟徒弟们练习拳棒刀枪。到了晚上连饭也没心肠吃，睡也没好生睡，夜半就起来扎束停当，各人佩着习用的家伙，到城外的乱冢前的旷场上。王五这一阵心绪不好，久已没有招得新的同志，只有担忧着他原有的一群也在发生动摇，他觉得愧对他的好友，倒有好一阵没上这里来了。这时他又怀着兴奋的情绪，来到了谭公的墓前，很亲切地瞧着野草丛生、湖露犹润的一抔黄土，心里是这样默祷着道："我们此去自然是为着实现我所许你的话，希望你在天之灵默佑，使我们很顺地战胜，且杀尽毒害你们的旧党所倡护的拳匪，结合了忠义之士，把守旧党赶走，替可怜的皇上解除锁链，重行新政，复兴中国。"

他站在墓前默祷的时候，铁面判官赛旋风率领着他们的部下来了，集合在一起，倒也有六七百人，浩浩荡荡地便向津门出发。

王五看着这一个充满了奋发情绪的队伍，整齐了步伐，挺起了身躯，在他面前一行行地走过。这并不伟大的一群，却也脚声起处尘土蔽天，并不因人数的少而减低了雄壮的声势。王五用着热烈的眼光看他们走去，自己落在最后，还是依恋地徘徊在乱冢之前。一条长蛇已在熹微的晨光中逐渐模糊，一个健壮的汉子又复从去路上夺奔了回来，挥着手高喊道："师父，师父，他们已去远了，你怎么还不走？"

侵晓的野风，传声似乎格外清晰，震荡的余韵，惊醒了半模糊了神志的王五。他回头挥挥粗壮的右臂，表示他即刻来了。接着是向墓上深深地作了一揖，行了告别礼，旋转雄伟的躯干，迈步就向曾经一群壮士践踏过的路上走去。可是走了没几步，又止步回头看了，暗念此去若能成事，他日归来，谭墓当也改观，告祭禳祀，也无用掩饰避人了。若战死沙场，那么这次便是最后一面，以后这野坟荒场之上，乱草丛树之间，将再没有他的足迹了。墓中故人，将无寂寞之感，这时他只觉鼻子里一阵酸，眼眶里热溜溜的。

那时回来叫他的李元通已站在他的身边，拉着衣袖道："师父我们走吧，他们去远了，回头我们赶不上的。"王五听了，没奈何只得跟他一起赶去。走着他也忖着，如果陈尸疆场，一来也总算没有辜负了七尺之躯，尽了国民的责任。同时也可以相从故人于地下，重得把晤了。他这样一想，顿时精神一振，足下不由加快了速率，不多一会儿，也就赶上了前面的行伍。

他们将近津门，正逢前面拳匪和洋兵对垒，其实拳匪打起了扶清灭洋的口号，惹起了战祸，洋兵来侵，抵御的还仗官军。偏偏编制大军掌握大权的重臣，还相信他们的鬼话，不奖励官军的忠勇，反夸张神术的灵异。那些拳匪还更作威作福，一会儿道这个将官通敌，一会儿嫌那个军队甘为洋奴，闹得军士们一片怨声。聂军门一死，更是人心涣杂，朝命拳匪协力御敌，可是每当洋兵来攻，拳匪装神作鬼，跳舞而前，一遇枪炮，便反奔入阵，冲动官军，必须立即让路，若让得慢时，他们便倒戈相向。官军弄得两面受敌，往往溃败，受累很深。

这天又是洋兵来攻，拳匪算是协助马军抵御、枪炮着身、神符失灵，他们竟不愿把血肉之躯做这毫无凭借的尝试，每遇交锋，便向后转。那一股退势，却比向前冲突的劲来得足，官军们一时不防，每被冲散，他们反要推说官军无用。

王五督率的一群，最前的是赛旋风吴奎和李元通，王五在中，铁面判官在后。拳匪不敌枪炮，向后直冲，马军让了他们，还须向前抵敌，倒不能跟他们随便地一退，把大好国土拱手让人，放弃了守土之责。拳匪退下，正和赛旋风李元通迎面撞着，吴奎李元通等远望前面黑烟蔽天、杀声震耳，知道正是我军和洋兵交战，如何这一队红巾红带的神军，只是向后倒退？急性子的赛旋风第一个不可遏，偏偏那拳匪不知趣，还挥动着枪棒，耀武扬威地吆喝着，叫前面让路，赛旋风如何能忍？挥动双斧，跳出去，就把为首的一个劈了。

拳匪看他们既不是兵士装束，但也不是碧眼高鼻的异族，怎么吃了豹子胆，敢和天兵神将作起对来？当然不肯放松。就有一个叫张得标的舞着双刀，一个叫王二福的挥动单鞭一齐跳起来，一边一个围住赛旋风吴奎，便大战起来。李元通见了，一面差人飞报传信后队，一面拔出武器来助吴奎，于是张得标和吴奎杀在一起，王二福和李元通作了一对。王五在后看见，便挥动他手下那些弟兄，他两面包抄，大家寻对儿厮杀。

那些拳匪见了洋兵，果然是一触即退，听见枪炮，便吓得魂飞魄散。但见了中国人倒勇气百倍，一往无前，喊杀之声震天，和前面马军和洋兵对敌的声势，一般壮烈。拳匪之中，也有一个精通武艺的，不过不敢和新式枪炮抵敌。若叫他一刀一枪，马上步下，即便以一敌二三，也还来得呢。

王五看看吴奎李元通竟是战不上那个拳匪，而且前面下来的拳匪红头挤挤，要比自己的人数多二三倍，若不把较强的杀他几个，寒寒贼心，壮壮自家队伍的声势，那便会吃亏了。王五立即挥动他的大刀，蹿到前面，先来助吴奎。

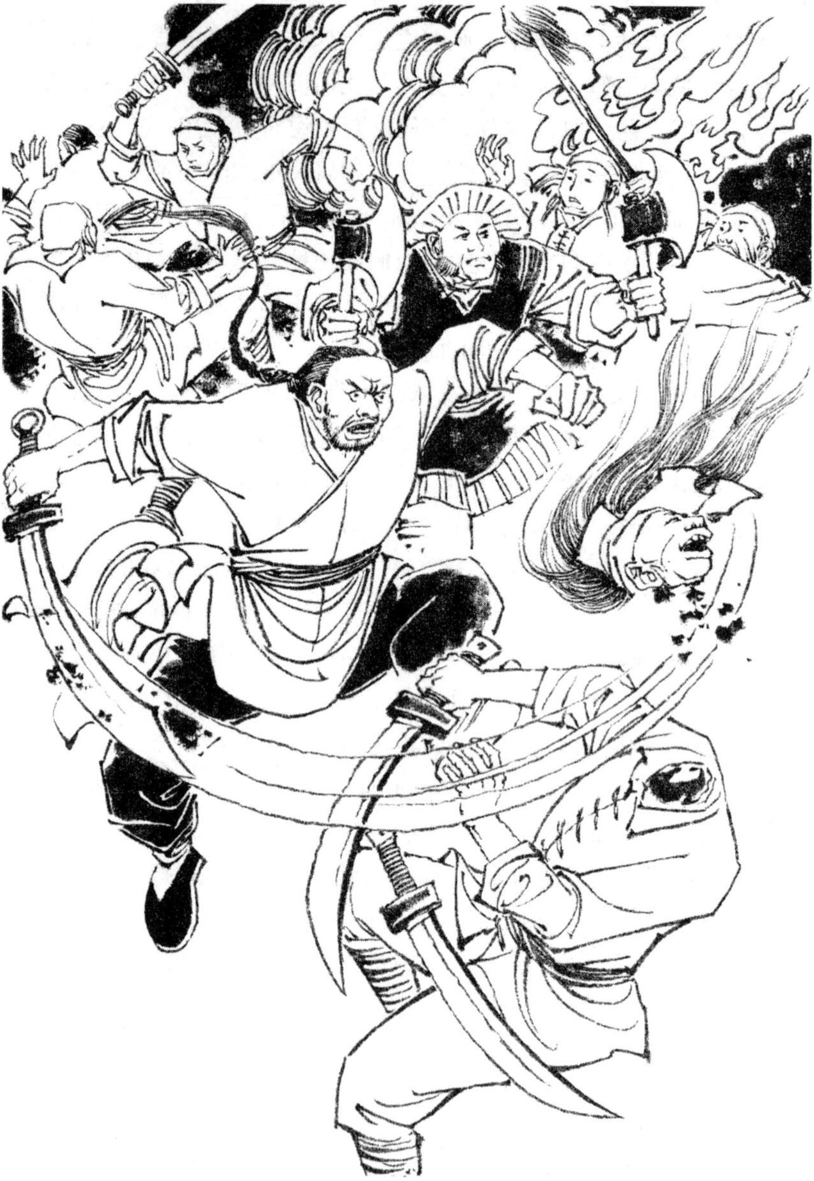

吴奎虽有赛旋风的诨名，那只是指着他的性情起的，若是判断他的武艺，却是跟那梁山泊上的黑旋风差得远了，虽然他的兵器也是使着两把斧头。和他对敌的张得标那两把刀倒是舞得出奇的圆熟，他向吴奎进攻的几下刀法，更是显得那么灵捷毒辣。王五再不来助，吴奎可有些吃不住了。那个张得标在吴奎面前果然把双刀舞得银光闪烁，寒锋逼人。但是一逢王五那把腾龙踔蛟般的大刀，便显得是小巫见大巫了。不消几个回合，那个张得标从头到底在王五的大刀下一分为二。

吴奎是没有等张得标被劈死在王五的刀下时就去找别个拳匪厮杀了。王五就又来加了李元通和王二福的中间。那王二福的一条鞭子也很来得。李元通很有些疲累的样子，但是生龙活虎似的王五一加入了里面，李元通顿时精神振作了起来。王二福使得呼呼有声的单鞭，经王五的大刀一逼，便和垂死的病马，做着哑声的嘶鸣一般地没有生气了。王五的大刀舞动起来，寒光熠熠，像一个银色的车盘滑出了辙，无规律地向人堆里乱碾，也像白皑皑寒气逼人的雪山向人头上倒塌下来，来不及逃避，也无可逃避。先是王二福的单鞭被碾断了，接着是王二福的身体被碾碎了，继续着是无数红巾红带的拳匪，被压在银色的车盘下，高大的雪山下，血浸湿了战靴，尸体让愤怒的、兴奋的、忠勇的、恐怖的、畏缩的、怯懦的种种不同的脚步踩成饼了。

王五的刀光，闪耀在他所领导的一群中，他的一群便成了几百头勇猛的虎、夭矫的龙。拳匪虽众，终于抵不住这有坚定的信仰的一群，何况他们原有被洋兵的炮火逼回来想逃生命的呢？拳匪们是没有坚固的信心的，他们见同伴尸体的堆积，怀疑起身上所佩的灵符了，也怀疑起临阵前所诵的神咒了。他们怕死，其实他们所以加入这个集团，原是为的求生，自然他们见了王五的一群，也只有眼见洋兵的枪炮一般地逃了。如果在他逃生的路上发生障碍，那么他又会不惜出死命，铲除那障碍，那是一个人求生存的本能。王五领导下的一群，便也有许多在这个定义下被拳匪杀死打伤了。似潮水一般的红头的拳匪,现在在王五他们的眼前,只剩得浅沟里的将涸的水脚,甚至不过像笔洗砚池里那么一点点了。他们无可讳言地显着十分疲惫,就是说筋疲力尽,也不为过。但是他们的心里非常畅快,也非常兴奋,尤其是那横着大刀的王五,他视着堆积起来的尸体蜿蜒濡流的鲜血,他的心感到轻松了许多,他想那腐烂了尸体的气息和那殷红的血汁,是会渗进地下去的,是会漂进到他的蛰伏地下的故人知觉里去的,他会感到前途光明的快乐,他会欣幸他的志愿将实现。因为他的后死的朋友,今天将陷害他的守旧派所袒护的拳匪,也是和他们的救国主义抵触的一群危害国家的动物,杀死了许多了。这至少能使他感到一些畅快的。

王五想着,在那给忧患和疲乏折磨过的脸上现出了一丝笑容。他们照理应该歇歇了,实在他们确是需要歇歇了。但是前面的隆隆的枪声和头上身边不时咻咻掠过的枪弹,对他们添加了鼓励,他们振作了精神前进,他们现在要去参加的战争,比了刚才杀自己人更要紧,更有意义。他们忘记了疲乏,忘记了饥渴,一往直前。

可是一阵呐喊,当前的路拥塞了,又是红巾红带的拳匪,从上面败退下来的。那一种颓丧的、恐怖的、卑情的神情,引起了王五的羞恶和憎怅,他重又举起双臂,引导着他的一群,和拳匪做第二次的混杀。这一批拳匪没有第一次众多,也更比前一次的怯懦无用,但是却战来比前一次费力。好容易拳匪的围层逐渐在减少了,但是那隆隆的炮声移近了,咻咻的流弹加多了,呐喊的声音,除了周围的,似乎不远的地方也在发生,那是洋兵攻过来了。王五想起这一点,他的两臂增加了神力,刀光跟闪电一样熠熠,他要冲到最前面去,凭他的沸腾的热血,真挚的友情,义侠的精神,神妙的技击,为了朋友,为了国家,为了他自己的唯一的正义感去抵挡洋兵。

但是他忘了洋兵的新式武器是不需角力,它在很远便能取得人的性命，只要他瞄得准。不幸的是他冲出了拳匪的围层，前面的清兵也在向下退，枪弹像雨一般地在射过来，他知道快要遇见洋兵了，他更发狂地向前冲。果然如了他的愿望，他遥遥地望见了洋兵，他舞动着大刀，拨开了紧密的雨弹，他的后面跟随着几百个弟兄，也和发了狂一般向前直冲。没有冲进敌阵时，已有好些中弹倒地了。便是王五虽然仗着他的神奇的刀法，但是他的身上到底也中了两弹。不过他没有倒，在没有杀死几个敌人前，他是不肯倒的。终于他们这一队，冒着密集的枪弹冲进了洋兵的阵里。虽然古老的刀枪棍棒是敌不过新到的枪炮的，但是凭着他们的勇气，也杀死了好多的洋兵。王五的身上已经中了十余弹，终于他含着笑去向他的故人报告这一次努力的经过了。他的身后的一群，李元通倒在他的前面，吴奎是没有劈死一个洋兵就牺牲了，等到钱无灵完结的时候，他们的一群已经一个不剩了。

　　因了他们的英勇的冲锋，鼓动了军士们，一个个都秉着不怕死的勇气，一往直前，前仆后继，有进无退。洋兵只得暂退。不过因有拳匪的捣乱，不多几日，津城终于失守。

　　曾家村那个探事的人，倒是访问得很详细。玉琴剑秋等听了，都不胜嗟惜。翟绮云虽然因为王五曾击败伊的父亲，使伊的父亲因羞惭隐居昆仑，才致为梼杌所伤，严格说来，王五也可算间接杀死伊父亲的仇人，伊一向对他没有好感，但这时听了这个消息，伊为他的侠义忠勇所感动了。伊并不幸灾乐祸，也觉得这是武术人才的一种损失，也是国家的一种损失。伊见玉琴等表示悼惜，赞叹他的义勇，伊也不由很自然地流露一种哀悼惋惜的意思。虽然无可讳言地伊在最初听见这消息时，松了一口困闷在胸中的恶气，有过一阵痛快的感觉。

　　他们在一阵嗟惜之后，便要讨论切己的问题。听说洋兵在骚扰津城的四乡村镇，像曾家村这么碉堡俱备的地方，更不会肯放过。倘然来攻，该怎么对付？梦熊哈哈笑道："先时诸位剑侠没有来，拳匪这么大的声势，且奈何我们不得，目下有你几位帮忙，还怕什么？"

剑秋玉琴正容说道："那是不能和拳匪并论的，而且他们有火炮洋枪，我们的刀剑却变了毫无用处了。"

闻天声自听了王五殉难的消息，一向沉默着，这时他开口了，他说："我们对付那些洋鬼子，却不可斗力，只能斗智。其实凭我们的能耐，和他斗力也不愁斗不过，只是要拖延得日子长了，他们轰起大炮来，却叫庄子上许多老百姓吃他的亏。"闻天声把他面前的酒壶，向酒杯里斟得满满的，拿起来一仰脖子喝干了，咂咂嘴装了一个鬼脸道："等他们立脚未定，我来想个法儿，叫他们一个也不敢留在曾家村前，叫他们不敢再对曾家村转一下歹念。"

翟绮云也道："洋兵来了，刀剑虽然失了效用，可是弩箭弹弓仍得可用。只要防御的东西筑得坚固就是了。"

梦熊听着，第一个高兴得喊起来道："我希望洋兵来，待我这神弹子打死他们几百个。那么我这神弹的名气，便可传扬海外，叫那些白种人都吓退了。"

梦熊拍手打掌地说得非常高兴，可是闻天声阴恻恻地插嘴道："惜乎他们的子弹要比你的瞄得准呢，还不如让翟小姐的袖箭来替你遮遮羞吧。"

梦熊听他嘲讽，气得正要大喊大跳，可是玉琴摇手阻住了他。伊瞧着天声道："闻先生别跟那大傻子开玩笑，我们倒是计议计议，洋兵来时怎样退敌？"

当下曾家的花厅上便开了个保卫曾家村的小小军事会议。曾翁夫妇虽然不武，但他们也参加了。自二老以下窦氏母女、梦熊毓麟兄弟俩，外来的便是闻天声和剑秋、玉琴，还有李鹏和翟绮云，商量了一会儿，对于有新式利器的敌人该取怎样的对策，便有了决定。

过不多天，果然不出所料，有一部分洋兵骚扰到他们村上来。曾家村上是不断派出哨探的人的，在洋兵离村大约十来里时，曾家村即已得了消息。剑秋等当即调兵遣将，准备抵敌。

村前筑有护卫的闸门，一起关闭起来。窦氏、彩凤、梦熊、李鹏负责保守村门和前后巡逻，天声、剑秋和玉琴、绮云都从村后小路抄出，天声和剑秋蹑洋兵之后，绮云、玉琴则在村前三里外的荒坟野树中埋伏，相机行事。

他们各人带了兵器和干粮，而绮云格外多多带了弩箭，伊们二人在洋兵未到之前，已隐身在高冢背后，远远听见蹄声杂作，军号时鸣，知道是洋兵来了。坟前长着好几株大榆树，伊们二人各拣一株枝茂叶密最高大的榆树，猱升树顶，向人声喧杂处望去。这时夕阳虽已被大地吞没，暮霭迷漫着整个的宇宙，但是也把路外的人物还能够看得清晰，何况伊们练过功夫的，眼光格外来得敏锐。玉琴看了，轻轻对绮云道："前后的军马，服饰不同，体貌各异，看来不是属于一个国家的。"

绮云爬在一个大枝丫里，轻声地应着："嗯，看去人数也不过一二百，而且队伍不整，精神涣散。他们的目的不是在占夺我们的村庄，不过想捞摸些宝物和抓些肥食儿罢了。你看前面那三个矮身材的骑着马东张西望，贼头贼脑，一脸的贪馋颜色。"伊一手攀住了细枝，耸出了半个身子，旋在后面和玉琴谈着话。那树枝受不住伊的重量，便不住地摆摇起来，引得附近的枝叶都发出一阵籁籁的呼声。

玉琴对伊道："你站稳了，仔细让那些鬼子瞧见了起疑。"

绮云低笑道："怕什么？他们不会瞧见的，咱们在这暗处，天又渐渐黑下来了，等他们再走近一些，你看我把那前面三个摇头摆脑的贼子一起收拾了，叫他们死了还想不出是怎么个死法的呢。"玉琴听了，不由想起当时在昆仑和剑秋俩恶斗怪兽，那一点寒星般的毒弩，心里很钦佩伊的箭法，便不说话，只在树叶后面静静地窥伺。

天色是渐渐暗下来了，五步以外，在普通人是瞧不清什么物体了。这一队骑卒急于要达到由传闻得来的那个好地方，便抽得那些马儿踏踏地飞跑。离开玉琴、绮云隐身的榆林，约莫有百十步，这军中的灯火正好做了伊们的目标。绮云擘骑在树权上,把前胸贴住了面前的粗枝,侧着半身,扳弓搭箭,一连三点寒光,齐向那马蹄杂沓声处去。那三点星星般的寒光,不先不后都迎着那三个长大身材的骑兵的胸口钻了进去,接着是人在马上倒了下来。同伴们惊疑地呼叫,把那三头脱了缰的坐骑也吓得盲目地跑走了。那一队骑兵有几个似乎瞧见有星光一般的东西一闪,三个猪狗便倒地乱滚,终于莫名其妙地死去了。有些在后的便连什么也没瞧见,喧叫纷哝了一回,也散向近边四面去搜寻,结果是得不到什么。他们哪里想得到百步之外有人在暗算呢?外国人虽然喜欢研究,这时他们要研究却抓不着一些头绪,只得硬着头皮撇下了三具尸体,怀着惊疑的心情,急于去追求他们最终的目的物。一阵尘沙扬过了榆树林的前面,那一队心神不安的骑卒直奔曾家村去了。

嚼着干粮的翟小姐,扳足了伊的宝弓,一连又是三箭,蹿进了那队伍的后面,追着三个最后的骑卒,钻进了他们的后心,三骑脱缰的马,冲乱了前行的队伍,又是一阵叫嚣搜索,两边是那么空旷荒野,没有一个人形,只得仍是怀着莫名的疑惧,蹳军前进。

到了村前,那整个队伍的心里都幻出了灿烂的希望,那惊疑恐怖像一顶沉重的帽子被卸下了,头脑顿觉轻松了,打起望远镜,那村前一排黑黢黢紧腾腾的闸门,却叫他们倒抽了一口冷气,疲乏、饥饿、疑惧,激起了最后的愤怒,可是他们出来的目标是想发财的,没有携带重军器,他们想中国善良的百姓一见他们的指挥刀和手枪,就会像耗子见了猫一般,慑服不动了。他们这一队,除了这样外,还添着步枪,只要胁迫百姓掘窖藏、献金银,已经嫌过甚了。这时一腔愤怒,只得借步枪来对那一排紧闭的闸门发泄,偏偏那闸门坚固得一些儿没有动摇。

村里的人家,听得了人喊马嘶,知道是洋兵来了,已经吓得心惊胆战,后来又听得砰砰的枪声,随着砰砰砰的声音,出的是那一朵朵的火花。一向听得洋兵的军火厉害,所以中国历次和外国交战总是失败的。但外国兵器究竟怎样,却一向只是听人传说，从来没有见过。几个胆大些的村民，便登上屋顶，爬近闸门去张望了。一个两个没有让洋兵瞧见，他们低低地谈着，高高地看着，引起了别人的好奇仰慕，渐渐地屋顶上，任何高的地方，人加多了，人声也喧闹了，引起了洋兵的注意。打不开村门，一股愤火正是没处发泄，居然不怕死的蠢民，还高踞着笑谈欣赏，他们便把枪支移动了方向，一颗颗带着火花的子弹，便都向高处来了。

愚蠢的村民，看见了火花射放的方向变换，还不知道对方的意向和自己地位的危险，还在那里指手画脚，指点给后来的人看呢。李鹏梦熊正在村里巡查，这种情景正是要不得的，连忙喝那些村民下来。他们虽然勉强下来，但是心里暗暗笑着：平时装模作样，似乎有着高深的本领，领导全村做防卫守护的训练，现在洋兵这种放花炮似的枪，都吓得不敢开门，连看都不敢看，真是。看他们以后还有什么脸充什么有本领的人。

贪着看新鲜的人，正在慢慢儿地爬下，一声尖叫在他们的身后起来，一个村汉胸口中了一弹，骨碌碌直滚下了屋面。恐怖的事实摆在了眼前，那些愚蠢的村汉，才真实引起了心底的惊慌，顿时喧嚣起来。懦怯的四散奔逃，躁急的呼号咒骂，镇定的连忙扶起受伤的人，护送的、报信的，一刹那为恐怖震慑住而寂沉如死的乡村，一忽儿又让恐怖、愤怒和义愤交织成了一幅骚乱的动态。受伤者嘴里不住发出痛苦的惨号，殷红的血汩汩地在痉挛的身体上流出。

村上的医生是由梦熊和李鹏饬人策着快马都请到了，却没有一个医生挽回得那一条无辜牺牲的生命，于是听着砰砰的枪声，全村的情绪都陷入了恐惧痛苦中。枪弹时时哧哧地在空中掠过，屋面上也不时有骨碌碌的声响发出。窦氏和彩凤安顿了家里的老幼，早早地用饭熄灯安睡，只由毓麟率领着几个壮健的家人巡逻前后，坐守屋门。好在毓麟不若以前那样怯生生的了，而况在这个动乱危难的时期，看着别个人的奋勇尽力，他也不得不来一下他认为的壮举了。

伊们母女留着毓麟在家，便帮着梦熊李鹏挨家比户地劝谕镇压。因为那些无知的村民，初时藐视洋兵的军器，大意地做了他们攻击的目标，此刻那一个呼号抽搐中弹惨死的同伴，却又引起了过分的怖惧，死亡的暗影笼罩着每一个人的脑壳，每一下砰砰的枪声，似乎都能夺去他们的生命。于是有好些人想挣扎逃亡，不肯安静地守在围城中了。村后是有人守着的，放走了少许，会引起更大的动乱，人心惶惑，使整个村庄濒于崩溃。所以那事前受计于曾李的壮汉，终于把那些卑怯而自私的村民挡了回来。死亡的恐惧胁迫着他们，向梦熊去啰唣，梦熊又是那么傻气而性急的人，解决不了，便生出了许多纠纷和争吵。彩凤和窦氏便代替了梦熊，让他和李鹏去村前督察。伊们一家家一个个去抚慰着，晓谕着，叫他们安静，由曾家一家人负全责，担保他们能安全无恙。只要大家肯安定宁静地守着勤奋谨慎，敏捷热心地帮助着，在有小骚动的时候，经了窦氏母女的威胁善诱，暂时这村子又进入了寂静。

　　砰砰的枪声，纷扰的喊声，在夜风中格外清晰响亮，但是紧密的枪声逐渐地稀疏了，终于由断断续续至完全停止了，纷扰的呼号远去了，模糊了，消失了。当黎明重复来到人间的时候，曾家村上的百姓心境又恢复了明朗愉快和兴奋。一天的阴霾、愁苦的网罗都仗着曾家宾主的努力，给拨开了，戳破了。

　　小小一个村庄，以乘战胜余威的洋兵怎会悄然引退，自甘放弃白费了几十里的奔驰半夜的攻击呢？原来他们的退去是禁不住疑惧的包围，自数里路外一直到村前，也可说自黄昏一直到半夜，他们之间发生的莫名其妙的可怕事情真太多了，最后还遇见了几个莫名其妙的人物，给他们吃了许多亏，牵制着他们不能加紧对于村门的攻击。劳苦了半夜，没有得到些微利益，反断送了不少同伴。看来这个乡村是难以得手的，还是见机些退走了吧。至于谁给他们亏吃，谁让他们不断地陷落在疑惧的情绪里，那是不难分晓，自然是琴剑、天声、绮云等几个了。

　　绮云和玉琴躲在榆树林里，以绮云的弩箭先后射死了六个洋兵，天声剑秋本是蹑踪洋兵之后，前面三个兵被射死时，他们事先没看见。因见洋兵队中发生了一次骚动，才知道是前队出了乱子，他们心知准是玉琴等做的。至于后来三个送命，却是他们亲眼目睹。那一串三点寒星，在剑秋的眼里并不陌生，他知道绮云等定在附近，向四面一搜索，在他们身后不到十步，有着一丛大树林，看去枝叶颤动，估定二人是藏身这个林里，扯扯天声，才要回身也向那林子里去，想吓唬伊们一下，谁料二人已像落叶般地飘了下地，而且玉琴眼尖，已远远地用手指着他们所站的地方，在告诉绮云呢。他们索性站定了，等伊们过来，四人会合，少不得把刚才的一幕，洋兵疑惧莫名的神情笑谈了一回。

天色已晚，天声和剑秋计议道："村门坚固，防守得法，洋兵没有重军器，一时不会攻破，那么他们必要在此宿营了。我们正可前去劫营，把他吓走了就算。若让他们久攻下去，曾家村又没新军器，怎能抵御？吃亏是可包的。"

剑秋玉琴都点头道是，剑秋又怕洋兵抄袭村后，那边却没有前面的坚固的闸门，于是就推绮云去村后的道上守着，洋兵若是抄袭后面，就用伊的弩箭射住他们。他们已经吃过两次亏，再遇弩箭，一定不敢前进。绮云当下答应。

玉琴又和绮云说道："我暂跟他们一起看看营势，如果不必需我，那么我仍赶到村后来跟你做伴。"

绮云向他们挥挥手，转身子便似飞的走了，一刹那已不见了苗条的身影。天声点头赞叹道："翟小姐的身手，竟着实不错。"他又回头向剑秋笑道："不知哪一位跟你一般的有福郎君，得偶这位小姐？"

剑秋笑笑，玉琴却说他道："闻先生这人真是太不正经，这时正有重大使命在身，还有工夫取笑。"

闻天声啧的一声道："几个碧眼黄须的胡儿，要收拾他也不是难事，又有什么大不了呀？"

剑秋拦住了二人的取笑，指着前面道："胡儿去远了，我们快追上去吧。等他们攻破了庄门,可用不到我们了。"

闻天声把腰里的干粮袋解下,对剑秋玉琴一扬道:"要杀敌还得吃饱了肚子,即使我们今晚不使大力,可是不吃饱了,可没有精神开玩笑的呢。"

剑秋经他一提,觉得腹中果然有些饿了,也在干粮袋内掏出几个饽饽和风干了的熟腊肉腌鸡腿吃了起来。

他们二人让玉琴吃,玉琴摇头道:"我和翟小姐早在榆树林里吃过了。"

天声嚼着一块腊肉咂嘴道:"可惜没有酒,辜负了这腊肉的美味。"

玉琴道:"要喝酒,前面的洋鬼子那里是有的,快去讨些喝喝吧。"

天声道:"嗯。"他把啃剩的肉骨往地下一抛,系了袋子,便赶在琴剑的前头,看样子真像去要酒喝似的。剑秋吃饱了,也和玉琴赶上前去。

那些洋兵已扎了篷帐,真有在此夜宿的模样。村门前却不住爆射火花,枪声劈啪。剑秋玉琴只见一列十几个营帐,都隐约透出灯光,却不见天声的踪影在何所。村里远远看去,寂静无声,也没有一枪一弹还击,坚固的庄门虽经枪弹密击,倒还是纹丝不动地矗立着。琴剑心想鬼子要轮流着攻村,庄门纵坚,也难保守,须要赶紧撩拨他们走路才是。二人便加紧脚步,向那张着帐幕的所在走去。

帐外左边有一排大树,也有一片大荒场,几个脱却了军服只穿着衬衫的骑兵,正捋起了衣袖,忙着上马料,也不知哪儿捞到的盆桶,有几个都在村边溪旁汲着水往来很忙,树枝上悬着几盏玻璃小灯,借以照明。突然一道黄光一闪,顿时树林里变成漆黑一团,玻璃小灯一齐坠地熄灭。马群中同时起了惨厉的嘶鸣,夹着上料的骑兵尖锐的叫声,帐里帐外的兵丁起了一阵骚动,知道有了奸细在捣蛋。可是等他们重新亮起灯火,树林里的骏马倒有小半僵卧在血泊中。上马料的骑兵,却把马的食料磕在嘴边，做了个狗吃屎的样子。背上汩汩地流着鲜血，把白的衬衫染红了半件。在一刹那的时间，丧失了这些马和人的生命，绝不是一两个人所干的，这较刚才途中丧失的六条生命，显然是格外离奇可疑。在这两个不同国籍组合的一群人中，发生了严重的情态，猜议、聚讼、纷扰、怖惧几乎影响到全神贯注的攻村的军士。所有的帐幕，不用说是全成了空的，少数帐中仅有的留守者，却是饮得烂醉的打着雷鼾的兵士。三条不同形的黑影，蹿进了那些空空的帐幕，地上架着的枪杆，卸下的一串串的子弹，却成了那三条黑影有兴趣的目的物，运用着敏捷的身手，先把帐幕中的灯光灭熄，好在他们是不怕黑的，他们都有夜眼，在黑暗中他们搬运起子弹枪械，悄悄地抛入村边的小河中。

　　一座座的帐幕，由明而暗，小河中不住发出扑通扑通的投物下水的声响，引起了两个洋兵的怀疑。他们虽也跟许多人一起聚在树林前马尸旁，但是那些没有了命的骏马，天幸都是另一军队的，他们比较的少愤恨，只是疑惑不解，究竟是有什么来暗算他们？从黄昏时一直到现在，这样神秘地闹着，未免有些疑神疑鬼，但是又因他们是很狡狯的，所以正在暗中仔细地侦伺着，想在一团混乱的纷扰中来一个惊人的发现，以炫示他们的机警精干，被人尊重。所以他们两个见那营幕中的灯火几次熄灭，知道定有着奸细混入，那近边还亮的灯光的营幕，在树林边的搜索、怒骂、埋骸、疗伤等工作没有停止前，那亮着灯的营幕一定也要发生那神秘的黑暗。趁众人不注意的时候，两个便商量着到营中去躲着，单看是怎么样的东西来加害他们，轻捷地跑着，不一会儿就到了最近树林的一重营帐。两个人把头探进去一张，一个矮冬瓜般的黑衣人，一脚踩着一个醉兵的胸膛，手里拿了一个酒瓶，正仰了头咕嘟咕嘟做着牛饮。

　　他们两个各在脑海里搜寻一阵，虽然那冬瓜的身材跟他们差不多，但没有这样的服装，决定不是自伙里的人。他们是提着枪杆子出来赶热闹的，这时现成地拿来瞄准了那冬瓜，一弹结果了性命，以后的麻烦也许就可以跟这一颗飞出去的子弹一起终了。才蹲下身子，但是同伴中的一个另有了主张，把身边的人一扯道："我们不要打死他，趁他不防，掩进去执住他。这些事绝不是他一个人做的，我们要他招出同党，把这闹了几个时辰的神秘事情弄个水落石出，才显得我们精明强干呢。"

那个一听不错，便把枪杆仍复提在手里，却安上了刺刀，两条黑影很快地蹿到矮冬瓜的旁边，二人各举起枪杆想学一下中国黑松林里惯演的闷棍，谁知一枪柄打下，确乎是软绵绵的人体，但灯光却跟着枪杆儿一阵下去了，眼前是一片黑黢黢。但他们确信那冬瓜是给打倒了的，不管黑暗，且先把那俘虏捆起来再说。

二人正在暗中摸索，突然一阵轻蔑而狡猾的笑声起于二人耳边。等不及他们憬悟而想站起来搜抓时，随着笑声来的是一阵含着酒味的唾沫花儿，喷溅得二人满头满脸，而且像针尖一般刺得人皮肤生疼。那两个不由在黑暗中直叫起来，忙摸索着亮起灯来，打倒在地下的并不是那黑衣的矮冬瓜，二根枪杆儿却交插地搁在那个醉倒在地下的友军。至于那冬瓜呢，不见了踪影，在营门口横着那个空的瓶，显然他是喝完了酒从这里走的。

两个人原想干一件出人意表的奇功，谁知却反吃一神秘的黑东西作弄了一阵。抚摩着刺痛的头脸，二人面面相觑。忽然营外传来一阵喧嘈，意识到那黑冬瓜又在另外的营帐里玩弄着什么把戏了。连忙循声往探，乱糟糟的一堆正在左边的营门口，一个被酒瓶砸破了头的兵士，躺在血泊里，正是他们自己的伙伴，还有两个在门口向众人指手画脚地讲着什么。二人挤上去一听，那二人讲着的是："……我们三个，才亮起灯，三条黑影，已蹿出了门，他比我们灵捷，差不多将追到那最末的一团黑影时，谁知却让那黑影砸倒了。"

许多人忙着一边猜疑，一边收拾这死尸。二人听了，心里格外纳罕，一个黑冬瓜又变成了三个，刚才是吐着酒沫儿伤人，这回却把酒瓶儿砸死了人。黑影、酒瓶到底不知有多少。二人一想酒瓶和那酒味儿都是他们熟悉的，原是他们行军时自己享用的，谁知却让人做了武器害了自己。他们料定那个黑冬瓜是个嗜酒的，于是二人计议道："友军中所带的酒，酒性比我们的烈。我们去通知他们，我们就施一下以酒诱敌的妙计，把所有烈性的酒都聚在一个营里，我们多召集些人，在四下埋伏，另外的营里都亮起灯来喝酒，他闻着了酒香，看见空营里有许多酒一定要去喝。那么这些烈性的酒岂不把他醉死，就可以一鼓而擒之了？"

二人分头去通知时，只听各营中一片闹吵吵的声音，原来许多枪械子弹都不翼而飞了。二人听了，恍然最先所听得的投物下水声是什么一回事了。他们惊疑尽管惊疑，计划还是要实行的，一方面赶着把酒集中在中间的一个营帐里，帐后埋伏着二十几个没有失去军械的士兵。左近的营里，集着四五个一堆，七八个一堆，身边藏着手枪，在那里喝酒谈笑，还有许多却分头打着灯去找寻失去了的枪弹。

在沿边的一个营门口，蹲着一堆黑影，帐后是黑漆漆的。三个莽撞的洋兵，远远地把灯光一照，还是没有看仔细，隐约是两个黑衣人蹲着。据同伴中的传说，这些离奇恐怖的事件的发生，原是由于三条黑影，如今他们一举而猎得其二，还剩一个，便容易对付了。对这含有神秘性的黑影，他们想抓活口，但又让过甚的恐惧胁迫着不敢近身，如果吹起营号，召集了同伴来时，又怕惊走了将入网的鱼儿。三人计议了一会儿，唯一的办法就是先让鱼儿受些伤，使他不能漏网。于是三个人把灯藏在身后，匍匐着悄悄地行近了一点，从身边摸出手枪，觑准了黑影的腿部砰砰砰的就是三枪，果然一堆黑影本是蹲着的，应声倒下，变作平躺的一片黑影了。三人看那黑影在挣扎着，便忙跑过去。同时被枪声吸引而来的同伴，也有十来个，一齐奔集到黑影的旁边。五六盏灯，把光头猬集到那在地上挣扎的一堆，不禁同声地叫起苦来。原来被打伤的鬼儿不是奸细，却是同伴。不知是哪一个使促狭的，把两个喝醉了的兵士蹲坐在营前还替他们身上披了黑衣，看看还没断气，少不得要忙乱地施救护的手术。

可是在黑暗的营门里，发出了一阵揶揄的笑声，接着又飞来一个酒瓶，打倒了一个正提着灯要进门的第一人。大家知道这一次又吃了谁的亏，羞愤交并，发一声喊，一齐拔出枪杆，砰砰啪啪对着黑暗的营里胡放一阵，除了弥漫着火药的气息，营里是一无声息，而且也找不到尸体的踪影，有的只是帐幕上密集着许多弹痕。搜索的只管前进，可是背后又传起一阵自伙儿里惨号的尖声，连忙擎枪别过身来时，最后的三个已经变了无头的尸身，谁也没有看见什么，因为全神贯注在营里的搜寻，就连挨近三个死鬼身边的也没留心。只因看见三人突然颈中冒着鲜血，头颅滚下了地，才吓得大喊，至于头颅怎么会落地，却没有一人看见。

这一伙人把受伤的醉兵，抬进营里，派几个人救护，又派几个人掩埋那三个尸身。其余的几人，觉得应该去知照那些在挖掘着陷阱和伺候在陷阱边的人，这一遭得特别小心，不要掘了陷阱，埋葬了自身。这时候不知怎么的，这一伙人心里似乎有着不祥的感应，谁知他们还没达到目的地，在他们所谓陷阱的四周的营里，突然暗了灯光，发出一阵喧叫。这一伙连忙奔过去，把他们的灯移到黑暗纷扰的营中，灯光下的发现，无非替他们多带来了些惊疑，死的恐怖渗入了每一个兵丁的血液里，使他们全身起了颤动。

原来当灯光暗了以后，平添了几个断手折足的残废者，所留下的又都是刀剑的伤痕，他们知道这是中国使用惯的落伍的武器，但眼前却成了神奇的，竟使他们的科学的新型的武器失了效用。本是埋伏在堆着酒的陷阱四周的兵士，听得近边本是设了网罗狩猎的，竟出了乱子，便丢下空营，跑来看个究竟。

那个嗜酒如命的闻天声，跟这些洋兵闹了半夜把戏，却是没生喝得，这时趁空，他把这里的事手给两个助手，自己溜进那座堆着酒的陷阱里大喝去了。差不多中国的好酒，他已喝遍了，这洋酒却还是第一遭喝呢。既是洋兵备着这些好酒款待他，自己乐得开怀畅饮了。

琴剑二人借用了洋兵的枪弹，打灭了营里的灯火，洋兵黑暗中不敢开枪，怕伤了自己人，琴剑便利用夜眼，随意杀伤他们几个。这一营闹到那一营，使那些洋兵都疲于奔命。天声在营中尽喝，喝得高声，不觉纵声大笑起来。洋兵中本有一个较细心的，在百忙中悄悄过去窥视那座陷阱。这醉人的笑声，毫无遮掩地钻入了他的耳中，匍匐着撩起后帐把下巴颏儿磕着地，朝里一看，正是那个矮冬瓜。他不由欢喜得几乎叫起来，忙过去把原来埋伏在四周的猎人叫了回来，几十支枪，实了枪弹，蹑着脚，轻轻地来到营的四围。枪尖从近地面的幕隙里伸了进来，一阵火药味里荡漾着两种不同意味的笑声，得意的笑容未敛，有些人脚上着了剑锋，有些人背上砸中酒瓶，更有些人手脸都溅射着一阵如雨的酒弹，烫得起了如珠子般的水泡。那些都是随着一阵轻松而夹着鄙夷不屑的笑声里来的。

这些受了创的猎人，掀起被轰倒了营幕搜索时，哪里有矮冬瓜的形？大家疑神疑鬼，莫名其妙，实在受到了很多的骚扰，恐怕要受更大的损失，没奈何只得到上级军官那里去据情实报。洋兵的最高统帅的主将以为这是妖法，非大炮不能胜的。天津既已攻下，何苦牺牲人力来攻这小村？胜之不武，败之有玷，所以连夜下令退兵，到天明时曾家村前已没有一个洋兵的踪影了。

玉琴、剑秋、闻天声三人在子夜归来，毓麟等不胜欢喜，立即请到庄中去听取劫营的报告。

第九十五回

远道探亲重逢游侠子
深山盗宝初斗巨灵神

  天声、剑秋、玉琴三人把他们在敌营中捣鬼的经过，讲给曾翁夫妇和毓麟等听，他们又觉得好笑，又觉得冒险太甚。毓麟听后，不住地点头道："却按事势来讲，他们的军械远胜于我，我们必败无疑。纵使我们的碉堡坚固，但也不能经过长久的攻击，且我们除了闸门死守以外，根本没有可以和他们对敌的家伙，终于我们的村庄难逃炮火的劫运。亏得三位的奇技异能，才把洋兵击退。这样看来，我国的军器虽不如人，便我国的武技却不是不能胜人。单看三位宵来御敌的经过，岂不是全得力在精湛的技击？什么运气练功啦，跳跃腾踔啦，他们是及不到我们的。其实我们只要大家肯下苦功，研究精奥的武技，也未始不可和那些洋兵对垒。若也准备跟他们一般的武器，那是胜券还可操之于我呢。我不懂，为什么我们的朝野就把洋兵怕得跟神鬼一般呢？"

  剑秋微笑道："你的话果然不错，必须以我国的武术为基，以外国的武器为辅，我们才能操必胜。但有了此二者，也要能用才行呢。讲到昨晚的经过，若不像闻先生那么矫捷灵敏，准也要受些损伤，像他在营中喝酒，不亏得视听灵敏，举动矫健，怎可躲过四围这么些枪弹？要是我们两个就不敢冒这个险。"

曾翁夫妇也接言道："闻先生真是神人，喝了那么些酒，还能打退洋兵。"

天声这时喝着曾家给他备的庆功酒，心里没事，可容易醉了。他们谈的话，模模糊糊的也没听清楚，他知道是在议论着宵来的事。他这时想起，也觉好笑，那些洋兵疑神疑鬼一筹莫展的样子，心里一乐，酒坛里的酒全倒了下去，竟烂醉如泥。毓麟还在发着什么高论，他已没有听得了。当时曾家的下人，就扶他到客房里去睡下。琴剑也是一夜没睡，也进房安息。这时洋兵已退，村人惊魂略定，夜来提心吊胆，不敢睡稳的却安心复睡。只有李鹏梦熊恐洋兵再来，仍不停地在村前巡防。窦氏彩凤一会儿抚慰村人，一会儿防护家门，一会儿又帮着梦熊等巡逻村中，辛勤了一夜。这时得知洋兵已退，玉琴等都已回来，只是翟绮云没有回村。玉琴说伊守在村后道上，彩凤几天来和绮云也很投机，记挂着伊，便又和伊母亲窦氏也到村后去瞧瞧，想找伊回来歇息。

伊们走到村后时，天已大亮，红日如轮，已由树梢升起。鸡声四唱，鸟语啁啾，村中勤劳的人家，已有起身工作的了。村后有一条河，是由村前蜿蜒而来，似乎做了这曾家村的界线。河上有一座石桥，过桥是一条曲折幽邃的小径，两边荆棘丛生，众草蒙翳，野树密结如篱，正是一个隐秘的所在。彩凤跟伊母亲走过小桥，向两边看看，也不见有人，便高叫了几声翟小姐，也不曾有人答应。彩凤不觉心慌起来，不知绮云藏身何所，这里树深草长，正是狐鼠匿迹之处，蛇虺潜踪之薮。绮云可是为虫兽所伤？或者夜来遇到什么歹人暗算？在这隐僻之处，原是常有发生的。

窦氏见彩凤焦虑得过分，伊却不以为然，说："我看起来，翟小姐也许还在那边外端，像伊这么的本领，山中的怪兽尚且为伊所制,这种地方的狐鼠蛇虫就伤得了伊吗?若说为人所算,那更不会有。这种剪径的行为,只好加在无拳无勇的村农身上,才会得手。若施于翟小姐,还不是喂了伊的宝刀?我们还是往那头找去好了。"

依彩凤要去找昨夜守在村后的人来,问夜来有无听到女子的呼救声,或有别的什么兽号和刀枪等杂声。窦氏把伊一拉道:"那又要去村前找大官人才能查得夜来守村后的人,那岂不费事?还是我们向前找去吧。"

彩凤给窦氏拉着向前,一边走一边喊着。走了一段没有应声,却听得路边草丛里有窸窸窣窣的声音,窦氏没有听得,让彩凤把伊的手臂一拉道:"妈听那边是什么在响?"

窦氏顺着彩凤的手指看去,只见树后的野草在那里摇动,窸窣之声,也是从那里发出来的。伊一个虎步跳到树边,把手里的虎头钩往那窸窣作响的地方拨去,却是两头小狐,睁着狡猾的目光,对伊们手中的兵器一瞬,便不待伊们的家伙发挥威力,很快地向树林深处逃去了。

窦氏向地下呸了一下,仍复站到小径上来,向彩凤笑道:"都是你,活见鬼,为这两个小东西,也值得你老娘费了这么大的劲。"说着不住掸裤腿上扎着的泥灰,彩凤也帮着把髻上兜着的树叶拈去。

又向前走,大约又行了百十步,前面横着一条山路,左右都通。二人却不知该往哪里走好,不由停步踌躇起来。彩凤看前面不过再行到百十步,路便已到了尽头,外面却是一个大原野,而于左右两面那条小路,却不知通到何处。刚好路旁有株大树,窦氏就对彩凤道:"我们不会上树顶去瞧瞧吗?"

彩凤道:"好,让我上树看看。"说道便轻轻地爬上树干的顶。伊向左边看了一会儿,低下头对伊的母亲说:"那条小路看去约莫有三五丈光景,路的尽头也就是小河的尽头,河的尽头有着人家,该是一个小村庄吧。"说罢,伊又旋转娇躯,向右边望去,嘴里喃喃地自语道:"这条山路曲折得很,两边树木又多，竟看不清楚通到哪里，哦，树林里有条岔路倒是通村外大路的。"

窦氏在下面也听不清楚，看伊扳着树枝，踮着脚尖尽在左右张望，便说道："姑娘你瞧见什么了？有没有瞧见翟小姐？"

彩凤弯下身体对伊母亲一摆手道："别嚷，那边大路上似乎有两个骑着马来了。"彩凤说了又抬头向林外张望，惊异地说道："这两个人的服饰，不像是我们的国人，腰里挂着刀，该是兵吧？"

伊在树上又张望了一会儿，忽地很快地跳下地来，拉着窦氏高兴地笑道："我瞧见翟小姐了，在那边树林里。那两个洋兵正走得起劲，像是要向这边来的样子。忽然树林里飞出了两支袖箭，那两个洋兵全倒了，两匹马溜了缰，也都跑了。我看那么准的箭法，已估定了是伊，我们快到那边去找伊吧。"

窦氏听了，估猜着也是翟绮云，便很欢喜地和彩凤跑去。这时二人都加紧了脚步，放高了声音，边跑边叫着绮云的名字。那边翟绮云结果了两个洋兵，看看后面没有再来，便想回去。正不知该走哪一条路通后村回曾家去，打算仍从大路绕到村前去，忽然隐约听得远远有妇女的喊声，仔细一听，正是叫着伊自己的名字。便站在枝上，分开树叶，向喊声的来处看去。却见一老一少，一前一后地在曲折的小径上边喊边跑，如果是普通的人，离得这么远是瞧不见听不清的。不过绮云是练过功夫的，视听都较诸常人敏锐些，一看就认出是彩凤跟伊的母亲。绮云见了当然十分欣悦，伊也不跳下树来，竟像麻雀儿般的，这棵树跳到那棵，分枝拂叶地迎着彩凤奔去，一忽儿伊在树上瞧见彩凤离伊约莫只有二三丈路了，便纵身向下，像落叶般飘到了地下，向彩凤奔去，嘴里也高声应着。不一会儿绮云的双手一家一个牵在窦氏母女的手中，一边谈着宵来二方的经过，一边向回家的路上踱着。

三人到家已经过了巳时时分，家里的人正在纷扰着，为了三人久不到家的缘故。尤其是曾家二老和毓麟格外着急，为着小麟闹着要妈妈,毓麟哄骗不住,不由急得接连着人去找。可是家人又不知彩凤母女是到哪里去的,盲人找瞎马又哪里找得到呢?毓麟抱着哭着闹着的小麟,到门外不住去张望,远远看见两个村妇,毓麟以为是彩凤来了,拍着小麟道:"妈来了,妈来了。"小麟顺着毓麟的手看去,眼泪模糊,更以为是他的妈和婆来了呢,便停止了哭,张着小手,搓着小脚,要毓麟走过去。可是毓麟走过去不多路,看清是认错了,小麟的小眼也认出了不是他的妈,不由把叫妈的声音又变成哇哇的哭声了。

毓麟正焦灼得不知所措的时候,那边彩凤等三人恰好来了,伊也远远听得了小麟的哭声,忙不迭三步并作两步,跳到了毓麟的面前。小麟一见了娘,顿时破涕为笑,毓麟把小麟递给伊抱了,不等他抱怨彩凤,窦氏、绮云也都到了,窦氏遂即滔滔地把伊们怎样找寻绮云的经过,讲给伊的女婿听。毓麟当着翟绮云,自然不能埋怨彩凤等去久了。因为伊们是去找绮云的呀,况且绮云的一夜不归是为了保卫曾家村,他又怎能说彩凤去找伊是不该的呢?毓麟遂对绮云道:"翟小姐辛苦了一夜,快去安息吧。"绮云倒并不急需休息,到了屋里,还拉着小麟玩了一会儿,才悄悄地进客房去睡。

那天晚上,曾家备了丰盛的筵席,款请闻天声、琴剑、绮云等,作为慰劳。村上接连几日还是小心戒备,防洋兵再来,一面又不停差人去探听京师消息。他们得到的消息,虽然十分令人扫兴,但洋兵倒始终没有来,大概他们不愿张扬这一次在曾家村吃亏的事,致失了战胜国的光辉,所以也不再兴师动众,来争这没有把握的胜利了。

玉琴等在曾家一连住了好几个月,李鹏先回京师,不时带些京中的消息来给他们。闻天声只要有酒喝,玉琴等不说走,他也想不起。玉琴本来是好动的,依伊早要走了,但因时局未定,曾家又再三留他们盘桓几时,就耽搁下来了。有时和梦熊等在院中练习武术,有时和彩凤一起逗着小麟玩笑,或是陪曾翁闲谈前朝遗事,或是叫几个村人引导,在田畴场角和乡农们聊天，倒也不觉寂寞。

眨眼又是两三个月过去了，篱菊绽黄，霜枫染彩，秋风已吹凉衫袖。绮云的去志更坚，曾家再三要留大家过了新年，等春暖时再走，可是绮云亟欲去探望姑母，决意先行。玉琴等因曾家诸人情意甚殷，他们这次下山，原没甚要事，当此时局未定，也许曾家村再要遭逢兵匪骚扰，留此暂观后果，兼可保护，便先让绮云独自登程。

曾家在绮云临行前夕，备了盛筵作为饯行，又备了许多礼物送伊。彩凤有玉琴、绮云等在一起，热闹惯了，陡然要少一个伴侣，心里不免觉得难受。并且伊想到玉琴也不会久留，这次去了一个还有一个，将来玉琴也和绮云一般走了呢？又只剩伊孤零零的一人了。虽然有多情的夫婿，玲珑可爱的宁馨，还有仁爱慈祥的老母在一起，可是灯下无事，做着漫无顾忌的雅谑，长日多闲，坦直地谈谈心事，兴到时扎束裙袄，到后院舞一会儿剑，要一会儿刀，把天上的飞鸟赌赛着伊们射技的精确，替餐桌上添陈一二样熏炙的异味，博得老人们几声欢誉，这些情致，在伊的夫婿，爱儿慈母那里是得不到的。彩凤想到这里，为绮云斟酒时，一双玉手，不禁微微颤动，晶莹的泪珠，便不停在眼睑里盘旋起来了。

绮云孑然一身，孤苦无依，和曾家诸人萍水相逢，本无瓜葛，他们待伊跟家人一般的亲热，尤其是彩凤待伊和手足相仿。想起那天彩凤到村后找伊，累得小麟大哭，家人发急的一幕，伊更是不胜感激。一旦离别，自也不免黯然欲涕。不过伊为亲情所牵，曾家纵好，非宜久居，轻重暗度，倒也宽解了些。至于玉琴，虽也富于情感，不过伊奔走天涯，行踪无定，来去自由，不像彩凤般有家室羁绊，伊和诸人别时容易，见也不难。和绮云在昆仑一别，不到期年，便已重逢。此番别后，伊和剑秋也要出行，说不定不消几时，伊们又有机缘在山东重晤了。所以虽也有些惜别，却又比彩凤好得多了。离别之宴，总不能使人高兴。闻天声便在这不高兴的场面中喝闷酒，很容易地醉倒了。天声一醉,大家也便散席。

第二天清早,绮云告别了曾翁夫妇和窦氏等,又和梦熊夫妻、天声、毓麟、剑秋等道了后会,便跨驴出发。玉琴彩凤一直送了十余里方才互道珍重而别。彩凤临别,殷殷嘱绮云到了峄县时通音讯。

玉琴却告诉伊自己此后的行踪,在曾家过了年后,便上岭南去访云三娘,如果有便,也许会到山东去的。绮云含泪点首,扬鞭径驰。彩凤玉琴直等到绮云的影子在朝霞里消失了,方才回辔。

绮云踏上征程,初时不免有孤寂之感,但一入鲁境,觉得不日可以投入姑母的怀里,得老人家的抚慰,自然地兴奋起来。幼时常听父亲告诉伊鲁省的胜迹,泰山的日观峰啦,济南的大明湖啦,曲阜的孔庙孔林啦,都是怎么的好玩有名,伊却一处都没去过。这时伊到了这名胜荟萃的省境里,天气又恰逢小春,虽入初冬,却是风日和丽,正好浏览,于是伊便打算一处处都去见识一下。因为到了峄县,姑母疼爱伊,必不肯让伊单独出外,那倒不知何时再有机会赏览了。不如在到峄县之前,先畅游一番。这么一盘算,伊便在济宁道上逗留了下来。登过了泰山顶,游过了大明湖,最后便去曲阜瞻仰圣迹。

离曲阜城三十里时,夕阳西下,天色渐暗。那时候正在昼短夜长,太阳一没西,一刻儿天就要黑了。反正当天是玩不成了,伊想不如趁早找个宿头吧。可是伊看看这里不过二十来户人家,是一个小小的村落,并没有客店,伊想这里是圣地,人民的风气淳朴,就向人家借宿一宵,谅不会再像那回在津城可遇的恶棍吧?伊就跳下驴背,走到尽头的一家,门前有着一个大敞院,周围栏着短栅,院里又有两株大树。地下是一片蒙茸的草地,虽然颜色已发了黄,做驴子的食料,可不成问题。并且别家门户都紧紧闭着,不见一个人影,只有这尽头的一家开了栅门,出来一个老年妇人,扶着栅门向着那边的大路望去,像是待着什么人。

绮云一见，省得去别家敲门打户，便牵了驴子到那老妇人身边来了。绮云很有礼地向那老妇人道了借宿的意思，那老妇人倒也是挺慈和的，便引伊进去，帮着把包袱卸下，驴便拴在大树枝上。那老妇人抚摸了一下驴背，笑着说："这驴子倒是很好的种，可是它很累了，姑娘怕跑了不少路吧？"

绮云道："正是呢，而且我每天都要赶不少路，我又性急，它确累了，因此我今天早些儿歇哩。姥姥你倒是很识驴的。"

那老妇人笑笑道："我们还靠着它吃饭哩，我眼里见得多了，好和坏一经我的眼，就分辨得出了。"二人说着已走到了屋前，绮云抬眼一看，一排三间茅屋，陈设虽然简陋，收拾得却是十分干净。绮云跟伊走进中间，只见向外供了一个神龛，前面摆着香炉、烛壶等物，炉里还有三支香熏着呢。屋中间摆了一只板桌，四周安了几张条凳，屋角放着几种农具，靠壁也有一只条桌，上面放着茶壶和碗盘等物。那老妇人拉开条凳请绮云坐了，就去条桌前拿了个茶杯，倒了一小半茶，洗拭了一下，然后又斟了满满一杯捧到绮云面前说道："姑娘跑得也很累了，请先歇歇喝杯茶，我要去烧些水来，给姑娘洗把脸。"

绮云很感激那老妇人的殷勤周到，看伊年纪大了，里里外外地为自己忙着，很觉过意不去，便自动随到灶下，帮着捡柴递火，一面便和伊闲谈起来。一锅水烧热了，绮云也知道了那老妇人姓曹，母家和婆家都是以赶驴为生的。伊丈夫在日，养着好几头健足的驴子，雇了下手，兜揽旅客，不幸于十年前亡故。伊只有一个儿子，那时年纪还小，伊又是女流，又因哀伤过甚，患了一场重病，家里的驴子，便让那些昧良心的驴夫都给偷跑了。伊丈夫的营业不能继续维持，幸亏她丈夫为人勤朴，置了这一所屋子，连这一片院子，还可种一些粮食菜蔬，并且也还有几个钱留下，母子二人也还可以过去。后来伊儿子长大了，仍做了他父亲的营业，不过为人忠厚，处处让人占便宜，自己总是认吃亏，所以只能养得一头驴子，也只好自己跟着奔跑。乡人都笑他是个呆子，因此大家都叫他曹大呆子。

他们叫溜了嘴,便把他的原名曹厚生忘了。一直到今,这一带百里左右,谁都知道有这么一个忠厚朴实的赶脚的叫曹大呆子的了。

绮云既知道伊姓曹,便赶着伊叫曹姥姥。曹姥姥把锅子里热水舀了一盆给绮云洗脸,又添了一些下去,煮沸了预备做饭。绮云洗过了脸,一人坐在堂前也很无聊,便又到厨下来和曹姥姥闲谈。伊看曹姥虽在烧火,可是心神似乎不属的样子。灶前坐着,一侧脸刚好对着门,而从这门里却又是一直望到院子外面的道上,那曹姥一边把柴往灶肚里送,两只老眼却只尽望着院外,出了神。饭熟了,还不知熄火,仍把柴送进,烧得旺旺的,映得脸都红了。绮云连忙告诉伊,不能再添柴呀,已经有一阵焦臭扑鼻了。绮云看那副望着院外出神的样子,不禁回想起刚才伊在栅门外望着什么的样子,便问伊道:"姥姥,你是在等候什么吗?我从初见你一直到现在,都觉得你是在盼望着什么呢。"

曹姥姥把眉头一皱道:"姑娘你真聪明,我是在盼望着儿子的归来呀。他在上月送一个客人到临城去,一个半月了,他说至迟一月可以回来,可是过了这些日子还没有来,不晓得路上会不会出了乱子。如今的世道,不比从前,出门是危险得很的。姑娘,你说我该不该担心?为了我这仅有的孩子。"

绮云听了,心想:我估量得真不错,从伊那两道充满焦灼和慈爱的目光中,就可以识出慈母在等待着儿子了。绮云随口宽慰了伊几句,叫伊不要担忧,也许另外接了生意,接着赶路,来不及回来了。曹姥姥听说,也只得这样譬解。

二人不一会儿便把饭菜弄好,曹姥姥把饭菜端在桌上,叫绮云先吃,伊又迈动小脚,站在院门口,向村外大道上张望去了。绮云劝伊不住,只得独自先吃,不过伊看着曹姥姥一种母爱的流露,使伊怀念起自己亡故的父母,不免有一种凄哀之感。吃了一点,也便搁下了。

这时天色已完全黑了,曹姥看不清道上的行人,便依着绮

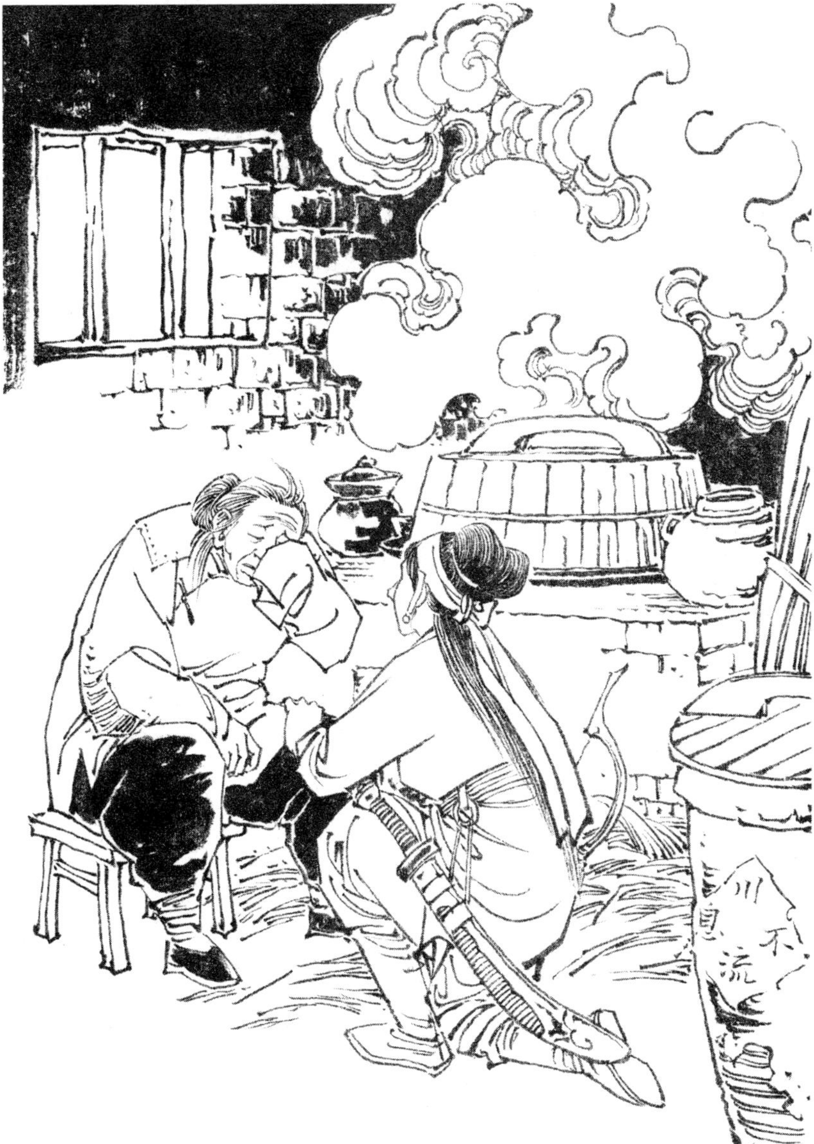
川流不息

云的劝说，关好了栅门回进屋子里。伊找个火种点上了灯，晚饭也只吃下得一点儿，当然是为了想念着儿子的缘故。

吃过晚饭，绮云相帮着伊洗碗刷锅，曹姥拾掇过了，便引绮云到上首的房里，告诉绮云道："贫家房屋湫溢，没有余屋，这是我的卧室，姑娘不嫌亵慢，将就着宿一宵吧。"

绮云看伊房里，箱柜桌椅都揩拭得干净，床榻也十分清洁。绮云就把自己的行李打开，把被褥铺在小榻上。曹姥帮伊铺时，摸着被褥都很薄，就到柜里拿了一床干净被出来，放在绮云榻上道："如今天气冷了，晚上寒气更重。姑娘盖这么单薄的被，怕受不住吧。我这被是才洗干净了装起来的，姑娘把来加在上面吧。"

其实绮云是不怕冷的，但因曹姥情意恳挚，伊心里十分感激，不忍过拂伊的意思，就谢过了，接来加在自己的被上。绮云跟着曹姥闲谈了一会儿，伊因连日赶路疲乏，又为了明天要去游览，便早早睡下了。蒙眬中似乎听得有人谈话，睁眼一看，房里已没有灯火，只是门缝里有一丝光透进来，因为灯被移到堂屋里去了。侧耳听了一会儿，谈话是两个人，一个是曹姥的声音，还有一个粗声侉气的是男子口音，只听他说道："……那位少爷正是一表人才，生得剑眉星眼，虎背熊腰，武艺又是那么高强。那把宝剑真是宝贝，使的时候，但见清光逼人，简直叫人眼都睁不开。心肠又是那么好，救了我还为我用了许多钱，要不是他，我不但这一趟生意白干，连命都得送掉。就是幸而不死，也回不了家乡，身边连一个小钱也没有存了。"

绮云听了便猜定那说话的准是曹姥的儿子曹大呆了。但不知他遭了什么不幸，让人救了。伊正在猜想时，又听曹姥念佛道："阿弥陀佛！那位少爷一定是菩萨转世，所以有那样仁慈的心肠，救了你也就连带救了我，便是我们曹家的祖先，也是感激他的。不知你问了他的姓名没有？待我立个长生牌位，放在神前，早晚一起敬香祷祝，但愿他百年长寿，福禄绵绵。"

绮云听了，虽不免暗笑伊的愚蠢迷信，但听了伊充满着真诚的语声，也为之感动。却又听得曹姥抱怨着伊的儿子道："你这孩子，真是大呆，人家救了你连姓名都不问了。"

绮云知道刚才没听见曹大呆子说的是"没有问过那少爷的姓名"，接着又听得曹姥说："你早些去睡吧，你的身体还没好全。"听着足声踢踏，向对房走去。从门隙里透进来的一丝微光，顿时也不见了。过了一会儿，房门呀的一声，灯光便摇晃着进来，曹姥以为绮云熟睡着，脚步特地走得轻轻的，向自己床前走去。

绮云在枕上仰起头来问道："姥姥，是什么时候了？怎么还不睡？在外面同你讲话的是你的……"

曹姥听绮云问话，知伊醒着，便回身走向榻前来了，不等绮云的话说完，伊放下灯台便插嘴道："是我的儿子，我们的大呆子回来了。"曹姥把脸对着绮云，挂着一脸笑意。

绮云道："路上出了什么事吗？"

那曹姥竟是毫无倦意，拖了一张小凳，在绮云榻头坐下，对着伊滔滔不绝地演说道："我们大呆子送一个客人上临城去，不是我先前告诉过你来吗？那客人到了临城，却不给钱，说是耽搁三天仍要回来，到时一起总算。他把我家大呆子安顿在下处，倒确是好吃好住的，过了三天，他同了另外一个叫什么黑太岁的到大呆子的下处。告诉大呆子说他自己有要事，一时不得就走，怕误了大呆子的生意所以另外介绍一个客人给他。那客人正是上这边来做买卖的，所有他应付的费用，也由这位黑太岁付。等送到了终点时，我家的大呆子因为三日来住得吃得都很舒服，又不用他花钱，那客人都认了去。他说三日后要回来，自己不能成行，却替他荐了一个主客不使他的生意流空。他呆子的心眼儿里，就认定他是个天字第一号的好人。看那黑太岁衣服丽都，囊橐充裕，谅来必靠得住的，就毫不迟疑地应承了。"

绮云插嘴道："想必这黑太岁不是好人吧？否则你儿子不会需要人家搭救的。"

曹姥道："可不是吗？就连那头先的客人也不是好东西哩。"绮云道："他们怎样给你的儿子吃了亏呢？"

曹姥道："那黑太岁骑了我们的驴子，赶了十几站路，突然向我们大呆子说：'明天我到附近乡下找一个朋友，他养着两头好驴子，我要问他借一骑来赶路。你的驴子跑得太慢，我不要了。'我家大呆子想他另有好驴可借，当然不能强他雇用自己，就请他把账算清。姑娘，你道那黑太岁怎么说？"

绮云微笑答道："他怎么说我虽不能确知，但我先前就估量他是个歹人，决定不肯认账。姥姥没说，我猜得可对？而且赖了账不算还要伤害你儿子的性命呢。"

曹姥姥不禁把两手向膝头乱拍，表示称赞绮云的聪明。伊说道："姑娘真是水晶心肝，给你一猜就是一个着，谁说不是这样呢？他见大呆子要向他算账，我家大呆子一听话头不对，未免着急起来，白赶了许多日子，一个子儿都没到手，如何不要与他争辩？声明自己没有拿到一文钱，同时把腰里的搭膊解下，打开来给他看，不过几串零钱。可是那天杀的黑太岁咬定了已经由那朋友代给了钱，不但不承认，还把大呆子的钱抓起来，往他的头脸上摔来。大呆子不由发起呆性来，他原也略懂得一些拳棒，便和那黑太岁扭打起来。谁知那黑太岁很有本领，大呆子一下子就吃那厮打倒在地，还拔出腰刀，向我那孩子的肚腹戳去。幸亏他眼快，连忙把身体往旁边一滚，臀部吃了他一刀。那个天杀的黑太岁，还踢了他几脚，骑着我们的驴子走了。"

绮云看伊讲到后来，脸色紧张，两眼湿润，显然是想到伊儿子吃人打坏时的难受，绮云问道："他既是骑驴逸去，那侠少年又怎会和他厮杀而救了你的儿子呢？"

曹姥道："我那孩子虽是受伤，神志却很清楚。他见黑太岁骑去驴子，那比要了他的性命更厉害，便顾不得伤痛大喊起来，一面在地上爬行着。这时路那边也有二三远骑在驰来。那黑太岁见他大喊，深恐惊动了人，不由大恨，便奔过来，拔刀便刺。那时候蓦然有一声很亮的吆喝,黑太岁一惊,抬头四望。吆喝声住,一匹泼风也似的好马已到了身前,马上就是那位侠义的少爷。他说:'光天化日之下,怎可随便杀人?听他呼喊,你竟是抢了他的驴子,还要来伤他性命,心肠未免太毒。'黑太岁看那少爷说话时态度很和善,以为懦弱可欺,瞪着眼厉声回他,叫他只管走路,少管闲事。若不知趣走开,可别怪他的刀子不讲交情。竟当着他的面,还要杀我们的孩子。那位少爷这时也就怒不可遏,从腰间拔出宝剑,就去挑他的刀。那黑太岁暴跳如雷,撇下大呆子,和他厮杀起来。"

绮云问伊道:"那黑太岁自然不是那少爷的对手了,否则你儿子不会护救回来的,是吗?"

曹姥一脸紧张的神色,这时已松了下来,用衣袖拭抹一下嘴唇微笑道:"当然是啦,那少爷的剑使来出神入化,非常奥妙。我家大呆说,只是一团青光,哪里还看得清人影?那黑太岁虽狠,怎敌得过那少爷?结果受伤而逃。据大呆子说,那少爷是存心不伤他命的,要不然,以他那神妙的剑法,十个百个黑太岁也不会有命。后来那位少爷问明了这事的始末,便从怀里拿了一包刀伤药出来,给大呆子敷上,另外又给了一包内服的伤药和一些碎银,把大呆子送到他先前歇的旅店里,预给了三天的房饭资,就匆匆走了。我们那大呆子却感激昏了,连姓名都忘记了问。他吃了伤药,在店里往了几天伤势渐愈,知道我挂念,就连夜赶回来了。"

绮云听伊说着只见一团青光,哪里还见人影,伊的记忆里似乎有些熟悉,正待思索时,却让曹姥的话岔了开去。因为伊神思昏倦,便撇开懒得去追思。便是曹姥后来的话,也没有听清,竟是迷迷蒙蒙地睡熟了。

曹姥儿见伊不开口,眼皮已是合上了,不禁也打了几个哈欠,熄了灯回身去睡了。不一会儿,远处的鸡声已起,纸窗上已微微蒙上一层白光了。这时绮云醒来,听着鸡声四起,睁眼一看,满屋子为太阳照得雪亮,伊在床上伸了一个懒腰,自喜道:"今天天气真好,大清早就是一屋的太阳。"

刚好曹姥进房来看伊,听得了笑道:"我的姑娘,午饭已熟了,还大清早哩。"

绮云也惊异地笑道:"啊?已响午了?怎么我竟睡得这么着?姥姥昨夜睡了没有?你后来讲些什么我已记不清了。"

伊说着已把衣服穿好。曹姥把脸水端进来,伊梳洗完毕,就跟曹姥到外间来。就见一个躯干魁伟的短衣男子,在院里抚弄着两头驴子,听姥姥喊了一声"大呆子吃饭了,快来搬菜",便应着回身跑来。

绮云看他黑苍苍的方脸,浓眉大眼,确是一脸的忠厚相。母子二人在厨下搬出了热腾腾的一大盘馍馍,一海碗牛肉汤,还有一盘煎鸡蛋,只有两个,是专为绮云备的。大呆子又拿了两个小碟子,盛生蒜和辣椒,另外舀了一碗汤,密密地漂着蒜葱,拿馍馍蘸着辣椒在旁边去吃了。

绮云吃完,擦过了脸,只见曹姥姥说道:"姑娘要游孔庙孔林,我家大呆子闲着,给姑娘当个向导吧。回来晚了,路上也有个伴儿。今天时间已迟,去了回来不会早了。"

绮云昨晚原只打算在这里耽搁一宵,今天一早出门,瞻仰过了胜迹,便预备赶奔峄县。如今时候不早,看来不及赶路,便想仍回来宿也好,绮云便点点头。伊不过尚怕曹大呆子身体不好,大呆子道:"没事了,那少爷的伤药十分灵效,吃了便好得多了。昨晚回家,很安稳地睡了一大觉,今天什么都不觉得了。"又对绮云道:"姑娘那头驴子跑了长程,累得很了,今天还让它歇息着,就骑了我们的牲口去吧,我们的一头已歇了多天,足健得很呢。"

绮云很感谢他家母子俩一般地好心待伊,就揣了一些零钱,换了一件衣服,骑了曹家的牲口,就到曲阜城里。孔庙建在孔子的故里阙里,本是孔子旧宅,庙的建筑非常壮丽,庙内正殿叫大成殿,在殿前筑有杏坛,坛是孔子讲学的地方。坛前有两株大银杏树,高大参天,据说是孔子手植的。绮云在坛的四周绕行了一回，便入正殿瞻视了一番。祭祀用的礼服以及古乐器和祭器等，绮云确是未曾经见，看着很感趣味。至于陈列的碑帖经书，伊看着有许多是不懂的，芳心中未免以为这些东西总不及弓箭剑戟来得有意味。

伊在庙前后溜达了一会儿，便出来找着大呆子，跨上驴子，又往城外孔林去。孔林在县城外北面二里余，是孔子的坟墓所在。周围筑着墙垣，面积有二十余里。绮云在驴背远远望去，墙内古木参天，而且常绿树居多，虽在初冬，还是枝叶葱茏，亭亭如盖。这时斜阳欲坠，故作殷红，半天霞彩，耀映树巅，闪闪作金光，更觉可爱。不过这里比城内冷落得多，大约因季节和时候关系，来游孔林的却没有瞻仰孔庙的多。这时候便是几个寥落的游人，也都倦游赋归。和天际的乌鸦采着同一的方针，有去无来，来的只有伊一个。

绮云因为爱那逗留在树巅的霞辉，而且伊以为远着比较更可观，因此伊叫曹大呆子在林前这边等着，自己加上一鞭，纵骑循着围墙绕行一周。绮云身上穿着薄棉，虽然晚风渐渐带些峭厉，因伊在斜阳的余晖里跑了一阵儿，似乎微觉一阵烦热，便让坐骑放缓了脚步。

可是身后却有一阵急促的蹄声在跟踪而来，不由回头一看，一个穿得非常华丽的男子，骑了一头花驴，在后驰来。见伊回头，便咧开嘴对伊一笑，透着满脸邪意。绮云连忙别转头去，记起刚才在大成殿前，在石阶上一绊，歪在伊身上的那个小子。伊顿时明白他先前的一绊和现在蹑踪而来的本意，芳心十分愤怒，不过自己亟欲在探姑母，不欲在此生事，以免羁绊。便重重地把驴子抽了一鞭，向前疾驰。而留心一听，后面的蹄声并没有止，心里冷笑一声，暗骂他讨死。

到了和曹大呆子约定的所在，却不见大呆子站着，心里正在诧异，忽听墙那面有人喊道："姑娘，我在这里呢。"

绮云见他从墙那面跑过来，身后跟着一个英武俊爽的少年，手里牵了一匹青骢马，枣红的长袍，天青色的嵌肩，帽上缀了一方块洁白无瑕的玉,腰里还悬了三尺长的龙泉。心里暗忖这人好生面熟,却记不起哪里见过一面的。心里翻着咕嘟,一双俏目不期然地尽逗留在那少年的脸上了。那个少年两粒英敏眼珠,也正为了似曾相识而不停地在伊的面庞上盘旋。绮云的冥索却给曹大呆子打断,他告诉伊道:"这位就是救我性命、打败黑太岁的少爷。"绮云这时也已跳下坐骑,听曹大呆子一说,便又想起了只见青光一团,看不清人影的赞词,便挂着笑向他看了一眼。

那位少年听曹大呆子在给他介绍,便含笑上前相见,并道出他心中的疑点,向绮云请教芳名。绮云也正要告诉他自己也似乎见过他时,忽听后面传来一声冷笑道:"嘿,赶驴的竟兼营拉马,怪道见了我是那么冷冷的,原来早约了个小白脸在这里幽会呢。却也不是好货,在我面前充什么贞女的架子?"接着又是连声冷笑。

站在墙边的三人,听了都由脸色陡变,曹大呆子回头忙摇手道:"韩二爷快别胡说,这二位都是世上第一等好人呢。"

那所谓韩二爷的,斜乜着眼睛,透着一脸鄙夷的神情,仍是掀开了嘴冷笑道:"好人?你替他们拉拢,他们自然有好处给你。你是个呆子,让人利用了还没知道呢。你若肯替我二爷拉马时,我给你的好处一定比他们更使你满意。不过现在迟了,这种无耻的贱女人,白给我我也不要了,哈哈。"

他冷笑着背转身来待走,可是绮云却气白了脸,再也捺不住伊的怒火,一个箭步跳到了韩二爷的身后,飞起一足,对准驴子的粪门这一挑,那驴子痛得直叫,把屁股一掀,放步乱跑。那个满身华服的韩二爷便让驴子掀翻在地。为了那一股劲太大,跌下的地方又是斜坡,骨碌碌一直滚到斜坡的泥糟里。因为坡面的不平,所谓韩二爷者头脸磕破了好几处,再染上了泥沙,脸上青紫红黑,像是画家调色的画缸,满身泥汗,衣服也扯破了几处。当他自泥糟里爬起来时,简直像个活鬼。

忠厚的曹大呆子看见韩二爷跌翻了,虽然痛快,但为绮云捏一把汗,趁他没有站起来时,扯扯绮云低声道:"我们快走吧,这家伙也有几手呢。我们虽有这位爷在不怕他,可是强龙不敌地头蛇。这厮仗着县太爷是他的表兄,平日在县里横行不法,鱼肉良民惯了的。这回吃了亏怎肯罢休?况且你又是个姑娘,往日里不知有多少娘儿们死在他的手里了。"

绮云听得这个人如此作恶多端,更不肯走。伊不是为泄个人的私愤,却要为受过他荼毒的人们复仇。可是伊不能累及大呆子,因此连连叫大呆子走开。

在伊向大呆子解释未完时,那个活鬼样的韩二爷已经带着一团怒火冲到绮云面前,粗恶的口语跟着拳头,一齐向伊的耳门上袭来。绮云眼快,见他的拳头袭来,便向旁边一偏,让过了一拳。姓韩的见一拳不着,格外急躁,双拳向前齐张,用足了劲,像饿虎扑羊般直向绮云的肩颈抓来。曹大呆子畏韩二爷的势力,不敢上前劝解。心里不由为伊卜卜地直跳,不由用眼去看那位救过伊的少年,希望他相助一下。谁知那位少年却很冷静地在旁看着,因为他一看绮云的让避动作,便知是个内家,便把那按着剑的手又放了下来。同时他的脑幕里,重复映演起春间相助路遇盗劫为驴夫拐走行李的少女,不禁恍然初见时觉得面熟的缘故。他想以伊的身子应付这个花花公子,是绰绰有余,不足担忧。

果然绮云见他扑来,把身体向上一腾,随即反过身来,使了个倒竖蜻蜓式,双手在姓韩的颈后,用力一搋。那姓韩的正因用劲太猛扑了空,一时站不住,再让伊在后顺势那么一击,顿时跌了一个狗吃屎。刚巧那地方有一个石笋,和他的脸部相碰,石笋嵌进脑壳闷住了,连啊呀都没喊出,只见手足乱动了一会儿,便气绝了。

大呆子见绮云打死了韩二爷,虽然畅快,可是怕也怕到了极点,连连搓手,叫绮云趁没人看见时,赶快逃走。至于那个少年,除了痛快之外,还透着一脸钦佩之色。

绮云打死了他,余怒还是未消,更不知道什么叫怕。见大呆子催伊走，伊便折了一根树枝，蘸了血在尸泥地上画了几行字道："此人以侮辱女性，过路女子翟绮云击死，地方官不得株累无辜。"

那少年一看伊的名字，心想他的朋友小豹子卫长春好像告诉过他，有个表妹叫翟绮云，是名镖师翟宏道的女儿，不知是否就是伊，要想问时，见伊已被曹大呆子逼着骑上驴子。曹大呆子又过来对他道："少爷救了小子的性命，我家的老娘十分感激，现在就请和这位姑娘一同到草舍，一来可以让我娘拜谢救命之恩，二则也帮这姑娘计议计议怎么避祸。"

他因为要打破胸中的疑团，就答应和他同去。幸得那时已没游人，竟无人知觉。夕阳已经躲入了山后，暮霭笼罩了大地，日短的时候，天色说黑就黑。那侠少年见曹大呆子赶在驴后跑，未免太累，就叫他也上自己的马背，便和绮云各加上一鞭，一前一后，直向曹大呆子的家驰去。不消两个时辰，三人都站在曹姥的面前。那一驴一马跑得直是喘气。

曹大呆子一到就告诉他娘，这位少年就是救他性命的，他的姓氏也已问得，是叫穆祥麟，人家都称他小侠，很有名气。曹姥听说儿子的恩人，便想跪下叩头。穆祥麟连忙推住，曹姥只得弯腰福了几福。曹大呆子去照料马和驴子，伊让穆祥麟和翟绮云进屋，剔亮了灯，献上了茶。晚饭烧好已久，这时都已冷了，曹姥便叫儿子到灶下帮着烧火，把饭菜重行煮热。

绮云和祥麟坐在中间屋里，二人较前已稍熟。祥麟便向伊问起和小豹子卫长春是否亲戚。绮云笑讶道："原来穆先生还和我表兄相熟，此番我正是要投奔峄县姑母家去，沿路想游览一番名胜，谁知却弄出这等扫兴事来。"

祥麟听说伊是卫长春的表妹，在关系上似乎又接近了些，便又问伊道："姑娘是不是常出门的？好像今年春天在豫边见过姑娘。"

绮云一听顿时恍然大悟，怪道一见时便觉面熟，就是救过自己的那个少年，芳心不免暗暗钦佩。他的侠义行径，到处助人而又不留名姓。而且他的剑法，自己亲眼见过，确是精湛无比，无怪到了曹大呆子的口里，格外说得神奇了。当时听曹大呆子讲述给他母亲听时，原觉有些奇怪，好像伊也遇见过，谁知竟是他一个人。绮云这样忖着，很自然地看了穆祥麟一眼，瓠犀微露，嫣然地笑了一笑，对他一点头道："正是的，穆先生剑法精妙，行为侠义，那时一见，便不胜敬服，只是匆促未曾请教尊名。后来我还告诉荒江女侠，伊也以为这很可惜哩。不知先生那时有什么要事，竟像十分匆忙。"

穆祥麟听伊提到荒江女侠，竟不答伊的问话，反问道："姑娘难道也和荒江女侠相识吗？听说伊和师兄岳剑秋结了婚，一直住在昆仑。听姑娘当时说往天津探亲，怎么又能和女侠见面？难道伊又下山了吗？"

绮云讶异道："穆先生也认识吗？"伊见祥麟点点头，不禁欢喜道："哦，你们是该相识的，你们的剑法都一般的精奥神妙，便是所有的剑也都是一般的锐利名贵，听说女侠的剑叫真刚，剑秋的剑叫惊鲵，都不是常品，看来先生的剑也一定是十分高贵的吧？"

祥麟听说，微笑着就把宝剑解下，递给伊看道："这叫安澜宝剑，虽抵不上女侠和剑秋的，但也削铁如泥，非寻常兵器可及。"

绮云知道他是谦辞，把宝剑抽出，寒光炫目，不可逼视，正和玉琴的相仿。伊把玩了一会儿，还给他时，他还把从前因误会而在萧老英雄家里和荒江女侠比剑的事很详细地说了。绮云遂也把天津投亲不遇，遭姑母家仇人陷害、李鹏相救，往曾家庄适逢拳匪攻庄，巧遇女侠等来解围，在曾家叙首，又大破拳匪，计退洋兵等事，讲与穆祥麟听。

穆祥麟笑道："姑娘在津帮着人家破匪退敌，令表兄有事，却要另请外人帮助，歼仇盗宝，我都有份，天下的事情往往都是这样的。"

绮云不懂歼仇盗宝是怎么一回事，待问时，曹姥和伊的儿子端了菜饭进来。绮云看时，除了白天所有的，另外添了一大盘炒鸡子和一盆堆得高高的烙饼。曹大呆子骑了驴去市上打来的一角酒和一碗咸猪腿，这都是为了穆祥麟添的。

曹姥在厨下早已由伊的儿子把白天在孔林翟绮云打死韩二爷的事告诉了伊，不禁为绮云担忧，吃饭时伊看绮云倒是有说有笑，坦然自若，并没有什么心事。再看穆祥麟也是一片很高兴的样子，好像白天不曾发生过什么事一般。反是曹家母子二人，虽然殷勤地劝酒劝菜，心里都是忐忑不定，偶然门外有了野犬的吠声，曹大呆子手中的筷儿也险些落下。绮云看着，知道曹大呆子忠厚胆小，便打定主意，明日早行，不要累他母子不安。

吃过晚饭，绮云不免又问起表兄的事，祥麟上次救了她匆匆而去，是否和表兄的事有关。穆祥麟笑着点了点头，便讲述他帮着卫长春怎样歼仇盗宝。

原来卫家祖上有件宝物，是一尊金铸的卧佛，屈肱跷足，袒胸露腹，大约有一尺来长。伸直的一足，有一个足趾是活络的，腹内有无数细针，只要把活络的足趾一扭，里面装的机关就把细针从腹脐孔内射出。卧佛身下有一木座子，能自行转动，可任凭己意转射。最奇怪的是两颗眼珠是一种变色宝石镶嵌成的，如果来人暗怀不利于主人的念头，那卧佛的眼睛便会张开，而且发出可怖的红光。主人只要一见卧佛的眼睛变色，便能辨别来人是友是仇，预定应付的办法。可是到了长春的祖父手里，让一个手下的伙计偷了献给卫家的仇人。长春的祖父去索取，反让仇人伤了他一只眼睛，回家气愤成病，临死再三嘱咐儿孙，务要将宝物索回，并报这一回的仇恨。谁知他的仇人因故出关，等卫家丧事办完，报仇的对象已经失踪了许多年来，多事探听，在去年年底方才从一个关外来的熟人说起那一个仇人早已亡故，这一尊卧佛也不知落在什么人手中去了。不过这东西已不复在关外了。

卫长春搬回峄县后，他有个好友在徐州叫张立功的，便常来峄县游玩。谈起芒碣山中有个猎户，绰号叫巨灵神，犷悍蛮横，把原有的猎户齐给赶走。有人说他不但猎兽且也猎人，行径是不大光明的。家中有一尊金的卧佛，安有机关，可以伤人，想必来历也未见光明。

长春听他谈起卧佛，不由心里一动，便托那朋友去探听这巨灵神的真实名姓，以及出身武艺等。那张立功受了好友之托，如何不经心？过了一月，他打听到的全来告诉卫长春。长春一听姓谭，心里一喜，为着访寻的仇家竟然有了着落。不过一听那人身高八尺有余，躯干魁伟，简直有他两个身体般大。武艺也非常了得，使的是一柄燕尾钢叉，倒有百斤重。还养着一头恶犬和一只巨鹰，都受过他的训练，不啻是他的助手，一样地能和人决斗。一般猎户的被赶走，富户们的被害，差不多全是这两个帮手替他做的。

长春自忖单独绝不能抵得住他，把宝佛拿回来绝不是一件易事，势需找两个帮手。他的好友张立功可以为他做向导，但是他的能耐平常。他又一想，想起了他父亲有个表侄，住在陈留，比他自己胜过十倍，并且身材也很高大，便修书遣急足送往，请来相助。谁知那人正患疟疾，不能远行。他和穆祥麟很投机，便请穆祥麟代他一行。

他有一个把兄，是调鹰能手，无论怎么猛狠的鹰鹞到他的手里，自会帖然驯服。他家里正养着几只金眼铁爪的鹰儿，也可将去制伏巨灵神所豢的鹰。他叫祥麟兄去约了他然后同行赴峄县。祥麟上次救了绮云，说有要事，就是要去找这个人。谁知他还是去迟了一天，那人却在早一天出门访友去了。而且也没留下地名在家。祥麟以为没有此人未必有碍，就单骑直奔峄县。而卫长春真的盼望得眼都酸了。

长春自修书去后，在家早晚勤加练习，对腾踔跳跃的功夫，格外练得努力，就为准备对付那鹰犬的。好容易盼到了助手，当即收拾兵器，向徐州出发。

先到徐立功家中。徐立功当即告诉长春道："我向人探听那厮的近况,似乎那厮对于我们的举动有所觉察,前十天据说他又迁居到山的深处去了。好在他有鹰犬作伴,不怕寂寞的。说不定还设了什么陷阱机关呢。"

穆祥麟接嘴道:"那厮搬家不过十日,他又没人帮忙,独自个儿也不及布置得怎样周密的,要干趁早,今晚就下手。日子长了,使他从容布置,虽不惧他,总多麻烦,你们二位看是怎样?"

卫长春的主张,当夜先去探望一下,然后再定。这事是长春的主干,这话也原不错,二人当无异议。徐立功当晚备了些酒菜,三人因有事不敢多饮,饱餐一顿,各换上了夜行衣,带了随身兵器。穆祥麟不用说是带着安澜宝剑,卫长春是惯使一根三尺长的竹节软鞭,不用时向腰里一缠。立功使的是一把牛耳泼风刀,也把来插在背上。

初夏的晚风,吹在行路人的身上,却是异常舒适。那夜月色很佳,照耀得大地如水,柳丝在道旁轻拂着行人的首,万籁俱寂。三人的脚步虽轻,在这寂静的旷野居然也踢踏有声。如银的大道上,映着三条壮健的人影。皎洁的圆月,又多情地做着他们的护卫,在万里无云的净空中,追随着他们。此境此景,如果在一个闲人逸士看来,真是够美妙、够悠闲的了。惜乎三人都怀着一颗紧张的心,谁也不曾注意到当时的景色。

三人的功夫,当然是祥麟第一,卫长春努力追赶,也还不至落后过长。那个徐立功却是显得十分不行,起初还勉强跟随着卫长春,后来逐渐由数尺落后至一二丈。走了一个时辰,竟落后到三四丈了。祥麟和长春只得在凉亭里等他,心里都后悔着这一次该不要他同来。等了一会儿,立功赶到,却已累得面红气喘了,长春索性叫他坐一会儿再走。这一回祥麟和长春只得故意放慢脚步,到得芒碣山下,已近四鼓。

芒碣有两个山头,相去八里,汉刘邦微时,曾居在这芒碣山下。至于斩蛇之说,却是一种宣传作用,不能使人十分深信。远远从月下望去,二山遥峙,山势雄伟,峪壑幽邃,自是龙盘虎踞之地。这时天色反趋黯黑，月已西落，这正是在黎明将来时的前奏。三人攀登到了山头，纵目四眺，只见一片乌黑，丝毫找不出有人家的所在。他们既听说巨灵神是住在山之深处，他们只索向山之深处去搜寻。

约莫也费了半个时辰，祥麟走到了一片绝壁上，俯首下望，窈不见底。再仔细看时，壁下十余尺，有一株横生的古松，枝干盘曲如龙，他就轻轻地向那最粗大的枝干上一跳，拨开枝叶，向下一望，他简直想欢呼起来。原来他们探索了许久的人迹，却在这山沟里呢。他运用夜眼，向离树身十余丈深处看去。在石壁的罅隙中，透出了细小的灯光。他要回身去告诉长春和立功，一纵身又复登上了绝壁。谁知他这一跳因为心里高兴的缘故，比先不觉大意了些，树身起了微小的震颤，竟惊动了栖在树梢、职司守望的老鹰。一声凄厉的尖啸，余音回荡，使这寂静的山中顿时蒙上一层恐怖的暗雾。山沟中起了巨獒的响应，连站在绝巅的人也听得哄哄的余韵。

祥麟知道已惊动了敌人，急忙打一声呼哨，照应两个同伴从速戒备，一面把那青光炫目的宝剑执在手里。果然那凶猛的铁爪鹰已迅疾地向他进袭。黎明的曙光已在东方的天际透出一线，夜神的黑幕还在踌躇地只收起狭狭的边际。在普通人看来，山冈树影还只是模糊一片，但是却纤微不能逃过祥麟的眼帘。他很清楚地看那巨大的黑鹰两眼放着金光，伸着尖利的铁爪向他头上抓来。

好个祥麟，不慌不忙，先把身子一蹲，让它抓了个空，随即把剑向自己头盖骨上一横，顺势向上一纵，手一斜，一道青光直向黑鹰的两爪上掠去。受过了训练的黑鹰，它似乎也辨得出这剑的厉害，急忙缩回两爪，扑扑翅膀去袭击站在后面作旁观的徐立功。

还是卫长春眼快，喊道："立功，鹰来了。"立功连忙架起手中兵器，挡住了巨鹰的两爪。狡猾的巨鹰似乎看准了这个技艺较低的人。一会儿利爪，一会儿尖喙，一会儿又用刀一般的坚硬的翅膀不停地向他进击，使得立功对它小心翼翼，不敢有一丝疏忽。

祥麟长春都想来助他，但一头猖猖狂吠的恶犬和那个身材高大的巨灵神，都已从后面攀登到了绝巅。那巨灵神的钢叉上，装了几个环儿，一路摆弄着作着当啷当啷的声响。卫长春一见巨灵神，正是仇人相见，分外眼明，不由从心底里冒起一股怒火。一挥手中钢鞭，直扑前去。他使的是软鞭，动时寒光颤旋，呼呼作风雨声，对方非有大功夫的，往往不能久支，被他的鞭光炫耀得目眩头晕。巨灵神一见自是不敢怠慢，舞动钢叉，也使出浑身解数，鞭叉交挥，各出死命。一个像生龙，一个像活虎，鞭光叉声，竟像是千军万马在雷电交作，狂风骤雨之下，挥旗追逐，金铁齐鸣。崖边的木叶被振得飒飒不停，连山谷也起了动摇。

只有祥麟英雄无用武之地，他见恶犬在长春扑向它主人去时竟蹿向长春背后去夹击，便挥剑去刺恶犬。那头恶犬灵敏不亚于那只黑鹰，一听身后的兵器声，很敏捷地回转身来，噬那袭击它的人。凭它恶犬再狠些也怎能敌得过祥麟呢？祥麟故意做个懈怠的姿势，让那恶犬张开大嘴，直奔他的胸前。等它到得面前，却一旋身，执剑的手从背后抽出，很快地反手一剑，直戮进恶犬的嘴里。只轻轻地一搅，那恶犬的舌头牙床全跟着鲜红的血一起喷了出来。一声惨嗥，在地上滚了几滚便完了。

那只黑鹰和它的主人一般地在心上起了疼痛的惊颤，各对敌方加紧攻击以泄愤恨。祥麟杀死了恶犬，正要去助长春时，忽然一声惊呼发自徐立功的口里。他急忙跳过去时，立功已被逼跌下壁去。那黑鹰高兴地扑着两翅，伸出了尖利的钩形的坚喙，正要向下掠取仇人的心肝。但祥麟的剑尖，偏在这毫忽之间，触上了它的翅膀，使它不得不回身来和这杀他同伴的仇人周旋。祥麟虽然善于腾挪，可总不能像黑鹰一般地飞翔，自己纵不曾吃亏，但也占不着那狡猾东西的便宜。他心想：在这峭崖绝壁之上，总不是决斗的好地方。上下兼顾，未免太吃力，战累了难免蹈立功的覆辙。当然他又惦着立功不知跌到哪里，如果滚下山去，那是必为齑粉无疑了。他这样想着，亟欲制伏了那黑鹰，以便一探立功的下落。他觑着脚边有一块巨石，故意在石上一绊，身体便斜扑到地上。黑鹰觉得这是最好的机会，如何肯放过？便像箭一般地飞下，直啄祥麟扶在石上的手背。哪里知道祥麟比它更狡猾，已悄悄地把剑握住覆在右掌下的左手里。鹰嘴离他的手背不过二三分吧，他的右手突然移开了，左手里的剑向上一竖，进了黑鹰胸膛。祥麟的身体灵活地跟着手臂向上一纵，觉得剑柄一震，满心以为那头狡猾的巨鹰，该像孩子把粽子扦在筷头上一般地前后贯穿。谁知那机警的东西却连忙把身体一侧，只削去了小半个翅膀，连带着胸口受的浅创，一路滴着鲜血飞去了。当然祥麟没法去追踪它，却先要探索立功。

这时朝曦初升，东方的云彩让那海天深处吐出来的半轮红日烘染得璨璀夺目。山石上斑斑点点的血迹，也格外映得殷红可怖。而长春跟巨灵神的争斗还是那么剧烈、紧张，丝毫不现松懈地继续着。鞭影叉光，在初升的旭日下，比在黑暗中尤其耀眼。

祥麟看长春精神抖擞，那巨灵神却是面目狰狞，胆小的人看了准会吓掉了魂，他这时也无暇研究，且一个箭步跳到先前立功坠下的所在。还好，半山里倒生着无数荆棘，把他的身子网住了，不曾掉下去。只是一条腿折了筋，手脸又让荆棘刺破了多处，再加战累了的精力，在那摇摇不定的树枝上，又无从用劲，所以挣扎了好半天，还是半跪半躺着，抓着刺人的枝条，随着山风在半山摇荡着。

祥麟一看，知道他自己绝没法上来了。要拉他一把吧，苦于手臂不够长。下去扶他吧，看看除了摇曳摆动的荆棘，却别无可以承足的地方。后来把腰带解下，一试还是嫌短。幸亏山上多的是千年老松，他就把缠着松枝的藤萝拣粗干的割了下来，接在腰带上，向立功身上一抛，立功把来系在腰间，总算让祥麟拉了上来。可是他满身创伤，再也不能行动。好在这时巨灵神的两个凶恶的助手，死的死了，伤的伤了，就让立功在一旁歇息，不怕受外物的伤害了。他既安置好了立功，想帮长春来解决那尊狰狞可怖的巨灵神。

他看长春也显然有些支不住那越来越紧的钢叉，突然半山下起了一声尖锐的惨叫，那声音激起了巨灵神的怒火。只见他把银杏似的两颗门牙使劲地咬着下唇，一叉直刺长春的脑门，长春连忙把手中的鞭向上一抬，想架开去。谁知那巨灵神却突又收回钢叉，在长春眼前一晃，长春使足了的一股劲脱了空，加以久战力乏，让这叉光在眼前一耀，不知怎样心里顿觉一慌，一阵眩晕，竟不及招架直刺他胸膛的钢叉。一条人影，就在当啷一声下倒了下去。

曹氏母子和绮云听祥麟讲到这一段时，都不禁同声喊着啊呀。绮云固然是为了亲谊所关，便是曹氏母子，本着人类的同情，他们似乎总希望长春得到胜利，听说他为巨灵神的钢叉刺倒在地，都变了颜色。

祥麟见了，微笑摇手道："莫慌，莫慌，救星在旁边呢。"他喝了一口茶，继续述说那件故事。

原来长春的倒下，不是给巨灵神的钢叉刺倒，却是让祥麟把他用力一拉，倒在地下。祥麟的宝剑，才得挤进钢叉和胸骨距离不到半寸之间，把叉挡住了，所以发出当啷一响。同时半山下那惨厉的尖叫又起，显然是那受了伤的巨鹰在作着求救的呼声。

那巨灵神见祥麟正是连伤他两个助手的仇人，恨不得一叉就把他刺死，为他的助手报怨泄恨。可是听了山下的呼声，他赶紧要去医治助手的创伤。他自知一时未必就能胜得这个生力军，反延误了治疗的时辰，因此把祥麟的宝剑一撇，虚晃一叉，叹了一口无可奈何的怨气，旋转身来，迈步下山去了。

祥麟看着受了伤的立功，疲乏以极的长春，觉得这一回夺还宝物的希望不能实现，且回去将息几时再作计议。于是由祥麟扶着立功，寻路下山。雇了舆夫送归徐州治疗。

祥麟的故事当然还有下文，可是灯里已经添油过的，又已将烬，村外更鼓三下也敲了好久了，天气又变，窗外的树枝作着飒飒的巨声，大家都有睡意了。

第九十六回

萍水相逢多情怪成梦
剑琴同伴故意试鬼婚

曹大呆子把母亲柜里的干净铺盖拿来,铺在自己的床上,与祥麟睡,自己就在灶前铺了柴,把铺盖拿来,睡在柴上。四人睡在床上,不一会儿便坠入了不同的梦境。

曹氏母子心上感激祥麟,又因他青年技高,视之不啻天神,所以梦中也总脱离不了祥麟。曹姥本是信佛的,梦中果见许多神佛,道伊诚心,故特差遣金甲天神下凡,暗中保佑。那金甲天神的面貌,却正和祥麟一般。那个曹大呆子却正梦见县里来了许多公役,说他是杀死韩二爷的凶犯,他极口呼冤。可是那些虎狼似的公人,不由分说,拳脚交加,硬扯着他走。他远远看见祥麟骑了马过来,便喜得叫起来。谁知祥麟并不理他,掉转缰绳拐弯去了。这时他才看清,原来马上不是祥麟一人,还有一个翟姑娘和他并坐着。二人指指点点,有说有笑,好像没看见他一般。他心里正自着急,忽然那差役已变了刽子手,执着明晃晃的虎头刀,就要向他脖下砍来。他见老娘在旁哭泣,不由也哭喊道:"穆少爷,穆少爷,求您可怜我的老娘,救救我吧。"曹大呆子连声极叫,真把睡在房里的穆祥麟叫醒了。

祥麟听得呼救，果然披衣执烛跑到厨下来看曹大呆。原来曹大呆的卧室是在厨房的里面一间，也有一扇门可通。祥麟走出来，看见曹大还是睡着，不过手足乱动，嘴里还在呜呜地响着，不知说些什么。祥麟俯身把他推醒，问他做了什么可怕的梦，要这样大声呼救。曹大呆子睁眼一看，祥麟似乎很关切地站在他身边问话，神情并不像刚才那么冷漠，他揉了揉眼，暗自语道："我原想穆少爷不会那样心狠，让我受人欺侮，坐视不救的。果然穆少爷仍来救我，那些天杀的公役，一个个都逃跑了。穆少爷，你看，他们跑得一个都不见了，可是翟姑娘，和您在一起骑着马的，怎么此刻也不和您在一起了呢？快快去找，不要给公役拐了去。"曹大呆子虽然醒来，却还是一派梦呓。

祥麟听得不觉好笑起来，不过听他提起翟姑娘不要给公役拐去的话，不觉唤起他刚才梦境的回忆。他也似乎梦见绮云给韩二爷纠合了多人强行劫去。绮云又好像并不能武，娇啼婉转，非常可怜。他一本见义勇为的素志，把韩二爷等打退。可是绮云虽然给他救下，却因受惊过甚，倒在他怀里，竟是气绝身死。祥麟自觉和伊不过萍水相逢，却不知从哪里来的一股悲哀，痛泪直流。后来也不知如何听得有人叫他，便醒了。他的梦境并不清晰，只是迷茫得很。此刻听得曹大呆子提起，不觉又引起了一阵凄楚的感觉，便叫曹大呆子讲述梦中情形。他笑道："这是你心里这样想着，才有这梦的，如果他们敢来，叫他们一齐死在我的剑下。"

曹大呆子也全清醒了，想起刚才说的话，也自觉好笑。祥麟还是回到床上去睡，但哪里再睡得着？眼前只是摇晃着绮云的影子，又想着曹大呆子说他和伊并坐在马上，自己梦见伊倒在他怀里。事实上他们以礼自守，而且又是初交，哪里会有这亲昵的份儿。祥麟想到这里，那颗赤热的心上，不觉蒙上了一层怅惘。祥麟虽不是轻浮子，但他也具有青春的热情，多少年来，他也见过许多青年美貌的女子，可不曾像绮云般地梦回在他的心上。

这边祥麟固是辗转反侧，寤寐思之，脑际心上，无非是伊人的倩影。而绮云这时香梦方酣，也自对于这侠义心肠的少年，心折无已呢。

第二天早上，曹姥母子最先起身，生火煮粥，收拾堂屋。母子二人正洗脸时，绮云也整衣出房，没有梳理过的云鬓，用一块帕儿包着。曹姥看见忙道："姑娘怎不再睡一会儿？时候早着呢。"

绮云笑着答道："我听你已起来好些时了，正自愧偷懒贪睡，怎说大早呀？"伊把手紧着头上的帕儿，走向窗前一看，朔风摇树，气候比昨天冷了许多，满天是淡灰的云片，看样子天要变了。

绮云不觉皱眉道："天要变了。"

曹姥接嘴道："说不定要下雪了。"

绮云道："下起雪来，赶路就讨厌了，我希望在我没有到姑母家时不要下雪。"

曹姥也走在窗口，望着天道："姑娘善心人，说不定菩萨保佑，会等姑娘到了令亲家才下的。"说着还合手向天拜了几拜。

绮云觉得伊迷信得可笑，但一看伊脸色是那么的慈和诚恳，不由深深地感动。却听曹大呆子叫道："娘，快打脸水给翟姑娘进房梳洗，大清早在窗前聊天，别让姑娘受了凉，可不是玩的。"曹姥听说，真的忙着张罗绮云的脸水去了。

祥麟夜来给大呆子闹醒了，一直没好生睡熟，直反侧到天明时才迷糊睡去。这时又让堂屋里一阵谈笑惊醒，知道时候不早，便披衣下床。曹大呆子听见房里响动，便进房探看，见祥麟起身，便又忙着张罗他了。

吃早饭时，四人都集在堂屋里。祥麟想起梦境，却未免对绮云多看几眼。他见伊今天穿了一件蓝绸的银鼠袄，雪白的毛锋，袖口领头露出有二三分长，衬托得杏靥春葱，格外娇嫩可爱。这时绮云晨妆初罢，绿鬓如云，玉肌胜雪。祥麟暗忖：这样娇艳的美人,若为强暴所劫,该是多么可惜的事儿。绮云瞥见祥麟的目光,不住落在伊的脸上,不由羞晕双颊,顿时觉得浑身如火灼一般,窘得坐不住了。便推说心口不舒吃不下,一放碗箸,跑进房去了。绮云虽是女子,但是倜傥英武,并不和寻常妇女的忸怩拘束。伊以前和剑秋等初见时,也很落落大方,便是昨天见了祥麟,也并未露出丝毫娇羞,怎么相处了大半天,反觉生出羞怯起来呢?原来也是为了夜来的梦儿古怪啊。

伊一进房,坐在榻上,痴痴地坐着出神,伊是重复浸入那个又可怖又可爱的梦境里去了。本来呢,至人无梦,愚人无梦。他们既不是至人,也不是愚人,日有所遇,晚上未免萦诸梦寐,这是幻想所成。但是有的幻梦,将来竟会见诸事实,就是所谓心灵感应,这却是不可思议的。

绮云和祥麟遇合,因为他曾经有恩于伊,并且还有精湛的武艺使伊自叹勿如,听他谈了一席话,知道又和表兄相识,他们之间的关系,自然不同寻常的萍水相逢的交谊了。伊暇时未免会想到他的一切,梦中的遭遇,真是伊曾身亲其境的,什么遇劫遭骗,祥麟拔刀相助,等等,都是事实。至于后来那韩二爷忽变魔鬼,不来寻伊复仇,却找着了祥麟,伊眼见他血淋淋的一颗心,让魔鬼捧着塞进嘴去,不觉心痛如剜,便一恸而绝。但一忽儿却又看见祥麟好好地站在一条大河的岸边,嘻嘻地对隔河的伊笑着。伊觉得和他暌违了好久,正是天天在那河边注视着来往的行舟,有无他的归帆,谁知他却站在河对岸呢。伊向他招招手,可是河上却没有桥梁,又没有渡船,一片浩荡汪洋的河波,他又不曾生得双翅,怎么过来呢?他见伊搓手顿足,现出很焦急的样子,便不顾一切,一纵身想跳过河来。谁知河面太阔,他掉下水去,偏偏他又不懂水性,眼见得要灭顶。伊心里一急,正要跳下水去,准备与他同归于尽。恰好这时河面上漂来一只小舟,伊大声呼救,小舟上的人也看见了河里的人,便把他救了起来,还把船靠了岸让伊下船。而伊一看操舟的人,不是别个,正是玉琴,真叫伊又是感激,又是欢喜。二人设法，把他弄醒。玉琴驾舟邀他俩到伊住的岛上去。谁知一阵狂风，玉琴忽失所在，小舟无人操持，他俩一个也不会摇船，尽着船身在河上高下回旋，把两人一齐翻倒河底。伊紧紧地拉着他的手，还喃喃地说我俩要死在一块儿。醒来时吓得出了一身冷汗，两手围抱胸前，还紧紧地握着呢。伊想着这梦奇怪，见了祥麟，已觉不好意思。谁知他又偏偏不住地看伊，叫伊怎不要含羞呢？

绮云在房里呆想着，忠厚的曹姥却是不放心起来，赶不及地提了一壶热茶，拿进房来，问伊是否着了凉，要不要煮碗姜汤喝。绮云摇摇头说："不妨事，一会儿就好的，这时候已经好多了。"伊搭讪着倒了一杯茶，慢慢地喝着。曹姥看伊脸色自若，不像有甚疾苦，摸摸伊额上却和自己一样，便放心出去，张罗伊儿子街上买菜。今天伊嘱咐儿子菜要买得好些，好好地款待一下他们的恩人。

祥麟本是说今天要走的，因为他的行李丢在客店里，不能放心，后来听绮云不舒服，曹家母子留她，不知怎样的他倒又不坚持要去了。绮云夜来原不曾好睡，便借着不适再躲一会儿。可是房外的杂声，使伊再也莫想睡熟。曹姥趁儿子不回来，先去灶下洗刷碗锅，堂屋里面，只丢下祥麟一人在那里了。绮云只听得足声彳亍，在堂屋里不住地来回，有几次这足声似乎尽在房门口徘徊。伊睡的小榻，靠近房门，几乎是走到伊的头边来了。不由自主地伊的心会怦怦地跳起来。可是抬头一看，门好好地关着，门帘也沉沉地垂着，并没有人进来。伊自己也好笑怎么今天会这样心不定起来，索性一骨碌走下床来，对镜整了一会儿衣裳，把微松的云鬓重复梳掠了一下，听得曹大呆子已买了菜回来，伊便出来打算到厨下帮曹姥弄菜。知道她家今天菜多，怕母子二人张罗不了。

伊一掀门帘，走出房去，只见祥麟站在对面，正痴痴地凝视着房门。他警见绮云出房，便含笑问道："翟姑娘怎么出来了？此刻舒服些了吗？"

绮云微红着脸笑答道:"没事了。"

祥麟道:"天气冷,姑娘还该躺着歇一会儿。"

绮云看曹大在院子里给马和驴子上草料,又见曹家那头驴子嘴里不住冒气,估猜曹大准是骑驴上街的。伊一面迈步向厨房走去一面回答祥麟道:"好好的,我不喜欢睡,今天曹姥姥忙着,我去帮伊做些活儿,闲着倒反难受。"

伊的话祥麟还没及回答,曹姥在厨房里忙出来接嘴道:"姑娘你快歇着吧,我们又没有多菜,没有什么忙的。有大呆子帮着,这几个菜,老身尽能对付。记得年轻时,一人一手还办好几席酒菜呢。如今虽不中用,可是十来个菜,还不慌了手脚,姑娘快歇着去吧。"

曹姥正杀着一条大鲤鱼,扎着满手的鲜血,挂着一脸的笑意。

绮云哪里肯听伊?还是迈着脚步向厨房走,虽然在院里的曹大呆子也附着他老娘的话。

曹大呆子进厨房里来,见绮云正帮着他母亲切肉,他母亲已经洗好了鱼,腻了一手干面在擦一个猪肚,他想不必再挤在里面了,既有翟姑娘帮做,这几个菜是不必费他母亲多少事的,他就搬了几捆大枝子的柴,到厨房外面的台阶上去劈。祥麟闲在房里无聊,便站到堂屋前阶上看他劈柴。

这时天空里云痕渐薄,太阳的脸儿隐隐约约地蒙上了一层轻纱似的,淡淡的光射在人身上,也略微有些暖意,原来风也没早上那么大了。祥麟抬头看着天自语道:"看来天不会下雪了,正是我们赶路人的运气。"

曹大呆子听他提着赶路的话,忽然把劈柴刀一丢,抬头透露一脸的忧灼,跟祥麟说道:"哦,穆少爷,我想起在市上听到的话来了,你不能走。县里查完韩二爷被杀的案子,恐已疑着你了,县城里正严密搜查着呢。"

曹姥便听着比祥麟先急,便埋怨他道:"你这孩子,人家叫你呆子真一点不假,这么要紧的话,归来这么些时了才记得说。穆少爷快不忙走,就在草舍暂避几时,你也不用焦灼,吉人必有天相,像你这样好人,神佛保佑,一定逢凶化吉,遇难成祥的,南无大慈大悲,救苦救难观世音菩萨!佛力无边,使穆少爷平安无祸,阿弥陀佛!阿弥陀佛!"曹姥一连串地宣着佛号,手里起劲地擦着猪肚。在伊的心目中,简直当它是木鱼呢。

祥麟起初听到也微微一震,见曹姥一番善意的做作,他倒又好笑起来。他很镇静地问曹大呆子究竟听到的是怎样的消息,要他详细述说一遍。

曹大呆子索性站了起来,走到祥麟身边讲道:"我到市上去买菜,听得三三两两的传说,什么韩二爷昨日在孔林遭人暗杀,陈太爷关了城门,严加搜查。有一个人说道:'孔林在城外,那凶手可不是白痴,还巴巴地跑进城来送死,在城里搜查又有什么用?这不是叫百姓受累吗?这样搜查,准是毫无线索。除非那些公役们怕担无用的尊号,随便拉几个无辜的作为嫌疑犯。昨天不知是哪几个走了霉运的被抓了进去。'那个人道:'话不是这样说的,经这一搜,到底搜出线索来了,是城中迎宾旅馆,有一个旅客,来了已有三天,行囊很是简单,服饰却并不寒酸。说是为了爱慕本县胜迹特来瞻仰,所以白天总是骑着马出门,到晚才回。昨天饭后原也说出城游览,可是到晚却没有归来,似乎这人和这案有些关系。大家初时原不过瞎猜,后来县里特派的公役守在旅馆里,等那人回来,即使他不是凶手,但他昨天也是出游览的,这案件发生时或前后也许他都知道。问他也许能得些端倪。可是公役们直等到天明,那个客人也没有来。众人便七张八嘴地齐说那人一定和暗杀案有关,公役当着旅馆掌柜的,把那人的行李打开一检查,那厮居然有夜行衣,还有一包刀伤药。有这些东西,又在出事之夜走掉。随后掌柜的说看样子不像是歹人,也不能叫人置信。'"

曹大呆子说到这里,对祥麟看了眼,继续说道:"我听了这些话,不由心动,觉得他们所说很像指的是你。后来又听他们说那个旅客是穿了什么衣服,骑的什么马出城的,我就连忙赶驴回来，酒也顾不得沽了。"他又指着祥麟的衣服道："他们说的衣服颜色，偏偏又是跟你一模一样的，因此我心里着急，赶紧回来，让你别出外乱闯，给那些贪图赏格的歹心人撞见了，才不是玩的。"他说着伸头向院外探望了一下，就推祥麟进堂屋里去道："少爷，你可别站在这儿让篱外的人瞧见。"

祥麟把身子一挺道："我才不怕呢，公人来，我就跟他走，看那狗官又敢怎么？那种恃势作恶的淫棍，就算是我杀却，为众人除害，还不是应该的吗？"

绮云听曹大呆子谈起杀韩二爷的话，伊也站出厨房来听了。此刻听祥麟这么说，伊连忙摇着一只为切肉糟得油晃晃的手道："这怎么行？公役不来，也得我去自首，免得累及穆少爷丢了东西，还不能走路。"

伊撩起曹姥借给伊系在腰里的围裙，擦了擦手上的油，解下带子，就是要走的样子。祥麟和曹氏母子一齐上前拦住道："姑娘犯不着去受那狗官的气，因为他的纵容，那死鬼才敢胆大妄为。你去自首，也白白受他的凌辱，还是另想办法。"

绮云道："起先我原是为急于赶路，这种恶徒死有余辜，便不打算理他。现在既为此连累穆少爷，当然由我去自首。那狗官讲理便罢，不讲理嘛，哼，叫他认识姑娘手段。"

曹姥道："自然他们那些脓包官役只会欺压良民，哪经得姑娘的神刀？不过姑娘虽不会吃亏，这事情可闹大了，地方上的小百姓，准让那些吃人的公役蹂躏得不能做人。还是另想方法，过些时捉不着凶手，也就冷下去了。好姑娘，快帮我弄菜吃饱了饭吧，老身自有好方法。"

祥麟也笑劝道："姥姥的话不错，我们也决不能让姑娘去，等一会儿再计议吧。"

祥麟回进堂屋去，绮云也跟曹姥进了厨房。曹大呆子仍蹲下劈柴，却不住地探头向外张望。曹姥见了骂道："柴也有得烧了，快进屋里去吧，看你这样贼头狗脑地张望，不疑心的人也让你惹起疑来了。嘴里说着的赶回家来，张慌得连东西都没买全。回来了又忙着喂马喂驴，停了半天才想起来说，怎么你就真的应了你那诨名了呢？真气人。"

绮云听着，想起了不禁扑哧笑出声来。大呆子让他母亲骂着把柴抱了进来，咕嘟着嘴，踅进堂屋去了。厨房里曹姥和绮云便忙着煮菜、搅面、蒸饽饽。不一会儿都熟了，曹姥叫儿子道："大呆子，把桌子抹拭干净，快来端饭菜，今天迟了些，怕穆少爷和翟姑娘都饿了。"

祥麟和绮云一个在堂屋，一个在厨房，却同声道："不忙，不忙。"

曹大呆子把桌子抹过，又放了箸碟，就进厨房端菜。绮云却让曹姥硬推到房里洗手，叫伊先上桌去吃。这一顿饭，曹家可说好几年没有怎么讲究过了。一大锅汤是猪肚和一只京蹄，一方火肉再搅上些胶菜笋片，另外是五香牛肉、红烧鲤鱼、熏鸡蛋跟辣白菜，虽只四五样，可都是大盘大碗，堆得是那么满满的，再加一笼白面的饽饽，就把那方桌放满了。那做饽饽的白面，平时他们是舍不得吃的，总要等过年才弄些吃。这回为了祥麟都拿出吃了。今年过年他们只得吃棒子面的黑饽饽了。

曹姥知道绮云喜吃打卤面，特地为伊煮了一罐，面里除了肉丝和蛋外，又多多加上寸把来大的大虾米，是上年一个贩海味的客人送给大呆子的，伊一向藏着舍不得吃。绮云吃着面，不住赞美说，伊自随父入山以后，就难得吃到这个面了。在天津曾家村虽也吃过几回，但因厨师烹调得不得法，不及这个鲜美可口。祥麟本不喜欢吃这牵牵拉拉的面条儿，听伊赞得这样好吃，便也向曹姥要一碗吃，果然味道很好，也赞不绝口，引得曹姥笑得合不拢嘴来。这一餐饭虽然各人都藏着那段心事，可还是吃得十分高兴。

擦过脸后，大家喝着新沏的雨前茶，谈着话儿，不免又提起那件事来，四个人却是四个主意。依曹姥是叫祥麟在伊家暂躲过几时，让那件事冷下来了再设法走。曹大呆子虽不反对他母亲的主张，可是担心着那匹马露眼。依着祥麟，干脆回旅舍，县里要是抓他，又没有罪证，他可不怕。但是绮云不赞成，伊倒附和曹姥的说法，如果祥麟固执着要去，那还是伊去自首，免得连累他人。伊要去自首，其余三人又没有一人赞同。谈了半天，还是没有办法。

大呆子一直侧着头对着窗外，望了几匹驴马出神，忽然若有所得，把手掌击了一下膝头叫道："这样办准可安全。"

曹姥让他吓了一跳，笑呵道："呆子你又有了什么好主意，这样大喊小叫的？"

呆子回转身来道："只要翟姑娘和穆少爷把所骑的牲口对调一下，穆少爷再把身上的衣服改换一下，出门去是尽可放心大胆了。"

曹姥和祥麟绮云也点头微笑说："这个倒也行得。"

曹姥对祥麟身上看了一眼，对他的儿子道："你父亲还有几件长衣服在着，身量倒和穆少爷的差不多，就让穆少爷穿了，衣服牲口都换过了，但凭客店主嘴里的描画，不曾亲眼见过的公役，无论如何也不会认得出。呆子，你这主意倒是不呆。"曹大呆子听他母亲一称赞，得意得了不得，马上拉着他母亲去翻箱笼，找他父亲的遗物去了。

祥麟见绮云站在屋门口望着院内，便走上一步，站在伊肩旁低声道："他们母子一片恳挚，真叫人感佩，不过姑娘的牲口白换给了人，却是叫我不过意，累及姑娘遭此无谓的损失。"

绮云听说，不禁扑哧一笑，回身进里面坐着。伊对祥麟笑道："一头驴子换一匹骏马，是谁受了损失？只是为我的事，让你招上许多麻烦，还损失了行李，我才真过意不去呢。我想请穆少爷仍回表兄那里去盘桓几时，我和家姑母说了，重新置一副铺陈和衣履等赔偿给你。"

祥麟摇头笑道："姑娘若是途中要个伴儿，那是小子愿充护从之职，若说赔偿行李，那是笑话了。况且我的行李也决不白让那些公役们去享用，决定今晚上去盗它回来，我还是要驮在驴上带着走。"

绮云一摆手道："为行李那又何必去露险？就让我们重制一副好了。"

祥麟道："巨灵神有这么大的能耐，而且他藏宝的所在是多么的险固，尚且给我把宝物盗了回来，何况到这小小的旅店中去拿回一副行李，又有什么危险？"

绮云听他提起盗宝，不由忆起昨晚上所叙述的故事，便问祥麟道："真的，这宝物究竟是怎样盗回来的？昨天不是说今儿讲的吗？都给这倒霉的事情弄糊涂了，耽搁了大半天，请你说一说吧，一定比昨儿说的还有劲儿。"

这时曹姥母子已经捧着衣服从房里出来，伊听得绮云要祥麟讲什么故事，不由笑着咕哝起来："年轻人真不知担心事，这时候竟还会有兴讲故事呢。"

祥麟笑道："这点儿事，真不值担心呢，你们且别忙，听我讲完了故事再谈这个。"曹姥母子就把衣服放在椅上，真的坐下，静听祥麟讲盗宝的故事了。

祥麟道："第一次我们没有得手，徐立功还受了伤，我跟长春俩护持他回来，很费了些事。这一回没有得手，长春当然心不死，而那巨灵神死了一头狗，废了一头鹰，心也不甘，第二场恶斗是少不了的。偏偏那没有用的徐立功还跟长春说定了，下回定要带他同去，要报这一跌之仇。我很不赞成，一则等他伤愈，定要过许多时日，反使巨灵神得从容布置；二则多了一个没大能耐的人，不能为助反足为累，倒要去照顾他。这一次不是为了立功受伤，说不定我们能直捣巨灵神的巢穴。长春却答应了立功的要求，我可没那好耐性，他既是要我帮忙，赶快替他把这事办妥，我的责任也就可完。尽着耽搁，且又反致棘手，那又何必呢？因此我不得长春同意，那一夜悄悄地独自上芒碣去盗宝。那夜恰逢有月，月光照着山谷，很容易地找到了巨灵神的石屋外面。"

祥麟讲到这里，刚好曹大呆子倒了茶来，他就端起喝了一口。绮云的一双俏眼尽盯着祥麟他喝茶，伊的眼光便跟着他的手腕茶杯移动着。祥麟便放下茶杯，继续讲道："他的屋子，并不是砌的，是天然的石穴，在一块岩石的底下，不过门是新装上的木板，外面再加一重木栅，都是树干编起来的。此外别无窗户。"

绮云插嘴道："那么如何进去呢？"

祥麟道："是呀，劈开门栅，虽不费事，可是没有先看清他在里面做何准备，我不愿惊动他，于是我就开始前后左右地找。我想起第一次在石壁上看见过的灯光，我知道这石屋上面，一定有罅隙。抬头一望，刚好有株大树在旁，便攀登上树，纵身路过屋上，又见了一丝灯光，正是一条石缝。我俯身贴在石上，仔细看下去，是那个巨灵神正在抚摩着那头受了创的巨鹰，嘴里喃喃地咒骂着伤它的人。那只巨鹰，大约经他的治疗得法，竟没有死，不过两个翅膀有了长短，不能再高飞了。同时因翅伤还未痊愈，委顿得很。那巨灵神抚摩了一会儿病鹰，又去石壁下一按，便有一个小穴，他伸手进去一捞，遂即捧出一座金铸的卧佛，就是卫氏的家传宝物。"

祥麟把脸正对着绮云道："那尊佛真是宝物，莫怪长春必要夺回，他把佛像一拿出来，顿觉霞光万道，灿烂耀目，那石屋里便像点了千百支灯烛，照耀得通明。而且奇怪的是那一只宝石眼睛，竟然变了颜色。我听得那巨灵神咕哝道：'难道有刺客在屋里吗？奇怪，怎么它的眼珠会变色？'他于是对这小小的屋子开始怀疑，居然向屋角、床下、桌底、椅肚四处搜索。我在上面看他那种忙乱慌张的神情，几乎笑出声来。这时那尊宝物，孤零地睡在石桌上，倒是一个下手的机会。可是这石穴既无后门，又没窗户，怎么潜身进去呢？后来我记起身边带有几枚梅花针，便衔一枚在嘴边，对准了石罅吹下去。我原想暗算那巨灵神的，谁知却伤了那头病鹰。巨灵神听得病鹰的惨叫，连忙来看顾它。我便用力把松枝拗过，打着屋面，发出一片嚓嚓的响声，同时拔出剑来，在石罅两边刮削，又沙沙地撒下了一阵石屑，故意惊动屋里的人。果然吱喳一声，两扇板

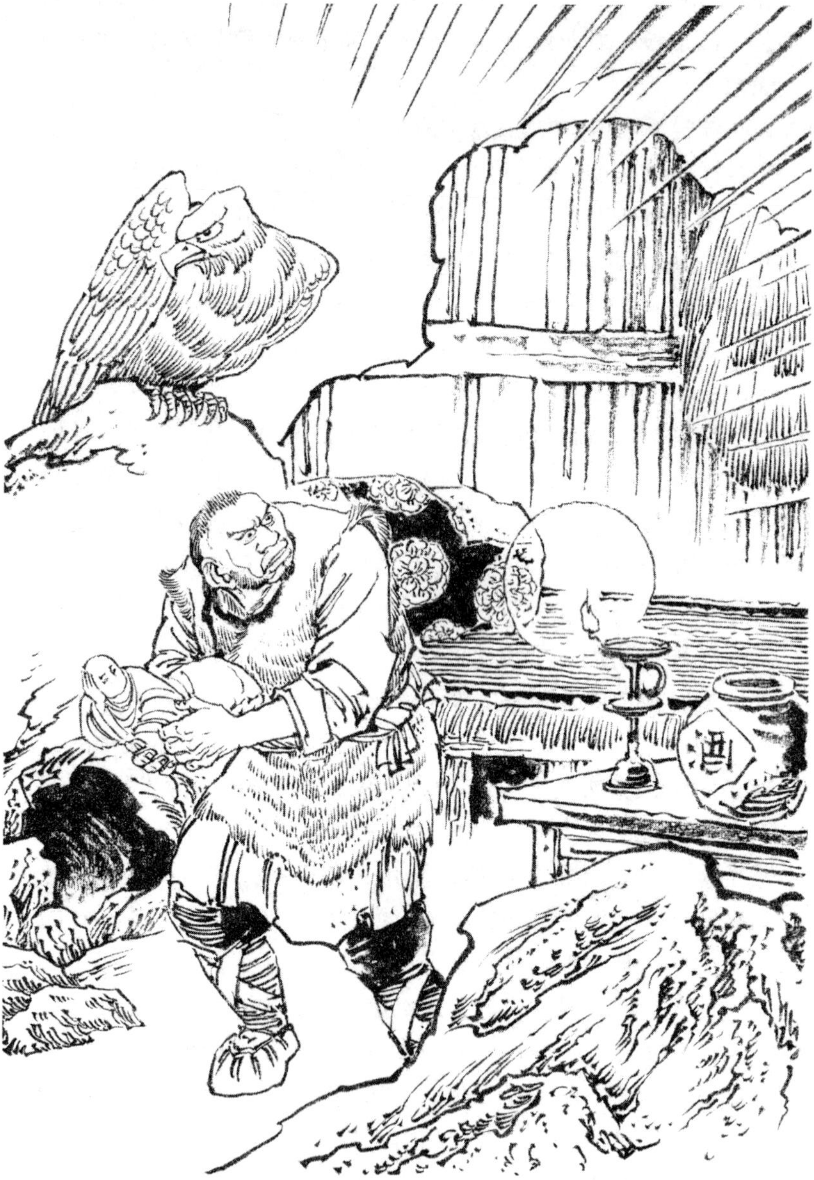
酒

门大开,接着外面的栅门也敞开来,一条伟岸的黑影拖着琅琅作声的钢叉,一蹴就上了屋顶。那时我却蹿进了屋子,因我在他开门前就潜身在栅门旁的树后了。进屋一看,却不见了金光灿烂的宝物,我也俯身用剑尖在刚才他按的石壁上一点,也现出了一个石穴。我用剑伸进去一掏,一个银匣跌了出来。匣盖离了身,可是里面并没东西,不过是个空匣。狡猾的巨灵神却把金佛藏在别处了。"

祥麟说了这许多话,这时喝了口茶,嘘了一口长气,而三个人却听得有劲儿,忙同声问道:"后来怎样呢?这些时候耽搁了,巨灵神在外找不着人,一定要回进屋里来了。"

祥麟道:"是呀,我还待搜寻时,那个家伙跑进屋来看见了我,那短叉便对准我头上掷来,我一偏头让过了,那钢叉竟搠入了我身后的石壁中,那短柄颤颤地晃动,却并没掉下,可见他那时所用的狠劲了。我把剑指着他道:'物各有主,卫家的宝物,你家怎可强占?还是好好送回,还不失为一个明事理的丈夫,两家也仍化仇为友。若不明白,那就莫怪小子爱管闲事的宝剑,不留情面。'他听了我的语,只鼻子里冷笑了一声,指着壁上的钢叉道:'只要你赢得过它,金佛就给你带回;若不能胜得它时,莫说金佛休想拿去,便是你的头颅也得留下,让那卫家的小子自己来取。'这时我也更无话说,只叫他到屋外去见个高下。"

曹姥一面替祥麟倒茶,一面插嘴道:"那个人一定战不过穆少爷的,后来准是穆少爷把他杀了。"

祥麟笑道:"怎见得?"

伊也笑道:"穆少爷不是头先说宝佛也盗了回来,莫说小小客店里去拿几件行李。既经宝物已给穆少爷拿回,当然那个什么神的死定了。"

绮云听了点头道:"姥姥的猜想一点不错。"

曹大呆子却愣着两只大眼,只顾看着祥麟,似乎在问他,伊们的话是否对的?只见祥麟把头点点,微笑道:"猜是猜着了一半,那家伙可没有死。我砍去了一条腿,金佛是我去找出来的,在另外的一个壁穴里,我就在他昏晕中,把金佛盛在那个银匣中拿了回来。"

绮云道:"他既没有死,那么表哥家的金佛,还是不能十分安全。"

祥麟道:"不,人总是有良心的,我并不乘他昏晕而伤他性命,他也该感激,所以后来没有什么举动。"

绮云笑笑道:"表哥家的宝物,既是你给他取回来的,那么就让他替你置一副新的行李也不为过,今晚上城里就莫去了吧,免得生了意外,反误了行程。"

曹姥母子俩也竭力劝止,并把取出的衣服叫祥麟试穿,祥麟便也不坚执己见了,把衣服穿上,稍嫌长大。曹姥又去找出一条束腰的绵绦,围腰一系,便恰好合适。绮云看他换了衣裳,虽也是长袍却显得一副乡愿样了,不觉抿嘴微笑。这时夕阳西沉,晚霞满天,天气好转。绮云便决定明日早行,商量着请祥麟做伴,绮云骑马,祥麟骑驴,二人不同时出发。出了曲阜境,再行会合。

那一天曹大呆子时刻提心吊胆,却始终不曾有公人上过门来。绮云行李简单,傍晚时略一整理,便已舒齐,因为明日早发,当晚吃了晚饭都很早地歇了。

第二天黎明,祥麟跨驴先发,宝剑放在绮云的行囊内,身边揣了几两碎银,向曹姥告别。曹大呆子赶驴送去,约着送出县境才回。绮云等祥麟走后,约莫过了一个时辰,也和曹姥约了后会,道了扰,扬鞭跨镫,直驰大道上去了。曹姥擦着湿润的老眼,倚门直望到伊的背影消失在晨雾中,方才进去。一路还喃喃地念着菩萨保佑二人平安到峄。

不过走了一天,第二天早晌,绮云到了一个叫五松村的地方,正在曲阜县的边境。那里有五株古松,都是数百年前之物,有一株长在村的尽头,格外生得奇骇,如盘龙一般。绮云便勒马挽辔,极缓地绕着树走,鉴赏这古怪的松树。谁知祥麟和大呆子也在树旁指点着松枝，道它的形势奇古。他们想不到没到指定的地点，便已会晤，好在这里已快出县境，这荒僻之处，也没人知道县里的消息，对这陌生的旅人，并不表示惊异。祥麟便叫曹大回去，绮云送了他几两银子。走出五松村有一道溪流，二人让坐骑去溪中喝水，一面坐在石上谈着一日来途中的见闻。二人重复跨鞍时，由绮云提议，各骑自己的牲口。而绮云的行李，却仍让祥麟的马驮着，晓行夜宿沿路玩山观水，旅程颇不寂寞。

不几日便到了峄县长春的家门，祥麟却熟得很。绮云跟他到卫家，卫家的童仆见祥麟去而复返，已是纳罕，看他带着一个年轻貌美的女子，格外狐疑。他们都是卫家在峄县雇用的，根本不认识伊，更不知道伊和卫家的关系，还以为是他的家眷呢。因此卫长春听了仆人的通报，出来迎接的时候，见是他多年不见的表妹，身上还有孝服呢，那仆人怎说伊是穆爷的夫人？但不知二人又怎会一起来？他心中自是疑惑不定。来不及招呼祥麟，先问绮云道："舅父现在怎样了？表妹为何人服孝？怎么会和祥麟兄一起来的？"

绮云听了这话，不禁盈盈欲泪，便把数年来的家事略述了一番。至于和祥麟同来的事，伊却这样答道："这事说起来话长呢，待穆少爷跟你讲吧，我要紧进里面拜见姑母。还有表妹畹芬，多年不见，不知长得怎样了，我很惦念着呢。"长春便叫仆人引伊进见母亲，自己就陪着祥麟。

绮云见着姑母和表妹，悲喜交集，少不得把别后的遭逢各叙述一番。绮云的姑母翟氏哀悼兄长只留下了这一点骨血，对于绮云，不自觉地爱抚备至，像自己亲生的一般。畹芬添得一个闺中伴侣，从此莫忧岑寂。又听绮云讲起山中杀死怪兽，曾家村大战拳匪，计退洋兵，以及路上遇见强人暴徒，都为伊所制伏，把个畹芬欢喜得直拍手。翟氏听伊讲到剑秋夫妇、闻天声等的剑术高深，人又侠义正直，嘴里不停地啧啧称羡。

晚上备了酒筵，款待绮云和祥麟，长春母子果然依了绮云的话留住祥麟，重新又替他置被裁衣，祥麟坚辞不过，也就答应住下。一面修书回家，着人寄银来崞。绮云祥麟便在卫家住下，和长春畹芬有时结侣寻胜，有时闲圃习武，有时陪着卫太太谈家常。日子过得非常安闲，这且按下不题。

玉琴等自绮云走后，不久也离了曾家，他们一路上游山玩水，扶弱锄强，比了绮云的路程走得更慢。绮云和祥麟在卫家度岁时，伊和剑秋却又在西陲的边僻小县里管一件闲事。

那地方是山陕接界的一个村集，玉琴等到时，正值腊尽。恰逢大雪，道路泞滑难行，便在一个村民家里耽搁了下来。这时家家户户都显得十分忙碌，准备着各种在新年应用的东西，菜肴啦，糕点啦，都很兴头。可是他们那一家居停却有些反常，一个个愁眉不展，似乎有着重大的心事。玉琴起初以为他家总是为了经济拮据，缺乏年关所需费用，就和剑秋商量了，第二天就捧了一包银子，约有三五十两，请那居停主人来，交给作为他们借居的盘缠。

那居停主人姓吴名重三，做的是贩卖瓦器的行业，也还能够温饱。这一向因过年停贩，到家也不过三日，可是听了他的老妻的报告，便把他的一片高兴的心浸入了冰水。他家除了老妻之外，还有一房寡媳和一个女儿，年时腰腊，总是高高兴兴弄些吃的，一门四人过得欢欢喜喜的。他们那个地方交通不便，风气闭塞，人民的风俗习惯，全是和半开化式的人民相仿佛。迷信神权，什么事都要请神指示，听命运支配。所以地方上神医巫师之属，是非常的多，居然也有一部潜势力。一般愚昧的百姓，简直就畏惧那些巫师像神明一般。于是他们利用了这点，勾结土豪劣绅，借了神的幌子，借端压榨良民，直是无恶不作。最令人切齿的就是倡言鬼婚可以愈病。年轻的妇女们有了疾病，去请教神医，除了几服炉丹（香灰）之外，必说有冤孽缠身，须请巫师或鬼婆查明禳解，才能痊愈。他们查了，就说是前生的丈夫或情人前来作祟，必须与鬼举行婚礼，了却前缘病便霍然。那些无知的妇女们信以为真，听凭巫师鬼婆做主，和鬼婚配。鬼婚之礼，当然要在夜间举行，地点总在寺庙等鬼神所居的地方，有一间专为鬼婚的洞房，一切布置，全是新房样子，就没有灯。婚礼也不举行交拜合卺等仪式，只要新娘黄昏时盛服而往，由巫师或鬼婆送入洞房，喃喃为之祷祝数语，遂嘱令卸装卧帐中，静待鬼丈夫来成礼。第二天新娘的簪珥饰物便该留下做谢媒礼。若不遵依，便受阴谴。至于鬼夫究竟怎样，鬼婚是怎样一回事，那是照律不可宣布的。倘泄露了一言半语，便遭横死，所以从来没有人宣露过鬼婚的真相。

上一月吴家的寡妇凌氏忽患寒热，伊的婆婆金氏因伊年轻守寡，十分顾惜，跟自己女儿一般看待。见伊染病，不禁十分焦急，忙就请个神医来瞧。神医点起了香烛，看了一会儿道："伊因昨日出外晾衣，撞见了阴人，故而寒热，要请陶师婆禳解。至于阴人是甚等样人，那么陶师婆看了，自会告诉你们的。"

凌氏的婆婆听了十分相信，当去请了陶师婆来。伊也是点了香烛，对着袅袅的炉烟，扮了几个鬼脸，就告诉金氏道："你家媳妇是撞见了前世的丈夫，他已找了伊三年，昨天才给他找到。若不出外晾衣，还不会撞见，不过迟早总要给他找着。这是前世的一重冤孽，不解是永远不会了的。"

金氏听了，只是恳求陶婆设法禳解，使伊的媳妇儿快快好起来。那陶师婆见金氏一派焦急的神情，知道已上了伊的钩儿，皱眉蹙额，假作为难的神气道："这个冤孽倒不是寻常办几个菜，化几张箔就能了事的。因为你的媳妇前世是个势利的姑娘，初时见隔壁的大郎，买卖做得顺手，娘死了又有几件首饰传下，便央人为媒，愿意许他为妻。大郎就把娘遗下的首饰做了聘礼，还封了几十两银子，言明当年冬里迎娶。大郎为要娶妻，想出外做一项好买卖，赚些钱来，做婚礼的铺张。谁知事不遂心，不但没赚钱，却亏了大本，还欠了同伙的一笔巨款。偏偏那个同伙也是重利轻义的，逼着他偿还。大郎没法，只得回家典卖东西,偿清了欠款。那时他的婚期已近,就央媒人去女家说项,想把婚礼办得简单些,谁知那姑娘见他穷了,便尔悔婚,首饰也不肯退还。那大郎一气成病,就此不起。现在寻到了伊,还是要履行前世的婚约,不允是不肯放过的。"

金氏道:"就是鬼婚么?"

陶师婆道:"正是,并且他还要讨回首饰,所以你家媳妇装新娘时,要另外多戴一根簪子和一只手钏。"

金氏道:"只要伊的病好,自然一切依神判断,但不知该在哪一夜举行?"

那个师婆见金氏一口允承,不由笑逐颜开,就耸着肩道:"既然依了他,了却宿缘,伊的病自会痊愈,再过三天,是黄道吉日,若你家媳妇寒热不作,就可行礼了。"

金氏拿了香金,送了伊出去,回来便和女儿玉娟商量。吴家的玉娟今年十七岁,生得非常美丽,并且冰雪聪明,事理清晰。伊见母亲迷信神佛,已是不赞成,又听那师婆满口胡说,格外好笑,不禁站在伊母亲背后,挤眼撇唇,表示不信的样子。那个师婆却目灼灼如贼,也着实对伊的娇躯玉容细细赏鉴了一番。

金氏要和玉娟商议的,便是师婆所说伊媳妇前世所受的聘礼。因为伊媳妇虽有几件饰物,却没有手钏,且小村集上无处可兑。伊女儿前年受聘,倒有一只手钏的,金氏想借来一用,等重三回家时兑还给伊。玉娟很不以伊母亲的主张为然,说伊上那师婆的当,虽然结果伊的手钏仍借了出来。伊的嫂嫂凌氏,听得母女俩为了伊的事争端,伊的心里已经暗怪着小姑。后来听得玉娟说:"如果我生了病,便不信这些鬼话,伊要叫我和鬼婚配,我宁死不愿。"

凌氏暗道:"遇一天偏让野鬼看中了你,叫你生病,看你还是愿死还是愿和鬼婚。"

过了三天,凌氏让伊的婆婆送去举行鬼婚,回来后细味夜来的遭遇,狐疑不定。玉娟问伊道:"你那前世的丈夫,究竟是个什么样子？他既然隔了一世还会找到你，那么我哥哥知道你这件事，也该要找到你了，你还是不得安静。等着吧，不出三天，你又该病了。"凌氏给玉娟说得红着脸开口不得，心中不觉更加怀恨。

过了旬日，玉娟时常觉得头痛，患起病来了。金氏只有这个女儿，爱若掌珠，见伊病了，自然比凌氏病时更着急，便不顾玉娟反对，又去请了陶师婆来。伊以为媳妇的病是伊医好，信奉伊十分了不得。那陶师婆来了，少不得又是那一套，也是前生的一位公子，因为爱慕伊的才貌，求婚不遂而自杀的，冤魂不散，因此前来作祟，只要答应和他配合，便会立刻痊愈。玉娟听了宁死不允，金氏一来拗不过女儿，二则女儿的首饰都是乾宅下的聘礼，都给化去了，一时怕赔不全。同时因最近听说邻村有一个姑娘为男家娶去了又退回，原因就是曾行过鬼婚。伊的女儿尚未过门，不要将来也蹈了邻村姑娘的覆辙，误了女儿一生。若不依师婆的话，又恐冤鬼作祟，害了女儿的性命。吴重三回来，也是想不出妥善的主意，老夫妇俩满腔心事，所以连过年也鼓不起兴来了。

玉琴剑秋还只当他们愁的经济，因此把伙食费先付给他。吴重三却是推辞不受。玉琴性直，心里藏不牢事，就盘问他们为什么好像有心事似的，是不是为了家用问题。吴重三便把他女儿玉娟患病，不肯行鬼婚，同时也把行了鬼婚后的困难告诉二人。可是因为玉娟不肯，冤魂不散，至今伊的病还是不好，所以一家人心神不宁，也没心绪打点过年的东西了。

玉琴听了，也觉得这种事荒诞不经，看不出玉娟竟有这样清明的头脑，但是伊的病怎么又不肯痊愈呢？如果不允鬼婚，也会病好，那不是迷信神鬼的事，不攻自破了吗？玉琴心想替伊找个什么好药方，眼珠一转，目光无意间射及吴重三身后站着的凌氏，露着不可掩饰的狡笑。而且清晨偶然经过厨房，看见伊似乎抖了些什么在一碗小米粥里，端进玉娟房里去。而且伊曾经行过鬼婚，又因陶师婆治好了伊的病而认了干娘，看伊和陶师婆很亲密的样子,不时溜去看干娘。玉琴心里忽地一动,便有了一个主意。对吴重三道:"依我看来,要你女儿病好,只要依允鬼婚,怕赔不全男家的首饰,那就别动用他家的,我送你女儿一二件好了。至于退婚等事,也是巧合,那倒不用怕的。"

吴重三皱眉道:"谢谢你的好意,但是小女固执,伊誓死不信有这等医病的法子,无论如何不肯依从,如何是好?"

玉琴道:"我来去劝解,也许伊会允从,请你相信我,确实有许多固执的人,都让我劝说得心回意转的。"

剑秋很稀罕,怎么玉琴也会信任这种不经之谈?抬头想问伊一个究竟,但伊已别转娇躯,走向玉娟房中做说客去了。

第九十七回

嘉宾朝至共集九龙庄
旅客夜来初闻满家洞

一间幽暗而湫溢的卧房,除了一榻一桌之外,就是几个箱笼一张方凳,却塞在桌下。如果把凳子拿出来,便连一人回旋的余地都没有了。陈设虽简陋,收拾得倒相当干净。榻上撑着一顶白地青花的蚊帐,放下半面帐帷,还有半面用一个牛角钩钩起了。帐里一个少女,云鬟半斜,蛾眉微蹙,脂粉不施,略现憔悴,但是仍掩不了那艳丽秀媚的丰姿。穿了一件洋红花布的棉紧身,坐起了半身,身后倚着两个荷绿挑花的枕头,松松地盖着一床彩花布的棉被。

玉琴坐在床沿,附着伊的耳朵,喁喁细语着。伊不住点头微笑,听到后来,又显出怀疑的脸色,侧着身子,一只妙目不住地盯着玉琴的面,似乎想在伊面上找出什么证据,以证明伊所讲述的有实现的可能。玉琴瞧伊的神情,早就明白了伊的心思,于是伸出春葱一般的纤指,把供在桌上的一个缺了一只脚的铁香炉顺手拿来,一手托住了炉,只把两个指尖,轻轻地一拈那炉脚,便断了下来,简直跟小孩子撕一片花瓣那么容易。伊看着虽是惊讶,还不坚信,自己也伸起手来,把仅有的一个炉脚用力拗折,可是指骨扭得生痛,那炉脚却还是丝毫不曾损伤,于是伊脸上所现的一副笑容,全是欣喜和佩服所混合成的了。

伊便是吴重三的女儿玉娟,就是那个师婆说伊应举行鬼婚,祛孽除病的。

玉琴和玉娟谈了一会儿,满面春风地来报告给吴重三夫妇以好消息道:"玉娟经我解释一番,已不反对,允于病体略见起色后,从师婆之劝,和前生为爱伊而死的冤鬼结婚了。"

玉琴见吴老夫妻俩听了伊的报告,初时面有喜色,但一忽儿那暂展的双眉,倏又紧皱。玉琴知道他们的心事,当即笑说:"我知道你们愁着首饰献去了赔不起,这个你别愁,我这里的几件首饰,借给你们的女儿用好了。"说着立即把自己的钗钏卸了下来。

吴老夫妇看着绿油油、黄澄澄的金钗翠钏,却踌躇着不敢去接,显然眼中都透露着疑讶探询的光。两老夫妇互相你瞧瞧我,我瞧瞧你。玉琴见他们不接,便把两件东西向吴媪的手里一塞道:"这东西并不稀罕,我又不很喜欢戴首饰,丢了也没关系,你们拿着吧。"

吴媪还在迟疑,却见久作旁观的剑秋,也对伊努嘴示意道:"不要紧,你拿着就是,伊这些东西多着哩。"

吴老夫妇见他们一对都这样的慷慨豪爽,便也不再推了。玉娟的嫂子在旁看到那一双钗钏,不由十分艳羡,觑一个空便溜到师婆家去报信了。

说也奇怪,自从玉娟表示了愿意鬼婚,伊的病竟然不再发了。过了三天,正是小除夕,那师婆来通信道:"昨天焚香默坐,正静心做夜课时,忽然玉娟姑娘前生的情人又在香头出现,道是他要赶回沧州去过年,今晚必须成婚,叫我来通知,若不照行,那么他就要带了玉娟姑娘的生魂回沧州去了。我怕误了玉娟姑娘的性命,所以不敢耽搁,赶来送信。你们究竟预备怎样?告诉了我,也好让我知道该给你帮些什么忙。"

吴老夫妇俩面面相觑，一时回答不出，恰好玉娟从里面走出来，这几日伊的身体已硬朗些，为了将近过年，起来帮着家人做事。伊一见师婆，不由心里一跳，暗暗切齿，伊竟不肯放自己过太平年。虽然伊原已决定去尝试一下，但伊见那师婆来催迫，便又觉得烦恼了。

那师婆一见玉娟，便迎着伊拍手打足地把来意又重述了一遍，最后拍拍玉娟的肩头，正了脸色道："好姑娘，这是和你生死有关的，你得早些儿拿定主意呀。"

玉娟对伊父母看了一眼，转脸来对伊一笑道："多谢您这样关切热心。过了新年，一定要重谢您。今晚上的事，一切都依你吩咐好了，你说怎样办便怎么好。不过这事也是人生难得遭逢的，我的性格是不肯随便的。最好那边的新房请我嫂子去布置一下，因为伊比较知道我的脾气，布置出来才能合我的意，要不然我这牛性子发作，便宁死也不去见那个孽鬼。"

师婆听说连声答应："可以，可以，就请你家大娘去好了。"

玉娟略顿一会儿，又道："可是我要天黑了才来，这种事怪难为情的，我不愿意让人瞧见，就是我到了也不用点灯照引我，也不要在屋里点亮，我胆小得很，等一会儿由妈跟我这位干姐姐一起送我去。"伊说着，向坐在一边的玉琴指了一指。

那师婆初时并没在意有人坐在旁边，这时经玉娟一说，一双狡邪的鼠眼在玉琴脸上骨碌了一会儿，露着一口黄牙笑得咯咯道："哦，你妈几时认的干女儿呀？怎么也不请我喝杯喜酒？"说着别转身拍着吴媪道："你老真是好福气，自己的姑娘已经长得跟花一般的鲜艳，又哪里去认得这样一位绝色的干小姐？要是老身也有一天侥幸认一位美貌的干女儿，那真是睡梦中也要笑醒了呢。"

吴媪正想开口声明玉琴不过是借住的，并不是干女儿。玉娟已在伊身后轻轻地一拉衣角，于是伊就搭讪着打了个哈哈。可是伊的心里总不明白伊女儿为什么这样冒昧，怕唐突了那位姑娘。

那个狡猾的师婆可不管伊们娘儿俩心里的计较，只是骨碌着眼睛打歹主意，怎样兜揽一个主顾，在这美貌的姑娘身上再捞他百十两银子，作为新年开手第一炷大财香，也卜个一年中财运亨通的口彩。歹人起歹念，是比才子的文思还要敏捷。一会儿伊就得了主意，跟玉娟娘儿俩告别，临行时还对玉琴看了几眼。

玉娟见嫂子没有跟伊走，连忙出去喊住伊道："你老别忙，带我嫂子一块儿走呀。"

那师婆实在一心专在打玉琴的主意，就把眼前这桩买卖懈怠了，便打一下自己的头道："真是老昏了，怎么才说的话，一会儿就忘了？我在这里等，姑娘去叫伊快出来吧。"于是玉娟就去把伊的嫂子叫来，和师婆同去布置洞房。

玉娟把伊的嫂子打发走了，就催伊母亲快预备晚饭，吃了好去。伊母亲真不懂女儿的心理，怎转变得这么快，对一件十分憎恨的事，竟变成十分高兴，同时也不明白伊为什么要认玉琴作干姐，便在灶下问玉娟是什么主意。玉娟笑道："不认作干姐，陌生人怎可叫伊送？那老鬼婆也不答应呀。"

伊母亲道："本来这种地方，这种事情，用不着烦劳客气的人，就让我跟你父亲送去得了，你怎么随口乱说谎，可惹那方姑娘心里不快乐，你真还是那孩子腔。"

玉娟笑道："请伊送去，自有道理，您慢慢自会得知。至于认伊作干姐，伊绝不会生气，这话原是伊教我这样说的呀。"

吴媪格外不懂了，为什么这姑娘要这样说呢？可是问玉娟，伊只是笑着催伊快弄饭，吃了饭自见分晓。吴媪对这娇憨的爱女，真也没法，便和伊一同烧煮饭菜。熟了端出去时，刚好剑秋和吴重三从镇上买了东西回来。

吴重三讶道："怎么今儿晚饭做得这么早？"玉娟道："吃了饭要干正事呀。"

重三见他女儿笑嘻嘻的，偏着头一副高兴的样子，也不知是什么缘故，他也无暇研究，只是想着自己上镇买了便宜菜，十分得意。饭端到桌上，便招呼剑秋一同用了。剑秋看见玉琴脸上也是一团高兴，两道含有英气的柳叶眉，不住地向上扬着，他心里就明白了一半。因为在玉琴和玉娟商量之后，玉琴便把伊打的主意，告诉过他。

吃过晚饭，玉娟、玉琴便去房中洗脸更衣，吴媪趁便就把玉娟今晚结鬼婚的事讲述了一遍。吴重三见他女儿没什么忧容，献去的首饰又有人代办，他也不去管这笔账了，所以吴媪讲给他听时，只随口应了几声道："嗯哦，不是太局促吗？怎可烦岳先生的太太？就是你一人送去便行，反正你又不能和伊同在里边的。"

吴媪道："我不是也这么说么？可是你那位任性惯的女儿偏要这么做，你能违拗伊吗？"

吴重三见说，便也不再过问，自己又去和剑秋俩讨论刚才买东西占便宜的手段和方法，以及商量行贩取巧的法门，喋喋不休。剑秋想觑空和玉琴谈几句，也抽不得身。

吴媪进女儿房里看时，见二人都穿着停当，只是打扮得新娘样的不是自己的女儿，却是方姑娘，自己女儿身上反穿了方姑娘的衣服，真是叫她摸不着头脑。问玉娟的话，伊又只叫伊莫管，但跟伊们走就是。

吴媪道："你这妮子，越来越糊涂了，大约你胆小，要请方姑娘代，可是那冤鬼认得清的呀？你骗了他，怎肯和你干休？以后即使依他也不成了，这是拿你自己的性命开玩笑了，不成，不成。"

玉娟急忙对伊娘摇手道："别嚷，一嚷可真会给鬼认出了，要不，绝不会认出，即使等他认明白了，那鬼也绝不会再作祟。你不知道，这位姐姐会打鬼的呢。不然，我为什么要伊陪去呢？"

吴媪将信将疑，对玉琴看了一眼，既是女儿信伊，也只得由伊们去闹了。玉琴不愿再给人瞧见，所以三人从后门出去。吴重三和剑秋都没照面，只听见吴媪高声关照重三小心门户，不要跑开，就砰的一声带上后门走了。

玉娟一手扶着伊母亲，一手扳住玉琴的臂弯。吴媪手里提了一盏灯笼，穿过三条小街，便到了师婆所指定的那座九天玄女庙的前门。玉娟这时心不住地跳突，唯恐让人认出，站定了竟不敢再走。吴媪道："这是正门，我们该走侧门。"把玉娟拉了一把。三人绕到侧门口来，吴媪上前叩门，玉娟便退后站在吴媪身后，让玉琴站到吴媪肩下，把灯笼用裙角罩满了，天上又没有星月，站在墙阴下，无论如何也看不清楚面貌。

里面听见叩门，知道是吴家送女来了，那师婆早就等在庙里了，而且玉娟的嫂子也在这里。师婆执着亮，在门里问道："是谁？"

吴媪道："是吴家送人来了。"

师婆记着玉娟的话，就把亮熄了，开了门。吴媪就把玉琴的手，往师婆的手里一按，轻轻道："你引着伊进去吧，等天明我们再来接。"

师婆拉着玉琴的手，不由喜欢得合不拢嘴，嘻嘻笑道："你老人家也不必再跑了，我准送你姑娘回来，况且还有伊嫂子一块儿走，你还有什么不放心的？今夜过了，解除冤孽，从此你家姑娘无病无灾，长命百岁，你老人家简直可以放心了。"

玉琴急于想看鬼，不耐烦听一个老婆子闲搭，便把师婆的袖子一拉，师婆就叫吴媪回去，忙关上了门，带着玉琴暗中摸索着回鬼洞而去。到了一间屋子面前，师婆用手一推，门便开了，里面点着香烛，虽然那烛光很微弱，玉琴怕给师婆认破，很快地跨进房门，就啪地把门关上。师婆在门外叮嘱道："姑娘你不要怕，静静地歇一会儿，那灯光灭时，你的鬼夫就来了，来时也不用怕，不能嚷，要不然也会扼死你的。"

玉琴只轻轻嗯了一下，算是答应着，心里却不住地在冷笑。伊把房内四周一看，倒是布置得很不错，向外排着一张大床，湖绿的绸帐，配着一双灿烂的银钩，床里叠着两条锦缎的棉被，一对鹦鹉绿绣软枕，居然还是簇新的。满堂红的帐额，还钉着一排流苏，想是窗缝里有风进来，所以一排流苏在摇晃不定的烛光里不住地曳荡。床前一个梳头桌子，上面放着镜箱，明角的台灯，一双小小的铜烛台和一个紫铜小炉，这时点着香烛，靠窗是一张方桌，两把椅子桌上供着一个瓷瓶，插了几枝腊梅，一阵阵的寒香和着香烛味一齐冲入鼻管。门左边是一口衣橱，再里边是一叠三个描红箱子，下面是红漆的箱柜，却已斑驳暗淡，同房里其他家具一般，和床上的被褥很不相称。

玉琴心里暗忖：这个所在不过临时借用与人，又不常住，要这衣橱箱柜何用？房间很小，那箱柜简直和床要顶住了，不知是什么意思？伊就站起身来，想去开开橱门看看，里面有没有衣物放着。走了几步，伊又恐门外有人窥听着，就走去想把门拉一点儿缝瞧。可是一拉门，竟是反锁着。玉琴哼了一声，便怀疑衣橱箱柜定是那所谓鬼魂的藏身所在，立即旋风似的走到橱前，橱门倒没有锁，一开橱门，什么也没有，却是一所空橱。玉琴暗想：这么大的橱却空着给老鼠住，这是什么打算？伊估定那些箱子一定也是空的了，走过去把柜门打开，真的不出伊的所料，也是空的。伊把上面的箱子一掇，轻轻的，不像有东西。伊掇箱子时，发现这一叠箱子竟是荡空摆的，后面并不靠墙，还离着有一人走的那么宽。伊觉得其中必有蹊跷，便扁着身子从床边挨行过去。

原来墙上有一扇小门，这一幢箱子，意在挡住这扇门，掩遮人家的眼睛。玉琴心里暗道："这扇便是鬼魂出入的门了。"伊仍退到床前面来。经伊傍着床进呀出的，那床帷格外曳漾不止，短短的烛芯，眼看着渐渐销熔。玉琴所期盼着的一幕，即刻到了揭开的时期。伊坐到床上，把帐帷放下，二足缩起，盘膝倚坐床角，双目炯炯，注视着帐门，但看烛焰销尽时，将有怎样一个鬼魅出现。

伊坐定没一刻，只见帐外的烛光连连地晃耀了两下，立刻室中变了一片漆黑。这时玉琴的双目便像两条电光，直射床前帐幔上。果然，烛熄以后，帐幔便微微起了振荡，一会儿一条黑影，钻进了帐里，双手向床中一按，惊讶地不禁咦了一声。玉琴在暗中却看得明白，有声有形，哪里是什么鬼？油头粉脸，衣服丽都，却分明是个花花公子。

玉琴觑着他那只在床上摸索的手，提手过去一把握住，伊只咯咯地一用劲，那个活鬼便杀猪般大叫起来。玉琴连忙轻轻喝道："不许响，再作声便立刻要你的命。"

那个活鬼抚着几乎要痛折了的手，再也不敢作声。于是玉琴向床正中一坐，指着那活鬼问道："你是什么样人？姓什么？叫什么？为什么要假充鬼乱人名节？这种勾当你做过几次？"

那人虽然凭仗着有钱，在地方上培植了些恶势力，可是身体却不结实，又不懂得拳棒，平时借着鬼魅做幌子，吓倒了那些柔懦无知的妇女，以逞兽性。如今他遇见玉琴，虽不知伊是甚样人，但刚才这一捏，已足使他心惊。先时他早躲在床下，偷看伊一会儿开橱，一会儿搬箱，和此时的态度，他就知道伊是存心来捉破他的。一个女子而有这么大的胆量，绝不是常人，一定有着非常的能耐。他听江湖上人传说的什么侠客，也许这个女子就是这类人。乖人不吃眼前亏，他就老老实实地讲述给玉琴听。

于是玉琴方才知道他是当地的大户陈百万的儿子，叫作一条线陈显祖，因为他一见年轻的女子，一双眼便乜得像一条线，因此人家就替他取了这个诨名。这种假冒鬼魅、乱人妻子的把戏，却不是他作俑的。那师婆年轻时，有个姘夫，是当地的恶棍，看上了良家妇女，便威胁师婆唆得人家鬼婚，他就假装鬼魂。上他当的不知凡几，也没有给人识破。后来因为犯了杀人罪，怕官厅捉拿，便拐了一个少妇逃跑。这师婆就让他扔了，伊便把这把戏又教给当地许多有钱而好色的子弟，伊从中取利，每次几十两几百两不等，看那妇女的年龄姿色而定。这位玉娟的嫂子有病，师婆就来兜揽他，又因为玉娟不听，嘲讽了伊们，怀恨在心，又由师婆出主意，叫玉娟嫂子暗中下药，让伊患病，一面告诉他玉娟的容貌比了嫂子还要美丽上几倍，叫他来充鬼夫。照理该多花一倍银子，只为伊们要报仇雪气，所以只要了他和伊嫂子一般价钱。今天那师婆还告诉他，伊替他觅到了一位仙子，简直月里嫦娥也没有这样美丽，玉娟比了伊便又差多了，要他出五百两银子，伊准替他想法弄到手。不到此数，伊便另外要去觅主顾了。那美丽的仙子就是玉娟的干姐姐。

玉琴听他讲到这里，便止住他道："我都知道了，你去把门开了，叫那老婆子取个亮来。"

那人听了不觉大喜，拔了闩想趁此向外溜。偏偏那门外面倒锁着，玉琴叫他喊，他果然喊了几声。老婆子听喊，怀着鬼胎把门开了。陈显祖并不接伊手里的亮，却抬起腿想向外跨，一条腿还没到门外，后头的肉痛得似乎割去一般，耳边一声娇叱道："敢走！"他只得缩了回来。

玉琴接了老婆子手里的亮，顺手一把，师婆脚都没着地，让伊牵了进房。玉琴叫伊寻出纸笔砚墨来，叫陈显祖把刚才所供的都写上，还叫他念了一遍。玉琴问师婆道："他所说的是不是真话？"

师婆到这时候方才认清伊并不是玉娟，却是那个什么干姐姐。老婆子想起玉娟白天所说的种种，方才明白伊们竟是有计划地来破坏自己，想不到卅年老娘倒绷孩儿，坏了这么些妇女的名节，赚了不知多少的造孽钱，想不到今天跌在一个外来的女子手里。那师婆也不用抵赖，老实地直认不讳。玉琴问伊有否同党，害过多少人，得过多少钱，伊一一叙述着，玉琴就叫那姓陈的一一写在纸上，又叫他念一遍给师婆听了。玉琴问伊道："这些都是事实？"

伊道："是的。"

玉琴就叫伊在纸上画花押，把纸折叠起来，和先前陈显祖的一起揣在怀里，站起身来对二人说道："你们两人在此坐着，天明自有人来发落。"伊看二人唯唯应着,而目光闪烁,显无诚意。

伊一笑道:"你们两个家伙不怀好意,我有些放心不下。只得烦劳我的双指,把你们看管一下了。"说着,就把二人分两边按在椅上坐下,同时又在两人的双膝下,用二指各点了一点,二人但觉得一阵酥麻,便莫想站起身了。二人知道求也无用,各苦着脸互相用失望的眼光相视着,目送玉琴的娇躯轻疾地走出了房外。

玉琴走到庭中,看见一条人影正想避去,伊追上一步,一看正是玉娟的嫂嫂,便伸手拉住道:"嫂子回去吧,你犯不着把清白让这种轻薄而没有真情的登徒子玷污了,关于你们合谋图骗玉娟的一节,我可以替你掩盖。只要你确实悔过,以后不再和这种黠邪之流互通声气,而出卖你自己的亲人。"

玉娟的嫂子听说事情闹穿,见了玉琴自觉不胜羞愧,垂低了头,默默不声。玉琴知道伊完全受了那师婆的蛊惑,年轻守寡,意志薄弱的人,又怎禁得外来的诱惑?看伊此时颇有悔意,玉琴劝了伊几句,决定不把伊同谋的事明白说出。

二人回到吴家,天色还是黑沉沉的,未透曙光。玉娟母女不知玉琴如何应付,心神不宁,母女灯下相对,兀自未睡。还有剑秋挑灯独坐,一颗心也自扑扑不定。虽然他深知玉琴不会吃亏,可是不自主地一颗心老是没安放处,再也无法安稳入睡。听得叩门声,他比玉娟母女先抢出来开了,剑秋看伊一脸笑嘻嘻的样子,便知事情的结果一定完美。

玉娟母女闻声出来,一同问玉琴鬼魅究竟真假,玉琴在怀里掏出那两张纸来,交给玉娟,一面把自己所遭讲了一遍。玉娟在众人惊叹唾骂声中,不禁抬眼向伊的嫂子看去。玉琴见了,也就向玉娟投过调解的眼光,劝伊不必穷究。玉娟看见嫂子不敢正眼向伊,局促地低下了头,正想说伊几句,后见玉琴在使眼色,便向玉琴笑了一笑,表示接受伊的调解。

玉琴在吴媪向伊慰劳感谢时,搭手笑道:"我生性喜管闲事,请你不必挂齿。时候不早,大家都该去睡一会儿,明天正有事着忙呢。"经伊一说,剑秋跟着玉娟母女不期而然地打起呵欠来,便各自进房安置。

第二天吴重三就去找地方保正,把陈显祖所写的二纸给他们看,要他们去告官抓人。本来大除夕了,县官也已封印不理官司,保正自然也图舒服,不愿多事。可是这一件事他倒十分义愤填膺,表示立刻要去抓人,不可轻贷。原来他的媳妇儿也行过鬼婚,看病的也就是这个师婆呢。

吴重三家里过年的事,交给妻女去办,又托了剑秋新夫妇帮同照料,自己跟着保正公役同去抓人。到了庙里公役去扯二人,两个中一个也不起身。公役以为二人赖着不肯走,便是几个巴掌,二人被打得鼻肿嘴歪,齿缝里鲜血直进,哭着道:"我们的脚被点住了站不起来,便打死我们也不能走呀。"

吴重三听说方想起玉琴对他说过,并告诉他如何解法,当即告诉了公役。凡是当公役的都会一些拳脚,这个过门也听得过。听吴重三说了解法,就中有一个公役原会针灸,对于周身筋穴骨骼,都还认得清楚,他上前依着吴重三所教的,给二人在膝下一点,说也奇怪,二人又是一阵酥麻,却伸展自如,可以站起来走了。

二人被捕,县官须待开印后才理,所以衙中公役趁此敲诈。好在二犯都是肥猪,着实榨得出油水,他们都捞了一笔意外之财。这一来,村人受过骗的都拍掌称快,听说这件骗案是被一个外方来的女子所破,大家都想去瞻仰一番。于是吴家的户限为穿,玉琴也烦得头疼,开审时少不得还要伊到堂做证。玉琴怕招摇,嫌麻烦,过了新年,不等县中开印,伊和剑秋丢了几十两银子,也不向吴家人告别,便悄悄地走了。好在罪证确凿,那地方官听说也还肯为人民的福利费费心思,不是一味儿只注视着银子的,后来自能如百姓所望惩恶儆奸,玉琴等尽可不必再管后事了。

他们此行原要到岭南去探望云三娘,不过一路还要探胜访古,有时竟不惜绕道,走得很慢。离了吴家,他们路上走了两个多月,还是未入岭南境界。

那天风日晴和,正是杏花天气,一路看见许多红男绿女,纷纷谈论着九龙庄的杏花盛会,去赏览的往返不绝。玉琴好奇,便向一位白发皤然、银髯飘拂的慈祥老人探询道:"借问老公公,九龙庄在哪里?大家议论着九龙庄的杏花,究竟是怎么一回事?这个盛会是否公开可以随人自由参与,还是须由主人邀请?像我们外路人不知也能参加吗?"

那个老人伸手扶着银髯,露出一脸慈和的笑容道:"九龙庄离此不过六七里,走过前面一排榆林,顺着小溪向右转弯,不到百步,就是九株古松,枝干盘曲作龙形,所以叫作九龙庄。"

剑秋在旁插嘴道:"那么今天这么热闹,是为了什么?杏花并不是什么奇花异葩,为什么大家都这样高兴?好像是难得有的盛事一般。"

那老翁呵呵地笑答道:"客官说得不错,我们这里真把它当作一件盛事哩。"那老翁一面说一面把双手一拱道:"二位想是路过此地,不妨请去赏光一下,老汉可以做向导,一路慢慢讲给二位听。"

剑秋玉琴果然跟他同行,因老翁并无坐骑,所以二人也牵了驴马,和他一路步行。那老翁姓龙,名云从,一边走,一边讲述那赏杏花的盛事道:"我们这庄子上只有三户人家栽杏的,附近的村庄却从来栽不活。可是三年前起,我们庄上的杏树也都枯萎,三年来连一张叶都没生过,别说着花了。"

玉琴笑着插嘴道:"一定今年枯萎了的又开花了,是不是?那么是否三家的都开了呢?"

那老翁道:"哪里三家都开,只是我们家里的几株开了,较往年开得格外茂盛,又大又多,颜色又好,亲邻们都说是吉兆,我家几个孩子一高兴,就兴了这个什么观杏盛会,随便让人观赏,还备了茶果招待。至于亲友近邻来相贺的,便治酒款待。"

说罢，争去观赏。但见灿若晚霞，妍红欲滴，还衬着绿叶和其他杂花，彩蝶翩跹，乳莺舞梭，简直像一幅渲染工深的画图，刺绣精良的锦幔，耀眼生光，确乎是前所未见的美景，莫怪村中男妇都像病魔了一般，络绎不绝前来观赏。正中两扇朱漆大门，开得敞敞的，那是放进去的人，左右两边都有侧门，也敞开着，游人都从这里出来。门口也都有家人照料，三处门口，游人如蚁，黑黢黢的，只见人头乱动，乡镇间赛会敬神时也不过如此轰动罢了。

龙老招呼琴剑道："前面太挤，我们还是打后院走吧。"于是龙老引二人折而向东，走完围墙，便是一扇黑漆小门，却是紧紧闭着。龙老举拳在门上轻轻叩了三下，便听见里面答应，一会儿门就开了，是一个垂髫小童，叫了一声老太爷，便躬身垂手侍立一旁。

龙云从向琴剑二人拱手请进，二人又请老翁先进。让了一回还是云从在前，曲曲折折，重重叠叠走了好几个院落，好几重门户方才到达前厅。两边敞轩里摆着好几桌酒席，是龙家的亲友，右边敞轩里有珠帘隔着，鬓影衣香，隐约可见。大约是龙氏的内戚。轩外一带长廊，廊外便是杏花盛开的那个大花园。白石栏边一字排着几十张朱红漆的方桌，上面陈列了各色茶果。台阶上站着一对白袷少年，约莫二十来岁年纪，长得唇红齿白，眉清目秀，真的像玉树临风一般。正在指挥童仆，分发茶果，笑嘻嘻的，一脸和蔼相，竟跟那老翁一模一样。琴剑心里忖度，必是老翁的孙儿了。

果然老翁使人把二人唤进来见琴剑道："这两个都是小孙，这长一些的叫龙飞，短一些的叫龙翔，他们是一双孪生兄弟，上面还有两个哥哥，大的前两天为朋友的喜事出门去了，过一两天才回呢，第二个在左边敞轩里陪客哩。"

云从介绍了半天，忽然打了自己一下头道："啊呀，一路说了半天废话，却没曾请教得二位的大号，真是老朽该死。"

琴剑忙笑着欠身叙述姓名。那龙飞龙翔听了连忙又是恭恭

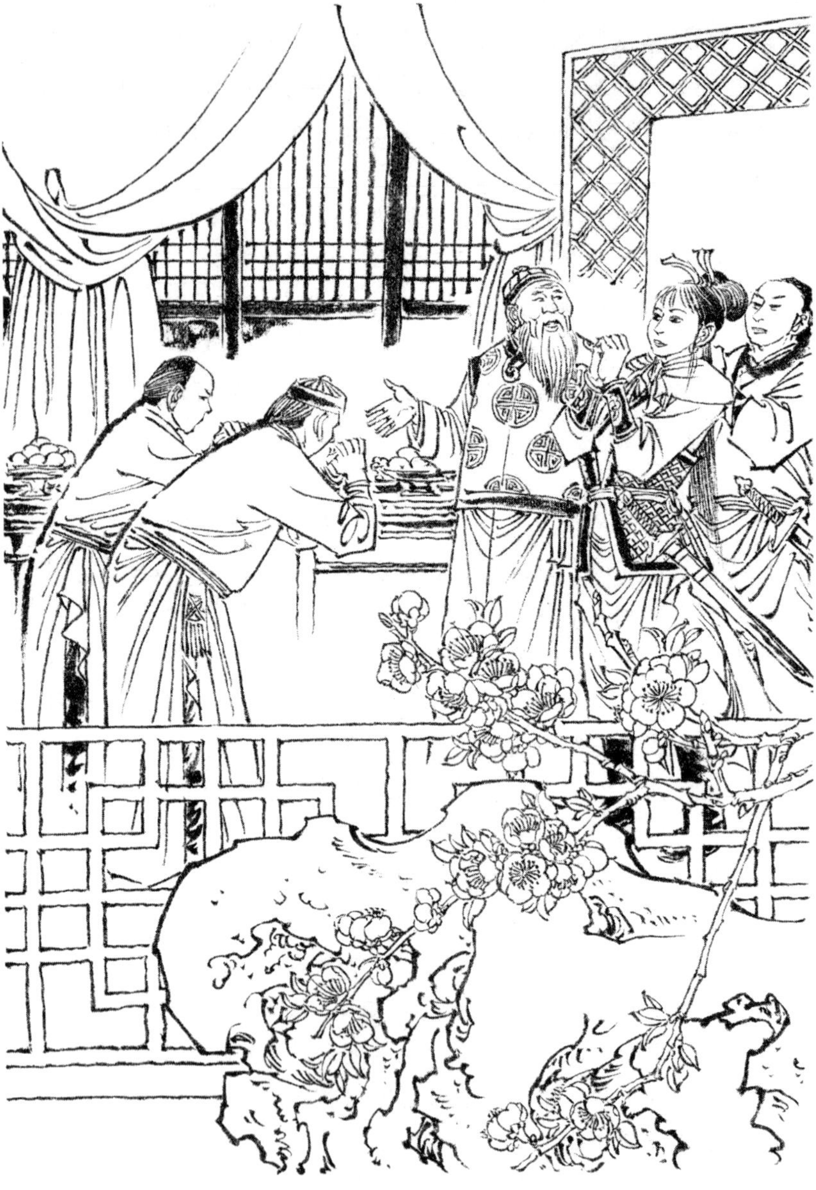

敬敬地行了一个礼道:"二位的大名,久震江湖,小子们自恨生也何晚,不能一亲颜色,引为憾事。想不到今日竟承虎驾贲临小庄,夙愿得偿,领教有自,真不禁要距跃三百了。"

那龙云从听说是荒江女侠方玉琴和伊的夫婿岳剑秋,二侠同临,也在旁拱手盛道歆慕之忱。琴剑二人谦谢不迭。云从就吩咐下人另设盛筵,在花厅中款待嘉宾,自己亲自作陪,并叮嘱飞翔,游人散了速来陪客,可以向二人叨教武术。飞翔因急于趋陪佳客,天色原也渐晚,就催下人快快把茶果分发完了,早关园门。许多游人见了都暗暗纳罕:怎么今天比前昨早关一个时辰?太阳还徘徊山边迟迟未下呢。昨晚是月亮挂上树梢方才闭门,这是什么缘故?村人们未免私叹有钱人家的公子,没有长心,高兴不久,就厌烦了。还是叫村人们明天别来了吧,再过几天说不定得不到彩头,还会讨没趣哩。

不说游人私下忖议,且说飞翔二人督率下人把茶果分完了,正门关上,园中观赏杏花的游人,都只出不进,派几个人在园中及出口处照料,便匆匆地往花厅中去。可是才走进大厅,他们的二哥龙跃自敞轩里赶来问道:"为什么今天门关得这样早?是谁的主意?"

龙飞道:"是祖父叫早些散的,因为花厅里他请了二位贵客,要我们去作陪呢。"

龙跃笑道:"看你那个高兴的样子,是什么贵客,却找你们这两个小子去陪?"

龙翔对他哥哥把大指一跷道:"说出来你别吃惊,那二人就是江湖上鼎鼎有名的侠客,荒江女侠和岳剑秋,都是能剑的。二哥,你不是一向想学剑术吗?会剑的现在送上门来了,你可有什么打算没有?"

龙翔这一说,可把龙跃说得乐起来,一跃就是几尺高,一把抓住了龙翔二人道:"快快,咱们一块儿去见见这二位大侠,这一遭可把我乐疯了。"

龙跃把敞轩里的许多客人撇下了,径自跟着他两个兄弟往花厅见琴剑二侠去了。三人到了花厅,只见四面窗帷齐下,已点起绛纱灯来,四壁灯烛辉煌,照耀着更显得二位大侠神采焕发,云从老人精神矍铄。云从见龙跃跟随来,唯恐他率性而行,粗鲁无礼,得罪了人,连忙站起给琴剑二侠介绍道:"这是二小孙龙跃,性情粗豪,行为鲁莽,不过心眼儿倒不坏,而且性喜武术,还请二位不吝指教。"

老人又指点二侠告诉龙跃,命他行礼相见。龙跃一来震于二侠的盛名,二则倾于二侠的丰采,不等他祖父说已是拜倒在地,比了他两个兄弟更见恭诚。琴剑连忙回礼,一面仔细端详,见他生得方面大耳,虽不及他两个兄弟俊秀,但眉目之间,英气勃勃,一望便知是个豪爽率直的汉子。

这时下人们摆好酒席,龙跃却向他祖父要求在这里陪剑秋夫妇,把外面的宾客交给龙翔去照料。云从老人道:"那不妥,好在游人都散,外面的客也快散了,等他们散了,你再进来不迟。"

龙跃不敢违背祖父的命,只得向琴剑告了罪,怏怏地仍向外面敞轩里来。外面的宾客因天色不早,园门已关,游人也渐散尽,顿时觉得园庭寂寞。他们原是来凑热闹的,这会子没热闹可看,便也纷纷向主人告辞,约着明天再来赶热闹了。龙跃急匆匆把客人送走,便赶到里边来。

云从老人很会喝酒,而琴剑却不胜酒量,飞翔兄弟也不大会喝,龙跃一来,这下可够热闹了,他的酒量既好,谈锋又健,琴剑看他祖孙二人饮酒的样子,直跟闻天声和余观海一般。便提起了二人的往事,把二人惯会恶作剧、调弄人家的趣闻逸事,讲给众人听。把龙家兄弟引得大笑不止,连在旁伺候的下人也听得一个个别转脸去匿笑,连端菜添酒的事都忘了,要云从老人扶着银髯笑呵他们。飞翔兄弟年轻,听着格外觉得有趣,他们觉得比他祖父哥哥大杯地喝酒、高声地猜拳要有意思得多,便要求他们把江湖上闻见的奇事异闻述给他们听。琴剑便把大破天王寺、歼灭邓家堡和剿太湖水盗等往事讲了一遍，昆仑峨嵋两派比剑不成，而二派的群英齐集少华山，晚上剑光刀影，闪烁山林间，和星月争辉，真是奇观，可惜没有比成。否则各显奇能，一定更好看呢。

琴剑讲述往事，把个龙跃听得出神，连酒也不想喝了，两眼望着琴剑的脸，透着欣羡的神色道："最好能让我见识一次剑侠们的剑术，听说能剑的人，把剑吹一口气便能到数千里外，取人首级，有人还说剑仙把剑吞在肚内的，不知是否事实？二位也是能剑的大侠，不知肯否赏脸，表演一些给小子们扩扩眼界吗？"

剑秋听说笑道："凡是习武的，欲求艺精，都讲究练功。有的练硬功，有的练内功，有的专讲究气神，功夫深了，练气练神都已到家，自然形与神合，指挥如意。至于种种近乎神话的说法，是世人诳诞夸大，我们没见过，更莫说要我们献丑了。我们只会几路剑法，也和别人学别的兵器一样，不过我们使用剑较顺手些罢了，跟练气练神的剑客们，还比不上。"

龙跃和两个兄弟同声道："二位是有名的剑侠，剑术一定精湛高明，务请赐示一二。"云从老人也在一旁怂恿。

玉琴就和剑秋说道："既然这样，我们就献一会儿丑，助助酒兴吧。"

剑秋见玉琴已是首肯，他是唯玉琴之命是听的，又如何不允呢？当即叫下人把行囊中的宝剑取来，二人把长衣脱下，推开座椅，一个箭步，便到了庭心。

这时云从已叫人把窗户打开，一庭明月，清澈如水，祖孙四人，都凭窗站着，八只眼睛一齐朝着窗外的琴剑瞧着。只见二人分左右站定，竖起手中宝剑，二道寒光，并在一起，做了一个玉兔拜月的形势，就地乘势左右分旋，就此对舞起来。龙氏祖孙，但见两条银光在地面左右合旋成一圆形，后来这个圆形忽分忽合，或单或双，倏起倏落，时高时低，似见无数条银蛇在那里腾跃飞舞，和月光照映，闪耀得使人目光不定。至于什么是人，什么是剑，哪个是玉琴哪个是剑秋，再也分不清楚了。把个云从老人看得不住地抚弄银髯连声啧啧。龙跃乐得扯住两个兄弟又笑又跳，连那些侍候在旁的下人都一个个目瞪口呆，惊心动魄。

剑鸣锵锵，剑舞飒飒，震得庭中的树枝，不风自摇。高枝儿的宿鸟都忒棱棱扑翅飞去，因受不住这惊扰。忽然砰的一声，和碎金裂石一般，两道交叉着的剑光，突地像电光闪射，自空中下落，耀得众人眼花缭乱。而二条健捷的人影，就在砉然一声，银光四坠中重复显现在众人眼前，笑嘻嘻地抱剑欠身连说献丑，却丝毫不现疲乏喘息等态。

龙氏祖孙连声称赞，十分钦佩，龙跃更是崇拜之极，定要从二人习剑，执弟子之礼。剑秋玉琴再三逊谢，后来却不过龙老一再坚请，方才应允，龙跃若要学时，可以一同研究练习，至于师长的名分，无论如何不能承受。龙跃见二人肯允许教他学剑，大喜过望，倒也并不坚执一定要拜他们为师了。当时云从命下人重整酒肴，复邀二人入席。他们的谈锋只是在剑上绕圈子，讨论着剑的品质、学剑的方法等。这一席酒直喝到谯鼓三下才散，云从早已在饮酒中间叫下人为二人铺设好了客房，洗漱毕，就叫下人引导二人至客房安歇。龙跃高兴极了，还亲自执烛送他们。到了客房中，还嗔责着仆人预备得不周到，缺这样少那样，啰唣了好一阵子，又和剑秋谈了几句，方才各道安置而别。

第二天早上，他家的观杏盛会照理仍要招待各村来观的人，但龙跃一心在琴剑身上，没心肠理会这个，就向他祖父说："取消了吧，这个什么观杏盛会，这两天来的人也不少了，有些人都是去而复来，他们哪里懂什么赏花？不过图些吃食罢了。"

云从道："既是你懒得招待，便就罢了，我可也没这大精神。但先头起动的也是你第一个，这回子厌烦了，也是你第一个，可见得是个好新鲜没长心的孩子。"

龙跃笑笑道："这回您看我学剑可有没有长心？"

老人喘了一声道："至多三个月。"

龙跃道："好，您等着瞧吧。"他说完随转身去知照下人，叫写张帖贴在门上，说停止公开观杏，一面忙不迭去看剑秋有未起身。

走近客房时，正见剑秋已在房外的小院里，伸拳舒腿，在练身体呢。他忙三步并作两步，跳上前去，跟剑秋请了早安。

剑秋原听说他性喜武术，便问他学过哪些武器，练过拳没有，宗的哪一派，是什么人教的。龙跃一一回答道："只学会了使短刀，是族中的一位叔祖父教的。拳也练过，宗派倒是少林。只惜叔祖父死得早，所以也只学会了不多，我们的祖训是重文轻武，且以务农为主，切戒仕进。所以我家的人都略习拳腿，以为防身健体之具罢了。我祖父年轻时拳腿也很了得，只是不善用家伙，不过我叔祖什么都强过祖父，只可惜寿短了些。我们弟兄，大哥完全是个文人，我和三四两弟，都略习了些武，似乎我比两个兄弟稍好一些。"

剑秋道："听说还有一位令弟呢，怎么不见提起？"

龙跃道："有的，就是我们的小弟兄龙潜，他跟大哥一同出去了，大概今天就要回来。他的性子躁急粗暴，好做出头椽子，什么话什么事都藏不住一些在肚里，所以祖父特地替他取个名字叫潜，要他顾名思义，改改脾气的。可是他的脾气还是改不了，但他却肯听大哥的话，跟大哥在一起，祸便少惹了，所以这回祖父叫大哥带他一起去的。"

剑秋和龙跃在说着话，玉琴也已梳洗完毕，从房里出来。下人来请用早饭，三人便同到前厅。云从和龙翔兄弟都已候在那里，各人互问了早安，便一同入座。

吃完早饭，龙跃逼着祖父把家藏的一柄宝刀取出来，他抱了刀也来不及抽出来看，便催着琴剑到院子里去教他。剑秋看他性急可笑，便走到院里，先叫他把学过的武器使几路看看。他一听十分高兴，连蹦带跳，跑到自己房里，把那柄他当作宝贝而又久为尘封的短刀拿了出来。剑秋一看，那把刀锋利无比，确是宝刀，便要他使起来。

龙跃擎刀在手，环起一足，才做了一个金鸡独立的架势，便听得他的小兄弟龙潜一片声喊进来道："我知道准是二哥的主意，他好新鲜，又另换别的玩意儿，可是我不依，我没赶上这一趟热闹，非要把纸条扯去，重开园门不可，真正的太岂有此理。"

龙跃给他兄弟一路嚷责，不禁生气，放下手中刀，怒目往那边奔去。剑秋和站在台阶上的玉琴也都顺着他看去，只见一个少年，身材矮小，筋骨强健，面红耳赤地大声嚷着，从边门里进来。后面紧跟着一个高个子，面貌和云从老人一般模样的人，年纪也不过二十多岁，大约就是龙跃的大哥龙腾了。他一路在扯着兄弟，意在禁止他嚷。再后面缓缓地随着二人，一个面如锅底的黑汉，一个却只生得一条腿的。

琴剑二人不由同声惊诧道："咦，怎么他们二人也来了？"

说着，二人便直向龙腾身后走去。那二人这时也已瞧见他们，举手欢呼道："女侠和岳先生也在这里，真是巧极了。"

他们四人这么一奔一呼，却把龙氏兄弟都呆住了。起先龙跃只生了气要同龙潜争吵，并没瞧见他们身后两个陌生人。龙潜一心要和二哥办交涉，龙腾只在盘算调解的方法，都不曾注意院中还有着两个生客。这时龙潜顾不得和二哥闹了，跑过去笑嚷道："咦，滕先生，薛先生，您们怎么和他们认识？"龙跃也问琴剑这二位是甚等样人。

当下剑秋就指着黑汉道："这位是小尉迟滕固，一条铁鞭真使得神出鬼没。"又指着那个独脚汉子道："这位是薛先生，单名一个焕字，他也是昆仑门下，剑术高强，就和你们听说的剑仙差不多了。我们在洛阳破灭邓家堡时，也亏这二位相助的哩。"

龙跃和龙翔听说，不觉抬眼对薛焕多看几眼，心里兀自不信，这样丑陋的汉子，有着偌大的本领。剑秋把龙跃等和滕薛二人介绍过了，龙跃也把他的大哥幼弟介绍和琴剑相见。龙腾又把怎样认识滕薛的经历讲了一遍。

原来龙腾兄弟在亲戚家遇了土匪绑架，恰巧滕薛路过那里，初意欲向那家借宿的，谁知正有盗匪在抢劫掳人，二人各出兵器相助。那些盗匪怎经二人猎杀？不死的便抱头鼠窜而去。那办喜事的人家自然十分感激，备了盛筵款待。龙氏兄弟亏他们才得脱匪手，一定要邀他们到家盘桓几时。他们知道家里正举行着观杏盛会，也请他们来瞧瞧热闹。他们因龙氏兄弟情意恳挚，谊不可却，便一早赶着回来了。龙潜回家见了园门上的纸条，他觉得虚邀了二位恩人，让他们瞧不到热闹，心里一急，问下人知是二哥的意思，便赶进来作闹。又哪知他二哥正招待着二位客人，又和他们的恩人是同道呢？这时他的快乐，已压制了初来时的愤怒，一迭声催着他祖父，要求他吩咐下人在杏园中备了酒筵，给四位客人赏杏。

老人真的就叫人吩咐厨下办了一桌丰盛的酒席出来，摆在园中。一会儿席面已经排好，老翁请四位上坐，自己率了五个孙儿在下相陪。一桌团团刚好坐了十人。老翁又叫把家酿好酒抬一坛来款客。那酒的颜色竟和珊瑚一般，在觥中荡漾着，映着各人的脸色，都罩上了一层红光。

琴剑和滕薛互询别后状况，他们还是在琴剑合卺的那一年分别的，屈指已有四五年了。琴剑就把在山上生活情形，以及杀怪兽巧遇孝女翟绮云，中秋夜饮酒睹妖星等异闻，一一讲给二人听。此番下山，原为探候故人，赴洛阳访公孙龙，古堡破贼窟，到天津曾家庄又适逢拳乱，帮着曾庄诸人破拳匪，退洋兵。与翟绮云闻天声分手后，想赴岭南探望云师三娘，沿路又消除了许多不平之事。最近在晋豫边境，破除了鬼婚的骗局等情，一直讲到路遇龙翁邀观杏花为止。

薛滕二人听他们说要去访云三娘，便同声说道："云三娘不在山中，到崂山去了，你们不必空劳跋涉。"

剑秋问道："二位怎么知道？难道二位也曾登罗浮去过吗？"

薛焕道："正是，我们自那年少华山一别，跟师父憨憨和尚回去,在师父身边听训习艺,也很容易地过了两年。下山访了一群故旧,又到螺蛳谷去访问袁彪李天豪等众英雄,住了几时,想起云三娘便赴岭南。谁知伊先一日携了桂枝赴崂山去了,只留下徒弟吕云飞看守门户。据说伊要在崂山住些时呢,短时间内未必就回。"

玉琴跟剑秋说道:"那么我们不必往岭南了,就折向鲁境去吧,顺便也可至峄县看看翟绮云。"

伊又复回头向着薛滕二人道:"那么二位现在要到哪里?就和我们一路赴崂山走一遭吧。"

薛焕道:"我们不打算去了,要紧回螺蛳谷去看看。"

琴剑齐声问道:"真的螺蛳谷中的近状如何?李天豪、袁彪、蟾姑、小鸾等都怎样了?我们一直很惦念着,尤其是在这神州板荡、民生涂炭的时候,我们很盼望他们所栽培的那朵革命之花,能灿烂光大起来,我们访过云师,原想去关外一行呢。"

薛焕道:"李袁夫妇和陆翔欧阳兄弟等都很好,而且他们也都有了子女。他们的雄心不衰,只是幸运欠佳,连年来招兵买马,培植势力,可惜这期间因用人不慎,出了两次乱子。那一回不是我们赶到,螺蛳谷险蹈了龙骧寨的覆辙,可是元气大伤,要恢复又待费好些时了。我们这次离彼日久,很不放心,袁彪临行原叮嘱我们早回的。"

玉琴道:"闻先生也说过螺蛳谷的,也许二位回去时,他已先在了。"

龙家诸人听他们讲着,虽不知是什么事,但听着也觉有趣。龙潜年少性急,时时扯着滕固,问他们讲的什么。滕固笑着也讲些给他听。直听得他眉飞色舞,非常钦佩。龙老和龙腾不停向众人劝酒,酒又醇,菜又精,主人家情意又殷勤,久别重逢,又是在不期而遇的局面中,怎不高兴?因此主宾都开怀畅饮,再加上跃和潜弟兄俩很会闹酒,一桌上除玉琴微醺外,几乎无不酩酊大醉,尤其滕薛和龙跃龙潜。

琴剑、滕薛给龙氏祖孙挽留着,在九龙庄上一住旬日,每日盛筵款待,龙老讲些前朝逸事、乡里奇事。龙腾却是彬彬有礼,不娴武但很能谈武,学问渊博,诸人和他倒也很谈得来。他的几个兄弟羡慕诸侠的武艺,一个个都要学习,老二、老五格外起劲,剑秋知薛滕二人暇时也指点他们一二,还喜二人都肯专心,他们便也很觉高兴。

玉琴却和龙腾兄弟的妻子在一起看看伊们刺绣烹饪,闲时以琴棋消遣,这些都是伊平素所不接触的,和伊们一起玩着,也另有新趣。只是久了觉得气闷,不及伊挥剑舞刀来得爽朗有劲罢了。因此住了旬日,玉琴再也待不住了,并且伊也急于要去崂山见云三娘,便催着剑秋要走。剑秋知道伊的性格,所以龙氏祖孙虽然恳切坚留,剑秋也决计辞去。龙云从备了许多礼物,还奉献数百两白银作为程仪,四人坚不肯受,推辞再三,方才各取了一两件小巧的礼物,实在他们自不愿累赘多带物件。

琴剑滕薛辞了龙氏祖孙,各跨上坐骑。滕薛本来没有骑马,龙翁在厩中选了两匹好马赠给二人,龙跃和他幼弟龙潜最是依恋不舍,一直送出庄外十余里才回,还殷殷订期后会。琴剑滕薛四人行了一程,便分道了。滕薛取路回螺蛳谷去,琴剑则向崂山道上走。晓行夜宿,多无耽搁。

那时天气晴和,已是暮春季节,他们到了山东境内,天色已渐昏黑。玉琴连日小有不适,所以剑秋主张早歇。刚好这里有个小旅店,剑秋看也还洁净,便找了一间向南的屋子,窗外是个小天井,门外就是过道,从窗内望出去,进出的人都能瞧得清清楚楚,而外人要看窗内,却好当窗有棵很肥大的芭蕉,像绿帽一般地遮住了。

剑秋和玉琴进内歇下,小二端进茶水,安放了行李,剑秋就叫他把门带上,因他嫌门外进出人等太杂,把门帘也放下了,只开了靠边的一扇窗。

玉琴歪在床上,剑秋站在窗里闲看。这时天色已黑,月亮还没上,所以看出去也看不清人的面目。但是黑影幢幢,往来罢了。过一会儿小二开进饭来,玉琴喝了二碗稀粥,便早早睡下。剑秋因时候还早,便出房随便走走。才出房门没几步,看见过道那面的屋子里,匆匆走出一个人来,一身深蓝布的袄裤,戴了一顶阔边青毡帽,帽檐低垂,衣领高耸,把脖子和眉目都给挡住了,简直看不清面形。那人似乎很焦躁的模样,匆匆往店外走去。剑秋看这人的情形很在可疑,故意走过他的屋门口,想看得些什么。可是那人出去把房门带上了,屋里也没上灯,静悄悄地不像有什么人在里头。他不便逗留在别人家房外,只得走到前面去。听见掌柜的吩咐小二道:"我乏了,今晚要早些去歇,有什么事你去承当一下。你的舅舅,我看在你的脸上就留他在这儿待一晚,明儿早上赶早走。不过他吃了我两顿也该尽些力,叫他听着门户,旅客进出,他要随时留意启闭。天黑了,该谨慎门户,但也不能得罪客人,只须自己时刻关心,不要偷懒。"

小二和另外一个沙哑喉咙的男子,都唯唯应着。剑秋心想这个掌柜的刚才招呼自己是多么谦恭,一团和气,谁知竟是这样啬刻的小人。不愿和他多搭,剑秋便折身回屋子里来了。掀起帐幔,玉琴仍没睡着,为了亮着灯的缘故。剑秋把灯熄了,坐在床沿,把这间所见的和自己怀疑的都讲述给伊听。他还说:"今晚上要醒睡些,那家伙形迹诡秘,也许不是好人。"

玉琴道:"区区小丑,怕什么。"

剑秋听伊语气虽强,可是语音含糊,知道伊要睡得紧了,便不和伊再说什么,站起身也打算解衣就寝。抬头一看,雪白月光洒满了纸窗,他倒又舍不得睡了,把纸窗轻轻推开,站在窗前看月。听听街上,万籁俱寂,只有远远的更鼓声在晚风中荡漾。过了一会儿忽然听得一阵犬吠,接着便听得店门砰砰一片声响。门咿呀地开了,便是一阵踢踏的足声,听去不止一人,约有三五人的样子,直响到过道那面去了。剑秋正在忖度,这些又是否和刚才那穿蓝袄裤的人一起的?忽见芭蕉树外有一条黑影一闪,剑秋急忙转身,在床头取下惊鲵宝剑,闪在窗边戒备着。可是好一会儿并没有人,只听蕉叶外有人窃窃私语。剑秋把脸侧向窗外听着,其实谈话的人还站在天井的南口呢,他们说得是那么低,几乎和耳语一般,可是剑秋听得却很清楚。原来练过功夫的人,耳目的效用,自也较平常人灵敏得多。

他听那沙喉咙说道:"什么满家洞?我可从没听见过。"

又听得小二道:"轻声些,舅舅,让他们听见,知道我们在窥探他们,议论他们,那就别想保住脑袋。"

小二的舅舅把声气放得比小二还要低道:"这么说来,这些人必是歹人,为什么店里要招接这班凶神恶煞呢?"

又听小二说道:"你这又是老实人的话了,开店的只认钱,不认人,只要用钱爽快,又管他什么样人!巴结还嫌不够,怎么会不招接呢?平心说起来,这满家洞的好汉倒也不蛮,你不惹他,他也不会无端欺人,所以有些人说他们是土匪,也有些人说他们是什么油纸之是。这句话我也不懂是怎么解,只是看讲的人的神情,似乎称赞他们不坏就是。"

剑秋听着,几乎笑了出来。又听小二道:"好了,我们去睡吧。店里的客人都已回来了,您明天还得早起赶路呢。"二人一路喊喊喳喳地往前头去了。剑秋便也关窗睡下,可是再也睡不着,耳边只是喊喊喳喳地响着"满家洞,有些人说是土匪,有些人说是有志之士……",眼前又不住晃着那个低帽檐、高领子的诡秘的人形,一翻身便坐了起来,决计去他们房外探看一番。小二的声音似乎又在耳边响起来道:"知道我们在窥探他们……就别想保住脑袋。"

剑秋在鼻子里哼了一声,提了宝剑,重复把衣服束紧,轻轻开了房门出来,谁知才跨出门口,偏逢小二执了烛台过来,问道:"客官往哪里去?"那一双含疑的目光,直停留在他手里的剑上。剑秋只得推说是要小溲,因夜深在客地恐遇歹人,所以随带宝剑防身。

小二道:"客官放心,小店没有发生过使旅客吃亏的事,客官胆小,待我伴同前去就是。"小二说话是很高的,剑秋只得跟他同去。一会儿,小二又殷勤执烛送回。

剑秋留心过道那面的屋子，起先是暗着的，经小二这么高声一谈，屋里又亮起灯来。剑秋回房时，那边屋子打开房门，走出一个人来，小二忙去招呼。剑秋不便站住了看他，只得进来。听得小二和那人一路问答，也是向后面而去，剑秋暗恨掌柜的过度谨慎，深更半夜地还叫小二巡视门户，撞破了自己。现在已惊动了人家，不能去探窥，说不定小二还怀疑他是坏人。对于他的信任，还不抵对于满家洞的人呢。

剑秋一懊恨，在床上便莫想睡熟，惊醒了玉琴，问他什么事。剑秋从头详说了一遍，玉琴道："明天早起，等他们走时，我们跟踪去就是，在这里也探不出什么首尾来。"

剑秋听了也表示同意，便安心睡了。迷蒙中发觉那诡秘的旅客逃了，他连忙追踪而去，才要抓住，偏偏后面有人拉他，一回头，那旅客已无踪影了。

第九十八回

探秘搜奇有心寻间道
残山剩水无意见故人

剑秋恨恨地把拉他的人瞪了一眼，却原来是玉琴。玉琴拉着他的臂膀道："天亮了好久，昨晚计算的事，今天该起来办了。"

剑秋方才明白玉琴把他从梦中拉醒了，看帐外天色大亮，便咕哝道："只怕已迟了，怎么你不早些叫我？"

玉琴笑道："不怪自己贪睡，却怨人家叫迟了。你知道我叫了你多少时才醒的？也不知你在做什么好梦，一脸的得色。不是我狠命地拉你，还不知什么时候醒呢！"

剑秋不由好笑起来，便把适间的梦境告诉了伊。玉琴道："说不定，他们真走了呢，我们赶快吧。"

玉琴开门叫小二打脸水和收拾行李，瞥见通道那面的房门大开，小二正在里面扫除，看样子是客人已经去了。伊回头问剑秋道："你说的是不是那个屋子？"拉着剑秋把小二正在扫除的屋子指给他瞧。

剑秋跺足道："糟糕，糟糕。"说着就走到那边去叫小二。顺眼向屋里一看，除了小二，哪里还有一个人影？就随口问小二:"这屋里的客人都走了吗?"

小二道:"是,早就走了。"

小二撇下剑秋,带上了门去打脸水。剑秋回到自己屋里,小二把脸水也打来了。玉琴就叫他把行李收拾起来,随口和他有搭没搭地闲谈。又取出一些碎银赏给他,因话搭话地就问起那屋里住客的踪迹。小二得了银子,心里一欢喜,就都说了出来道:"这一批人行踪诡秘,也不知是好人还是歹人,可是在这一方时常进出,倒也没听说出过什么乱子。"

玉琴道:"他们时常到这儿来干什么?"

小二道:"也不详细,有时他们说来办货,有时却不见他们办什么东西。"

玉琴道:"今天早上什么时候走的?"

小二道:"天还没亮就动身了,他们时常来得很迟,去得很早。"玉琴道:"他们往哪一条路走的?"

小二不懂为什么伊对于这问题很感兴趣,抬头看看伊,挂着一脸和蔼的笑容,又想起怀里白花花的银子,便又答道:"向东面大道上去的,这时大约也走了好几十里路了。"

玉琴又道:"听说他们是满家洞来的,他们这时候是回去吗?满家洞在哪里?怎么我们从来没听人说过?"

小二道:"我们也是听人说,满家洞就从东面大道上一直去,不过二三百里路,也有人说不是这样走的,可是他们今晨确是从东面大道一直去的。"小二说着话,已经替他们把行李收拾好。

剑秋也已漱洗完毕,玉琴只洗了一把脸,头上包了一块帕儿,剑秋已从外面买了些点心回来,和玉琴俩吃了。玉琴又顺手给了些小二,小二欢天喜地地出去了。剑秋算清了账目,和玉琴俩带了行李,跨上龙驹花驴,也直奔东面大道上去。

剑秋在马上对玉琴道:"他们没骑牲口,我们加鞭追去,也许还追得上。"

玉琴点头道:"是。"

二人各催跨下坐骑。好在这条大道行人很少，一马一驴，直和风驰电掣一般，在路上直蹿。可是到了晌午时分，他们一路留心，也没瞧见这群诡秘的旅客，算来他们的行程已超过早行的旅客了。这里一带树林夹道，野花丛生，香气袭人，他们也赶得乏了，就下骑坐在树下休憩一会儿。

玉琴道："这地方枝叶葱茏，花气清芬，确能令征人疲乏的身心顿觉畅舒，可惜的缺少一缕清泉，使人马渴不得解。"

剑秋指着对面挂满了梅子的树道："摘几个梅子来吃就是。"

玉琴笑道："像珍珠样大的梅子可以吃得吗？即吃了也解不得渴呀。"

剑秋也笑道："你不会假定它是大的么？本来你又不吃梅子，看见了这酸得满口生津，这会儿你只要假想这一树又大又青的梅子，你摘了一个在嘴里，酸得口涎直流，不是就不渴了么？从前曹孟德叫他部下望梅止渴，你现在就叫想梅止渴。"

玉琴站起来拍去了身下的灰尘，笑啐道："少说废话，还是到前面去打尖吧。"剑秋也笑着站起身来。

他们坐在那里时，一直留意着两面往来的行人，可是这半晌也没有人走过。他俩解下拴在树上的坐骑，正待跨上，剑秋忽把玉琴一拉，指着后面道："你看，那面尘头扬起，是有人来了，我们且闪在一旁看着。"于是两人仍复坐下，装作休息的样子。

一会儿果见两骑马飞奔而来，两人留心马上的人，忽见下骑叫道："女侠，剑秋，你俩怎么在此地？听说薛滕二位说起，你们已在少华山成了嘉礼，可惜我们没有知道，少贺失礼了。听说你们婚后住在山上，是几时下山来的？怎么不到峪中来玩？袁头领和他的夫人都时常思念你们，便是内人蟾姑也时常和我谈起的。"

这个说话的正是从前龙骧寨中的雄主，后来给杨乃光出卖了龙骧寨，由玉琴介绍到螺蛳谷去的李天豪。后面一人是小子龙陆翔。四人相见，欢愉莫名，琴剑看天豪似乎苍老了些，不过豪迈英爽的气概却不曾减去分毫。小子龙倒仍是那副样子。他们看剑秋伉俪时还是和从前一样，可见他们养性山上，生活恬适，虽然下山来，风尘仆仆，长途跋涉，但他们干的都是快心快意的事，精神的慰藉足以解去疲劳，使人年轻，自然和天豪在谷筹谋计划，劳于职责的人不同了。

四人互询了些别后状况，琴剑向天豪探问了袁彪伉俪和蟾姑等的好，又问起谷中近况，并告诉他们九龙庄观杏，遇见滕薛二位。天豪道："我们离谷时，他们二位还没有到。如果他俩在山，这一趟我也不出来，而要烦劳他们俩了。"

琴剑就动问天豪等的行止，天豪道："说来话长呢，此刻腹饥了，且到前面打了尖再细讲吧。如果二位没有其他重要事情，最好能和我同行一遭，这兴趣也许不减于你们以前大破天王寺等机关哩。"

玉琴讶道："如此说来，二位是去破什么匪类的巢窟的吗？既然连你们在关外的也闻名而来，那一定在地方上为害不小了。不知在什么地段？如何我们一路来倒也不听得人们提起呢？"

天豪这时已和陆翔重复纵身跨上马鞍，且不答玉琴的话，用马鞭一指琴剑的驴道："请上坐骑，这个哑谜，且让它闲搁一下，等小弟去前面修过五脏神庙再行详解注释吧。"说完一笑，扬鞭先行，陆翔催骑随在他后面。

剑秋玉琴当即树上解下驴马，骑上加了一鞭，不一会儿就追上天豪了。剑秋高声叫道："天豪兄，我们追上你了，这里距市镇还有好些路呢，何不就把那个哑谜说出，也好解路上寂寞。怎么你数年不见，说话会变成这么吞吞吐吐的不爽快？"

天豪回头向他摇摇手，又把嘴朝前一努。剑秋和玉琴是双骑并行的，见天豪做作，便转脸对玉琴道："不知道他闷葫芦里装些什么药，也许故弄玄虚，有意装作那怪模样，知道我们好管闲事，借此玩笑罢了。"

玉琴深思着没有理会他，剑秋笑着喊伊道："喂，你想什么？为甚不理人？"

忽见玉琴若有所悟道："也许就是这条道儿。"伊说完看着剑秋，等候他回答伊的揣想是否不错，可是他哪里知道伊没头没脑的一句是指着什么说的，便问道："你说什么呀？"

玉琴道："我们在这条大道上来的目的是什么？"剑秋方才恍然，也点头道："准是，准是。"

这时天豪陆翔也都缓辔而行，他们夫妇俩的谈话，也传入了他的耳管，便笑问剑秋道："你们贤伉俪在办什么交涉，是是否否的？"

琴剑同声笑道："就猜你那哑谜儿。"

天豪先向前后左右一望，一条广长的大道上，除了日光树影外，便只有他们四骑士，别无旁人，才问剑秋道："你们是怎样猜的？倒说给小弟听听看。"

剑秋先对玉琴一看，和天豪道："我先说三个字，你听对不对？满家洞，是不是你们要去的地方？"

天豪点头道："着着，看来你们也是这条道儿去的吧？"

剑秋也点点头，天豪便问剑秋洞内详情如何，剑秋摇头笑道："不过听人说起这个洞名，内容如何，却一些儿不知，所以想去探一个究竟。"于是把旅店中所闻所见的讲给天豪和陆翔听。

天豪道："这么说来，还是我们比你们知道得多些呢。"

玉琴听天豪这么说，便催他快讲，剑秋也急于要破除他一天来的疑团，连催天豪讲。天豪看见前面不过一里之遥，树林尽处，便是市集，有酒旗飘飘风中，便道："前面便有人家，不及细讲，让人听去了不便，还是饭后慢慢细谈吧。"

玉琴性急，听了半天，好容易天豪露了些口风，但又因行近市集，不肯讲下去，伊只得耐着，四骑牲口一阵风似的到了市口。正有一家小酒店叫醉白馆的，就在面前。四人下了坐骑，把牲口拴在店前的大榆树上，解下行李，步入店内，跑堂的赶紧上前招呼。

这店除了门口一副炉灶，一个账柜子，所占地位所余无几，挤挤地排了四张桌子，安了十来只条凳。这时店里除了掌柜兼跑堂和一个下灶的外，客座内空落落的一个人影都没有。天豪一看室浅座挤，他携了行李，就拣靠门口的一张桌子坐了。跑堂的抽下肩头的抹布，拂拭了一会儿，排下箸碟，便向四人问要些什么吃的。四人看看灶上零零落落排着无多几样菜肴，笼里蒸的馍馍倒是满满的正冒着白汽。就道："你们有什么吃什么，方便的多要些个，不方便的我就少要些个，也省你们麻烦。"那跑堂的连声谢着客官照应，便吩咐下灶的预备去了。

　　这时日色当檐，一树榆钱泻影入屋，桌面和四人身上都像洒满了金钱一般，一只白猫蹲在槛上，迎着日光，洗脸搔耳，舔理毛片，满身白毛，洁净无瑕。榆叶的影儿，洒在它身上，又如斑斑圆纹很觉美观。猫的身体时时颤动着，榆叶的影子也因风时时摇漾着猫身上的圆形花纹，也时时变换。玉琴看着，很觉有趣，不由出了神也忘了催天豪讲满家洞事了。伊正看得出神，剑秋招呼伊吃东西，才见满满当当已摆满一桌子了，另外两个桌子也挤满了食客，跑堂的忙着奔走招呼，不停地撩起围腰，直抹额上的汗。

　　玉琴好几天因身体不适，也没好生吃东西，这会儿看那现蒸的馍馍，又白又松，面前又放着一大碗鲜汤，倒是引起了伊的食欲。刚才没有遇见天豪等前，原是为口渴急于赶来打尖喝汤的，待遇见了天豪，倒又把口渴忘了。这时看见了这一大碗又热又清的汤，把伊的口渴倒又引起来了，连忙端起汤来就喝，觉得鲜美无比。可是见剑秋喝了一口汤，却摇头对天豪道："究竟小店里没有好东西吃。"

　　玉琴揪着他道："别剔精拣肥的吧，我觉得好几天来也没吃到这样配口味的东西了呢。"

　　剑秋见伊拈了馍馍就着汤，吃得很香的样子，心里自是愉快，当然不和伊分辩。吃完了由天豪抢着会了账，略略歇息片刻，便重复向那大道上驰驱。奔了约莫有廿余里路，道路稍狭，两旁尽是丛林，路的宽度，刚好容他们四骑并行。好在这条路十分冷清，除了他们四人外，别无人形。听了林中鸟鸣叽叽和道上的蹄声嘚嘚，做着似乎节拍的应和，会叫人静极欲眠。

天豪等放缓了辔头，一路且行且谈。琴剑才晓得谷中近况和满家洞的内情。又知闻天声曾到过谷中，却见薛滕不在谷中，所以不曾遇见。又在天豪等来鲁前离谷他去，否则此行探满家洞之事，又不会少他了。

原来袁彪自琴剑介绍了李天豪夫妇到谷，共襄大计，他十分欢喜。又以天豪智勇双全，秉性义烈，非常信任，又得薛滕二人帮助，谷中诸事日见发展。但是消息传来，国是日非，因当国者的颠顸，致人民涂炭，满汉之间歧视甚重。巍巍华胄，却受着双重压迫，内患外祸，交相煎迫。生活在世外桃源洞天福地中的袁李之徒，眼见得自己的同胞肝脑涂地，听人宰割，不用说那一缕革命之火，在他们的血液里沸腾起来。便积极地想增厚实力，收买粮草，招抚兵马，不数月成绩很是可观。

他们满怀乐观，防卫稍差，不知如何给混进了奸细，假作卖粮食的。这人原是常和谷中做交易的，袁李等一点不起疑心，疏于防范。给那厮放了一把火，把谷中多年的存粮烧去了一半，虽然发觉得早，没有全毁，可是损失也就很大了。不但新收买的全给烧掉，反连历年所积的也蚀去了不少。那个奸细倒没有政治背景，只是附近的匪徒妒恨谷中势强，恶意中伤。

又有一次，是关外的胡匪曾因劫掠正当商客，遭袁头领撞见击退，由是衔恨，处心积虑，趁谷中招兵买马时，几个胡匪假作由远处慕名求入伙的。那几个人倒都生得状貌英武，举止豪爽，言语之间，又显得很有正直的见解、义侠的怀抱，又哪里知道他们心怀叵测，为奸作伥的呢。袁头领和合寨的人都十分欣幸，为山中庆得人，以为革命大业可成，就十分信托，把操练新来弟兄的事交付他们。谁知他们暗中收买，捏辞破坏山中声誉，新来的人信心不坚，很多受了他们的笼络。他们手头又阔，常以小惠示恩，在谷中混了大约月余，暗中和外面的胡匪通了声气，约定在中秋夜举事，里应外合，要占夺山寨，杀尽头领和他的亲信。

刚巧他们在树林里秘议的时候，滕固薛焕回谷经过林外听见，知是谷中新招的弟兄叛变，就把听得的话告诉袁李等知道。袁李等还在将信将疑，恰好有一新来小头目因曾受小鸾救母之恩，不愿和他们同事，私下来小鸾处告密。小鸾来寻袁彪告知，和滕薛的话不谋而合。当时袁头领自然十分震怒，就和薛滕等计议停当，暗中提防，将计就计，乘势杀他一个净尽。那批胡匪自以为计划周密，神鬼不知，定能一举得手，哪知反成了瓮中之鳖呢。

琴剑等听了也为他们捏一把汗，都说亏了滕薛赶回，否则光是一个小头目告密，袁李等还不肯深信哩。

天豪讲完谷中近年所遭，不觉深深吁口长气。欲图扩展，反遭了两次不小的损失，很为他们事业的前途担忧。琴剑劝慰了一番。玉琴最要紧的是要听天豪讲关于满家洞的事，便催他快讲。天豪道："提起满家洞，正和我们抱着同样的志趣，为了要增强革命势力，加速民众的复兴，我们不顾危险，又来做一次纠合同志的尝试。谁知又耗了银钱折了人呢。"

琴剑同声讶异道："既然他们也和你们走的一条路，怎么会加害你们的人呢？"

天豪道："为此参不透，所以小弟要亲走一遭啦。"

玉琴道："究竟是怎么一回事？"

天豪道："这个所在，说起来历史很长，还是在顺治年间，明社初崩，清兵南下，亲王豪格驻军济南。青州有贼反叛，其实是明义民起事，大概以势孤力单，而为豪格所破。至于满家洞里的一伙，却很费了豪格一番心思气力呢。"

剑秋问道："如此说来，满家洞当日已为豪格所破，如何现在还有人存在呢？"

这时他们的四骑牲口正缓行在一片草原，夕阳已斜挂林梢，天半朱霞，照射在碧草地上，闪耀着一片彩色。在旁边久守静默的陆翔忽把手中鞭指着马前一堆焦黄的草道："可惜，不知什么人把这碧绿的草原中，烧黄了这一大片。"

玉琴接嘴道："这又有什么可惜？过一阵子倒又可长一大片绿草了。"

剑秋原是候天豪答话的，忽听他们二人在旁打岔，便也接嘴道："这就是叫作野火烧不尽，春风吹又生。你们难道不知吗？"

天豪笑道："剑秋兄既知道这个，怎么刚才却问起满家洞人如何现在还有存在的话呢？也不是跟这个一样吗？"

玉琴不等剑秋说完，却先开口道："这一段故事，我现在记起来了，好像听得曾家的毓麟说过。那个满家洞占地很广，有二百几十个巢窟，是明遗民所据，想重复明社的。豪格以为土匪，遣派大军去剿，绕余郡王阿巴泰也帮他去攻打各穴，可是还有两个大洞，深奥邃秘，无法攻入，绕余郡王想出一个绝计，把两个洞堵塞住，余众便都饿死在里面，其他各洞也都给他堵塞，满家洞患也遂弭平了。"

剑秋道："既已堵塞洞口，里面人已饿死，现在怎么又会有人盘踞洞中呢？不要是冒名的吧？"

李天豪道："听说另有间道可通，清兵没有发觉。初时满家洞人也不敢出外，后来相隔年久，官军也已不复再记得满家洞的事，他们才又从间道出外，重整实力，再图继续先人遗志，来干一下呢。"

剑秋道："那么他们的势力一定很雄厚了，有这么悠长的历史。"

天豪道："听说也不过四五百人罢了，因当时洞中留守的人原不多，后来死的死了，逃的逃了，意志薄弱的动摇了，早时又不敢出来活动，即偶有和外人相通，也很隐秘。近年来方才逐渐有人知道，但也很秘密。他们一方面要扩展势力，一方面又防人破坏,密设陷阱。本来我们也不知道这个地方,年前欧阳仁因公出外,在途中遇见他的表兄林盛富,是在青州设粮食铺的,这一次到关外采办杂粮,和欧阳仁相遇,谈一些别后状况。牵涉到买卖的好坏、地方的治安,林盛富就谈起了满家洞事。欧阳仁听在耳里,回寨就告诉了袁头领。袁头领一听,便有心结为同志,欧阳兄弟自告奋勇,愿赴鲁联络。可是一连数月杳无回音,寨中着急,差急足来林家铺子探询,才知二人从间道往探满家洞,一去未还。这条路名叫禁贤镇,也是林某听人说的,是否确实可信,连他也不知道。"

剑秋道:"二人既去而不还,当然可通洞内,否则岂有不退错之理?"

天豪道:"我们也是这么想,所虑的是洞内人的行为。有些人们志在复兴明社,不扰百姓,但到了此地近时,却也有人说他们行同盗匪,杀人越货,无所不为呢。"

玉琴也插嘴道:"只怕就是对外宣传是心存故主,意图复仇,实际只是敛财植势。既然洞中密设陷阱,暗中自然做害人的勾当。这种人欺世盗名,假善济恶,哄骗得多少人受他们的愚弄,真是该杀。到我手里,一个也不得叫他活。早知如此,昨晚旅店里的那几个家伙,都不得让他们走。"玉琴是越说越气,蛾眉紧蹙,玉颜晕红,映着霞光夕辉,格外显得红了。

天豪陆翔听说什么昨晚旅店的人,便同声问伊是否遇见了洞中的人。玉琴未及回答,剑秋接嘴便把昨晚在旅店所见诡秘的旅客和小二的讲述一一讲给李陆二人听。天豪道:"照小二这么说,洞中并不是藏垢纳污的恶薮了?不知欧阳兄弟是遇害了呢,还是遭他们款留?但他们该知寨中牵挂,怎令信也不给一个呢?其中的理真叫人参不透。"

玉琴道:"准是歹人,我们此去,欧阳兄弟还在也罢,如果被害,我们必把满家洞填满了回来,其实我们这几年来,很久没有畅畅快快地杀一场了。"

天豪笑道:"所以小弟说,这个地方,如需要用武的话,其热闹不减你们当日破天王寺邓家堡等处哩。"

陆翔叹息道:"如果这样,欧阳兄弟绝不复在人世了,我们相聚数年,志愿未成,遽尔死别,未免教人伤感。"天豪等听了,也都凄然。

天边一阵归鸦飞噪,剑秋道:"鸟归巢了,我们也该加快几鞭,找个宿处才是。"于是四人停止说话,各把坐骑一夹,三马一驴,便像箭一般地直驰过去。不到一盏茶时,便到了州城里面,在一条横街上找到了宿店。

那旅店倒很大,他们在最后一进要了两间向南的房,倒是屋宽庭敞,十分通气。而且这店住客不多,前面几进住的人较多,他们住的一进,只有他们四人,别无旅客,却是很清静。四人把坐骑交给店家,上厩槽喂养。行李在房中安放停当,已是上灯时分了。剑秋吩咐侍者,叫下了酒菜,就在天豪房中饮谈。

四人议定,当晚早息,明天一早,天豪和陆翔同寻到林家铺子里,去探听欧阳兄弟信息和到满家洞的路径。琴剑在旅店等候听信。

玉琴性急,天豪等去了多时,不见回来,伊和剑秋说要去街上找他们。可是剑秋说:"偌大一个青州城,我们又没问得天豪林家铺子的所在,到哪里去找?等一会儿他们自会回来,不要性急。"

剑秋就和伊锁了房门,知照了侍者,店内店外四面闲走了一回。回来一看天豪的房门仍下着键,知是还没有回来。看看时候已近晌午,侍者来问午饭的添菜,玉琴叫等天豪等回来再说。

剑秋却关照了饭菜。他道:"也许他们不回来吃了,已到了这个时候了。"

等到饭后,仍没回来。琴剑二人吃了,又过了一会儿,方见天豪和陆翔来了。这天天气燠热,二人又没骑牲口,跑得一身汗。玉琴急问消息如何,可是二人却先要紧回房洗脸更衣,对琴剑道："话长呢，等我们换了衣服，再过来细谈吧。"

李陆换过衣服，就到琴剑房里来。剑秋问他们吃过饭没有，天豪道："就为了林盛富死拉活扯着吃饭，所以才回来得迟了。"

剑秋问道："欧阳兄弟有什么消息吗？"

天豪摇头道："没有，我们找到林家铺子时，偏偏盛富不在，问店里的伙伴，他们也不清楚欧阳的事，只叫我们坐在铺里等着。倒等了好半天，林盛富才来。"天豪见剑秋沏来一壶新茶，便倒了一杯喝着道："林家的菜也不知是谁做的，简直咸死了，把人吃得口渴得紧，可又没有好茶喝。"

玉琴道："现在可有好茶喝了，不渴了，快讲正经吧。"

天豪放下茶杯，继续说道："林盛富对于往满家洞的间道也只是听得人说起，是在离这里有七十里的景贤村，有路可通洞中。他告诉了欧阳兄弟，他们弟兄俩就在第二天清早去了。临行曾约定，若能谈得成交易，至多半月必返，若交易不成，隔日就来。过半月不来，就遣急足赴锦州汉盛粮食行通个信。"

天豪讲到这里，琴剑都不懂起来，问他汉盛粮食行是什么所在，怎会代山寨通信，欧阳兄弟说的交易是什么交易。天豪又倒了一杯茶在喝，陆翔在旁就替他答道："汉盛粮食行是只收进不卖出的，就是山中派干员在锦州开办的，欧阳兄弟和林盛富亦说是在做粮食买卖，到满家洞去为兜揽大批粮食交易。林盛富和洞中人也常做交易，不过只是在他铺子里，他却没有到洞里去过。"

天豪道："欧阳兄弟一去二十天也没回来，林盛富着急起来，就派急足来锦州汉盛报信。我们计议了一回，就决定由小弟和陆兄弟走一遭。可是问那林盛富，也问不出什么头绪，光知道了个景贤村，倒是死拉活扯地定要留着吃饭，很花费了他几两银子呢。"

剑秋把几个指头轻轻地击着桌面，侧着头随口问道："那么现在打算怎样办呢？我们也从欧阳兄弟一去不回的那条路上走吗？"

天豪反问道："不从这条路走，还有哪一条可走呢？"

四人沉默了一会儿，玉琴首先站起来道："走是只有也走景贤村了，除了这我们又没有探听得别条通路，我看天色尚早，七八十里路，今儿又赶得到，我们就此去吧。"

剑秋见李陆二人也站起点头道好，忙伸手拦住道："且慢，且慢，我们的行李牲口，都不宜带，先要找一个安顿的所在，同时干粮也不可不备，那满家洞听说地界四县有二百多个洞穴，当然走起来路很长，这个间道是当时不为官军发现的，一定格外幽邃诡秘、崎岖曲折，离开洞穴说不定着一大段路程，我们怎可不带些干粮？"

天豪等都觉得剑秋的话不错，当时议定，把牲口行李寄存店中，当日下晚出街买些应用物品，明天侵晨早行。四人就锁上房门，到城内各街道闲逛了一回。要买的东西都顺手买了回来，又在城街酒楼上饱餐了晚饭，方才回店。

一宿无话，天方五鼓，四人都已起身，梳洗完毕，各进了些干粮，除随身备带应用之物外，都扎束在行李内。把店小二叫来，言明四人有事出城去几天，两个房间，合并一间，把行李都寄存在内，四骑牲口，都寄养店中，房金和牲口喂养费，先存五十两纹银在柜，又赏了小二几两。天下只要有钱，无不妥当。四人和客店掌柜的讲了一阵便出门了。

这时晨星寥落，残月犹存，虽然时值清和，晓风犹带寒意，扑面风来，四人都不禁把披的大氅紧了一紧。天豪记得林盛富说的出城东门，向东直行，约七十里就到景贤村。出了城门，迈上大道，剑秋跳上高处，向后望去，昨天来的路，不是蜿蜒着跟现在所行的直接吗？他想起和玉琴俩问店小二满家洞路径时，店小二也说是向东大道上直行就到，如今林某说的也是向东，大致不错。但欧阳兄弟怎会一去不回？总不至走错了路头，可疑的是洞中人的行为了。

他们几人脚下都很来得，可算行步如飞，只陆翔稍差点罢了。不过半日,他们面前横着一条小路,小路的尽头,一端是一条蜿蜒曲折的小溪,一端是丛密如篱的森林,看进去幽暗不辨路径。他们走到这里,不知该从哪一条路走了。路的方向,都已不正,小路是做半月形的,两端都是向东,一端看不出路,一端虽是小溪,溪对面倒是有两条岔路,右面的一条顺水势倒向后面,却可通他们来的大路,左面的一条路,一头通右面的路,一头直通前面,也不知有多少深长。但是两旁荆棘丛生,看样子不是容易走的。

　　四人正在踌躇,又没处找人问询。玉琴前后瞭望,却看见一个樵子,担着一肩青枝绿叶,在后面路上走,看样子便是从溪对面来的。伊就一拉剑秋道:"就找那个来问一下。"

　　那人比他们落后有四五丈远,并且又背着他们走的。可是剑秋过去,不过跳了几步,就到了樵子的身后,轻轻在那人的背上拍了一下。问道:"借问樵哥一声,这里到景贤村去该打从哪一条路走?"

　　谁知那樵子是个老聋子,只觉得有人在他背上拍了一下,别转脸来,抚着一嘴雪白的胡子,两眼含着讶异的光,似乎奇怪剑秋为什么拍他。剑秋还不知道他是聋子,见他别转脸来不说话,又含着笑问他一遍,可是那人还是没有听清。见剑秋的嘴唇翕动,知道是向自己问话,便大声道:"客官说的什么?请高声些,小老儿的耳朵不很方便的。"

　　剑秋不防他说话会用那么大的劲,初时不由一震,后来听他自说是个聋子,方才明白他所以这样大声说话,因为聋子的听觉不灵,以为别人也和他一样,说起话来总是较常人为高。剑秋于是也提高了声音,问他到景贤村该走哪一条路。那樵子笑呵呵道:"客官要到景贤镇吗?喏喏,就是溪对面那左一条小路,直通镇上的。不过你要先从右面的路走去,这条路渡溪就通大道,有人架了一块石条可行。左路是没有什么可能的,除了渡船。可是因这里渡船出过事,现在没有了,要去只有倒走这边的石桥。"樵子指着架在溪上的石条道:"不过这么一狭条，不惯走的人，还是过不去，小老儿是走惯了的，每天得走上两趟，倒觉得和康庄大道一般的平坦呢。"他说了一大堆的话，又把枯瘦的手指抚着雪白的胡子，呵呵地笑了一阵。

剑秋也没在意他那得意的神色，既问明了道路，便向他道了谢，回身三脚两步，跑到了原处。玉琴和天豪陆翔都在树边等他。剑秋回来，向溪那边左首的路一指道："就是这条路通景贤村的，不过那聋老儿把景贤村说成景贤镇了。"

陆翔道："大致不会错，年纪大的人说话不清楚是常有的。"三人听陆翔这么说，当然没有异词。四人走到小路尽头，一纵身都跃过了小溪。那聋樵子还以为剑秋必去招呼同伴，他们如果退回来，不能渡溪走过时，便把肩上的扁担卸下，给他们打过扶手，所以还站在溪边等着。远远望去，四人并不回转，似乎跳过溪水，他不由咋舌，暗暗称羡，挑担自去。

且说琴剑李陆等四人在小径中走了一程，约莫十余里光景，便见前面豁然开朗。小径尽处是一个荒凉的小镇，零零落落没有几户人家，倒也有一面白布的酒旗在野风中飘扬。四人走得口渴了，便向那小酒店走去。

小酒店里不多几副座儿，倒是坐满了人，四人不由觉得稀罕。且看那些饮酒的人，满脸横肉，竖眉暴眼的，都不像是安分的人。四人一面喝酒，一面不觉都注意着那些人的行动。那些酒客向来没见过这山野荒镇之中有这样气度的人，不免也目光灼灼，尽在四人身上打转，尤其是对着玉琴。玉琴见一个猴儿形的，眯着一双邪眼，不住地看着伊，嘻开了嘴，一副口角垂涎的馋相，不禁暗骂一声，别转娇躯，再也不去看他们。

他们四人虽坐着喝酒，一面却向店外瞭望。对面是几座楼屋，有的关上了门，有的却敞着门户。孩子们在阶前玩着泥块，妇人们在门口绩麻纺纱，有的搓绳，也有手里缝着针线，闯家踏户，找人谈话，却是不见一个男子的影儿，除了闲坐在酒店的诸人之外。

左面便是他们来的一条小径，向北是一带小松林，过去却是陡斜的山坡。那座山虽不过高,却是不小,而且绵峦蜿蜒,穷一人的目力,竟不能看清它的终点在哪里。不用说这小小的荒镇,是在山的包围之中了。逶迤的山脉,正做了这山镇的天然围墙。店后的背景,他们将跨进酒店时已看清了的,过去百余步,也错错落落地有数十家泥墙板门的矮屋,这些矮屋的后面,尽是阴森森的密树丛林,似乎树林里还有许多隆起的古坟呢。

他们喝了一点,口渴也止了。这小小的山镇,跑遍了也不满二里路,却看不出打哪里去寻满家洞的入口,想向店家探听一下,又忌着这一班向他们盱盱而视的酒徒,诚恐泄了行状,不能达到目的。喝了一会儿,付了店账,便想向四周走走。和那些乡妇们谈谈,也许能探问些头绪出来。

四人走出店来,向四面看看,除了房屋以外,都是林木和那迤逦不绝的山冈。既不知满家洞在哪里,更瞧不出除了他们来时的小径外,另有别的通路。

剑秋道:"那樵夫不见得白给当我们上吧。"

玉琴道:"我们只问他怎样到景贤村,可没问他如何可到满家洞,这里若果是景贤村,樵夫便没有冤我们,冤我们的该是那林盛富,欧阳兄弟一定也是给他冤得出了乱子。"

天豪道:"那姓林的倒很忠厚,怎会平白地给亲戚们吃苦?我相信不会。"

陆翔道:"不过也奇怪,欧阳兄弟到了此地,既找不着路,也不至迷失了不回去呀。这姓林和那樵夫总有一个的话不可信。"

天豪道:"我看这里不是个好地方,但看酒店里那一伙喝酒的,不是贼头狗脑,便是竖眉瞪眼的,都不像守本分的,说不定欧阳兄弟给这伙人害了。"

玉琴摇头道:"不会,这伙人至多是几个剪径打闷棍的小毛贼,欧阳兄弟到底也是江湖上闯惯了的,而且能耐总不见得比这几个小毛贼不如,也不至落在这班人手里。"

天豪沉吟着向村周围又瞧了一眼道:"我对这一伙酒徒和

这些疏疏落落的关着门的矮屋，都不能无疑。不要看它是一个荒凉的小镇，也许是什么匪类的巢穴。"

剑秋道："我们且先探明了这里的地名再说。"

那边有一个妇人，手里拿着一只扎花的鞋面，站在门槛上跟隔壁在门口纺纱的老妇人正闲谈着呢。玉琴走上前，向那站着的妇人施了一礼，指着她家西边关着门的屋子问道："请问大嫂，这家的人在屋里吗？我是他家的亲戚，因见门关着，不知里边有人在家吗？"

那妇人原是最好说话的，见是玉琴这样一个体面漂亮的人来向伊问话，态度语气又是那么和气，就忘了村中的禁忌，笑着回道："啊呀，姑娘你别弄错了，这屋里没有人住的呀。"

玉琴也笑道："我没有错，记得我还来过一次，他家是住在那间屋里的，你们这里不是叫景贤村吗？"

那妇人正要答话，偶然向对面一看，顿时脸色改变，转身回屋把门砰地关上了。

玉琴和伊说得好好的，突见这种变态，不胜诧异。忙回头去看，原来那批竖眉瞪眼的酒徒都站在店门口，紧瞧着伊们呢。玉琴心想：这班人果不是善类，所以妇女们都赶忙躲匿起来。伊想再问那纺纱的老妇人，伊这么白发婆婆，总不是得还怕匪类垂涎而躲起来吧？

谁知玉琴转身去找伊时，很出意外的，伊竟也吓得老颜失色，连忙搬纺车关门入内去了。玉琴倒好笑那老妇人过分，同时伊又听得有一个很尖脆的女音在喊道："大狗，快回来，别和人家搭话，仔细你老子揭你的皮。"

玉琴回头去看，见陆翔俯着身在和一个玩泥块的孩子说什么呢。那个妇人许是那孩子的母亲，很着急地在叫那孩子回去，不准和陆翔搭话。那妇人的眼色，显然也是畏惧着酒店门口的一群。玉琴这时方才明白自己的猜度还太简单，在这里不但妇人，连壮夫孺子都畏惧着这一群，不知是怎样的恶魔？今天自己遇见，倒要见识见识。

想着正要蹿过去,忽见对面不知何时多了一人,不住以衣袖抹汗,气急败坏的样子,在向这一群人诉说着什么。一望而知是赶来报告消息的。于是这一群凶神恶煞似的人,一个个面呈异容,不暇来管镇上的闲谈,纷纷和那报信人一同走了。

玉琴和天豪等都十分注意这群人的行踪,只见他们走到酒店后面,绕过许多矮屋,竟走向那密树丛林里去,渐渐地隐没不见。那个黑猴落在最后,一双邪眼,不住回过来射着玉琴。当他走进树林的时候,还别转脸来,远远地瞅着玉琴做着轻薄的笑。

玉琴十分愤怒,就要跟踪追去。剑秋因见天豪又在和刚才关门进去的妇人问话,他拉住玉琴同去听。原来天豪在问伊们,为何不肯答话?刚才酒店里的一群是什么样人?那妇人悄悄地说道:"他们不许镇中人和外人搭话,要不然,重则处死,轻则驱逐。你看那些空关着的屋子,就是例子。屋主人死的死了,赶的赶了,我们还要活着过日子哩,怎么还敢多嘴?"

天豪也悄悄道:"你们为什么受他们的压制?他们是奉的王命吗?现在他们已走,你们可不怕了,讲点给我们听,停会儿自有重谢。现在这一伙人往哪里去的?那树林是否有路?通什么地方?外面传说的满家洞是不是通这里的?如何去法?"天豪一边问,一边掏出一绽银子,愿作为谢仪。

那妇人怕受累,又回身关门,在门缝里轻声说道:"这里不是好地方,天色快晚,赶快离开此地的好。"说完,把门关了起来。

天豪隐约还听得妇人叽咕道:"满家洞,满家洞,洞里都是吃人的老虎。这些好端端的人,为什么都愿来送死?你也来问,他也来问……"

天豪一拉剑秋道:"是了,我们回去吧。"

不但剑秋奇怪,玉琴陆翔都觉得诧异,答道:"好容易探得了端倪,便连路也寻得,就是他们走进去的森林里,为什么反要回去呢?"

天豪道："就是这个说法了，既已探得端倪，尽可不忙在一时。我们离了这里，再行细谈。对面酒店伙计，正窥探我们的行动呢。"

他们三人留心向酒店看去，店内座客冷落，掌柜和跑堂的只把眼睛向这边看来。店门口还站着三四个闲汉，也似很注意着他们四人。于是他们想起刚才那妇人的话，确非无因，此时追踪而去不难，不过行藏之露眼，总觉不便。因此都依了天豪的话，一面指指点点，假作访错了路，仍从来时的小路走去。

四人仍恐背后有人侦探，并不多话，只是迈步走着。不一会儿，重又走到了那溪边的岔路口，天豪等回头向后看看，除了从枝叶罅里透下的淡黄的夕晖映着地面外，只是一阵倦鸟归巢的鸣声和风动枝干的木叶声相应和而已，并没有半个人影。

于是天豪停住脚步道："诸位看方才在酒店喝酒的一伙人，是和满家洞有关系的吗？"

琴剑等三人道："一定有关系，不过这伙人都不是善类，原来满家洞果是盗名欺人的。"

天豪道："但看村人畏惧的情形，平时的淫虐可知。欧阳兄弟陷入此中，久无消息，谅遭不测了。"天豪说着不由面现凄然之色。陆翔和琴剑等齐说今夜踏平巢穴，为欧阳兄弟报仇。

天豪又道："村妇虽不肯明言，但细味语意，这处必为景贤村无疑，确通满家洞的。你们看四周山峦起伏，其中自然必有奥窟，可不知打哪里进去？"

陆翔第一个说道："自然就是那伙人走的树林子里过去。"

天豪摇头不以为然，他说："他们绝不会把隐秘的通道轻易告诉生人，既那么着，倒不会禁止村人连外人问询都不许讲的了。"

陆翔一听不错，便是琴剑先也以为那树林里必是通匪穴的路，经天豪一说，果然觉得万无此理。那么这通洞中的路必在酒店内或是那些没人的空屋中。

二人把这个意思向天豪说了，天豪道："我也是这么想，据我看这酒店里定有秘密隧道可通洞中，这树林里也许可有路通达，但定是险巇难行，设伏着种种陷人机关的。"

陆翔又道："酒店既和洞中人通连一气，为非作歹，怎么倒不卖药酒？没把我们当作几个肥羊宰了？"

天豪道："照此看来，他们倒也不是随便害人的，若不是显著地将有不利于他们，或者是外来的他们看来是肥羊的，也许不轻易伤人。否则外面的口碑，不会有那么好。"

其他三人道："可是也有人道洞中是恶薮的呢？"

天豪道："所以世俗有若要人不知，除非己莫为的谚语了呀。他们既做了歹事，便假作好行为，也掩盖不住他的真恶。否则，古往今来许多口是心非、形慈行恶的大奸大恶的伪善者，怎么终给后人知道真面目的呢？"

剑秋笑着说："别谈这些了，究竟今儿个晚上我们打算去不？"天豪道："如何不去？不过天色还早，记得刚才我们来的大道旁有一座歇凉亭，且去那里歇一会儿，等起了更再发动不迟。"

四人便向凉亭方面走去。离这小溪约莫也有十来里路，但在他们走来，是不消多少时候的。那座凉亭里是四角形的，三面都有狭狭的石条拦着，既可算栏杆，也可算石凳。四人就在两面石栏上坐了。这时道上并无人往来，淡黄的夕晖，也让渗化着的暮色给融合在一起而失去了本色，只见一层黯蓝色的天幕，笼罩了整个地面，眉样的月儿，遥遥率领着几簇耀着眼的小星，闪闪烁烁，偷偷掩掩地在天照下，偷窥着凉亭里四人的心事。

四人沉默着养了一会儿神，各把干粮掏出来吃了一些，此去如何行事悄悄细议了一番。听听四围寂静无声，看看天色，估料着已有初更时分，四人把兵器都从里衣内取出。琴剑和天豪都是使剑的，各把剑背在背上，陆翔本来惯用长枪，但出门携带不便，所以他吩咐巧匠替他另铸，枪杆做成空心的，又节节活络,里面装有弹簧,不用时把枪杆顶上的机纽一扳,便节套节地缩成一管笛子那么长短;要使时,按着机纽一抖,便是一杆银光灿烂的长枪。陆翔还叫匠人打了一个套子,把枪插在里面,背在肩上,不留神外人看来,都认作是把雨伞哩。此时他也把枪取出。琴剑还没有看见过,因此陆翔细细把枪的构造讲了一遍。二人听了都赞他说:"亏你想得出,果真轻妙灵便得多。"

四人扎束停当,便向前趱路,不消一个更次,白天喝酒的小店,已黑黢黢地挡在他们面前。

他们由门缝里一张,一片漆黑,寂无人声。知道都睡静了。不过他们料准隧道地穴之设,绝不会在店堂里,便一齐绕到屋后。不想这酒店虽小,屋后倒有着一个很大的院子,四人一纵身上了矮垣,又轻轻地蹑到地面。正待四面去寻觅机关消息,忽见前面屋旁的井中有火光上射。剑秋把玉琴一扯,且悄悄对李陆两人招呼,同闪身在树后,蹑足向井边走近些。

只见井里冉冉地升起一个灯笼,随后是个秃了顶的苍头,也从井里出来。只听他嘴里咕哝着道:"平白地疑神疑鬼,好好的过路客人又说是奸细。深更半夜,放着觉不睡,却要守着这牢洞口,派几个别人也罢了,偏派着我们那糊涂掌柜酒坛子,一会儿要酒,一会儿要菜,一会儿又要点心,叫人又要跑腿,又要起炉掇锅的,烫呀煮呀,简直莫想歇一刻,真是从哪里说起?如果没有奸细,白守上这么十天半月,我这条老命可给断送了呢。奸细奸细,哪有这么多的奸细?这分明做贼人心虚,自己不行好,就猜疑着别人都怀着歹心了。"

那老头从井里上来,一手提了灯笼,一手拿着空酒壶,嘴里咕哝着往屋里去,不提防出井口不到三步,有一个人挡住了去路,一把明晃晃的宝剑,在他面前一晃,他吓得才要喊出口来,只听得那人轻轻喝道:"不许嚷,跟我这边来,要不然,一剑就送了你的命。"

那老儿一听是个女子的声音,心想:别怪寨主瞎疑心,果

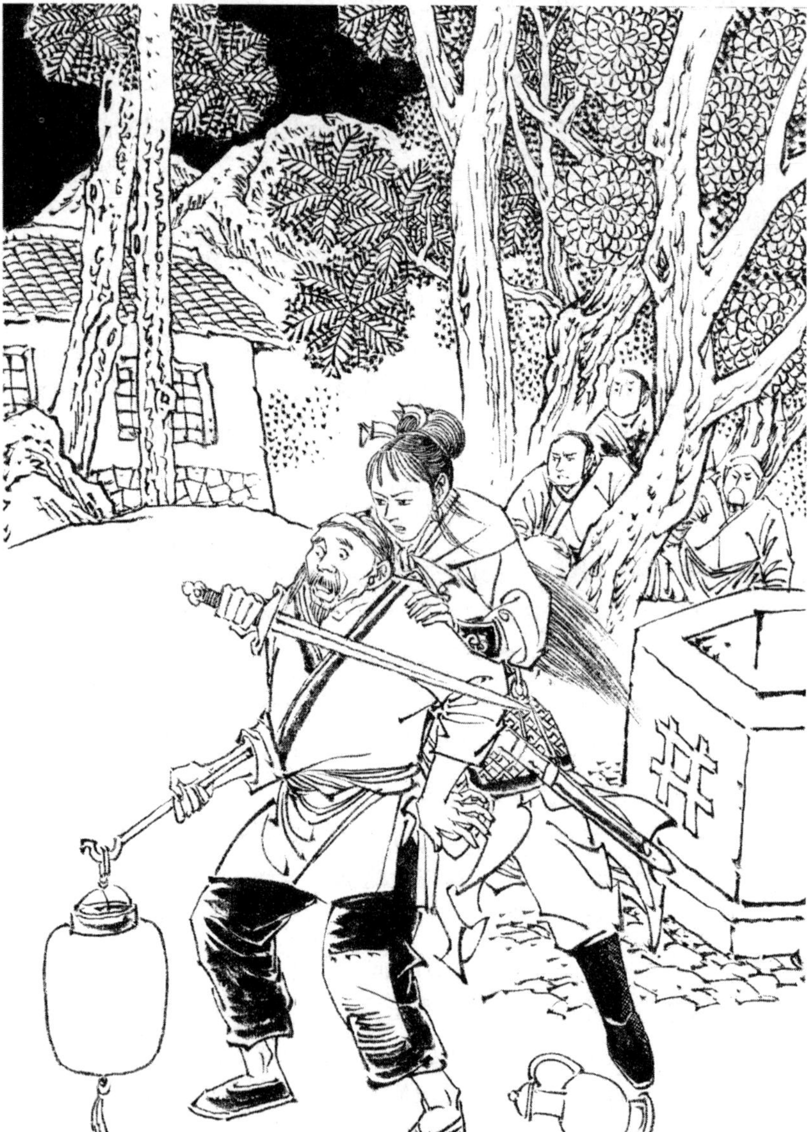
井

然白天的那话儿来了。他心里尽管明白，脚却不由得哆嗦着跟着那人走。

原来玉琴看见井里有光射出，便猜这井是通满家洞的隧道，就蹿到井边抓住出来的人，把他引到墙边，剑秋、天豪、陆翔三人都在哪里呢。那老儿一看这么些人，他虽没见过，但听得说白天是三男一女来村里问询的，可不对了景？这时心里再也不抱怨人瞎疑猜了。可是眼见得自己的性命难保，也没法儿去给他送信。

他正这样想着，一个人把剑对他指着道："这井下是否通洞中的隧道？有无机关埋伏？好好地告诉我们，绝不难为你。"

那老儿抖抖地还没开口，只见边上又有一人问他道："今年春间，有两个做买卖的人到你们洞中是否已被杀害？快快说来。"天豪亟欲知道欧阳兄弟的下落，不等他回剑秋的问话，便先问了。

那老儿战战兢兢地说道："小老儿来店里打杂不过一月，对里头事情，不大明白。似乎听说因有奸细混入，所以现在防得紧了，本来这井下隧道直通洞中，并没有机关，最近才设置的。"

天豪剑秋同问："你知道如何可以安渡这些机关？快说。"

那老儿抬头一看，四人的目光，在黑暗中竟像八道电光直射着他，吓得他把说谎的心思忘了，老实说道："这井是口枯的，白天有盖掩着，下面是十余级石阶，走完石级便是青石板铺的路，这一段是没有危险的，约莫走了丈余路，当前就有一个竹栅拦住，现在我们掌柜的就和洞中的一个小头目叫黑猴儿的守在那里，就是没有人守，你不知道开竹栅的诀窍，也不得过去，还要送了性命。"

剑秋等问道："这竹栅是怎么开的呢？"

老儿道："那竹栅的柱子，顶端有尖有平，尖的高，平的短，你把平顶的往上挑，竹栅自会开放，若挑了尖的或随手推动碰了机纽，都有竹箭射出，把人射成一个刺猬似的。过了竹栅，也有丈余路，又是一个木栅，你走路须拣泥地上走走。若那石条铺的路，便坠入陷阱了。"那老儿是高兴起来了，不等人问，他滔滔不绝地又演述开木栅的方法道："那木栅的柱子，也有分别，半边是方的，半边是圆的，你千万别推动那圆柱，因圆柱是活的，一推就转了过去，飞出钩子来，带住了你转过不歇，直等你的身体磨成粉碎。所以你只可推那方柱，还要推单数的，就能安稳通过，过木栅也有丈余路……"

老儿说到这里，玉琴眼尖，见井又隐约有火光透出，就连忙把老儿带出的灯笼熄了，天豪机警，撩起老儿的衣角，就掩住了他的口。陆翔剑秋帮着割下衣角，解下衣带，把老儿捆了丢在墙边。

他们三人在这里动手，玉琴早潜身到井边，只听那人走上来喝道："老李，你掉在酒缸里了吗？舀一壶酒费了……"一句话没说完，玉琴跃到他身后，一剑就把个肥头削了下来，正是那个胖掌柜酒坛子，一颗头滚在井边，还张着嘴等酒喝哩。

这时剑秋天豪等也都来在井边，一同下井，没走完石级，便听前面有人惊讶道："怎么石掌柜的跌了下来？啊？不好，头没有了，有奸细。"

四人不等他说完去报警，已跳下石级，冲到他面前，一看那人就是白天喝酒尽瞧着玉琴的猴儿相的黑汉。那黑汉一见四人，也来不及去栅门前按警铃，连忙掣刀在手，冷笑道："你们四人果然来送死了，没劳你爷爷白等，可是那位娇媚的美人儿，爷还舍不得你死呢，你且避过一旁吧。"说着，还向着玉琴装了一个轻薄相。

引得玉琴眼中冒火，喝道："贼子休得胡说，叫你死在眼前。"执着真刚宝剑，一个箭步就到了黑猴儿对面，劈面就是一剑砍下。剑光霍霍，把个黑猴儿耀得眼花缭乱，心慌意忙，不敢再生邪念，只得打叠起全副精神，使出浑身的气力来对付玉琴。平日这黑猴儿的刀法也算是精湛的，平常粗知武艺的他以一敌十也来得，因此在洞里也很得用。可是今晚上一遇玉琴神出鬼没的剑术,他的刀法便成了无法了。不消十个回合,便让玉琴把他劈成两半,倒在胖掌柜的无头尸身边旁,合而为三。

天豪等见玉琴和黑汉一上手,便知道很易解决,不必为玉琴助。他们三人便向竹栅前走去。构造形式果如老儿所言,但他所说开栅之法,是否可靠?三人犹豫未定。

陆翔道:"不要紧,兄弟有长家伙,远远拨去,即有暗器,也不怕了。"岳李二人一听不错,各掣剑在手,在两旁戒备着。剑秋看陆翔在皮套内抽出那根枪来,原只笛子那么长短,可是陆翔拿在手里这么一抖,就成一杆丈来长的银枪了。陆翔把枪尖挑着平头的竹柱,虽没暗器射出,可是竹栅也没移动,后来把所有的平头柱子,一根根都挑得和尖头的一般高,那竹栅果自动向上开了。

玉琴结果了黑猴儿,走到竹栅前,刚好陆翔把竹栅挑开,玉琴看陆翔的枪倒觉得很好玩。竹栅里面一条路,中间铺的石条,两旁是泥地,四人都不走中间,果没有遇到什么机关。走完了路,果又见一座木栅在前。他们又依着老儿所说,由陆翔用枪尖拨开了,木栅里也有和刚才走过的一条路一样。这时天豪道:"刚才那老儿没说这条路该怎么走,依我看,这路虽和前面的路一般铺设,我们走时须调换一个方法才行。"三人也以为他的话不错,陆翔便用手中长枪,抵着石条,用力按了按,并没变动,于是四人各把兵器点着石条走了过去。

谁知路尽了又有一座铁栅,这一道关那老儿却是没有来得及述说,已被他们捆了。他们看那铁栅,并没有什么异样之处,柱子都是一般长短粗细的圆柱,后来仔细一找,才在横档上找到两个雕成梅花式的圆眼,一左一右,他们看看两个一式,不知是否启闭的机纽,仍由陆翔用长枪尖去试。

陆翔叫他们站得远远的,留心着暗器,他举起枪来,顺手就向右面的眼搠去,那梅花挡子原是活络的,谁知经他的枪尖一旋过了头,顿时像天崩地裂似的一声巨响,那座铁栅直陷下了地面,铁栅里面本是一条石子路,路面竟也陷下,涌出许多黑水,立刻成了一个臭恶异常的黑水池。

铁栅陷下时,四人都不由吓了一跳。原来那左面的圆眼,只要向左旋过三档,就是三片梅瓣,铁栅自开。右面的圆眼,有三档活动,可也旋转不得,旋动了铁栅会向动手的人倒来,压成肉饼。谁知陆翔用力过甚,枪刃又锐利,把所有五挡全行削断,所以铁栅直陷下地面,便是那老儿来不及讲,也想不到有这一变的。

四人看那一汪黑水,约有两丈模样,再过便是一片碎石路,料着那路上是平安的,便跳过了黑水池,在这路上走着,果没有危险。

过了一段,忽听铃声大振,但两面看时,又不见铃在何处,倒叫四人不胜疑异。走到一条岔路口,却听岔道那面铃声响得更甚,再加上是声音杂沓,人话喧哗,四人不由立停了。那岔道上过来许多人,见了四人,也不胜疑讶,齐声道:"但听说前面出了事,如何这里也有生人?黑猴儿和酒鬼怎么守的?"

只见一个青面人知照身后的一个彪形大汉道:"金大哥,就烦你们弟兄四个在这里对付这四个吧,今儿前面的事出大了,我们都得去呢。"说完带着十余个大汉,向前奔去了。

那个彪形大汉提着两柄板斧,指着天豪等四人问道:"咄!你们四人是哪里来的奸细?快快明白说来,好让你爷爷的板斧送你们回去。"

天豪冷笑道:"我们四个是昆仑门下的荒江女侠岳剑秋,跟咱们两个关外螺蛳谷中的李天豪陆翔,因为听得你们洞中为非作歹,故而前来讨罪,且侦察我们谷中两个失陷的兄弟。"

剑秋也把手中惊鲵剑一指道:"你岳爷剑下不死无名之辈,你们四个都通上名来。"

那彪形大汉哈哈笑道:"原来是专和绿林中作对的荒江女侠,确是久闻大名。可是今日一见,却未见有甚不得。若问你爷爷的姓名嘛,你爷爷行不改姓,坐不更名,姓金名如虎,绰号赛李逵的便是。他们是我的二弟金钱豹金如豹，三弟赛张飞金如彪，四弟小吕布金如麟，谁要先死的速上来与你爷爷对几合？"

玉琴听他口出大言，不由心头火冒，更不答话，抽剑便刺。金如虎见来势凶猛，忙不迭地招架。这边金如豹飞起钢叉和天豪对敌，剑秋的剑挡了赛张飞的矛，小子龙的枪架了小吕布的戟，都捉对儿战将起来。谁知金氏四兄弟都空负了好名号，战不几合，大言不惭的赛李逵，给玉琴削去双斧劈开了脑袋。金如豹被天豪搠破了肠子，都死在地下。如彪如麟，既悲且惧，自知不能对敌，便拖矛曳戟而逃。四人哪里肯舍？紧紧追去。谁知这二人武艺虽则平常，两条腿倒练得有很大的功夫，跑得确可说如飞一般，追了好一段路，只听前面人声如雷，金铁齐鸣，四人注意了这个，一错眼，如彪如麟跑得踪影也没有了。

他们留神一看，旁边有一条小路，想必二人从小路逃走。待要去追，忽然剑秋想起了什么说道："穷寇莫追，算了吧，前面人声鼎沸，火光如焚，便是刚才铃声大作和那青面汉匆忙奔去的原因了，我们且去那里一看。"三人都道好，便向前面走来。

没多少路，便见一片空场，火炬通明，星月耀天，虽然人多气浊，但他们的呼吸比先畅快了许多，原来他们又到了地面上了。在人圈子中看去，有许多人在那里混战，但有一黄一白的两道剑光，格外的矫疾如龙，许多兵器总没有方法钻进这一黄一白的光圈内。不消说四人都很眼熟，不由呼欢雀跃，掣了枪剑打人堆里杀将进去助战。一边高呼道："闻先生，我们都来了。"

闻天声果然听得清是琴剑李陆的声音，心下欢喜，手里格外有劲。另外那白光掩住了人影，也听清了玉琴的声气，略把剑光收敛，高呼道："女侠来了吗？幸会，幸会，等结果了这伙恶贼再行细谈。"

玉琴剑秋一听,暗道:"怎么祥麟也在这里?"

他们急于要话旧,便各把浑身解数使出,以便快快结束这个战斗。这一场恶斗,直杀得乌鹊潜形,星月失色,木叶惊脱,山石崩裂,尸积如阜,血流成渠。琴剑结缡以后,要算这一次是杀得最热闹最畅快了。

第九十九回

秘穴隐身义师图光复
高峰观日大海思长征

穆祥麟伴送绮云至峄县卫家，由绮云的表兄卫长春留住盘桓，怎么会来满家洞厮杀，和女侠等会合起来呢？原来绮云的姑母，听绮云讲述许多年来的遭际，竟是悲忧惊惧都曾亲历，伊姑母本来很爱这个侄女的，如今哥嫂都已亡故，母家方面，只留下这么一个骨肉至亲，叫伊如何不加倍爱怜？所以听绮云讲的帮伊杀死怪兽报了父仇的岳剑秋和女侠方玉琴和款留伊几月的曾家诸人，甚至像曹大呆子母子等许多人，伊觉得曾待绮云好的，伊十分地感激，要好好地谢他们。但是那些人都不在眼前，只好慢慢地设法图报。

可是那个曾助绮云杀退强人，追回行李，这回又为伊牺牲了行李铺陈的穆祥麟，却正在眼前。因此立叫人传命喊长春进来，要他留祥麟在家多盘桓几时，一定要他在此过年，要好好地款待他，不可怠慢。一方面又拣了上好的绸帛，称了好棉，叫人给祥麟装被褥，做衣服。

这位卫老太太，为人十分豪爽，也很健谈。上次祥麟在他家住了几时，伊由伊儿子去招待，只见过一回。这一次因伴送绮云回来,又曾有惠于绮云,伊待祥麟便也有胜于前遭。常出前堂和祥麟闲谈,天天叫厨下预备了好酒菜,用饭时,伊老人家总是尽拣好的往祥麟碗上堆。长春兄妹看着,心下都不免暗笑,而伊疼爱绮云的那一分心思,可就十分显著了。

祥麟住在卫家,老太太又待他十分殷勤,除了陪老人闲话之外便同长春绮云讲究武事。长春有事不能常在家中,祥麟便单独和绮云俩演剑舞刀。绮云的表妹畹芬虽也习过武艺,可是比了绮云就差得多了。伊又要帮着料理家事,便乐得推托,不加入他俩的中间。祥麟绮云的接近,既没有阻碍,也毋庸顾忌,两人一个钦佩他的侠义,一个敬重伊的孝勇。一个感激他的一片热肠,一个爱慕伊有十分色艺,两情便像磁石和铁,渐吸渐近,终至于牢牢相黏,不复可分。耳鬓厮磨,两情相印,虽不曾明结丝萝,但两人的心中却都暗誓,白首偕老的伴侣非此人莫属了。

凡是一个人坠入了情网爱河,自己往往不觉,但旁观者却很易在他的言语举动上觉察到。绮云的表妹畹芬便是发觉绮云和祥麟相爱的第一人。因为绮云和畹芬住在一间房里,初来时,绮云还是那么素服淡妆,简朴不华。偶然长春祥麟来请伊去后院练习刀剑,伊只把身上衣服束紧密了,从容不迫地抱着伊的宝刀弓箭而去。后来渐渐地注意起修饰来了,虽不浓妆艳抹,每天总也薄施脂粉,绝不是初时铅华不御的样儿了。

每逢祥麟来请伊去练习武艺,伊便忙乱着一会儿拢拢头发,一会儿匀匀面粉,又要整理衣服,又要拂拭鞋子,走了三步,又缩回来照一会儿镜子,摸摸头发,拉拉衣裳,必要拉着畹芬代伊看有什么缺点没有,一定要伊认为完全满意了才肯出去。最后来不必祥麟来请,伊到时候便着意修饰了去到后院练武。若遇雨天,后院不能练武,伊便百无聊赖,什么都不得劲儿。除非姑母带伊到堂前和祥麟闲谈,或是长春和祥麟到内堂来陪侍姑母,伊方才有些喜色。因此畹芬明白伊每天练武是名,和祥麟俩谈情是实。有时绮云和畹芬绣余,灯畔闲谈起来，十句倒有九句是和祥麟有关的。伊和畹芬有时爱看月光迟睡，伊会说："祥麟这时也许还没睡呢，他是最爱在月下舞剑的。"吃到时新的果子或精美的糕饼，伊会说："这东西也许祥麟还没尝过呢，给他留着些。"

畹芬觉得好笑，故意怄伊道："你替他留着，他倒是不喜欢吃的呢，不是你白费心？"

绮云会和表妹争辩："这样好吃的东西，他不会不喜吃。你看，我不是很爱吃么？"

畹芬笑道："怎见得他的口味定和你一样？要不，你们两个人就算一个人吧。"

这时，绮云听表妹取笑伊，才知自己说话不留神了，便矜持着再不和伊谈祥麟。可是忍不了一天，又是祥麟长祥麟短地和畹芬谈起来了。畹芬偷偷地把这种情形告诉伊母亲翟氏知道。翟氏时常也见祥麟如果在外闻见到什么新异有趣的事情，总是先找着绮云讲述。在外得到什么好玩好吃的东西，也是巴巴地要先留给绮云。可见祥麟的心上，也是深藏着个绮云呢。翟氏对于自个儿的亲侄女，既是十分疼爱，祥麟的武艺容貌性格，也没一处不叫人欢喜，在伊老人家的心里，二人很可配成一对。看上去二人已有情愫，只消着个人一说，谅来没有不成，自己也可了却一桩心事，哥嫂泉下有知，也可放心了。

所以翟氏听了女儿畹芬的学舌，就把长春叫进来，告诉他想把绮云配给祥麟，叫他探探祥麟口气。长春一听笑道："这件事依儿子看来，竟直接了当告诉了他，也让他心里高兴。"

翟氏道："难道他在你面前已露过口风，欲求绮云为偶吗？"长春道："虽不曾明言，可见他每一提及表妹，总是极口称扬，表示十分倾倒的样子。看神情儿子早就明白了，原要想来和你老人家商量的。如今你既想起来了，就爽快地跟他说明，也好叫他放心。"

翟氏笑道："因为他帮过你的忙，所以你也很回护着他，好吧，你就去和他说。"

长春笑着到外面去和祥麟说话，可是祥麟没有在房里。长春去问小厮，小厮说在后院舞剑，长春趱到后院，以为祥麟一定又让那安澜宝剑的一片白光裹住，只见剑光如雪而瞧不清楚人形呢。

谁知他到了后院，却是静悄悄的，并不见剑光，也不知祥麟在哪里。便一面走一面高声呼喊，寻到一株老梅树畔的茅亭里边，祥麟闻声便从亭里出来。长春道："听说你在这里舞剑的，怎在这亭子里？倒叫我好找。"

祥麟笑道："我原是和翟小姐一同在树下练习刀剑，因乏了，才进亭子去歇一会儿。谁知刚坐下，你就叫得来了。"祥麟说着，绮云也从亭子里走了出来，含笑跟长春招呼。长春见伊短衣窄袖，腰间还挂着箭袋，果然是曾习武来着。

祥麟问长春道："你巴巴地找得来，想必定有什么要事？"

长春对绮云看了一眼，微笑回祥麟道："不但是要事，简直是喜事，你快跟我上前面去，待我仔细说与你听。"

祥麟道："别开玩笑，有话这里也好说，何必定上前面去？"长春道："在这里说么……"沉吟着又看了绮云一眼："似乎不大方便，你要听，快上前面，练武哪一天不可来练？反正看事是与你有好处的。"

绮云看长春满脸春色，很顽皮地看着伊，不觉两颊晕红，忙别转身去，回到亭里拿伊的弓刀，顺手给祥麟的剑也带了出来。祥麟要跟长春走，便从伊手里接过剑，被长春牵着衣袖走了。

绮云察视长春的颜色，心里揣摩着和自己有关，倚着亭柱，远远地望着祥麟和长春的背影，又羞又喜，不觉出了神。祥麟的身影早已超出了伊的视线以外，可是伊还是呆呆地在那里立着，直等翟氏差小丫头来请伊吃点心，伊方才如梦初醒。那时正在仲春时候，天气还不很暖和，那几天更是春寒料峭，东风如剪。绮云在风里吹了多时，连鼻尖都冻红了，先时出了神倒不觉得，待小丫头叫了伊突觉得肩背如浸，冷得发噤，忙跟着小丫头进去，添衣进食。

且说祥麟跟着长春来到外面客室中，不等坐定，祥麟便催长春快说。长春笑道："就是你心里朝夕盼望的那事，得能实现了。"

祥麟不解道："我并没有盼望着什么呀，什么事得能实现呢？"长春拍了他一下道："别装傻了，适才家母叫我进内，伊老人家有意将表妹绮云许你为室，叫我征求你的同意。你可老实说，这件事是否你心上朝夕盼望的？"

祥麟一听简直乐疯了，望着长春只是嘻嘻地笑，连话也说不上来。长春见他只笑不答，还道他不信呢，便正色对他说道："这是真话，并不是和你开玩笑，你究竟同意么？快告诉我，让我好去复命，别尽管傻笑了。"

祥麟这时心神似乎略定，敛一敛神说道："我对于老伯母的美意，绝没有辜负之理，但小弟虽然没有父母，尚有家叔六指和尚在天台山出家，总是小弟的尊长，不得不先禀明，自从习艺下山，一晃已几年没有上山省问，小弟准于明日启程，一则请示，二则定省。下聘之礼，待小弟下山再行。请代禀老伯母，看小弟的话行得去吗？"

长春道："令叔既是出家人，他也不会干涉你的婚姻，据我看不必多此一行。"

祥麟道："话虽如此，但我们做小辈的却不可越礼。这也不过是一种形式，对于这事，他老人家是绝不会反对的。"

长春道："我不和你拗，待我禀明了老母再说。"

翟氏点头道："这话也是，既有尊亲在上，自不可越礼。就替他收拾收拾，让他明日早行，待他回来下聘好了。婚姻大事，原不忙在一时。"

长春见他母亲赞成，便也不再反对。当即出外与祥麟说知，又帮他收拾行装。晚上又备了酒菜，与祥麟饯行。席上只有长春母子和祥麟三人，绮云因早有表妹告诉过伊，反觉不好意思出来。畹芬自然也不出来，在房里陪伊。姐妹二人互相取笑，倒也吃得并不寂寞。外面席上，翟氏无非叮嘱祥麟代为致候他叔父。又嘱他旅途小心，早去早回等话。因祥麟明日要早起，晚上便也早歇。

第二天一早，祥麟携了轻便的行李，骑了他自己的马，直发天台去了。到了山上，拜见了六指和尚，多年不见，二人互觉都变了样子。和尚看祥麟益发英武俊爽，神采奕奕，比下山时又显得健壮魁伟了些。虽说出家人的六根清净，但骨肉至亲，久别重逢，心下自有无限欣喜。祥麟看他叔叔时，鹤发童颜，精神矍铄，只觉佛光瑞气隐蕴眉目，比他在山时格外慈颜仁行，全是一副菩萨相了，私心也自安慰。

祥麟给他叔叔请过了安，把别后数年来的行事为人，也详细禀明他叔父。和尚听他与玉琴等化仇为友一节，便点头十分赞成道："冤家宜解不宜结，何况原是你父母不是。你能如此做，才显得是个深明大义的好孩子。"又听祥麟告诉他这几年来许多行侠仗义的事，也点头表示赞同，不过戒他少杀。后来祥麟把自己的婚姻向他请示，并把翟绮云的身世年貌才艺都详细描绘了一遍。六指和尚微笑道："这事竟由你自己做主好了，何必巴巴地还赶来问我？我出家人可不问这些事了。既有这么好的姑娘，该快快定下才是。"

祥麟在山上盘桓了五日，六指和尚便催他下山，同时叫他写一封信到济南千佛寺，讨取一副碧玉制的弓箭，而且盒囊俱全，可以作为聘礼。他叮嘱祥麟道："这原是我祖师的遗物，去年我的师兄来看我，见了借去做个样子，要叫巧匠雕副翡翠的送给一位大施主。他是济南千佛山千佛寺的住持，在大城市里当家，是不得不讲究些世故应酬，比了我们山中不同。他借了去，大约因无便人，总没见送来。这东西我出家人留着也无用，你就将去做了定媳妇聘礼，日后也可留个永久纪念。"祥麟当然唯唯称是，就取了书信，拜别叔父下山，取道往山东济南而去。

晓行夜宿，沿路并无耽搁，不多日到了千佛寺。献过了叔父的书信，取得碧玉弓箭，果然雕刻玲珑，玉色明润，可称至宝。作为聘礼，也可算得尊重了。因住持坚留在山玩几时，情不可却，只得在山住了两日。但他的心中恨不一步就跨到峰县，见了绮云，把碧玉弓箭给伊瞧，告诉伊叔叔听得了他们订婚消息的高兴样子。因此住了两日，住持再也留不住，拜谢下山。

谁知老天偏作弄人，他愈是心急，却愈阻碍。走不了多少路，忽然下起雨来。祥麟本是带着雨具，挣扎着还是冒雨蹒程。不料雨越下越大，再加风势又猛，他带的避雨之具失了效用。而且那骑马逆着顶头风，淋了一身水，踏着泞滑的泥路，再已没法前进。祥麟没奈何，只好找个客店宿下。

那时还不到晌午，祥麟看天色像一时不会放晴，心里十分懊闷。换过了衣履，洗脸漱口后，便靠着床栏假寐。才一蒙眬，便被后院一阵喧哗吵醒，揉了揉眼睛，出房带上了房门，踱到后院去瞧瞧热闹。他走出穿堂，便到后院，一排也有许多小屋，原是下房。店主把来赁给贫人们借宿的。祥麟看后院房廊下黑压压的人都站满了，一个指手画脚在那儿高声呼喝的，便是这客店的掌柜，两旁帮着纷呶的倒有十来个，全是店里的雇工。还有许多衣履都不是十分体面的，大约便是寄宿在下房的旅客，都面有不平之色。可没有上前说一句响亮话儿的，只在那里交头接耳，窃窃私议，至于那掌柜呵斥着什么人呢。

祥麟留心看去，靠着房廊的尽头，有一间小屋，屋门口倚住门框站着一个脸黄肌瘦的病汉，胁下还挟了一根木拐，看来还是个跛足呢。那些店里的人都戟指着他喝骂，他却只是拱手央告，愁眉苦脸，十分可怜的样子。他们说些什么，却为雨声庞杂，一点听不清楚。

祥麟便问他身边站着的人道："这是什么一回事？"

刚好他身边站的那人诨号叫快嘴百晓，是个在店里穿堂入户卖糖茶食的。凡是寄宿的旅客，和他有过交易的，不用说。便是没和他做过交易，他也有本领打听得谁长谁短。在店中住长了的,那更是纤屑靡遗,什么他都晓得。又喜欢讲话,因此大家替他起了这个诨号,真名叫什么倒让大家忘了。

他见祥麟问,就抓了一碟花生糖递给祥麟道:"这件故事,说起来长呢。我这花生糖是玫瑰洋白糖煎的,又香又甜又便宜。你老买这么一碟子尝尝,只要花五文钱,一边吃着,一边听着,那才有味儿呢。吃得香再要添,这篮里有的是。讲完了这人,另外的故事我也有。反正下着这么大的雨,你老人家也不能出门,留在屋里也无聊,不如吃些糖茶食,听听野话儿解个闷,你老说是不是?"

祥麟接过他的糖皱眉道:"快说吧,哪用这些废话。"

快嘴百晓打量了祥麟一眼,把头一缩,不敢得罪,便滔滔不绝讲那病汉的故事道:"那病汉姓欧,本是做粮食买卖的。有一回遇见了强盗,把银钱行李丢了不算,还摔坏了一条腿,闹得浑身伤,身边又没有银钱,几乎饿死在道旁。恰好有一个行好事的客商,出钱替他治病医伤,总算好了,可是一条腿却成了残废。那客商是到济南出货的,顺便也打算替这姓欧的置办些衣服,送他些银两,好让他回家去。谁知那客商货还没出清,家里派急足追来,说是家里的老娘病得要死,天天直着嗓子叫这儿子的名字呢,只怕这时赶回去要见不到了。那客商是个十分行孝的,听了这个消息,等不得出清货,就关照行家,把出货的款兑清了他带回去。余下的货出清了,把货款就付给这姓欧的人,让他做回乡的盘费。那行家倒并不昧心,货款两清,这姓欧的可真运悭,拿了银子,办了行装,才到这个镇上就病倒在客店里了。"

祥麟道:"看他脸色黄瘦,病体也许还没痊愈哩,那掌柜的又跟他吵些什么呢?"

那快嘴百晓看看左右没有人,便很感慨地悄悄说道:"所以人家要说开店做买卖的人黑心啦。他们只认金银,不讲情义。那姓欧的初到店中,那掌柜的何尝不曾奉承他来着?一会儿替他请医啦,一会儿替他买药。少一会儿替他买吃食啦,从中不知赚了多少扣头，捞了多少油水。后来看看客人现钱用完了，在典卖东西了，就换了一副嘴脸，将他从上房移到了下房，还把他搁在这离茅厕最近、没人住的房里。那客人倒也好性儿，图着省些房饭钱，就也忍着臭气住下来了。他那病就可难得好了，在又臭又脏的屋子里，这下房小二本来就难得来打扫，别的住客免淘气也就自己动手，他呢，又残废，又是病着，哪自己动得了手？为他以前常买我的糖，我看他的屋子实在糟得不成样了，抽空儿就替他收拾一下。谁知他这么耐气，那掌柜的还是不得饶他，说他欠了五天房钱，要撵他走呢。可怜他无亲无故，这大雨天叫他往哪里去呢？尽央告着也是无用。你看那掌柜的叫人在扯他了呢。"

祥麟向对面看去，果见两个人去扯那病汉，可是那病汉两手死命把住门框，赖着不肯走，那两人竟扯他不动，可见那病汉也很有些膂力，为病着才让那些小人欺侮了。掌柜的见二人扯他不动，便跺着双足咆哮道："一个病鬼，你们还扯不动吗？敢是不吃饭的吗？你们这些都是死的？脚钉住了？不会上前帮着扯？尽呆看些什么？真是气人，尽是些只会吃饭不会做事的家伙！"

站在旁边看的雇工，原是在暗暗纳罕，怎么这病汉竟有这般大力？不觉就看呆了，忘了上前帮忙，让掌柜的一嚷，少不得揎拳捋袖，一拥上前，扯腿的，扳臂的，抽掉他胁下的拐棍揍他的，乱作一团。那病汉没了拐棍，便少了大半力，如何能敌众人？看看地要被摔倒了。这时祥麟再也捺不住心头之火，一个虎跳，就到了对面房廊下，分开众人，一手扶住病汉，一手向外一挥，把许多扯腿扳臂的工人，摔得倒的倒，颠的颠，歪的歪，没一个再站得稳。

这一下子，真像飞将军从天而降，谁也不知这个好管闲事的人从哪里来的，除了卖糖茶食的快嘴百晓。快嘴百晓见祥麟一跳，就过了这么一个大院子，知道是有大能耐的，料定那掌柜的不省事便有亏吃，过后查出来是自己饶的舌，可别想在这门口里进出,趁没人见快溜走了吧。可是祥麟吃的一碟子花生糖还没给钱,丢下可舍不得。便是祥麟过去了,下文如何,他也舍不得不知,就又待住了向对面看。

那些摔倒了的人,虽然一个个伸拳跷腿,做足十分声势,可是尝过那一跤的味儿,也没人真的上去。那掌柜的初时不知是谁,总以为也是住下房的穷主顾,高喝道:"哪个要来管闲事?好管事就代他出房钱。"

祥麟冷笑道:"出钱还是易事,可是理也得评一评。"

祥麟话没说完,那掌柜已看清了来人。他虽不知祥麟是何等身份,可是他们势利的眼光看来,这一身服装和一匹青骢马估计,绝不是贫贱的人,连忙换上一副笑脸,不住口地告罪道:"刚才没看清是你,大爷,请你恕罪,这地方都是穷人们借住的,肮脏得很,别熏坏了大爷,请大爷前面去坐吧。这个病鬼,我们委实受够了他的累了,大爷犯不着为他生气,大爷金玉般的身体快也别靠着那病鬼,他的病肮脏得很,要沾染了才不合算呢。"

祥麟把拐棍夺过,那些人以为他要打他们,都吓得倒躲,其实他是还给那病汉的。他扶着病汉站稳了,方才回身答掌柜的话。他鼻子里哼了一声道:"我不爱听那些废话,你只说指使这么些人欺侮一个病人,是否合理?假如把他摔死了,你怎么说?"

那掌柜的赔笑道:"他实在太怠赖了,占着屋子又不出钱。现在有人要住这屋子,跟他好话商量,他又不理,没办法才扶他出去。小店将本求利,要是客人们都像他一样,怎么亏累得起呢?"

祥麟问病人道:"难道尊驾进店以来,没付过房钱吗?"

那病汉就把来店后的经过,一一讲给祥麟。祥麟听了对掌柜的道:"算来才欠了你们三天房钱,便用这副手段对付人,这么大雨天赶一个病人往哪里走?真太没情理。"

祥麟对病汉说道:"这屋子既臭又脏,他既另有人住,兄台就让了他。好在小弟一人独住一大房间,就请过那边和小弟同住。"他说了也不管病汉是何表示,看看雨已停止,就搀了他走。

那掌柜的连忙拦道:"他这病不好,大爷别近他,怕沾染了才费事,还有这里欠的房钱归哪个算呢?"他的话才完,脸上早着了一掌,顿时红肿得像灌了水的猪肺,齿缝里鲜血直迸。

祥麟初时虽恼着掌柜的,却没有想打他,见他一再欺侮那病汉,不由心头火冒,只略用小力,惩戒他一下。还厉声喝他道:"房钱归我算,不会跑掉你一个。他是一个病人,方才你们许多人扯他的病体,可也得和你算账。势利的东西,再啰唆你一嘴牙齿别想保住。"

掌柜的捧着痛脸说不出话,只把一双眼瞪着他手下许多爪牙。那些雇工们见了祥麟的气度和膂力,心里就不敢动,何况院子里许多看闲的人,都同情着祥麟的一方。他们知众怒难犯,抚心自问,委实也理屈,大家互相觑着,也不敢动手。掌柜的这一掌受了可没处发泄,等祥麟扶着欧姓病汉过去了,才拍手跺足骂他们无用。众工人只索由他排揎了一顿。掌柜的又羞又愤,捧着脸进屋就睡觉去了。

这里祥麟把病汉扶过自己房里,叫店伙在他床头又搭了一张铺.把自己的铺盖分一半给他。又把衣服拣出来给他换,换下的衣服和被褥,祥麟叫人拿去浆洗。那人劳动了半天,又着了气恼,喘吁吁的话都懒得说,祥麟叫人扶他睡下。房外有许多好管闲事的,都来探头张望。祥麟把店伙挥出去,就把门掩上,看看那病汉睡得沉沉的,便靠床栏冥想。闪耀在他眼前脑际的幻影,总脱不离是绮云。一会儿在荒郊,一会儿在僻道,一会儿在矮屋中,一会儿在院子里,由相逢相识到相恋,一幕幕地在心头回味了一遍。

正幻想到洞房花烛,绮云扮作新娘,一种如羞如喜的娇态,真叫人又怜又爱。祥麟正体验着温馨旖旎的风味时,偏偏那不知趣的小二推进门来问他："开饭了，大爷要不要添什么菜？"

祥麟经他一叫，眼前的幻影都消灭无形，未免有些恼恨，重声回道："不用。"小二吓得连忙把身体退出去。祥麟这一声吆喝，惊醒了床上沉睡着的病人，翻了一个身。祥麟见他醒来，便走到他床前，问他要否进些饮食。那人此时精神较起先好了许多，见了祥麟，记起方才众人豺虎似的相待情形，全亏祥麟挺身相救，衷心感激。便欲起身叩谢。祥麟按住了他，叫不要动，又去喊小二开饭，叫他给欧爷备些可口的小菜和稀饭。

后来二人都用过了饭，祥麟坐在床前，和他闲谈。他已知道了祥麟的姓名，又知道他也是会使剑的。二人谈来谈去，不觉都谈起了荒江女侠方玉琴和伊的师兄岳剑秋的剑法。二人同声诧异道："你也和他们二人相识吗？"

姓欧的病人，本是钦佩祥麟的侠义，感谢他相救，又知道他和女侠相熟，绝不会是不可靠的人，便很惭愧地向他告罪，不早把实情告知。

祥麟讶道："你的遭遇，难道全是假的吗？你的脚受伤为了什么？你既和女侠相识，谅来不是为非作歹的吧？"

那人此时一字不瞒，把他的底细经历全告诉了祥麟，方知道他并不姓欧，却是复姓欧阳，单名一个义字。和哥哥欧阳仁同在关外螺蛳谷中帮着首领袁彪做培植革命势力的工作。因听人传说鲁境满家洞有明遗民潜居，蓄志革命，复兴汉族，兄弟俩奉了首领的命令，入关探寻，打算和洞中联合，以便起事时多一助手。谁知满家洞为强徒盘踞，遍设机关，专杀害外来生人，劫夺财物。兄弟俩陷入机关，哥哥欧阳仁四肢分裂，痛遭惨死。他折了一条腿，由一条隧道里逃了出来。可是又伤又累，晕倒在道旁，幸遇一个仁慈的客商相救，就是那卖糖茶食的快嘴百晓告诉过祥麟的一节事了。

祥麟听了道："这满家洞在哪里？似乎没听人说过。"

欧阳义告诉他道："我们有个亲戚，在青州城内做买卖，是他说的，出青州东门向东到一个景贤镇，有路可通。在那边很有赞美洞中人的义行，不知为什么要害人？"

祥麟道："此害不除，总为民累，我想要去看他一看。"

欧阳义道："穆兄去不得，据说他里面的机关多得很呢，陌生人非有人引导，绝没的得全尸而死的哩。"

祥麟少年好胜，见欧阳义畏惧得那么厉害，他格外要去一走了。他走到床前，把挂在床头的安澜宝剑摘下，抽出鞘来给欧阳义看道："单凭我这口宝剑，什么龙潭虎穴都敢去得，何况那小小匪窟。"

欧阳义泣道："我就让这病磨死了，要不然我也要去得很。我哥哥死得那么可怜，我誓必为他报仇。穆兄，你等等我，待我病好了一起去。"

祥麟道："我可不能等你，说去我明天就走，你的身体一时不能就好，在这店里也不是养病之所。"

欧阳义道："我也是这样想，可是一时又不得回去。说来惭愧，因为短失盘缠，还受了小人不少的肮脏气，要寻个人替我到青州和关外去寄一信，又总没便人，一直耽搁，今天要不遇穆兄，还不知让这伙奴才怎样摆布呢？其实我现在是废了一条腿，又吃亏在病了好久，不然的话，早就叫那些奴才吃足了苦了。"

祥麟道："我见许多人扯你不动，我就知道你是有能耐的了。现在你也不用发愁，少停不下雨了，我送你上千佛山寺中去养病。那里的住持是我叔父的好友，他又懂得医道，你到那里，病一定好得快。一切费用，我都会安排，你也不用挂心。青州的信和关外的信，你也可托他设法代寄。他常和官府来往，这两处有投递公文的，叫他们带一带并不费事。等我破了满家洞回来，有便的话，我送你出关。"

欧阳义听祥麟为他想得这么周到，自然十分感激，只是窗外的雨声时缓时急，总没有停止。祥麟焦躁道："这老天真也是跟人作对,看将起来,今天不会晴。"

欧阳义劝慰他道:"明天一定会晴的,便迟一二天也没要紧。"祥麟还要说什么时,上午那个卖糖茶食的又掀帘进来道:"二位爷,下雨天不能出去逛,就做成了小老的生意,买点个糖食解闷吧。"

祥麟真的买了他的几样糖食,他拿了钱可还不走。先是把祥麟刚才的举动恭维了一顿,随后又有一搭没一搭地瞎谈。他的话都很新鲜有趣,不知不觉把两个人都听住了,把一个下午就消磨了过去,那篮子里的糖茶食也销去了大半。他讲得忘了形,一边口讲指画地说,一边也顺手捞着糖食吃,后来也由祥麟给了他价,他才在开晚饭时千谢万谢地去了。

祥麟让欧阳义先喝了稀饭睡下,他方才叫小二打了些酒添了些菜,独酌了一会儿。喝得微有醉意,才叫小二撤去残肴,洗脸睡觉。因为喝了些酒,睡下倒很容易熟。一会儿就沉浸在甜蜜的梦境里来。

欧阳义却翻来覆去,不能入睡,直到鸡啼时方才睡去。不知睡了多少时候,听得祥麟连声催唤他起身,他睁眼一看,红日满窗,知是时晏了。祥麟却是一脸笑意,站在他的榻前,当然因天色放晴的缘故。欧阳义虽然有病,但以昨夜饮食睡眠都很舒适,听了祥麟的计划,心里一宽,精神就振作了不少。当时就起身,由祥麟叫小二侍候着穿衣洗漱,吃了早餐,收拾了行李,由祥麟付去店账,小二扶着欧阳义上车。祥麟因他病着不能骑马,特地着人雇了一辆车。祥麟看他很安稳地斜躺在车中,随后自己上马,直奔千佛寺。

过午到寺,守门的沙弥见他去而复来,十分诧异,进内禀明了方丈,祥麟也已到了里面。见了住持,就把来意说明,一切医药日用,日后归他总算。

住持连道:"不用客气,尽管住下好了。"

祥麟看着欧阳义住所安排定,又拜托了住持几句,携了行李上马赶路去了。沿路无甚耽搁,不多日到了青州。便向人询问景贤村的所在。那人对他上下细细地打量了一番，才指点他道："向那边大道上一直走，过一条小溪，从溪边林中小道穿出去，便到了。"祥麟谢过那人便循着他指点的方向走去。

那人对着他的背影披嘴瞪眼地低骂道："找死，来向我问路，只有送你上鬼门关去。"

后面过来一人，身材高大，脸色金黄，额上有一疤痕，其形如目，他姓杨名进，人称假二郎的。把他扯了一下道："猴儿，你捣什么鬼呀？"

那人给他一扯，倒吓了一跳，后来见是同伙，方才放心，就拉杨进走到道旁林里低声笑道："前面那个你看是不是肥羊？但看身上的衣服和那帽檐上两粒珠子，便估定了价。还有胯下一匹马，也不是下驷，他问我上景贤村的路，大约是去找满家洞赵家弟兄的。我可不那么呆，就指点他上我们的那条道儿，我要赶回去通个信儿给酒鬼，指点他入洞的路。采办东西，你一个人去了吧。"

杨进把他打了一下道："乖猴子，你总拣轻巧的做，我希望他忘了你的话，走了溪这边北头的山路，让你得不到劲。"

那个被叫猴子的本姓孙，行三，因为生得瘦小，举动灵活如猴，恰巧他又肖猴，又喜穿花衣服，因此诨名叫作花猴子孙三。同伴们因图呼唤便利，就叫他猴儿。

孙三见杨进怄他，也笑道："你别那么小气，洞里杀了肥羊，你也捞摸得到油水，可不是我一个人的利益。即使他记错了走到真满家洞去，赵家兄弟知道是我指点他去的，从此再也不会瞧不起我们，要称颂我们很有信义哩。我得不到利也得了名，又有什么不值呢？"

杨进道："得了，好兄弟，我是跟你玩的，快使出你祖宗传授的本领，一个筋斗翻到村里去吧，别落在那肥羊后面误了事，他还骑着马呢。"

二人才要走出林子，忽听后面林里窸窣一阵，许多树叶纷纷飘下，不由吃了一惊，各人袖出匕首，往身后林里搜索了一回,并没有什么发现。

花猴子孙三道:"真是活见鬼,白耽搁了老子许多时候。"

杨进道:"可是也奇怪,说是风吧,外面沿大道的树枝不动,里面林密枝紧,更不该摇动,别真是鬼吧?"

孙三道:"走吧,随他鬼也罢,怪也罢,青天白日,可没什么怕的。"

二人说着就走出林子,杨进奔城内采办东西,孙三追向东面大道上去。可是他一路并不见祥麟的行踪。直到溪边过了桥,穿进了小道,仍是没见。他想:"难道这家伙走得这么快?在林子里不过略耽延了一会儿,他就到了镇上不成?"他赶紧走出小道,到酒店一问,可曾见有这样一人来过镇上,大家都说没有。

孙三跺足道:"竟让假二郎君说坏了,真的他记错了路,走了北头的树林里去了。"众人问他什么事,他就告诉众人,一头就口的肥羊溜了。大家都不胜懊丧。

那么祥麟到底走了哪条路去呢?他听了孙三的指点,记住了他的话,催动坐骑,向东直走,还留心着找一条小溪。果然那人并不说谎,道旁有一条小溪蜿蜒曲折,直到路的尽头。过了溪,尽头处真有一条小路。祥麟下马,让马在溪边喝了一会儿水,嚼了一会儿草,随后上马,正要经桥上通去时,突然有一根二尺来长的树枝从后飞来,掉在马前,把马吓了一跳,几乎把祥麟掀了下来。祥麟连忙勒住马,回头看来,身后空无所有。才要转身,瞥见后面约离二丈远近,有一冬瓜形的矮汉在向他摇手。祥麟不认识他,也不愿和他计较,转身待纵马过桥,忽然背后有人喊道:"哎,傻瓜,叫你别走那条路,那条是死路呀。"

祥麟不禁又回头,谁知那矮冬瓜已到了他的贴身,这么快的步子,怎不叫他惊异,知道绝非常人。但不知他来意善恶,便道:"刚才那树枝是尊驾丢来的吗?好腕力眼力,小子不胜佩服。你的意思是阻止小子上对面去,但小子是经人指点的。

你看那溪的尽头处不是有路吗？谁说是死路呢？多谢你的好意，小子有要事须办，改日再请教吧。"说完又待转身。

矮冬瓜道："你不是要上满家洞吗？刚才那人是谎你的，上满家洞走这条路才对。"说着把手向大路尽头北端的丛林一指。

祥麟一听，追想刚才那人的神色，和眼前这人果然邪正有别，也许是实话，就姑且听他，即使有甚岔子，好在有宝剑在身也不怕什么，至多耽搁了到满家洞的时候。于是就依着矮冬瓜的指示，掉转马头，向大路尽头驰去。

只听那人笑道："这小子好不懂礼，人家指示了他，反把人丢在后面，也不招呼，那么，我可也不等你了。"

祥麟回头看时，只是一团影子，向道旁树林里一蹿便不见了。祥麟满腹狐疑，这人神出鬼没的，不知什么路数。

到了路的尽头，果见一条月牙形的横路，北端林丛密树之中果然有一深邃曲折不知穷尽的小路。祥麟踌躇不敢进去，林中有人喊道："进来吧，这条路正是你所探寻的一条，再逗留路口，猎取肥羊的猎狗来了。"语声尽时，那矮冬瓜从林中蹿出来，拉着马的嚼环，往林子里用劲一牵，又随手一放，把身子往旁边一闪，祥麟的马不由自主地向前直冲。等祥麟使劲拉住，已走了一二丈路了。祥麟不知那矮冬瓜是何用意，勒住马缓缓地走，看看两边尽是丛密的树林，躺在前面的是幽暗的小路，待退回去吧，矮冬瓜必又来麻烦，倒不如向前，总要走尽这条路的。只自己戒备着。就是这样想着，便顺手把宝剑抽出来抹拭了一下。

"嗯，好剑！"祥麟马前像落叶似的飘下了一个人影，同时飘出了赞美的语音。

祥麟见了不觉又一呆，便道："尊驾究竟什么意思，这样相随不舍？"

他道："我喝饱了酒，好管闲事。不过你放心，反正于你有利无害，刚才不是我一拉，那个花猴子就瞧见你了。这会子啊说不定着了他的道儿了。"

祥麟道："花猴子？我不相识啊。"他道："就是你向他问路的那人。"

祥麟才想起那人果真有些猴儿相，便道："你和他相识？"他摇头道："不。"

祥麟道："那么怎知道他叫花猴子？噢，是你浑诌的。"

他道："不是，我偷听来的。"于是他把在树林里听得二人的谈话，学舌给祥麟听。他因此赶上来阻止祥麟走过小溪。他临走故意在林中做了一些声响，吓唬他们一下，让他们起疑搜索，耽搁些时候。因此那个著名的跟斗虫也没赶上。他又告诉了祥麟，自己的姓名叫闻天声，也是要上满家洞去的。

祥麟当即谢过了他，又向他探询和满家洞有什么交涉。天声道："沿路听人传说，但是毁誉不一，想起关外有两个朋友，我就打算去探看一下，可是老问不到道路。刚才凑巧我在林中有事，忽听得了二人的话，才知满家洞该走这条路来，但满家洞的内情如何，却还是没听得详说，我那朋友的确信，总要我到了洞中才知哩。"

祥麟道："据小子看来，这满家洞绝是匪窟。"遂把在济遇见欧阳义的事说了一遍，自己的来意就是为地方除害。

天声不禁拍掌笑道："这么说，你我二人都是为一桩事而来的了。我说的朋友，正是欧阳兄弟呀。"说着，又凄然叹息道："想不到两兄弟一死一伤，可怜谷中的弟兄们，都还天天盼望着他俩的好消息呢。"

祥麟听说他也是为探欧阳兄弟消息来的，当然不会是歹人，自己得了这样一个同伴，心下十分欣慰。一边走，一边谈着天下大事，以及古往今来许多忠孝节义的故事，和草莽中的英雄奇人。闻天声讲起那年昆仑峨嵋两派在少华比剑，聚了不少能人，可惜未成事实，否则必大有可观。又讲到琴剑定姻，洞房起火，一对新人大战刺客等旧话。祥麟才知他也是和玉琴熟识的，心下暗忖：果然和女侠一路的人物，都是正直义侠肝

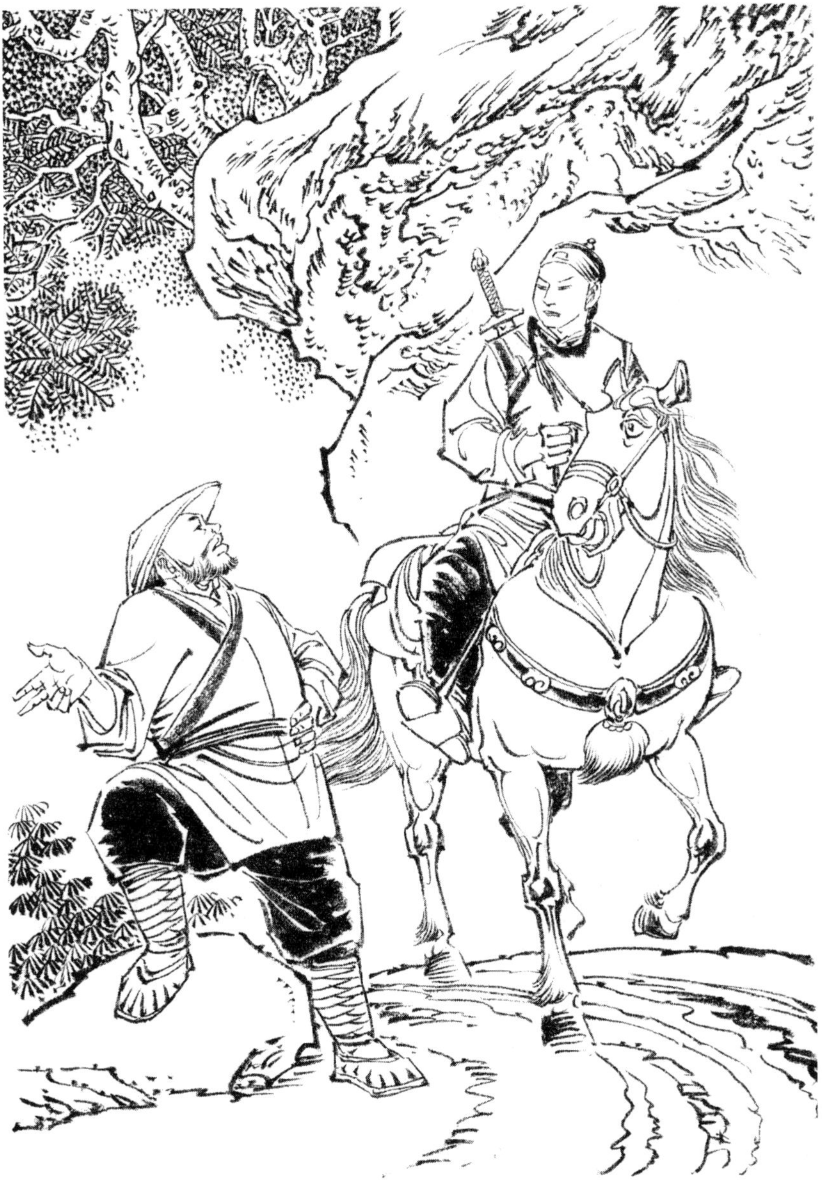

胆照人,莫怪江湖上的人提起伊来,敬畏不衰。谁知他们这路上谈着玉琴,而玉琴和剑秋天豪等也在那条大道上驰来,和他们具同样的目的。可走了岔道,过溪那边的小路,走上景贤镇去了呢。

这条通景贤村的路,可比溪对面的路长,他们穿出这条路,便是村口。村中人男耕女织,倒是一派安乐的景象。蓦见来了两个陌生人,都抬起诧异的目光看他们。确实,他们的村中终年难得有生人来的。

祥麟看见一个牧童,便问他到满家洞去怎么走。那牧童对他们看了两眼,摇摇头走开了。天声和祥麟便去村中走走,想寻一条通路。这是包围在山中的一个乡村,四面全是连绵不断的山峰,他们正在探索,忽见一个壮汉走到面前施礼道:"二位客官,驾临荒村,不知有什么见教?"

祥麟天声都道:"我们来访满家洞的。"

壮汉道:"客官弄错了,这里是一个小村,并没有什么满家洞的。"

祥麟冷笑道:"既然敢作杀人越货的勾当,又何必遮遮掩掩?没有满家洞,如何我们的同伴会死在洞中的机关里?"

那壮汉讶异道:"死在机关里?是多早晚的事?"祥麟道:"去年岁尾时吧。"

壮汉道:"没有的事,客官你准是弄错了,到别处去打听吧,天晚了这条路不能通行了。"

祥麟道:"别装假,什么危险我们都经过,怕什么?你不肯说入洞的路,我们自家会找。"

那壮汉随在后面尽拦,惹得祥麟性起,拔出剑来一扬道:"再废话,就送你回家。"壮汉勉强笑了一笑退下。

二人想沿着山坡走,总可寻得什么路。可是走遍整个村庄,也是循着山走了很久,还是一无所得。看看天色渐暗,天声的酒虫已在作怪。可是这个山村连个卖茶的店也没有,别说是酒,哪里有沽酒处呢?祥麟见东北山坡上有一亭子,便和天声俩踱到亭里憩坐,顺便想上山看看有无路径。

到了亭子里,天声既无酒喝,又不厮杀,他便不得动儿。祥麟因找不到入洞的路,心里着急,嘴里说:"费了一整天的工夫,还是落个茫无头绪。"嘴里恨恨地说着,却用拳在亭中石桌面上狠狠地重击了一下。

亭中地下原也铺的石板,经他一击,那石板活络了,石桌下的石板向下对开,便清楚地露出一洞,有石级可以升降。祥麟不觉欢喜起来,天声也精神一振,二人毫不踌躇地下了石级。祥麟的马拴在亭柱上,他也不管了,他们都用剑点着石级走。这也是一条隧道,却是十分长,一会儿平地,一会儿高,一会儿低,一忽儿由石级升,一忽儿又由石级走下,曲曲折折,约莫也走了二三里路,由十余层石级上走了出来,倒像是人家院落,其实是一个山洞。走了几步看见前面有灯光和炊烟,还闻见一阵酒肉香味,正是厨房预备晚餐的时候。

二人走近看时,一带许多土穴,有的有灯,有的无灯,两个土穴内正在烹煮饭菜,灶前候着几个搬饭菜的下人。忽见两个生人来张望,连忙去土壁前一摸,便听满山的梆子响。祥麟和天声知是山中的暗号,立即拔下宝剑,蹿至空旷处已等待厮杀。

果然不多时,左右前后,人如潮至,声如雷鸣,火炬通明,剑戟成林。但只是四面围立,呐喊示威,并不举兵,像静待号令的样子。而且行伍整齐,虽惊不乱,虽怒不莽。

祥麟天声久历江湖,和绿林健儿不知交过多少手,却从没有见过这样纪律严整的匪众,便已暗暗纳罕。二人见众人不动,便也各按兵器,怒目回视。突见围立四周的人众,忽然分向两边按次排立,让开一条路来,碰见两个带刀的勇士,眉目英爽,气概雄武,绝不像为非作歹的匪人,后面跟着持枪肩棍的壮汉三五人。便是刚才村中所见的壮汉也在里面。

一伙人来到二人面前,见二人手中的宝剑,一黄一白,宝光闪霍,便知是有来历的,不敢造次。为首一个带刀的,便进拳躬身很和气地说道:"某等隐居秘穴,不与世通,不知因何有忤壮士,辱驾责罪,还祈壮士赐教。"

祥麟心想越是巨凶极恶的人,越会做作仁义,为为谦礼,这时谦和有礼,不知暗中怎样安排着狠毒的杀机呢。他这样一想,只觉气愤难忍,也顾不得什么回礼,当即把剑一指,气愤愤地说道:"隐居秘穴?不与世通?说什么废话,明明借隐居之名,做杀人越货的勾当。既是行为正直,又何必遍设陷阱,暗装机关,叫好好的人平白地肢体残缺,死无完尸?这样惨无人道的残行,天下之人,都可讨而诛之,不问有忤无忤。况且我们自有同道中人,好意来向你们通诚致敬,也遭了毒手,一死一伤,今天若不把你们的巢穴踏平,也出不了我们胸中的恶气。"

祥麟正言厉色,滔滔不绝地说了一大篇,他越说越气,后来索性不愿多话,挥动安澜宝剑,便向为首和他说话的人劈来。两旁人众,见祥麟动手,发一声喊,舞动兵器,齐向四面包围上来。可是那个带刀的汉子,一面挺起手中宝刀,架住祥麟的宝剑,一面还挥手高叫道:"众位弟兄且莫妄动,也许其间有什么误会,我们决不可轻易杀害好人。"

那个还待和祥麟解释什么,祥麟可不耐烦了,又是一剑当胸直刺,嘴里说道:"别假惺惺了,看剑吧。"

那人身后的跟着的人也都怒嚷道:"大哥别跟这浑人说理了,他又哪里懂得理?也不问问清楚,便胡赖人是强盗,说不定他们自己怀着什么邪念,自己是歹人,偏认别人是歹人呢。咱们又不是不会厮杀,怕什么?就跟他来一下,不让他吃些苦,他还不知你大哥的厉害呢。"

那人见祥麟的剑当胸刺来,忙把身体一偏,顺手就把刀向剑上一挑一拨,二人对立着倒像一座笔架。二人心中都暗暗称赞对方好腕力,他们二人,一来一往,像练把式那么玩着。天声和那人身后的几个壮汉就浑杀起来。那些人虽然武艺都还不错,可哪里能奈何天声的宝剑。

祥麟杀得不爽快，怒喝道："谁和你玩什么把式？怕死就伸头过来受剑，不怕死就使劲杀上一阵，分个胜败，这种样子，好不痛快。"

那人架住了当头劈下的剑说道："壮士来责难我们的事，实在这山中是未曾发生过，我们山中为防卫起见，确也设着几处陷阱，可是跌下后，只是牵动山中报警的消息，至多碰破些皮面，不伤筋骨，更说不上肢体残缺，尸骨不全了。我看壮士们一定弄错了地方了。"

祥麟道："明明是由景贤村可通的满家洞，难道不是你这里吗？"那人道："山那面也有一伙人盘踞着，听说是可通景贤镇的，要不你们说错了吧？"

祥麟觉得那人腕力不错，使的兵器也很名贵，确是精钢练成的宝刀，为什么把自己逼着，只是愧惜，估量不是精练智能，也知真的错认了好人吧。他这样一想，很自然地把宝剑收回来道："难道那面也叫满家洞吗？他们这伙人是干什么的？"

那人道："他们和我们素不相通，不知他们干着什么，风闻得有些不大光明，说不定他们在冒着我们的名义，欺妄良善的人民吧。"

和天声交手的众人，正给天声戏弄得团团作转，闹得一身的汗，见他俩停手谈起话来，便也各收兵器，围上来听了。有一个手执双锤，面如满月的少年说道："大哥，我们应该去和他们交涉，为什么假借我们的名义，作歹为非，败坏我们洞中的名誉？"

那个被称为大哥的道："他们怎肯承认曾冒我们的名呢？"

少年道："那两位不是说有两个同道被害吗？问明了年貌姓名。到山的时日，去问他们有没有这样二人到过洞中，不是就有分晓了吗？"

少年说了，另一带刀的和为首一人面貌相仿的说道："兴哥，岳贤弟的话行得，我们就和这两位壮士同去责问，事情应该弄个明白，怕伤什么和气？假如不追究，他们尽是一件件地干下去，推在我们的身上，常常代人受累，岂不麻烦？事情纵有明白的一天，我们可多费了许多精力。你该知道，我们另有我们该努力的工作呢，不犯在这上面白费许多神。"他说了也不管他哥哥的意见怎样，便用刀向众人一指，许多执戟持棍的勇士，都纷纷退去。

他上前对祥麟天声介绍他哥哥赵肖汉，就是此地满家洞之主，也就是从前为满兵所害的洞中义士的后裔。他自己叫赵后明，还有许多都是他俩的结义兄弟。那个使锤的少年，叫岳忠先，一个持棍的大汉叫何继贤，一个执剑的叫戚慕光，前明戚继光的后嗣。还有一个红面大汉拖着钩镰枪的，和一个使獠牙棒的矮汉叫孙耀宗。说明他们隐居此处，囤粮全由力耕，从不向民间妄取粒米。耕作之暇，习武演兵，锻炼体格，也从不无故加害良民。并且不与外间相通，很少有生人入洞。

祥麟见他言辞恳挚，态度和缓，便也有几分信他。当下也把自己和天声的姓名告知众人，并将欧阳兄弟的年貌和来意也都讲述了一遍，只没说出螺蛳谷来。赵氏兄弟听说欧阳兄弟是不愿受异族荼毒，有志民族革命的志士，慕名来归的。却惨遭毒手，一死一伤，十分表示惋惜，并两三申明半年来确不曾有过这等样人来。

赵复明又向二人拱手致敬道："二位的同道既是革命志士，谅必二位也是同志了。小弟等隐身秘穴，原是蓄养锐力，志图为先人复仇，为全民解缚，不愿我巍巍夏裔，受制于塞外夷人。他们既欲为民之主，就该为民谋福，但是他们只图享乐，不谋国事，对于人民，往往歧视，专一榨取我人民的汗血，去供养他们一辈懒惰无用的人们。弄得国库奇绌，国势日弱，兵连祸结，外患迭乘。哀哀小民，反流难失所，填身沟壑。我们为了国家的存亡，为了先人的血仇，誓不与夷两立，但以力微兵薄，尚在等待机会。若有同志来助，小弟等是十分欢迎的，哪有加害之理？"

天声答道："诸位义士的大志，实堪钦敬，我们虽以闲散之身，不能和诸位常在一起，但遇有紧急，我们很愿效力，略为帮助。同时另外有一伙义士，很愿和诸位合作，他们准备有年，实力很可观了。只惜有人假冒贵洞的名义，害人劫财，未免使志士寒心，义民裹足，这一点倒不得不彻底地弄清一下的。"

赵复明道："是呀，依我估猜，绝是龚玉龙所做的勾当，时候不早，我们立刻前去，回来再和二位细谈。"

赵兴汉听说，就转身和持棍大汉道："何贤弟不必同去，在洞照料，并吩咐厨房备筵，回来和这二位壮士痛饮。"

那个叫何继贤的便转身退去，他们六人和天声祥麟一共八人当即由孙耀宗持灯前行，七人跟在后面，忽高忽低，或左或右，绕了一会儿，也不觉有多少路，却已出洞到了山的另一面了。就在山峦上一路行去，走不多时，孙耀宗指着山坳道："我们就从这儿跳下，可省绕路。"说着，他执了灯，蹲着身子，照着众人跳下，随后他也赶着跳下。

祥麟天声留心他们几人，个个都是身轻如燕，着地无声，洞中人全无警觉。等到孙耀宗跃下，因他手中有灯，火光摇映，土穴中有人瞥见，便跳出来喝问，孙耀宗就上前答道："我们是那面满家洞的人，我们洞主有事请教，特来拜访贵洞主的。"

那人沉吟道："满家洞和我们素无来往，不会有什么事要谈的。我们洞主不见生人，请回去吧。"

这时赵氏兄弟和众人都已走到前面，赵兴汉向他一拱手道："兴汉有一件疑难事，欲向贵洞主请教，请足下代为通报。"

天声、祥麟在后都已看清那人，原来就是白天指点祥麟路径的小花猴孙三。孙三还待推脱，祥麟抢步上前，对那人一拱道："足下还认得小可吗？白天承蒙指示到满家洞路径的。"

那人见了祥麟，不由一惊，自己指点他上景贤镇的，怎么他竟到了景贤村，而且居然和满家洞人在一起？那自然是来责问了。他是十分机警狡猾的，看看众人都携带兵器，面露愤激，知道不有圆满答复，不会干休的，倒不如先下手为强，当即笑道:"好,诸位请跟我来,我去通报。"说完,回身引路。但走时跳跃无定,叫人看不清他的足迹着地何方。戚慕光便知有诈,把赵兴汉一拉道:"他有诡计,别上当,我们在这里等着就是。"众人被他一言提醒,都暗暗戒备着。

孙三见众人走了两三步,便停住了,知道没法暗算他们,看来难免一场恶斗,遂即进去报告。天声、祥麟就四面观看,他们站在山坳之中,四面为山所围,很像一个大天井,小花猴进去的是一个穹形的洞穴,周围穹形的土穴很多,有的有灯光射出,有的没有灯火,倒全静悄悄的一无声息。不一会儿,又见小花猴从穴中蹿出,后面是三个人跟着。那三人走路,规行矩步,显然脚下留心着机关消息。

三人中为首一人,头骨两边突出,和角一般,相貌凶恶,一望而知不是善良的人,他便是这里的首领神龙龚玉龙。后面二人,一个红巾红袍的,名叫大头军徐炎如,目如火,腰悬宝剑,剑柄饰着赤色流苏,还有一粒赤色明珠,闪耀如火。其一文人装束,却生得獐头鼠目,奸相暴露,他是这里的军师叫智囊申巨方。

三人出来,却由那文人和赵氏众人对答,绝不承认杀害人命,劫夺财物,假借名义。至于欧阳不欧阳,更不知道了。抵赖得干干净净,简直反怪他们无礼。祥麟听了,就上前指摘孙三故意指示他到景贤镇的路,便是不怀好意。你一言,我一语,两面争论起来。只见那个孙三把申巨方一拉道:"不必和他们斗口,就请龚头领的双龙神枪,送他们回家吧。"申巨方果向后一退,在小喽啰手中接过双枪,递给那个出角的神龙。那两杆枪,全是烂银铸成,灿耀夺目,枪杆上盘着一条龙,却雕刻得栩栩如生。祥麟看着双枪,不由暗暗喝彩。既然翻面,大家拔出兵器动手。

申巨方按动消息,山中各处铃声大振,都来前边助战。正是玉琴、剑秋、天豪、陆翔等进来时候,被琴剑等所败的金如彪、如麟拖着矛戟,引着琴剑等到了前面空地,一转身就不见了。琴剑等认出祥麟、天声，多么高兴，便在人头上纵过，加入战团。

那龚玉龙的双龙神枪，果然使得神妙，可惜对着个闻天声，一柄黄金软剑，竟把他的双枪束缚得无法可施。徐炎如的一把宝剑使得也好，竟和祥麟、慕光对敌，三道剑光左右盘旋，上下翻腾，再加上那粒大珠的耀光，煞是好看。孙耀宗对了小花猴，解光祖战住青面鬼，一枪一刀，功力悉敌。岳忠先的双锤，流星般倏忽，逼得假二郎杨进的短棍莫想反守为攻。再加上琴剑、李陆四人，不消盏茶时，金氏兄弟终于死在陆翔的枪下，青面鬼在玉琴的剑下真的做了鬼，神龙龚玉龙，双龙神枪被闻天声一剑拦腰截断，岳忠先早把杨进送走，连忙赶上对着龙头一下，再加上天声一剑，一颗首级不知飞到哪里，却成了个神龙有尾没头了。

神龙一死，众人心慌，都想逃命。但哪里还有用？一个个都归了老家，只申巨方从隧道中逃去。赵氏兄弟只叫那些小喽啰逃生，有许多不愿走的便投顺了满家洞。天豪叫个小喽啰一问，才知欧阳兄弟问信时遇见他们的人，又露了财白，让他们骗进镇来，又指点他走那酒店后面树林里的地道，中了机关死在里面。赵氏兄弟料理这里的善后，叫喽啰引导，叫人拆毁机关，一面督率人埋尸，又点查粮米银物。

祥麟、天声和琴剑、李陆互道到满家洞来的动机和途中的经历。天豪知道欧阳义还在，又谢了祥麟、玉琴，闻知祥麟将和绮云订婚，十分欢欣。祥麟就请琴剑同到峰县一行，玉琴当然很高兴地应允。

他们这里谈着话，赵氏兄弟已将各事料理清楚，就请琴剑等一行人过满家洞去。众人擦洗过手面，赵兴汉便叫人摆出酒筵，相待众人。这时天已大明，一轮红日，涌上山顶，日光下洒，洞中也已通明。剑秋为天豪和赵家兄弟贺道："你们两处革命园地，在这时候开始联合，大家协力同心，定能得到美满的收获。这朝日，正是你们前途光明的象征。"

众人听说也同声祝贺，赵兴汉非常高兴和大家干了一杯，这一席直喝到午牌时分才散。天豪、陆翔被赵家兄弟留住，商量合作的计划。祥麟此时急于回峄，再也不肯逸留片时。玉琴既要一见绮云，就和祥麟同走。天声志在游历，也不欲在此盘桓。剑秋自是跟着玉琴。四人就向满家洞中众义士告辞。琴剑并和天豪约了后会。

天豪在满家洞住了几日，谈得十分和洽，预备将来起事，互相应援。天豪回谷时，便去千佛寺接了欧阳义，满家洞后也时有人和关外通信，不过他们虽惨淡经营费了不少精力，想为民族争荣，结果却是屡遭挫折，未曾成功。但是颠顶误国的清政府，后来终于逊位，使数百年受制异族的人民，透了一口自由的气。他们虽不成功，却也少慰，这是后话不提。

且说玉琴、剑秋跟了祥麟向峄县进发，在路并不耽搁，不消几天，就到了卫家。祥麟给长春介绍了，卫长春久闻琴剑的侠名，极道欣慕之忱，忙设盛筵款待。玉琴和绮云相见也自有一种欢喜的表示。卫老太太见祥麟回来，告知叔父十分赞成，还赐他碧玉弓箭，作为聘礼。老太太非常欢喜，就叫长春拣选黄道吉日，为二人订婚，乾宅的大媒就请了剑秋，坤宅大媒便由长春担任。请了许多亲邻，热闹了数天，卫老太太还定了八月中秋做他俩的佳期。所以玉琴住了几天要走，卫老太太和绮云竭力留住，定要他们喝了喜酒才去。祥麟、长春也再三挽留，玉琴只得留下。绮云由姑母指导着剪裁刺绣，不再练习弓马，日事针黹，赶制嫁衣。畹芬也帮伊料理，只有玉琴不会做这些，只陪着卫老太太闲谈，或和剑秋闲游，或和长春、祥麟等演练武术。

光阴如水，不转瞬绮云嫁期已到，祥麟方面并没有什么戚友，宾客都是卫家邀的，新房也在卫家。卫老太太对于这个侄女真的疼爱得无微不至，绮云的奁具虽不豪富，却也应有之物无不齐备，也都是伊姑母为伊置办。祥麟、绮云对于这位老人，衷心十分感激。

结缡之日，宾客盈门，着实热闹了一番。祥麟家中既没什么人，就长住在卫家了。剑秋、玉琴过了绮云的吉期，一心要去探望云三娘。绮云过了三朝，他俩便向卫老太太、麟、云等告别。

绮云还要留时，玉琴道："我是个闲不住的人，在这已经这许久，委实把我闷得慌了，我们多年不见云师父，伊又云游无定。此番伊在崂山，我们必须去探候一次，若错过了，又不晓得往哪里去找伊了。明年也许我们又来，那时要向你讨红蛋吃了。"

绮云微红着脸把玉琴推了一推，不依道："和你讲正经，你却只顾取笑人。"

玉琴也笑道："这不是取笑，是定例，宋家彩凤，我和伊作伐，嫁了毓麟，过一年不是就生了小麟吗？你又何能例外？明年此时必定也多了个小麟，或是小云呢。"

绮云虽然羞得红云满面，却也不肯让人，问玉琴道："既是定例，那么你们呢？也该有个小剑和小琴了。"

玉琴给伊一说，粉颊微红，对绮云笑了一笑，二人还要说话时，祥麟进来道："岳先生等得急了，请女侠快去呢。"

玉琴就携着绮云的手，一同出外。除了卫老太太，一家人都送他夫妇俩直到大门外面。祥麟更是骑马送了几十里才回。

玉琴在路和剑秋闲话，指着几树浅绛的枫叶道："时日侭怱，不觉又将秋凉了。记得我们去年离开曾家，就要去看云师的。谁知路上屡经耽搁，直到如今将近一年了，还没有见到伊老人家一面。但愿此去，路上再不要出什么岔。"

果然这一段路上，并没有出什么岔，很顺利地到了崂山。二人上山找到了碧落岩上的紫云观，看门的道人问了来历，知是观主好友的弟子，便进去代他们通报，由桂枝出来，领二人进去。云三娘也已站在台阶上等着了，二人远远看见，连忙抢步上前叩见。三娘还了半礼，一手携了一个，露着十分喜色。二人细看云三娘时，虽然隔了多年，还是鸦鬓朱颜，神朗气清，不见些苍老相。

二人向云三娘请过了安，拜问些别后的情形。三娘也问二人婚后在山的景况和禅师长老等的生活。剑秋先回过了禅师和长老的生活如常，也详细说了自己和玉琴在山数年的生活情况。赏中秋见妖星、除梼杌遇孝女翟绮云等，也告诉了伊。玉琴也把沿路所经历的讲了一番，在曾家庄力敌拳匪，计退洋兵。云三娘听着洋兵疑神疑鬼，也觉好笑。山陕边境计除鬼婚，九龙庄上观杏巧遇薛焕滕固，他们不去南而折向山东来，就是听了薛滕的报告。云三娘方知薛滕到过罗浮。琴剑二人又把在鲁境巧遇天豪陆翔，同探满家洞，又和闻天声、穆祥麟相逢等情，详细叙述了一遍。云三娘听说鲁中有隐居秘穴，志复明社，伊也为螺蛳谷诸人庆幸多了一伙同志。

云三娘叫桂枝吩咐观中人别备一丰盛的素筵，款待玉琴和剑秋二人。晚饭过后，师徒三人在灯下闲谈。桂枝去替二人铺设卧榻。

闲谈了一会儿，云三娘便着琴剑二人去安歇，明天早起和他们登山顶，看日出的奇景。

玉琴一觉醒来，瞥见窗纸上一片清光，以为天已大亮，不由懊恼道："怎么一觉就睡得这迟？这时太阳谅早已出山了，错过了瑰奇可观的妙景。"起身下床，把纸窗推开，向外一望，江山像盖上了浓霜。原来半缺的残月，不肯稍输于圆月时，遍洒清辉，整个的紫云观和山峦树石，都浴在皎寒的月光中了。玉琴才知方过子夜，天还没到四更呢。

伊观玩了一会儿月色，觉得眼皮沉甸甸的，心想还可睡一会儿，便又重复上床睡下，蒙眬了一会儿，似乎觉得有人在伊房中讲话，睁眼一看，原来桂枝奉云三娘命，来侍候玉琴盥洗晨餐的。剑秋也已起身，在和桂枝讲话呢。

玉琴翻身问道："什么时候了？"

桂枝接口答道："辰初二刻了。"

玉琴惋惜道："哎呀，错过观日出了。"伊边说边披衣起身，撩帐对窗上一看，却黑沉沉的，还不及昨晚明亮，便笑道："桂枝你哄人，天色这么暗，哪里已有这个时候？"

桂枝也笑道："真的是这时候了。天色暗是因为下雨的缘故，你听，雨下得很大。"

玉琴留心一听，果然窗外淅淅瑟瑟一片雨声，玉琴方才相信。这天就只在观中走走，或待在云三娘身边，谈论些性灵的修养、剑术的变化。

玉琴一心要上山峰观日出，偏偏天不作美，连连下了几天雨。这天午后，天气放晴，玉琴欢喜道："明晨无论如何，可以上山峰观日了。"这一晚上，伊时时警醒，忽听室外一阵淅淅沥沥地响着，伊以为又下雨了，暗暗抱怨了一阵，倒放心睡着了，直到桂枝来叫伊方醒。桂枝奉云三娘的命，关照玉琴道："高处寒冷，宜多穿衣服。"

玉琴道："难道今天还登山巅观日？不是在下雨吗？你听窗外萧萧淅淅的。"

桂枝道："那是风吹动了树枝，一天星斗，哪里来的雨呀。"

玉琴听说，不由很高兴地一跳起床，梳洗穿戴了，便和剑秋上云三娘房里请安。云三娘叫桂枝把隔夜煨着的八宝甜粥端上来吃了，使身上加些热力。云三娘、剑秋、玉琴连桂枝一行四人，出了观门，向碧落岩最高处行去。这时天才五鼓，小鸡竞唱，但星斗未落，残月如钩，还斜挂天西。时值深秋，果然晓风侵肌如冰。四人都把大氅裹紧了，慢慢循着石径上去，到得最高处，却是一块面积有丈余长的砦石，上面长着许多苍松古柏，枝叶杂披，做了天然帷盖。

他们到了上面，云三娘望了望东方，只些微有些白意，灰浸浸弥漫着东方的半爿天。伊回头指着松下展踞地面的树根，对琴剑道："我们就坐在这儿看吧，好在这里是最高处，眼前了无遮掩，尽可坐着。"于是三人各拣择了树根或砦石坐下，只桂枝侍立三娘身后。

这时玉琴定睛细瞧，东方的一线白光，似乎已扩大了许多，苍茫的宇宙已渐渐显露半边轮廓，满天的云絮幻成了无数毛茸茸的羊群百兽，不一会儿东方极边的一线，渗入了深红、浅紫、嫩黄、轻碧、淡蓝、浓绿，各色染汁。这一片彩色，山云层的底面向上渗化扩大，而那染了彩的云块，罅隙处又蜿蜒盘踞了无数透明的晶质的鱼龙，尤其是东方极边的一线，如金如火如晶，又如射出万道银针金箭，耀得人眼眩头晕。就在这一刹那，一颗火球在动荡着的晶光彩线中，探出了半个怒赤的头。可是不知何处来的一阵红雾锦翳又掩没了才探出的半球。这样地迟迟掩掩，再试再跃了几次，终于整个纯焰的圆颅，蹿上了地平，翻登了云背，临照着海空。四围的云堆渐渐隐去渗透了的彩色染汁，虽还保持了紫红灰青的彩色，却已推动了晶明的光芒的鱼龙，透明的晶莹的以及箭一般的光体，潜进了那个红球。一霎时高挂在天空的是一个由绛赤的火球转成的皓日。

他们几人的眼，顿似揭去了一层幛帏。苍松翠柏、峭崖峻岭也都由薄雾中显露了傲岸俊爽的神态。他们看那边的一片蔚蓝的天空，嵌着一颗晶明的皎日，四方的云彩，都给皓日四围的如帚的光箭扫荡得不仅剩了几许稀薄的云屑，光明和白热驱走了黑夜的烟雾、侵晓的寒意。

四人都卸下了大氅，站起行近崖边，遥瞩着浩淼的东海，海波耀日，好像万道金蛇，在海面蜿蜒浮沉，又像有无数金镜，随波腾跃起落。云三娘遥指洪涛，仰瞩晴空，低低祝道："我愿普天下为黑暗笼罩追求光明的勇士，都和此时的明空晴波一样，实现他们的企求，达到他们的目的，享受光明晴和、活泼自由的岁月。"

玉琴剑秋心有所感，也同声祝道："愿螺蛳谷满家洞两处的义士，在不久的将来，得到光明的结果，和这个时候一样。"

云三娘道："我们但愿他们所怀的志愿有光明的结果，成功的处所却不定是限于这两处的。"

剑秋注视着海天远处的一点黑影道："这是什么？也许是桅杆的影儿吧？"

桂枝侍立在云三娘身后，半晌总没开口，这时伊突然插嘴道："驾了帆船，在海上航行，是最自由的生活了。"

云三娘微笑道："你只是羡慕人家自由，你又哪里知道那些厌倦了海上生活的人，正羡慕你山居的恬适呢。"

玉琴道："见异思迁，人之恒情。我们数年来山居也觉得厌倦下山以后，也从不曾离陆地一步，泛海而行，我倒也很有兴趣一试哩。"

剑秋道："在琼岛的非非道人他不也是一个光明的企求者吗？不知他独据海岛经营得怎样了。像他那样的才力、资力、人力，迥非袁赵所能比拟的吧。"

玉琴经剑秋一提，居然有了泛海的机会了，就对剑秋道："我们无事，何不去一探琼岛，看看非非道人。并且把袁赵所经营的情形，告诉他一二，使他们得一联络。"

这时群山毕现，一个皎皓皓的白日照遍了整个的宇宙，玉琴剑秋遥对着对方，把当日琼岛非非道人的经营布置以及他的异貌奇行，一一告诉云三娘。于是这位慈祥的老人，又在为这海上的志士祷祝光明的实现。

伊左右两边，琴剑的心底也默默做着共鸣。三人遥瞩着南方的大海，悠悠的心神似乎已飞越长征，他们忘失了背后的桂枝，飘然浴在晴和的山风温日中，只觉得眼前一片清空明朗，象征着他们未来的希望。

悼顾明道兄

郑逸梅

我和顾兄明道相识,已有二十年了吧!志趣相同,性情相得,不啻骨肉弟兄,一旦听到了他的噩耗,那伤痛自不待言,挑灯写此,墨与泪并,拉拉杂杂,不成文理,也就顾不得了。

明道,吴门人,名景程,别署正谊斋主,又署石破天惊室主,更号虎头书生。他是振声中学的高才生,国文,英文,成绩斐然,所以毕业后,便留在该校担任讲席。该校是教会所立,所以他就受了洗礼,为基督教徒。

他八岁失怙,由太夫人抚育成人,体质很弱,求学时,胫膝间生了一个疽,及创平而足废,从此不良于行。每出必乞灵于拄拐,据医生诊断为骨痨。不良于行,身体方面缺少运动,以致日益孱羸,加之年来生活过苦,营养不足,又复环境恶劣,心绪不佳,这也是促他死亡的唯一原因。

我和他认识,是范君博介绍的,这时他在吴门振声中学担任教务,因不良于行,往返不便,所以他住在校中,我们就到校中去访他。他喜欢做武侠和哀情小说,就和我们俩大谈其小说经验,并批评各家的作品，足足谈了两小时，始行告别。从此每有余暇，必访他谈谈，他任《小说新报》特约撰述，我也时常贡拙于新报，既属同文，交谊益形密切，嗣后时常和他在同一刊物上撰稿，不是他介绍我，便是我拉拢他，声气相通，二十年如一日，在这末世，友道能如此，总算很难得的了。

　　明道最初的作品，刊登在许啸天所辑的《眉语》杂志上，该杂志多载女作家的文字，他就化名梅倩女史，撰着短篇小说。有一位读者，是登徒子之流，写信追求他，缱绻缠绵，大有甘饲眼波之意。明道接到了信，大笑之下，用梅倩具名答复他。那个登徒子欣喜欲狂，寄给他一帧照片，请他交换芳影，并约他会晤某园。明道到这时，才用真姓名自行揭破。这一段趣史，明道时常讲给人听的。

　　明道的武侠小说，可和向恺然、赵焕亭鼎足而三，他的武侠小说丛谈，有那么一段的自述："余喜作武侠而兼冒险体，以壮国人之气，曾在《侦探世界》中作《秘密之国》《海盗之王》《海岛鏖兵记》诸篇，皆写我国同胞冒险海洋之事，与外人坚拒，为祖国争光者；余又著有《金龙山下》一篇，可万余言，则完全为理想之武侠小说也，刊入《联益之友》旬刊中；又曾写《黄袍国王》长篇说部，记叙郑昭王暹罗之事，曾刊《大上海报》，后该报停版，余亦中止，他日拟出单行本以飨读者矣；又新著《龙山争王记》，则方刊于《湖心周刊》中，该刊为西湖小说研究社出版者也，曩年余为《新闻报快活林》撰《荒江女侠》初续集，尚得读者欢迎，今由三星书局出单行本，三集亦在付梓中矣，又为《小日报》撰《海上英雄》初续集，则以郑成功起义海上之事为经，以海岛英雄为纬，以上两种皆由友联公司摄制影片，又尝作《草莽奇人传》，则以台湾之割让与庚子之乱为背景也。"

　　他于民国二十一年七月，曾把自己的作品列成一表，附刊在《茉莉花》的后面，如今把它抄在下面：

	书名	册数	出版年月	重版次数	出版之书局
哀情小说类	啼鹃录	一册	民国十一年十月	七版	湖州五洲书局
	啼鹃续录	一册	民国十六年十二月	五版	湖州五洲书局
	美人碧血记	四册	民国十八年一月		上海海左书局
	红蚕织恨记	二册	民国十八年十月	再版	湖州五洲书局
	芳草天涯	二册	民国十八年十一月	再版	上海益新书社
	哀鹈记	四册	民国十九年三月	三版	上海益新书社
言情小说类	芳菲录	一册	民国十九年四月		上海李鸿记书社
	蝶魂花影	六册	民国十九年十月	再版	上海国华书局
短篇小说类	情波（即明道丛刊）	四册	民国十年一月	再版	上海国华书局
	小说新铃	一册	民国十八年三月		上海三益书社
	茉莉花	一册	民国二十一年八月		上海益新书社
游记类	西湖探胜记	一册	民国十八年十月		上海大东书局
武侠小说类	侠骨恩仇记	二册	民国十五年五月		上海大东书局
	怪侠	二册	民国十七年八月	再版	上海益新书社
	荒江女侠初集	二册	民国十七年二月	九版	上海三星书局
	荒江女侠续集	二册	民国二十年八月	再版	上海三星书局
	海上英雄初集	二册	民国二十年四月	再版	上海益新书社
	草莽奇人传	四册	民国二十年五月		上海南星书店
将出版之小说	荒江女侠三集	排印中			
	海上英雄续集	排印中			
	啼鹃新录	排印中			
	草莽奇人传续集	排印中			
	国难家仇	撰述中			
	黄袍国王	撰述中			
	龙山争王记	撰述中			

据我听知：除以上所列者外，尚有《奈何天》二册，三十一年十月出版，《花萼恨》一册，三十年九月出版，《红妆侠影》一册，三十二年一月出版，《念奴娇》一册，三十一年十一月出版，《江上流莺》一册，三十二年二月出版，又《惜分飞》《磨剑录》《莲门红泪》《剑底莺声》《柳暗花明》《章台柳》《血雨琼葩》等等。

《荒江女侠》直出至六集才结束：一二三四集，在吴门草成，五六集避难到上海来做，这时期他寄居在八仙桥某戚家；我常到那儿去探访他，他总是埋头写着女侠稿，那《红妆侠影》便是刊载《小说月报》上的《侠女喋血记》，《念奴娇》似乎登载在海报上的，《江上流莺》稿成，我曾为他写一小序，有云："江山摇落，风雨鸡鸣，我侪丁斯乱世，应变无方，干禄乏术，臣朔饥欲死，乃不得不乞灵于不律，红茧缫愁，绿蕉写恨，藉以博稿资而活妻孥，社友顾子明道固与子相怜同病者也。"明道读了，亦为之感喟百端，不能自已，《奈何天》《惜分飞》曾搬上银幕，明道自己也去看过，说大醇小疵，尚称意旨。

他结婚很迟，因为他最初认为足疾未愈，不能成家室，所以问医访药，一意于足，便把婚事搁延了下来，可是他的太夫人抱孙心切，结果娶了现今的田氏夫人，记得我们吃他的喜酒，索喜果，闹新房，种种印象，尚在目前，讵料他已长逝于世，人天永隔了，他有一子，乳名杏官，读书很聪慧，二女，最小的女儿，还是今春诞生，可怜他的夫人，产后多病，明道病中，侍奉汤药，照顾不到稚女，十四那天，不知怎样跌了一跤，头撞在石阶上，撞损了嫩弱的脑壳，气息奄奄，延至明道大殓的一天就夭殇了。

范烟桥兄自桐花里移家吴门，就和眠云君博明道纪于守拙菊高赓夔及我组织星社，我们九人为星社最初的基本社友，每星期集合一次，明道的书室，明窗净几，位置着炉香茗碗，壁画瓶花，雅洁之气，令人心目爽适，我们时常到他那儿去集合，后来社友越聚越多，我们的兴致也越发的遄飞飙举。每次雅集，明道必很高兴地前来参加，他不能饮酒，可是常想出些玩意儿来助我们的酒兴。

我在民国二十年左右，为饥寒所迫，奔走海上，和明道会晤的机会较少，但鱼雁往来，月辄一二次。我返吴门，必去访他一倾积愫，他偶到上海，虽不良于行，也必雇车来访，以图良觌。军兴以来，吴门在风声鹤唳中，不能安居，这时他住在胥门内，便把一切什物封肩的封肩，寄存的寄存，偕着太夫人和妻孥一同来申，住八仙桥某戚家。原是暂时性质，不料没有多天，得到一个消息，苏寓附近，飞机坠弹，把垣壁震坍，既没有限栏，一切什物，被人窃掠尽净；寄存的东西，也都付诸兵燹浩劫之中，明道懊丧得很，尤其嗟惜那些文物书籍，为之不欢者累月。这么一来，知道军事在短时期不能结束，即返苏已一无所有，不如另行打算，赁屋同孚路，度着写稿教读的生活，在寓所中设着明道国学补习馆，招朱大可朱其石贤昆仲和我去分任教务，可是不久房屋被二房东顶替与人，不得已移居威海卫路三四七弄六号，其时我和闲鸥眠云主持国华中学，该中学分两部，第二部即在威海卫路，和明道所居望衡对宇，明道因把他的国学补习馆设在国华中学，后来国华校址翻造，我等也就停办，明道又复把补习馆迁设寓中，桃李门墙，虽然称盛，但他精神颇感不济，时常失眠，肌体瘦削，直至去冬，患着咳嗽，潮热不退，由范补程医生为他照爱克司光，才知肺部有一洞，医生断为肺病已很严重，嘱他节劳休养，他为生活关系，依旧教书写稿，挣扎不已，小青、独鹤、瘦鹃、烟桥、吟秋、碧波、鸿初、健行、冷月诸子和我，婉言劝阻他，才把国学馆解散，长篇小说，如《新闻报》的《明月天涯》，本刊的《处女心》，《小说月报》的《小桃红》等完全中止，生活及医药费由同文分摊，并向外界募捐，钱芥尘周瘦鹃在大众《紫罗兰》上为他呼吁，平襟亚、丁知止、张珍侯、黄转陶都斥资慨助，本刊编辑同人和读者也尽了些绵力，并由臧伯庸医师义务诊治，但是肺病到了第三期，总没有起色，情形一天不如一天，而他的卧室，限于地步，既不透气，光线又差，独鹤为他向新闻报馆请求，由馆方担任了医药及住院费，送入新闻路胶州路口的中国红十字会医院，实在病症患得太深，仍无效验。明道感觉到住院费用太大，对于报馆方面过意不去，一方面又因母妻来照顾，距家太远，也不便利，所以住满了月，仍回到家中疗养。胃纳不佳，只进些流质食物，并请方嘉漠医师打葡萄糖钙针药，苟延残喘，直至五月十四日下午申时竟溘然长逝，寿命只四十有八，吾辈黍厉同文，瞧了明道的丧亡，不觉讽诵着曹子桓既伤逝者，行自念也两语，为之同声一哭。

明道生前曾和我合辑《罗星集》，拙作《茶熟香温录》由他代为辑集，谋付剞劂，在文字上交谊上都是关系很深的，我时常去访谈，他总劝我保重身体，弗太操劳，去年我有肾脏病的征象，他很关怀，每见必询问我的状况和饮食，后来他自己病倒了，我去访他越发勤了，最初他尚能每天起身坐一二小时，和我谈谈生活情形或文坛动静，嗣后病日恶化，便终日奄卧床榻，开着一只光度很低弱的台灯，仍喜和我拉杂谈天，他说总希望有一天病势稍佳，把此番朋友帮助的盛谊义举，用小说体写成一篇，刊布杂志上，藉申谢悃，我总劝他这些不必萦系于怀，但愿静心调养，以朝早占勿药。在他死的上一个星期，我去访他，他说病没有希望了，肺痨菌已窜入了肠胃，所以这几天虽不进食，却腹泻频频，体益疲乏，加之睡的日子过久，全身都作剧痛，尤其臀部皮都擦破，每一转侧，痛彻骨髓，以后天气热了，那溃破处何能与簟席相亲，即不病死，也将痛死，与其如此，还是早些解决得好，说得我眼泪几乎夺眶而出，好不容易忍住了，他又说一生薄福，却修到了朋友的帮助，这也差足自慰。临行，他嘱杏官取一本单行本小说《江南花雨》赠给我，说这是最新出版的，也是生平从事写小说的最后一本，原来这书是春明书店特约他写的，没有写完，他就因病辍笔，末后数回，他在病榻口述，由他的弟子记录出来的，书中的主人翁程景，便是他夫子自道，好比《断鸿零雁记》的主人，就是曼殊上人，读了使人回肠荡气，同情之泪，溃透字里行间！他又托我说，有《胭脂盗》长篇若干回，在施济群处，可向济群处索回，家中尚有续稿若干回，合拢来所缺已不多，不妨置在兄处，如能设法补撰数回，作一个结束，便能出版了。我一口允承他，临别，没有别说，只道，深愿吉人天相，病势转机，请勿顾虑太多，以静养珍摄为宜，岂知即此一别，以后竟没有再见期了。

他临死的前一天，忽地想到几位朋友和他最关切而最近不见面的，便嘱人打电话请他们来，作最后的一面，独鹤，小青，吟秋，烟桥诸兄，都为他洒泪。

十四日那天，我们在八仙桥青年会贺孙筹成哲嗣云翔燕尔之喜，物以类聚，我们几位熟友，如吟秋，独鹤，小青，鸿初，冷月，碧波，慎盦，都集坐一隅，正在讨论明道身后问题，果不多时，一个电话，报来噩耗，原来明道已脱离人世而去，身后问题的严重，我们更不得不继续讨论，讨论的结果，殡敛假较熟的大众殡仪馆，开销可以节省些，一切丧仪，由明道妹倩刘定枚主办，我们十余位同文具名：向文艺界及平日爱读明道小说的热心诸君子募捐，由新闻报服务股代为收款，俾孤儿寡妇，得以生存，那么明道在天之灵，也可告慰哩。

十六日那天，狂风骤雨，明道在大众殡仪馆大敛，那延平路一带，地形低洼，积潦没胫，但吊唁的客人，却不为积潦风雨所阻，我到那儿，独鹤，瘦鹃，吟秋，小青，碧波伉俪，冷月，鸿列，烟桥，芝函，慕琴，其石，定枚都已先到，致送赙仪最多的，为郭企青君一万元，其他千数百数不等，甚至电影女明星也来唁吊，我因尚有校课，匆匆即行，离馆数百步，尚闻声声哭泣，凄断人肠，我的两行热泪，不禁潸然而下。

唉！人生到此，天道宁论。

原载1944年6月1日《永安月刊》第61期